Contrat avec un don Juan

*

Passion au manoir

*

Un secret irrésistible

TRISH MOREY

Contrat avec un don Juan

Traduction française de
JEAN-BAPTISTE ANDRÉ

AZUR

HARLEQUIN

Collection : Azur

Titre original :
THE ITALIAN'S VIRGIN BRIDE

Ce roman a déjà été publié en 2018

HARPERCOLLINS FRANCE
83-85, boulevard Vincent-Auriol, 75646 PARIS CEDEX 13
Service Lectrices — Tél. : 01 45 82 47 47 - www.harlequin.fr
ISBN 978-2-2804-8941-6 — ISSN 0993-4448

Composé et édité par HarperCollins France.
Imprimé en juin 2023 par CPI Black Print (Barcelone)
en utilisant 100% d'électricité renouvelable.
Dépôt légal : juillet 2023.

FSC
www.fsc.org
MIXTE
Papier issu de sources responsables
FSC® C159065

Pour limiter l'empreinte environnementale de ses livres, HarperCollins France s'engage à n'utiliser que du papier fabriqué à partir de bois provenant de forêts gérées durablement et de manière responsable.

TRISH MOREY

Contrat avec un don Juan

Traduction française de
JEAN-BAPTISTE ANDRÉ

AZUR

HARLEQUIN

Collection : Azur

Titre original :
THE ITALIAN'S VIRGIN BRIDE

Ce roman a déjà été publié en 2018

HARPERCOLLINS FRANCE
83-85, boulevard Vincent-Auriol, 75646 PARIS CEDEX 13
Service Lectrices — Tél. : 01 45 82 47 47 - www.harlequin.fr
ISBN 978-2-2804-8941-6 — ISSN 0993-4448

Composé et édité par HarperCollins France.
Imprimé en juin 2023 par CPI Black Print (Barcelone)
en utilisant 100% d'électricité renouvelable.
Dépôt légal : juillet 2023.

MIXTE
Papier issu de sources responsables
FSC® C159065

Pour limiter l'empreinte environnementale de ses livres, HarperCollins France s'engage à n'utiliser que du papier fabriqué à partir de bois provenant de forêts gérées durablement et de manière responsable.

1.

Domenic Silvagni n'avait lu qu'un tiers du rapport qui lui avait été remis ce matin-là lorsque le téléphone sonna pour la seconde fois. Exaspéré, il reposa son stylo-plume sur le bureau.

C'était encore son père, il en mettait sa main à couper. Personne d'autre n'aurait pu convaincre Mme Hancock, le rottweiler humain qui lui servait de secrétaire depuis son arrivée à Sydney, de le déranger. Il avait besoin de calme pour terminer ce fichu rapport et comprendre enfin pourquoi, de tous les hôtels Silvers, ceux d'Australie étaient les moins performants. Il comptait bien régler ce problème dans la journée, une fois pour toutes, et repartir pour Rome le soir même. Il avait donc ordonné à son assistante de ne lui passer aucun appel.

Avec un soupir, Domenic se pinça l'arête du nez. Il n'était pas d'humeur à écouter un énième sermon, surtout s'il concernait ces maudites photos, celles parues dans le tabloïd *Flagrant Délit*. Sa vie privée ne regardait personne, même si le magazine en question semblait penser le contraire. Et si Guglielmo Silvagni savait que les allégations étaient complètement fictives, il n'en était pas moins furieux.

— Tu peux faire beaucoup mieux que ces mannequins et ces actrices à la petite semaine, avait-il dit à son fils. Trouve-toi une fille intelligente, avec du peps, quelqu'un qui soit capable de te tenir tête.

Domenic avait jugé plus sage de ne rien répondre. Emma et

Kristin, directement visées par le mépris de son père, étaient intelligentes. Elles n'avaient pas réussi uniquement grâce à leur physique, même s'il devait admettre que la nature s'était montrée généreuse à leur égard. Non seulement belles, Emma et Kristin étaient aussi particulièrement jalouses, comme il avait pu le constater à la parution de l'article.

D'accord, cette affaire était embarrassante. Ce qui ne signifiait pas pour autant qu'il devait se « ranger avant qu'il ne soit trop tard », comme son père le répétait à longueur de journée. Il n'avait pas envie de se marier, pas envie d'une famille. Trop tard ? Il n'avait que trente-deux ans, bon sang ! Il avait le droit de s'amuser un peu, non ? Il avait toute la vie devant lui.

Le voyant de son téléphone clignotait toujours avec une instance hargneuse. *Menteur*, *menteur*, semblait-il dire. Étouffant un juron, Domenic décrocha enfin.

— Dites à mon père que je le rappellerai plus tard. Je dois absolument finir ce rapport.

— Je suis désolée, monsieur Silvagni. Il… Il ne s'agit pas de votre père.

Domenic fronça un sourcil, intrigué. Quelque chose n'allait pas. Son assistante avait perdu son mordant habituel, ce ton qui signifiait « bas les pattes » et qui faisait d'elle une secrétaire d'exception. Pour la première fois depuis qu'il était arrivé, elle paraissait troublée.

— Je suis avec une jeune femme qui aimerait vous parler, continua-t-elle du même ton hésitant.

Domenic serra les dents. Dommage que son rottweiler ait perdu les siennes !

Il n'aurait pas été surpris de voir Guglielmo Silvagni franchir ses dernières défenses. Après tout, Guglielmo *était* les hôtels Silvers. Avec son père, le grand-père de Domenic, il avait transformé un petit trois étoiles de Naples en une chaîne d'hôtels de luxe de stature internationale. Et, même s'il avait pris sa retraite en Toscane après avoir survécu à un cancer et abandonné la gestion de ses affaires à son fils, il exerçait toujours un pouvoir bien réel. Non, Mme Hancock n'était pas de taille à lui faire barrage. Mais à une femme ?

— J'ai bien spécifié que je ne voulais pas être dérangé. Je ne prends pas d'appels.

— Ce n'est pas un appel, souffla sa secrétaire avant qu'il puisse raccrocher. Elle est là, en personne. Elle dit que c'est urgent, et qu'il est dans votre intérêt de la recevoir.

Domenic s'adossa à son fauteuil de cuir, médusé. Pianotant du bout des doigts sur son bureau, il songea à ses dernières compagnes en date. Emma tournait un film au Texas, Kristin posait pour *Vogue* au Maroc. Et aucune des deux ne lui parlait plus depuis la publication de ces satanées photos. Elles n'avaient donc pas entrepris un voyage surprise en Australie, il en était certain.

— Qui est-ce ? demanda-t-il enfin.

— Opal Clemenger. De Clemengers. C'est une petite chaîne d'hôtels de luxe en Australie. Il y en a un à…

— Je connais Clemengers, coupa Domenic d'un ton impatient. Qu'est-ce qu'elle veut, au juste ?

— Elle dit qu'elle a une affaire à vous proposer. Une offre que vous ne pourrez pas refuser. Dois-je la faire entrer ?

Debout près du bureau de la secrétaire, Opal retenait son souffle. Ses phalanges blanchissaient sur le dossier qu'elle avait constitué en hâte dans l'espoir d'obtenir ce rendez-vous de dernière minute.

Avec un peu de chance, sa présence avait piqué la curiosité de Domenic Silvagni. Il devait se demander pourquoi la propriétaire de la seule chaîne d'hôtels six étoiles d'Australie se présentait à son bureau sans crier gare. Il se rendait sûrement compte qu'il ne s'agissait pas d'une visite de courtoisie — c'était en tout cas ce qu'Opal espérait. Il fallait qu'il accepte de la recevoir. L'avenir de Clemengers et de tous ses employés en dépendait.

— Dites-lui de prendre rendez-vous, répondit la voix dans le haut-parleur, après quelques secondes de silence. Je reviens dans deux semaines. Au fait, je mangerai à mon bureau aujourd'hui. J'ai trop de travail. Pouvez-vous me faire monter un repas et un café ?

La secrétaire haussa les épaules d'un air navré lorsque la voix de son patron disparut dans un grésillement.

— Je suis vraiment désolée. Il est très rare que je l'interrompe, et je pensais qu'il accepterait de vous recevoir par pure curiosité. J'ai bien peur qu'il ne vous faille revenir. C'est possible ?

Opal secoua la tête, profondément déçue. Elle ne disposait pas de deux semaines — deux jours tout au plus. Quarante-huit heures pour trouver un investisseur qui comprenait son métier. Bref, l'exact opposé de McQuade, un vautour qui ne se préoccupait que de maximiser ses profits. Seuls les terrains sur lesquels les trois hôtels Clemengers étaient bâtis l'intéressaient. S'il remportait l'appel d'offres, il abattrait les bâtiments existants pour en construire de plus grands.

À deux jours de la fin des enchères, McQuade était toujours le plus offrant. Si un chevalier blanc ne volait pas à sa rescousse, c'en était fini de l'entreprise familiale, de tout ce pour quoi son père et elle avaient travaillé. Deux cents employés fidèles se retrouveraient au chômage. Non, elle ne permettrait pas une chose pareille. Elle se battrait jusqu'au bout.

— Je dois absolument le voir aujourd'hui, fit-elle valoir. Je n'ai pas le choix.

Elle se détourna, cherchant en vain une solution dans le luxueux décor de l'hôtel. Mais la moquette rose pâle et les aquarelles qui ornaient les murs ne lui offrirent pas la moindre piste. Dans son dos, elle entendit Mme Hancock demander au restaurant de l'hôtel de préparer une collation pour son employeur.

Peut-être avait-elle manqué quelque chose. Fébrilement, Opal rouvrit le dossier qu'elle avait monté en apprenant que Domenic Silvagni venait en Australie. Peut-être qu'une idée de génie s'y cachait, une faille à exploiter.

La liasse de documents s'ouvrit sur la page de papier glacé d'un magazine. Sous le titre « Play-boy Cinq Étoiles », deux photos montraient Domenic en compagnie de femmes différentes, aussi blondes que jeunes.

Opal se concentra sur le visage de l'homme qu'elles regardaient avec adoration. Play-boy cinq étoiles, en effet. Le titre lui convenait aussi bien en smoking qu'en jean et T-shirt. Les deux filles pendaient à son bras comme de simples accessoires. Pourtant, il était difficile d'en vouloir à Domenic. Même en photo, son charme était évident, sa beauté magnétique. Ses yeux noirs étaient frangés de cils étonnamment longs qui n'atténuaient en rien la virilité de son visage. Son nez légèrement aquilin dominait des lèvres pleines, ourlées d'un sourire tout juste esquissé, celui d'un homme qui détenait un secret. Sa mâchoire volontaire ajoutait à son aura de puissance. Ses cheveux étaient coupés court, à l'exception d'une frange rabattue en arrière. Même sans sa fortune, Domenic aurait fait une cible de choix. Riche comme il l'était, les prétendantes devaient faire la queue devant chez lui.

Bonne chance, songea Opal avec amertume. Quiconque épousait un play-boy finissait par en payer le prix. L'exemple de sa mère était là pour le prouver.

Mais quels que fussent les défauts de Domenic, elle avait besoin de lui — ou plus exactement, de son argent. Et elle en avait besoin maintenant.

Elle se tourna vers Mme Hancock, la mine résolue.

— J'attendrai, si vous n'y voyez pas d'inconvénient. Il va bien falloir qu'il sorte de son bureau.

La secrétaire pinça les lèvres en une moue songeuse, puis jeta un rapide coup d'œil à droite et à gauche comme pour s'assurer qu'elle ne serait pas entendue. Mais le couloir qui menait aux ascenseurs de bronze était désert. L'étage entier de l'hôtel avait été réservé pour Domenic Silvagni.

Par prudence, Mme Hancock baissa tout de même la voix avant d'annoncer :

— Je dois m'absenter quelques instants, et le service d'étage montera bientôt le déjeuner de M. Silvagni. J'espère que vous ne ferez pas de bêtise en mon absence, hum ?

Pour la première fois depuis trois mois, depuis qu'on lui avait exposé la situation de Clemengers plus précisément, Opal sentit un sourire fleurir sur ses lèvres. Ce sourire était destiné à Deirdre Hancock, l'ancienne secrétaire de son père.

Lorsqu'elle avait découvert que l'assistante de Domenic Silvagni n'était autre que Deirdre, Opal avait pris cette divine surprise comme un signe du destin. Deirdre l'avait reconnue aussitôt, même si elle ne ressemblait plus tout à fait à la petite fille de six ans qu'elle avait connue autrefois. Elle avait bondi de son bureau pour la prendre dans ses bras.

Opal ignorait comment la secrétaire s'était retrouvée employée par Domenic Silvagni, mais sa position n'était à l'évidence pas une sinécure. D'après le court échange auquel elle venait d'assister, l'Italien était un véritable tyran. Il ne méritait pas Deirdre qui, sous ses tailleurs stricts et sa mine de dragon, cachait un cœur d'or.

— Vous n'avez rien à craindre, répliqua-t-elle avec un clin d'œil. Je serai sage comme une image.

Cinq minutes plus tard, Deirdre se leva, une liasse de documents sous le bras. Opal sentit une bouffée d'adrénaline pulser dans ses veines et, soudain consciente de ce que risquait la secrétaire, lui posa une main sur l'épaule.

— Je ne veux pas vous faire perdre votre travail, Deirdre.

La secrétaire balaya sa remarque d'un geste, puis lui serra la main avec un sourire réconfortant.

— Qui sait ? Il me remerciera peut-être, au contraire ! Et puis, je pars en retraite la semaine prochaine, alors il peut me renvoyer tant qu'il veut, ça ne changera rien. Bon, j'ai fait transférer les appels vers la salle de la photocopieuse, où je serai dans la demi-heure qui suit. Vous ne serez pas dérangés.

Opal eut à peine le temps de la remercier que Deirdre disparut. Moins d'une minute plus tard, un serveur émergea de l'ascenseur, poussant un chariot devant lui. Son regard s'arrêta sur Opal et, désignant les dômes argentés sur le chariot, il annonça d'un ton incertain :

— La commande de Mme Hancock ?

— Elle revient tout de suite, répondit Opal avec un sourire franc. Vous pouvez la laisser.

Le garçon d'étage acquiesça, puis s'éloigna et reprit l'ascenseur. Une fois que les portes se furent refermées sur lui dans un chuintement velouté, Opal prit une profonde inspiration et se leva. Personne en vue.

C'était maintenant ou jamais…

2.

— Qui êtes-vous ?

Opal n'avait pas fait trois pas à l'intérieur de la pièce que l'homme assis derrière son bureau d'acajou redressa la tête.

— Et où est Mme Hancock ?

L'espace d'un instant, les pieds d'Opal refusèrent de bouger. Mais elle n'avait pas le choix : elle devait avancer. Elle n'allait pas plaider sa cause depuis le seuil. Évitant le regard de Domenic Silvagni — Opal redoutait de le trouver plus hostile encore que sa voix —, elle poussa le chariot vers lui.

— Je vous ai apporté votre déjeuner.

En marge de son champ de vision, l'homme d'affaires se redressa dans son siège.

— Je vois ça. Ce que j'aimerais savoir, c'est comment vous avez fait pour entrer.

Opal s'affaira autour du chariot sans répondre. Elle souleva un dôme argenté sur un plat de pâtes aux artichauts. Sous le second, des asperges dans une sauce au brandy accompagnaient un filet de loup grillé.

— Les pâtes d'abord, je pense, murmura-t-elle en les déposant sur un coin libre de son bureau.

Domenic Silvagni l'ignora totalement et traversa la pièce en direction de la porte, visiblement furieux.

— Madame Hancock ! Madame Hancock !

— Elle est partie faire des photocopies. J'avais peur que votre déjeuner refroidisse.

Il se tourna vers elle, les poings serrés. Opal crut sentir un vent brûlant lui passer sur la peau.

— Qui êtes-vous, bon sang ?

Elle trouva enfin le courage de le regarder, une décision qu'elle regretta aussitôt. C'était bien Domenic, impossible de se tromper. Une mâchoire carrée, des yeux couleur café — pourquoi ne s'était-elle pas mieux préparée à le rencontrer ? La photo du magazine n'était qu'un pâle reflet de l'homme qui se tenait devant elle, c'était le problème. Aucune photo ne pouvait saisir l'aura brûlante, l'impression de toute-puissance, que cet homme dégageait en personne.

Un frisson parcourut Opal. Elle déglutit convulsivement, la gorge nouée par la peur. Mais elle redressa le menton dans le même mouvement — elle n'allait pas se décourager si près du but. Elle avait une mission à accomplir. Domenic Silvagni n'allait pas la manger.

— Je suis Opal Clemenger, annonça-t-elle enfin. Je vous remercie de prendre le temps de me recevoir. Je sais que vous êtes très occupé.

Avec un rictus moqueur, l'Italien ouvrit la porte en grand.

— Je n'ai ni l'intention ni le temps de vous recevoir. Je vous ai fait dire de revenir dans deux semaines. Ou, mieux encore, de ne pas revenir du tout. À présent, si vous voulez bien m'excuser, j'ai du travail.

— Mais je ne vous ai pas encore fait part de ma proposition.

— Mademoiselle Clemenger, votre proposition ne m'intéresse pas.

— Vous n'en savez rien. Je ne vous ai pas expliqué ce que…

— Peu importe.

Luttant contre un accès de colère, Opal désigna le plat de pâtes qui refroidissait sur le bureau.

— Vous devriez manger.

— Nous sommes au moins d'accord sur ce point. Plus tôt vous partirez, plus tôt je pourrai déjeuner.

— Nous pourrions discuter pendant ce temps-là.

— Je comptais travailler en mangeant.

— Ce n'est pas bon pour la santé.

— Me disputer avec une inconnue entrée par la ruse dans mon bureau n'est pas bon pour la santé non plus. Laissez-moi tranquille.

— Je compte bien vous laisser tranquille. Une fois que je vous aurai exposé les raisons de ma présence.

Domenic croisa les bras sur son large torse, puis haussa un sourcil noir.

— Il semble que je ne me sois pas bien fait comprendre. Ne me forcez pas à recourir à des méthodes plus… expéditives.

Opal blêmit, effrayée. S'il osait poser la main sur elle… Sans réfléchir, elle se mit à parler.

— J'ai une affaire en or à vous proposer. L'occasion rêvée de redresser Silvers, de retrouver l'avantage compétitif que vous avez perdu et que vous cherchez désespérément.

— Très bien. Ne dites pas que vous n'étiez pas prévenue.

L'homme d'affaires s'avança lentement vers elle, d'une démarche souple qui contrastait avec sa taille. Opal rentra la tête dans les épaules — elle ne s'était pas rendu compte qu'il était si grand. Elle avait l'impression d'être la proie d'un fauve et fit, bien malgré elle, un pas en arrière. Sans réfléchir, elle se remit à parler, plus précipitamment encore. Elle n'avait que quelques secondes pour le persuader de l'écouter.

— Il faut que vous sortiez Silvers de l'ornière. De sa médiocrité cinq étoiles.

Il s'arrêta à deux pas d'elle, l'air éberlué.

— De sa quoi ?

Une lueur furieuse brûlait dans les profondeurs de son regard. À la ligne rigide de ses épaules, Opal sut qu'elle avait mis dans le mille. Maintenant qu'elle avait ferré le poisson, il s'agissait de ne pas le perdre.

— Vous m'avez entendue, monsieur Silvagni. Un cinq-étoiles, autrefois, ça voulait dire quelque chose. Maintenant, tous les hôtels de luxe se ressemblent. Or, les clients recherchent quelque chose d'unique à ce niveau de prix. Une expérience.

— Merci de cette fine analyse, mademoiselle Clemenger. Si j'ai besoin de conseils en marketing, je suis sûr qu'il y a des gens plus qualifiés que vous pour m'en donner.

— Vraiment ? Si c'est le cas, que faites-vous à Sydney ? Je suis sûre que vous avez une meilleure façon d'employer votre précieux temps, non ? Pourquoi ne pas avoir dépêché une armada de ces « gens plus qualifiés » à votre place ?

Domenic fit la grimace — son bluff avait échoué. Cette fille l'irritait mais elle avait piqué sa curiosité. Silvers avait un problème, c'était un fait. Que risquait-il à l'écouter ? Croisant les bras, il prit appui contre l'angle de son bureau et adressa à la jeune femme un signe du menton.

— Vous avez cinq minutes, pas une de plus. Parlez.

Opal Clemenger parut déstabilisée par son changement d'humeur, et Domenic profita de ce répit pour l'observer. Elle était plus agréable à regarder qu'à écouter, c'était certain. Il commença par ses cheveux bruns. Non, pas bruns, ils étaient de la couleur dorée d'un sirop. Sa peau était claire, très pâle, ses yeux débordaient d'émotion et d'intelligence. Une flamme indéfinissable y dansait. De la peur ? Non, il était certain qu'elle n'avait pas peur de lui. Et il aimait cela.

Dans le silence qui s'étirait, il poursuivit son examen. Elle portait un tailleur bleu cobalt bien coupé, qui suggérait plutôt qu'il ne mettait en valeur des formes appétissantes. Domenic espérait qu'elle allait s'asseoir sur la chaise juste derrière elle, ce qui lui permettrait de juger si ses cuisses étaient aussi bien dessinées que ses mollets. Malheureusement, sa visiteuse resta debout.

— Monsieur Silvagni…

S'arrachant à la contemplation de ses jambes, il reporta son attention sur ses lèvres.

— Appelez-moi Domenic.

Elle fronça les sourcils, et il crut un instant qu'elle allait refuser. Mais elle finit par acquiescer.

— Domenic, murmura-t-elle comme pour tester son nom.

Il aimait la façon dont elle le prononçait. Sa voix était douce, pleine de soleil, nuancée d'un léger accent australien. Le genre de voix qu'il n'aurait pas répugné à entendre au réveil, maintenant que la note de désespoir l'avait quittée.

— Comme toutes les chaînes d'hôtels du pays, reprit la jeune femme, pour ne pas dire du monde entier, Silvers souffre d'une baisse de son taux d'occupation. C'est le résultat d'un double problème : la baisse du nombre de voyageurs liée à la crise économique et l'augmentation de l'offre — il y a simplement trop d'établissements hôteliers. Nous assistons donc à une consolidation du marché. Pour ceux qui survivent, le marketing est évidemment un outil basique permettant de gratter quelques parts de marché. Mais il n'offre qu'un avantage éphémère.

Domenic décroisa les bras et posa les mains sur ses cuisses. Elle connaissait son sujet, c'était évident, mais rien de ce qu'elle affirmait n'était nouveau. Le rapport qui l'attendait sur son bureau disait exactement la même chose.

— Et je suppose, fit-il sans chercher à dissimuler sa perplexité, que vous avez la solution du problème ?

Opal Clemenger entrelaça nerveusement ses doigts. Ses ongles étaient impeccablement polis et vernis. Plus intéressant encore, elle ne portait pas d'alliance.

— J'ai une idée à vous soumettre. Vous en apprécierez la valeur, j'en suis sûre, puisque l'on vous dit fin stratège.

Ignorant son ironie à peine voilée, Domenic esquissa un sourire.

— Je suis tout ouïe. Je vous promets de faire de mon mieux pour me montrer à la hauteur de ma réputation.

La jeune femme prit une profonde inspiration, visiblement tendue. Elle était juste en face de lui et Domenic pouvait difficilement ignorer les courbes qui tendaient son tailleur.

Sa veste cachait des seins pleins, des hanches marquées. Lorsqu'il revint sur le visage d'Opal, son examen terminé, il remarqua qu'elle avait rougi. Il en conçut une inexplicable satisfaction.

— J'attends, souffla-t-il, levant un sourcil en accent circonflexe. Il vous reste trois minutes.

— Clemengers possède trois hôtels à Sydney, Melbourne, Brisbane, dans des quartiers extrêmement recherchés. Ce sont les seuls établissements six étoiles du pays. Ils furent lancés par feu mon père il y a cinquante ans. Nombre de nos employés travaillent chez nous depuis une vingtaine d'années au moins. Nous sommes une entreprise familiale et nous n'avons jamais perdu de vue notre vocation originale : offrir ce qu'il y a de mieux aux clients les plus exigeants du monde. Cette baisse d'activité nous a affectés, nous aussi, mais dans une mesure bien moindre que Silvers. Et il y a une raison à cela.

Domenic se retint de lui demander laquelle. Mais il était curieux. Tout comme il était curieux de savoir pourquoi cette information cruciale ne figurait pas dans son rapport, et pourquoi il devait l'apprendre de la bouche d'un concurrent.

— Vous voulez la connaître ? demanda la jeune femme.

— Je vous écoute toujours, non ?

— Très bien. Clemengers n'offre pas seulement un hébergement de luxe, mais aussi une expérience.

— Parce que vous croyez que ce n'est pas notre cas ? Silvers est l'une des plus grandes chaînes du monde. Comment croyez-vous que nous en soyons arrivés là ?

— Vous offrez du confort, oui, mais ce n'est pas la même chose. Il ne s'agit pas d'une expérience singulière. Prenez votre clientèle, par exemple…

— Qu'est-ce qui ne va pas dans ma clientèle ? Mick Jagger a séjourné chez nous lors de sa dernière tournée.

— Justement. Vos clients sont des musiciens en tournée, des hommes d'affaires et des touristes qui apprécient le confort. Les nôtres sont des premiers ministres, des cheikhs, des hommes aux exigences parfois folles, habitués à ce qui se fait de mieux.

La mine froissée, Domenic se détacha du bureau, puis fit trois pas dans la pièce avant de se retourner vers Opal.

— Qu'avez-vous à me proposer, au juste ?

— Une chance d'investir dans la chaîne la plus prestigieuse d'Australie. La chance aussi d'apprendre nos méthodes, afin qu'elles puissent profiter au reste de votre entreprise. Je vous propose une part de Clemengers.

C'était une idée complètement folle — et qui ne figurait pas dans les pistes suggérées par ses services. Mais peut-être était-ce exactement ce dont Silvers avait besoin, ce qu'il aurait dû lire dans le rapport au lieu des recettes éculées qu'on lui suggérait. Il était peut-être temps de faire preuve d'audace.

— Et que gagne Clemengers dans cette affaire ? Car je suppose que vous n'êtes pas venue me trouver par pure générosité, pour le plaisir d'aider vos concurrents ?

À son tour, la jeune femme traversa la pièce pour aller se poster devant l'une des fenêtres. Le bureau offrait une vue imprenable sur le port de Sydney, ses eaux scintillantes et son célèbre opéra, mais Domenic soupçonnait qu'Opal ne la voyait pas vraiment.

— Disons que Clemengers a un sérieux problème de trésorerie. Mon père a suivi les conseils d'un comptable véreux, et nous devons une somme importante aux impôts. Je l'ignorais totalement jusqu'à sa mort. Je n'ai pris conscience de l'étendue de la crise qu'il y a six mois. Les banques ont accepté de nous aider, mais la dernière échéance vient de tomber et leur générosité s'arrête là.

— Nous parlons de combien ?

La jeune femme murmura un montant qui fit froncer les sourcils à Domenic.

— Je vous avais dit que c'était un problème sérieux, argua-t-elle. Nos avocats ont donc recommandé de mettre

Clemengers en vente. Si les banques refusent de nous prêter de l'argent, que faire ? Pourtant, nous sommes bénéficiaires. Je peux vous montrer nos comptes. Mais le montant que nous devons aux impôts, sans parler des pénalités, est un véritable boulet.

Elle se tut, un pâle sourire aux lèvres. Elle paraissait soudain fatiguée, bien différente de la tornade qui était entrée dans son bureau sans y avoir été conviée. Puis elle pencha la tête de côté et reprit :

— Clemengers est sur le marché depuis deux mois, bien que la nouvelle n'ait pas été rendue public. Pourquoi votre société n'a-t-elle pas pris contact avec nous, juste pour discuter ?

Domenic se posait la même question. Son directeur financier en Australie ne l'avait jamais informé de la vente de Clemengers. Même s'il avait estimé que la proposition n'avait pas d'intérêt pour Silvers, pourquoi ne figurait-elle pas dans le rapport ?

Il n'y avait qu'un moyen de le savoir. En silence, il regagna son bureau, décrocha son téléphone et composa un numéro. La jeune femme le dévisagea avec étonnement, toujours postée devant la fenêtre, des reflets cuivrés dans les cheveux. Savait-elle à quel point elle était belle, en cet instant ? Était-ce la raison pour laquelle elle s'était placée là, sous ce rayon de soleil qui la baignait d'un halo doré ?

Probablement pas, songea Domenic comme le téléphone sonnait. Elle semblait dépourvue de cette fibre calculatrice qu'il ne connaissait que trop.

Evan Hooper répondit à la troisième sonnerie. Domenic fixa son regard sur un mur blanc, là où les yeux d'Opal Clemenger, d'une couleur hésitant en permanence entre le bleu et le vert, ne pouvaient pas le distraire.

— Evan, que pouvez-vous me dire au sujet de la vente des hôtels Clemengers ?

Opal, le plus discrètement possible, laissa échapper un

soupir de soulagement. Elle avait cru, l'espace d'un instant, qu'il appelait la sécurité. Dieu merci, il lui avait accordé une chance qu'elle comptait bien transformer en victoire. Le contraire n'était pas pensable.

— Et les finances ? demanda l'homme d'affaires, toujours au téléphone.

Il écouta longuement, puis demanda d'un ton dur :

— Pourquoi, alors ?

Puis il étouffa un juron et raccrocha. Il resta un instant appuyé sur son bureau, sans la regarder, la respiration lourde. Enfin, il se retourna et attrapa sa veste sur le dossier de son fauteuil.

— Très bien, mademoiselle Clemenger, allons-y. Ou puis-je vous appeler Opal ?

— Bien sûr. Mais… Où allons-nous ?

— À votre avis ? Vous allez me montrer ce six-étoiles dont vous êtes si fière, celui de Sydney.

Prise de court par la tournure des événements, Opal désigna les assiettes posées sur le bureau.

— Vous n'avez pas touché à votre déjeuner…

— Tant pis.

Sans lui laisser le temps de répondre, il la prit par le bras et l'entraîna vers la porte. Une bouffée de son parfum chatouilla les narines d'Opal, une note boisée et mystérieuse qui convenait à merveille à cet homme. Un sourire révéla ses dents blanches.

— Je veux voir ce que vous avez à m'offrir.

Opal percevait la chaleur de sa main à travers la veste de son tailleur, mais cela ne l'empêcha pas de frissonner. Il parlait de l'hôtel, bien sûr. Pourquoi imaginait-elle un seul instant avoir lu autre chose dans le regard chocolat braqué sur elle ? Certes, l'Italien était un play-boy notoire, mais elle ne ressemblait en rien au genre de femmes qu'il affectionnait. Elle n'avait donc rien à craindre, et c'était très bien comme ça. Tout ce qui comptait, c'était de convaincre

Domenic Silvagni de sauver Clemengers. Peu importait sa sulfureuse réputation.

Deirdre Hancock avait repris sa place à son bureau. Si elle fut surprise de les voir paraître ensemble, elle fit preuve d'un professionnalisme parfait et n'en montra rien.

— Je sors quelques heures, annonça Domenic sans s'arrêter. Voulez-vous nous faire appeler une voiture ?

— Bien sûr, monsieur. Au fait, votre père a appelé une nouvelle fois. Je lui ai dit que vous étiez en rendez-vous.

Domenic s'arrêta brutalement, ce qui permit à Opal d'échapper à son étreinte et de récupérer le dossier qu'elle avait abandonné sur une chaise.

— Il a laissé un message ?

— Il voulait savoir si vous étiez disponible jeudi soir à Rome. Votre mère et lui ont fait la connaissance d'une charmante demoiselle qu'ils aimeraient vous présenter.

L'Italien laissa échapper un soupir qui ressemblait étrangement à un feulement.

— Avez-vous un message à lui communiquer ? s'enquit Deirdre.

— Non. Je le rappellerai.

D'un geste, il indiqua les ascenseurs à Opal et lui emboîta le pas. La jeune femme jeta un coup d'œil discret derrière elle, puis retint un sourire en voyant Deirdre lever le pouce. Du bout des lèvres, elle lui souffla un « Merci » silencieux.

Ils pénétrèrent dans un ascenseur aux parois constituées de miroirs. Leur différence de taille, reflétée sous tous les angles, assaillit Opal. Elle se tourna vers les portes quand ces dernières se refermèrent, mais l'Italien continua de faire face au fond de la cabine — et à elle. Presque paniquée par son intimidante présence, Opal se concentra de toutes ses forces sur les boutons qui indiquaient le défilement des étages. L'ascenseur descendait bien trop lentement à son goût.

Son compagnon, pendant ce temps, ne se gênait pas pour l'étudier à loisir. À son grand dam, Opal sentit ses seins se

tendre sous son tailleur. Les effluves enivrants du parfum de Domenic semblaient la défier de l'ignorer.

S'il était parfaitement impossible d'ignorer un tel homme, elle pouvait toujours feindre l'indifférence. En d'autres circonstances, peut-être se serait-elle laissé séduire par son magnétisme. En d'autres circonstances, et surtout avec quelqu'un d'autre que Domenic Silvagni ! Elle ne savait que trop ce qui attendait la malheureuse qui lui céderait.

— Quel âge avez-vous ? demanda-t-il après un long silence.

Opal reporta malgré elle son regard sur lui. C'était donc ça ! Il l'avait observée à la recherche de rides. Au vu des filles qu'il fréquentait habituellement, ce n'était pas étonnant.

— C'est important ?

— Vingt-quatre, vingt-cinq ans ?

Elle se raidit, puis redressa le menton pour demander à son tour :

— Et vous, quel âge avez-vous ?

— Trente-deux ans.

Il avait répondu sans la moindre hésitation, et Opal rougit, embarrassée. Peut-être, après tout, avait-il posé cette question sans la moindre arrière-pensée. Son âge n'était pas secret.

— J'ai eu vingt-six ans en juin, lui apprit-elle.

— Et vous n'êtes ni mariée ni fiancée, commenta l'Italien. Puis-je savoir pourquoi ?

Embarrassée, Opal cacha ses mains dans son dos, même s'il était un peu tard pour cela.

— J'ai peut-être un petit ami.

— C'est le cas ? Ça ne m'étonnerait pas. Vous êtes d'une beauté inattendue.

Opal s'empourpra furieusement et fixa son attention, avec plus de désespoir encore, sur les chiffres qui défilaient au mur. Dix-huit, dix-sept… Bon sang, pourquoi cet ascenseur n'allait-il pas plus vite ? À ce rythme, elle allait devenir aussi rouge que les boutons d'étage. Et une beauté « inattendue » ?

Était-ce une insulte déguisée ? Elle se voyait mal lui poser la question.

— Je ne saisis pas le rapport entre ma vie sentimentale et la vente de Clemengers.

Domenic pivota pour s'adosser enfin à la paroi, la tête renversée en arrière.

— Vous avez raison, soupira-t-il. Rien de tout cela ne vous regarde.

Elle fronça les sourcils, déroutée, puis comprit d'un seul coup.

— Oh ! le coup de fil de votre père…

Lentement, il acquiesça.

— Oui, le coup de fil de mon père. Il pense qu'il est temps que je me marie. Quant à ma mère, elle ratisse le bottin mondain et la presse mondaine dans l'espoir de me trouver une prétendante convenable.

Opal songea aux photos parues récemment — aucune de ces filles ne devait ressembler à l'épouse idéale selon ses parents. Ces derniers frémissaient sûrement d'horreur en le voyant parader de telles créatures. Malgré elle, Opal sentit un sourire fleurir sur ses lèvres.

— Je vois en quoi ça peut poser problème pour quelqu'un comme vous.

La pique pénétra lentement la conscience de Domenic, mais l'irritation qu'elle lui causa disparut bien vite. Si Opal Clemenger avait espéré le déstabiliser ou le mettre sur la défensive, elle allait déchanter. D'un soudain mouvement de pivot, il l'emprisonna contre la rampe de cuivre qui courait le long de l'ascenseur et plaça les mains de chaque côté de son corps contre la paroi. Elle était prisonnière. Non sans satisfaction, il vit une lueur de panique éclater dans les profondeurs bleu-vert de son regard.

— Quelqu'un comme moi ? C'est une critique ou je me trompe, mademoiselle Clemenger ?

— Opal, corrigea-t-elle avec un calme visiblement feint. Je vous ai permis de m'appeler Opal.

Elle avait une façon sexy de prononcer son propre nom. Ses lèvres formaient un *o* fruité qui invitait au baiser et lui donnait envie d'y mordre à pleine bouche. Mais tout le reste de son être — ses épaules rigides, son menton dressé — exsudait un message parfaitement contraire : bas les pattes !

— Chère Opal, souffla-t-il, vous ne seriez pas en train d'insulter l'homme sur lequel vous comptez pour sauver votre entreprise, n'est-ce pas ?

La jeune femme affronta son regard sans ciller.

— C'est moi qui vous offre de l'aide, rétorqua-t-elle. Le problème, c'est vous qui l'avez.

— Oh ! vraiment ?

Il sourit, son visage tout proche du sien. Opal jeta un regard fébrile autour d'elle, cherchant une échappatoire. Elle était nerveuse — *parfait*. Du bout de la langue, elle s'humecta les lèvres avant de souffler :

— Vraiment, oui. Vous ne m'avez peut-être pas bien écoutée tout à l'heure.

— Oh si, je vous ai écoutée. Je vous ai même accordé toute mon attention, mais une question me tracasse encore.

Les yeux d'Opal revinrent sur lui de manière fugace, involontaire, avant de fuir vers un point sans intérêt sur la paroi.

— Quelle question ?

— J'aimerais savoir si vos lèvres sont aussi douces qu'elles en ont l'air.

Sans lui laisser le temps de répondre, il franchit les derniers centimètres qui les séparaient encore. Il lui vola un baiser léger, au goût sucré, qui arracha à Opal un hoquet de stupeur. Presque aussitôt, un tintement cristallin indiqua l'arrivée de l'ascenseur. Dans son dos, les portes s'ouvrirent en coulissant.

— Excusez-moi, murmura la jeune femme, le souffle court.

Se tortillant pour passer sous son bras, elle émergea de

la cabine comme si tous les démons de l'enfer étaient à ses trousses. Sans un regard en arrière, elle traversa le foyer de l'hôtel en direction de la sortie.

Domenic suivit des yeux le balancement de ses fesses, un sourire aux lèvres. Décidément, cette fille était surprenante. Il avait simplement voulu l'intimider mais il se demandait, après avoir fugitivement goûté à ses lèvres, s'il ne pourrait pas la convaincre de recommencer. Une chose était sûre : il en avait envie.

— Intéressant, marmonna-t-il dans sa barbe, lorsqu'il lui emboîta enfin le pas. Très intéressant…

3.

La mine sombre, Opal versa un peu d'Earl Grey dans sa tasse et regarda les feuilles se déployer dans l'eau chaude, en un oracle qu'elle n'avait pas le moindre mal à déchiffrer. Le thé la traitait d'idiote.

Deux heures s'étaient écoulées depuis que Domenic l'avait plaquée contre le mur de l'ascenseur avant de l'embrasser. Deux longues heures, mais elle n'arrêtait pas de revivre ce moment. Pourtant, elle avait bien plus urgent à faire, comme de persuader l'Italien d'investir dans Clemengers. En tout cas lorsqu'il daignerait revenir du coup de fil personnel qu'il était allé prendre sur le trottoir pour ne pas déranger les autres clients du restaurant.

Sans faire preuve d'un optimisme exagéré, Opal pensait avoir marqué des points. Domenic avait paru favorablement impressionné par son hôtel, dès le moment où Sebastian, leur portier en livrée, les avait accueillis avec son mélange unique de décontraction et de solennité. Il avait semblé apprécier tout autant la décoration des chambres, le mobilier propre à chacune et les œuvres d'art uniques qui décoraient les murs. Opal lui avait ensuite montré leur dernier compte d'exploitation. Il l'avait étudié en silence, posant de rares questions dont elle avait admiré la pertinence. Sa réputation d'homme d'affaires avisé, avait-elle constaté, n'était pas surfaite.

Pour conclure la visite, ils avaient partagé un délicieux déjeuner végétarien au restaurant étoilé de l'hôtel. Domenic avait exigé de rencontrer le chef avant le café, pour le féliciter personnellement et lui poser quelques questions sur son métier et sur sa philosophie. Il n'aurait pas fait tout cela, se répétait Opal, s'il n'avait pas sérieusement songé à accepter son offre. La logique lui commandait donc de se concentrer sur la meilleure façon d'achever de le convaincre. Il devait signer ce contrat qui sauverait tant d'emplois et éviterait la destruction de bâtiments chargés d'histoire.

Opal avait du mal à comprendre pourquoi elle pensait encore à la scène qui s'était jouée dans l'ascenseur. Était-il si difficile d'oublier la caresse de ses lèvres sur les siennes, la brûlure de son souffle sur sa joue, cette impression de s'ouvrir telle une fleur tropicale sous le baiser du soleil ?

Il l'avait embrassée, et elle n'avait rien fait pour l'arrêter. Dès l'instant où il s'était penché sur elle, elle avait oublié où elle se trouvait. Pire encore, avec qui : un play-boy de la pire espèce, le genre d'homme qu'elle détestait plus que tout au monde. Bien sûr, dans l'intérêt de Clemengers, il lui faudrait s'asseoir sur ses certains de ses principes. Mais elle devait se rappeler à quel genre d'énergumène elle avait affaire. Elle n'avait qu'à songer à sa mère pour se rafraîchir la mémoire.

D'un geste machinal, elle ajouta un peu de sucre à son thé. Le restaurant était paisible, le silence à peine troublé par le murmure des conversations et le cliquetis des couverts contre la porcelaine. Les serveurs glissaient entre les tables, efficaces et discrets. Malgré l'atmosphère feutrée, Opal ne parvenait pas à se détendre. Un frisson lui courait sur la peau chaque fois qu'elle pensait à l'incident de l'ascenseur, et les admonestations de sa raison n'y changeaient rien. C'était ridicule, elle le savait. Domenic l'avait sûrement déjà oublié. Un simple baiser ne signifiait rien pour un homme tel que lui. Elle frémit, incapable de s'arracher à cet étrange état.

Alertée par un sixième sens, elle redressa la tête et aperçut l'Italien. Debout près de la porte d'entrée, il la dévisageait, immobile. Les yeux de Domenic foraient dans les siens, semblaient glisser en elle et mettre son âme à nu. Rougissant furieusement, elle ne reprit le contrôle de ses sens que lorsqu'il s'approcha de leur table. L'Italien se glissa de nouveau dans son siège, avec cette troublante souplesse qui caractérisait tous ses mouvements.

— Je suis désolé, déclara-t-il en remettant son téléphone dans sa poche. Je ne pouvais pas ignorer mon père plus longtemps. La famille avant tout, je suppose.

— Vous n'avez pas à vous excuser. Je sais ce que c'est. Je suis très proche des jumelles… Mes sœurs. Je ne les vois pas aussi souvent que je le voudrais.

Domenic avala une gorgée de café, fit claquer sa langue d'un air approbateur — Clemengers utilisait un grain torréfié spécialement pour eux — et répondit :

— Parlez-moi d'elles.

Opal ne se fit pas prier, trop heureuse de pouvoir penser à autre chose qu'à leur baiser.

— Elles ont vingt-deux ans. Saphir, l'aînée de dix minutes, travaille dans la mode à Milan. Elle se débrouille très bien et elle aimerait lancer sa propre marque, un jour. Ruby, pour sa part, vit à Broome. Elle est créatrice de bijoux. Elle a dessiné des pièces magnifiques. Elle est très talentueuse, elle aussi.

— Je vois que vous avez toutes des noms de pierres précieuses.

— Une idée de ma mère, fit la jeune femme en riant. Elle-même s'appelait Perle.

Opal se tut, en proie à un accès de mélancolie. Le souvenir de sa mère, morte quand elle avait neuf ans, évoquait toujours ces émotions douces-amères. Sa pauvre mère devenue une coquille vide, et dont le seul crime avait été d'aimer trop fort un homme qui ne le méritait pas. Le monde entier, pourtant, l'avait enviée. De l'extérieur, elle avait paru heureuse, symbole de réussite sociale et familiale. Évidemment, personne n'avait vu son lit vide, les infidélités constantes de son époux, les efforts requis pour sauvegarder une apparence de bonheur. Personne sauf Opal, assez grande pour comprendre la tristesse de sa mère, trop jeune pour y remédier. Mais elle s'était juré qu'un jour elle aiderait les femmes qui voulaient échapper à un mariage désastreux.

— C'est un excellent choix, déclara Domenic. Votre mère a eu une très bonne idée.

Sa voix tira Opal de ses ruminations, et elle se mit à rire.

— Heureusement que ma mère n'a eu que des filles. Parce que je ne sais pas si mon père aurait voulu d'un fils appelé Grenat ou Diamant.

Son compagnon acquiesça, l'air plus grave.

— Quand votre père est-il mort ?

— Deux ans. Non, deux ans et demi. Une attaque diaque foudroyante.

— Je suis désolé. L'hôtellerie est un métier partic rement stressant. Les gens s'en rendent rarement com

Opal tourna la tête vers la fenêtre et fit mine de s'intér quelques instants à l'animation de la rue. Sur le trottoir, des touristes se mêlaient à des hommes d'affaires rubiconds revenant de déjeuners trop arrosés.

Domenic avait raison : le grand public sous-estimait la difficulté de gérer un hôtel. Mais il était plus difficile encore d'impressionner une strip-teaseuse de dix-neuf ans. Si son père s'était concentré sur son travail plutôt que sur ses maîtresses, Clemengers n'aurait sans doute pas été au bord du gouffre aujourd'hui.

— Et vous avez dû prendre la relève, poursuivit l'Italien. Vos deux sœurs ne pouvaient pas vous aider ?

— Saphir et Ruby sont des artistes, répondit-elle avec un haussement d'épaules. L'hôtellerie ne les intéresse pas et je ne voulais pas les forcer à rester. D'autant que j'adore Clemengers depuis que je suis toute petite. J'ai toujours voulu y travailler. Ce n'était donc pas une épreuve de reprendre les rênes.

— Et c'est pour ça que vous êtes venue me trouver. Parce que vous ne voulez pas abandonner la société.

Le cœur lourd, Opal repoussa sa tasse.

— Il ne s'agit pas seulement de moi. L'enjeu est bien plus important. Deux cents emplois, pour commencer, dépendent de la survie de Clemengers. La plupart de nos employés travaillent pour nous depuis longtemps. Et puis, il y a la tradition. Aucune autre chaîne hôtelière ne propose une expérience comme la nôtre. Je trouverais triste de perdre ce savoir-faire.

L'homme d'affaires leva la main pour l'interrompre.

— Vous affirmez que ce McQuade va remporter l'appel d'offres. Comment le savez-vous ?

Opal se raidit instinctivement à la mention de ce nom.

— J'avais rendez-vous chez le liquidateur et je descendais du taxi quand j'ai entendu deux assistants qui fumaient sur le trottoir en parler.

— Vous êtes sûre ?

— Certaine. J'étais tellement surprise que j'ai confronté le liquidateur. Je peux me montrer très persuasive, quand je veux.

Un éclat amusé apparut, à ces mots, dans le regard de Domenic.

— Je m'en suis aperçu, oui.

Opal fronça les sourcils, se demandant s'il se moquait d'elle.

— Bref, vous avez besoin d'un meilleur enchérisseur que McQuade.

— Oui. Les enchères finissent demain à 17 heures. Il ne reste donc pas beaucoup de temps.

— Je vois. Et, à supposer que je décide de vous aider, je gagne le contrôle des trois hôtels Clemengers, c'est bien ça ?

— Je ne voyais pas tout à fait les choses comme ça, murmura Opal après s'être humecté les lèvres.

— Je ne savais pas qu'il y avait plusieurs façons de voir un problème aussi simple. Que proposez-vous ?

— Une partie seulement des actions de Clemengers.

— Comment ça, une partie seulement ? Si j'emporte

l'enchère, la société sera à moi, point final. Et vous n'aurez rien à y redire.

— Bien sûr. Mais je pensais que, si je continuais de gérer Clemengers au sein du groupe Silvers, vous accepteriez de réduire votre participation en échange de mon expérience. Vous avez vu les comptes : nous sommes les hôtels les plus profitables du pays.

— De la réduire à combien ?

— Disons… quarante-neuf pour cent ? suggéra Opal après avoir fait mine de réfléchir.

Un éclat de rire noir accueillit sa proposition.

— Vous plaisantez ? Vous me demandez de battre l'enchère de McQuade, qui s'il l'emporte gagnera cent pour cent de votre entreprise, et vous me proposez moins en échange ? Vous appelez ça une affaire ? Vous m'avez fait perdre mon temps.

— Oui, c'est une affaire. Réfléchissez. En vous assurant mes services, vous vous garantissez des bénéfices connus et une précieuse continuité de gestion. Si Clemengers est un succès, c'est en grande partie grâce à moi, je le dis sans vantardise. La trésorerie de Silvers va augmenter. Vous profiterez aussi de mes recettes, que vous pourrez appliquer à votre propre société. C'est une véritable synergie entre nos entreprises que je vous offre. C'est plus intéressant que de posséder cent pour cent de Clemengers sans les clés de sa réussite.

Opal espérait qu'elle se montrait convaincante. C'était la seule façon de sauver la Maison de Perle, le foyer d'accueil qu'elle avait fondé quatre ans plus tôt à Sydney. La Maison de Perle était son secret, un lieu sûr destiné aux femmes qui en avaient besoin, le genre de refuge que sa mère n'avait jamais eu. Elle avait acheté la maisonnette avec son propre argent, et une bonne partie de son salaire y passait encore. Sans les revenus que lui garantirait une part majoritaire de Clemengers, le foyer ne survivrait pas bien longtemps. Quant à vendre à McQuade, c'était pire encore. Après le règlement de leur dette aux impôts, il ne lui resterait pas assez d'argent pour vivre et assurer en même temps la pérennité du petit établissement. Il était inimaginable d'en arriver là.

— Non, répondit Domenic d'un ton ferme. À quarante-neuf pour cent, je ne contrôlerai rien. Vous me demandez un investissement important pour un rôle de partenaire minoritaire. Vous voulez mon argent, sans les inconvénients. Personne n'accepterait de telles conditions, surtout pas un Silvagni.

Il frappa la table du plat de la main, si fort qu'Opal sursauta.

— Si vraiment vous pensez être un atout pour Clemengers, je serai ravi de continuer à vous employer, enchaîna-t-il. Vous recevrez une rémunération très correcte.

— Vous ne pouvez pas faire mieux ? Alors que je vous propose une bouée de sauvetage pour vos hôtels ? Si cette occasion s'offre à vous, c'est à cause d'un embrouillamini stupide avec les impôts. Ça ne se reproduira pas.

— Comme on dit dans les films, c'est votre problème, pas le mien. Peu importent les raisons pour lesquelles vous êtes venue me trouver. Le fait est que c'est vous qui avez besoin de moi, même si vous persistez à insinuer le contraire.

— C'est une affaire en or pour Silvers ! Votre directeur financier n'avait même pas daigné vous en informer. Si je n'étais pas venue aujourd'hui, si je ne m'étais pas débrouillée pour vous parler malgré votre refus de me recevoir, vous n'en auriez rien su. Je pensais que vous comprendriez l'intérêt d'un partenariat entre nos deux groupes.

— Vous oubliez que je suis un homme d'affaires, pas un philanthrope.

— Je ne vous demande pas la charité !

— Vous me demandez plus d'argent qu'aux autres tout en m'offrant moins en échange. Vous appelez ça comment, vous ?

Malheureusement, Opal ne pouvait lui exposer la véritable raison de ses exigences. Raison qui, malgré ce qu'elle venait d'affirmer, était bien de nature caritative.

— Je pensais que vous saisiriez mieux la nature de notre activité. Je vois que je me suis trompée.

— Mon offre tient toujours. Je surenchéris, je vous paie un salaire correct, et Clemengers évite les bulldozers. En échange de quoi je prends le contrôle de votre société, comme il se doit. À cent pour cent.

La jeune femme ne répondit pas aussitôt, et Domenic se demanda ce qui se passait dans sa tête. Il voyait bien, aux volutes qui tourbillonnaient dans ses yeux, qu'elle n'avait pas abandonné la partie. Quel culot ! N'importe qui d'autre l'aurait remercié à genoux de son bon vouloir. Jamais il n'accepterait de ne pas contrôler totalement une société qu'il achetait au prix fort. Et si Mlle Clemenger refusait de le comprendre…

— Il faut que je réfléchisse, déclara-t-elle, repoussant sa chaise comme pour mettre fin à leur entretien.

Sans un mot, il leva les yeux sur elle. Nul besoin de parler — elle devait bien voir qu'il était furieux. Cette fille lui avait fait perdre un temps précieux. Il avait offert de lui sauver la mise, il avait mis sur la table une offre que personne ne pouvait refuser. Personne de sensé, en tout cas.

Elle avait du cran, il le reconnaissait. Il ne restait que vingt-quatre heures avant la fin des enchères, il était le seul homme capable de la tirer d'affaire et elle voulait réfléchir ? Elle ne ressemblait en rien à ses associés habituels, des hommes et des femmes habitués à prendre des décisions majeures en une fraction de seconde, et qui connaissaient les limites à ne pas dépasser.

Non, Opal Clemenger ne rentrait pas dans ce moule. Il l'étudia de la tête aux pieds, sentant sa colère se dissiper au profit d'une nouvelle émotion. Son tailleur pinçait une taille fine qui s'évasait sur des hanches sensuelles. Il glissa sur l'arrondi de son ventre, puis descendit jusqu'à ses chevilles fines. Que valait-elle au lit ? Il aurait bien vu ces jambes nouées autour de sa taille, ces seins offerts à ses lèvres, il imaginait sans mal l'expression dans son regard au moment de l'orgasme... La passion qu'elle mettait à sauver sa société, il en était sûr, infuserait sa vie sexuelle. Cette flamme qu'il percevait en elle n'était pas due aux circonstances exceptionnelles que traversait Clemengers. Elle faisait partie de son caractère. Il la distinguait juste sous la surface, un éclat dans les profondeurs de son regard comme dans le joyau dont elle portait le nom.

Oh oui, il avait envie d'elle. Il voulait sentir sa peau brûlante sous ses mains, poser ses lèvres sur son corps baigné de sueur tandis qu'il la pénétrait, encore et encore... Et peut-être, maintenant qu'il y songeait, était-ce possible. Peut-être y avait-il un moyen de satisfaire tout le monde.

Opal le dévisageait à présent d'un air curieux, comme si elle attendait quelque chose, et Domenic retint un sourire. Elle ne s'attendait certainement pas à ce qu'il allait lui dire. C'était impossible, vu qu'il y croyait à peine lui-même. Et pourtant, tout lui semblait clair.

— Il y aurait bien une solution à ce problème..., déclara-t-il enfin en se rasseyant.

La jeune femme tira sur l'ourlet de son tailleur Chanel, manifestement déroutée.

— Je ne vois pas laquelle. Vous avez dit que vous exigiez cent pour cent de Clemengers en échange de votre investissement. Vous avez changé d'avis ?

— Oui. À une condition.

Il vit Opal déglutir, puis serrer les dents pour lui cacher son trouble.

— Laquelle ?

— C'est très simple. Nous pouvons tous les deux tirer avantage de la situation. J'investis dans Clemengers, je sauve la société et je l'intègre à mon groupe, mais vous en gardez le contrôle.

Opal plissa les paupières, puis secoua la tête avec incrédulité.

— Et… en quoi est-ce différent de ma proposition ?

— J'accepte de ne prendre que quarante-neuf pour cent de Clemengers, répondit-il. Ce qu'un Silvagni n'a jamais fait, soit dit en passant. De votre côté, vous n'avez qu'une chose à faire.

— Je vous écoute.

Domenic la regarda droit dans les yeux, puis déclara calmement :

— M'épouser. Je sauverai vos hôtels, selon vos conditions, si vous acceptez de devenir ma femme.

4.

— Votre femme ? Non mais… Vous êtes devenu fou ? Pourquoi ferais-je une chose pareille ?

Opal avait élevé la voix sans le vouloir, s'attirant les regards curieux d'autres clients. Rougissant, elle reprit un ton plus bas :

— Je suggère de terminer cette conversation dans mon bureau.

Opal n'avait pas la moindre intention de prolonger leur discussion, mais elle voulait se débarrasser de Domenic Silvagni sans attirer davantage l'attention. Il lui emboîta le pas en silence, si près qu'elle sentit de nouveau son parfum l'envelopper comme un nuage vénéneux.

Elle comprit sitôt qu'ils entrèrent dans son bureau qu'elle avait commis une erreur. Le problème n'était pas le parfum de Domenic, c'était lui. Il projetait une telle aura qu'elle regretta aussitôt de ne pas avoir choisi une pièce plus grande, comme la salle de réunion, afin de pouvoir mettre la plus grande distance possible entre eux. Mais il était trop tard et elle s'adossa au mur, bras croisés sur la poitrine. Son cœur battait la chamade.

— L'offre que je vous ai faite est très sérieuse, déclara-t-elle le plus calmement possible. J'aimerais que vous la considériez comme telle.

Domenic, appuyé contre le chambranle, glissa les mains dans ses poches. Son regard passa sur Opal tel un souffle brûlant, et elle maudit en silence la réaction de son corps.

Ses seins bourgeonnaient malgré tous ses efforts pour ignorer l'Italien.

— Je suis très sérieux, moi aussi. Épousez-moi, et je sauverai vos chers hôtels. Comme vous le voyez, c'est très simple.

— C'est surtout ridicule !

— Parce que me proposer une part minoritaire de Clemengers ne l'est pas, peut-être ? fit Domenic en riant. Vous ne vous imaginiez tout de même pas que j'allais accepter vos conditions sans sourciller ? Vous deviez bien vous attendre à une contre-proposition de ma part.

— Je ne m'attendais pas à ce que vous me demandiez de vous épouser, c'est certain !

— Vous préféreriez devenir ma maîtresse ?

Sous l'effet de la stupeur, Opal ne répondit pas aussitôt. Son compagnon la dévisagea d'un air songeur, comme s'il envisageait véritablement cette idée, avant de secouer la tête.

— Non, je crois que mes parents ne seront satisfaits que par un mariage en bonne et due forme.

— Je ne serai ni votre femme ni votre maîtresse !

— Vous croyez vraiment que ce serait une épreuve ?

Il s'approcha d'elle, mains sur les hanches, et enchaîna :

— Vous êtes une très belle femme. Et vous êtes passionnée, je le lis dans vos yeux. Nous pourrions faire des étincelles, tous les deux.

— Vous semblez imaginer, monsieur Silvagni, que je m'intéresse à vous pour autre chose que votre argent. Laissez-moi être très claire : ce n'est pas le cas.

Sourcil levé, l'homme d'affaires posa une main sur sa joue puis, du pouce, effleura ses lèvres.

— En êtes-vous absolument certaine, mademoiselle Clemenger ?

Opal inspira une longue goulée d'air, puis acquiesça lentement.

— Bien sûr. Je ne mélange jamais le sexe et les affaires.

— Peut-être parce que vous n'en avez jamais eu l'occasion ?

Opal se détacha du mur et dépassa Domenic — elle ne se rappelait que trop la façon dont il l'avait emprisonnée dans l'ascenseur. Une fois derrière son bureau, elle se retourna.

— Pourquoi diable accepterais-je de vous épouser ? J'ai mille raisons de ne pas le faire !

— Comme ?

— Comme le fait que nous ne nous connaissions pas il y a deux heures ! Je ne sais presque rien de vous.

Et le peu que je sais ne me plaît pas, ajouta-t-elle en son for intérieur.

Avec un haussement d'épaules, l'Italien prit appui sur son bureau.

— Ce n'est pas un problème. Mes parents se sont rencontrés le jour de leur mariage, et ils sont toujours ensemble cinquante ans plus tard. C'est possible, il suffit de le vouloir.

De justesse, Opal retint un sourire narquois. La mère de Domenic n'avait sans doute pas eu le choix si le père ressemblait au fils !

— Peut-être que, par le plus grand des hasards, ils étaient faits l'un pour l'autre. Mais il est évident que je ne suis pas votre type.

— Et quel est mon type, selon vous ?

Opal songea aux photos de *Flagrant Délit* et répondit d'un ton narquois :

— Je dirais blondes, très jeunes et minces. Et, au mieux, pas très malignes.

Domenic continua de sourire, mais un muscle furieux jouait sur sa mâchoire.

— Et quel est votre type d'homme ? poursuivit-il.

— Je n'ai pas de type d'homme.

Il fronça les sourcils, et elle comprit aussitôt qu'il s'était mépris sur le sens de sa réponse.

— J'ai vu ce que le mariage faisait aux gens, expliqua-t-elle.

Je laisse donc ça aux incorrigibles romantiques. Pour ma part, je ne suis pas masochiste.

— Vous avez peur.

— Non, répliqua-t-elle.

Mais Domenic avait vu juste. Oui, elle avait peur. Ou plus exactement, elle était marquée par l'exemple de sa mère. Elle ne comptait pas commettre les mêmes erreurs en se livrant pieds et poings liés à un play-boy invétéré. Elle ne se rappelait que trop le bonheur de sa mère quand son père daignait lui accorder un peu d'attention, puis son désespoir lorsqu'il disparaissait avec sa dernière maîtresse en date. Non, très peu pour elle. Si, à neuf ans, Opal n'avait pas eu conscience des détails sordides de la relation de ses parents, elle avait parfaitement perçu la souffrance de sa mère.

Pourquoi Domenic lui demandait-il de l'épouser ? Était-ce pour afficher une façade de normalité ? Ou pour s'assurer, s'il ne pouvait contrôler Clemengers, qu'il la contrôlerait elle ? L'idée la fit sourire. Aucun homme ne la contrôlerait jamais, surtout pas lui. Mais, si elle refusait de l'épouser, qu'adviendrait-il de ses hôtels ?

Domenic, pendant ce temps, étudiait attentivement les émotions qui jouaient sur le visage d'Opal. Frustration, colère, et maintenant vulnérabilité. Il avait vu cette expression dans son bureau le matin même, tandis qu'elle se tenait près de la fenêtre. Elle paraissait soudain plus jeune, plus fragile encore. Habitué aux négociations, il connaissait bien cette mine — celle de quelqu'un qui n'avait plus le moindre atout en main. Il décida de porter l'estoc final.

— Je vais demander à mes avocats de préparer les papiers. Nous devons faire vite si les enchères se terminent demain.

— Non ! Je... Je n'ai jamais dit que j'acceptais votre marché.

— Vous n'avez pas vraiment le choix.

— Je ne veux pas vous épouser.

— Ne soyez pas ridicule. Je vous demande de devenir ma femme, pas de m'aimer.

Opal redressa le menton, le regard brillant.

— Tant mieux, parce que je ne vous aimerai jamais. Le simple fait me tenir dans la même pièce que vous me donne des frissons. Je ne vois donc pas l'intérêt de poursuivre cette conversation.

Il la dévisagea un long moment, le regard noir et impénétrable, puis fit claquer ses mains sur ses cuisses et se redressa de toute sa taille.

— Très bien. Je vois donc que vous n'êtes pas si désespérée que ça. Comme vous voudrez.

— Attendez. Et mes hôtels ?

— Quoi, vos hôtels ? Vous avez pris votre décision. McQuade va remporter l'enchère, et il fera ce que bon lui semble de Clemengers. Ça ne me regarde pas. Ou plutôt si : ça me fera un concurrent en moins.

Domenic avait à dessein retourné le couteau dans la plaie. Malgré son air bravache, la jeune femme pâlit. Elle prenait pleinement conscience des conséquences de son refus. Parfait. Il lui avait offert une chance en or de sauver sa précieuse entreprise, et elle l'avait rejetée. Domenic n'avait plus qu'à abattre sa dernière carte. — Au revoir, mademoiselle Clemenger.

D'un pas décidé, il se dirigea vers la porte. Opal le regarda s'éloigner — lui et sa dernière chance de sauver ses hôtels. Tant de carrières, tant de vies dépendaient d'elle... Sans parler de ses sœurs, qui lui avaient fait entièrement confiance en lui déléguant la gestion de la société familiale. Devait-elle accepter de se marier pour la sauver ? C'était ridicule.

C'est juste un bout de papier ! lui hurla sa raison dans les dernières secondes qui lui restaient, alors que Domenic posait la main sur la poignée. Ce n'était rien du tout en comparaison du destin des employés de Clemengers. Comment pouvait-elle les mettre au chômage ? Comment pourrait-elle affronter tous ceux qui comptaient sur elle, sachant qu'elle avait eu une chance de les sauver et qu'elle l'avait refusée ?

La porte s'ouvrit, et Domenic disparut dans le couloir. Une fraction de seconde plus tard, Opal bondit à sa suite.

— Attendez !

Il se retourna, presque à l'escalier, et lui jeta un regard indifférent.

— Vous avez quelque chose à ajouter, mademoiselle Clemenger ?

— Si vous voulez bien m'accorder encore une minute…

Il la dévisagea d'un air impatient, puis regarda sa montre.

— S'il vous plaît.

D'un soupir, il signifia son assentiment et revint vers le bureau. Opal referma la porte derrière lui, son cœur battant un rythme tribal à ses oreilles.

— Que vouliez-vous me dire, mademoiselle Clemenger ?

— Ce mariage… Il sera de façade, n'est-ce pas ? Je veux dire, si j'acceptais…

— Si vous acceptiez, répondit son compagnon d'une voix veloutée, ce serait pour les apparences…

Opal lâcha un soupir de soulagement. Ils feraient chambre à part, mèneraient chacun sa vie. Elle pourrait s'occuper de Clemengers en Australie pendant que Domenic voyagerait dans le monde entier. Sa vie ne changerait pas tant que ça. Ils se verraient à peine — elle y veillerait.

— Les apparences, et bien sûr le sexe, reprit son compagnon au moment où elle s'y attendait le moins. Vous serez ma femme dans tous les sens du terme.

Elle le dévisagea, bouche bée. L'Italien souriait de toutes ses dents, mais il était évident qu'il ne plaisantait pas. Horrifiée, Opal lui tourna le dos pour reprendre le contrôle de son esprit vagabond. Son imagination lui représentait déjà des scènes d'une clarté choquante, Domenic et elle nus dans les bras l'un de l'autre, enflammés par la passion. Comment avait-elle pu croire un seul instant qu'un tel homme se contenterait d'un mariage platonique ? se demanda-t-elle, les joues brûlantes. Bien sûr qu'il exigeait de coucher avec elle. Elle avait fait preuve de naïveté en espérant le contraire. Mais pourquoi elle, alors qu'il pouvait avoir toutes les femmes qu'il désirait et qu'elle manquait d'expérience ? Était-ce une tentative pour l'humilier ?

— Je ne veux pas qu'il y ait la moindre cause d'annulation, et un mariage non consommé en serait une.

Lentement, elle se retourna vers lui. Il avait raison : coucher ensemble scellerait leur pacte et son destin. Après cela, plus question de faire machine arrière. Mais elle n'avait pas d'autre choix, pas si elle voulait sauver Clemengers.

Elle déglutit à plusieurs reprises fois pour humecter sa gorge sèche, sa langue râpeuse comme du papier de verre. En vain : sa salive, à l'instar de ses derniers espoirs d'une meilleure offre, semblait s'être évaporée.

— J'accepte vos conditions, annonça-t-elle d'une voix blanche. J'accepte de vous épouser pour sauver Clemengers.

5.

— Tu es magnifique ! s'exclama Saphir, reculant d'un pas pour étudier son œuvre. Absolument sublime. Avec les quelques kilos que tu as perdus récemment, la robe te va à ravir. On la croirait conçue pour toi.

— Il était temps que l'une de nous saute le pas ! s'exclama Ruby, apportant à chacune une flûte de champagne. À Opal Clemenger, la plus belle mariée de la planète.

Opal se força à sourire malgré le mal de crâne qui lui vrillait les temps, et étudia le reflet que lui renvoyait le miroir de sa suite. La femme qui lui faisait face était pâle et tendue. Bien sûr qu'elle avait perdu du poids. Elle s'alimentait à peine depuis qu'elle avait accepté d'épouser Domenic. Et ses chères sœurs s'imaginaient que c'était sous l'effet de l'excitation.

Saphir avait au moins raison sur un point : la robe qu'elle avait dessinée pour une nouvelle collection qu'elle comptait lancer au printemps était splendide. Le bustier brodé de perles s'évasait jusqu'au sol en un flot de soie couleur champagne. Des gants assortis et une tiare, celle que portait sa mère le jour de son mariage, complétaient sa tenue.

— C'est une très belle robe, Saphy. Merci beaucoup. Et vous êtes superbes aussi, toutes les deux.

Elle disait vrai — ses sœurs étaient rayonnantes. La soie bleue de leurs robes s'accordait parfaitement avec leurs cheveux bruns et leur teint hâlé. Opal s'étonnait encore d'avoir pu organiser ce mariage en quatre semaines seulement, et se réjouissait de la présence des jumelles. Toutes deux imaginaient qu'elle était tombée follement amoureuse d'un bel Italien. Bref, la version officielle qui avait été servie au monde entier. Même si elles l'ignoraient, ces dernières lui offraient un soutien moral bienvenu.

Quel était l'état d'esprit de Domenic, en cet instant ? Regrettait-il d'avoir mis en branle une telle mascarade ? Elle ne l'avait revu qu'une fois depuis leur première rencontre, et ils avaient passé leur temps à discuter des modalités d'intégration de Clemengers au sein du groupe Silvers. L'Italien s'était montré poli, si professionnel qu'elle avait dû faire un effort conscient pour se rappeler que, deux semaines plus tard, il deviendrait son mari. C'était un homme d'affaires par excellence : leur mariage était pour lui une simple transaction. Une fois l'accord d'Opal acquis, il était passé à autre chose.

Leurs seuls échanges, depuis, s'étaient déroulés par courrier électronique. Même sa bague de fiançailles lui avait été livrée par un coursier. Domenic avait abordé ce mariage en véritable machine, s'arrogeant toutes les décisions : où, quand, qui serait invité. Il avait tout organisé avec une redoutable efficacité, sans même attendre que son père finisse sa radiothérapie, l'empêchant de ce fait d'assister à la cérémonie. Il avait expliqué à Opal qu'elle rencontrerait ses parents quelques mois plus tard, en Italie, à l'occasion de leur cinquantième anniversaire de mariage. Si elle n'avait pas insisté pour choisir elle-même sa robe, Domenic l'aurait fait pour elle.

Ne lui faisait-il pas confiance ? S'imaginait-il qu'elle allait se présenter à l'autel en jean ? Elle prit une gorgée de champagne, mais il lui parut acide et elle reposa aussitôt son verre. Elle n'avait pas davantage envie de champagne que d'assister à un mariage — encore moins au sien !

Saphir alla ouvrir lorsque l'on frappa à la porte et revint avec un paquet plat accompagné d'une enveloppe. Opal le prit, sourcils froncés.

— Ouvre, la pressa Ruby. Ça doit venir de Domenic. C'est romantique.

— Qui aurait cru, renchérit Saphir, que tu tomberais amoureuse du sauveur de Clemengers ? Que tu trouverais un associé et un mari d'un seul coup ! Et dire que tu as toujours proclamé que tu ne voulais pas te marier. Ce doit être un sacré charmeur pour t'avoir convaincue de changer d'avis.

Opal étudia ses sœurs et se força à sourire, un effort presque insurmontable. Les jumelles trépignaient presque d'impatience. *Si seulement elles savaient…*

Peut-être aurait-elle dû se montrer honnête avec elles et leur avouer dès le départ qu'il ne s'agissait pas d'un véritable mariage mais d'un simple arrangement financier. Elle n'avait pu s'y résoudre. Affronter la réalité seule était déjà assez difficile, elle ne voulait pas partager son humiliation avec ses sœurs. Ce mariage était le résultat d'un chantage. Si quelqu'un n'y était pas invité, c'était bien l'amour !

— Allez ! insista Ruby. Ouvre. Il va falloir descendre et je veux savoir ce qu'il y a dedans.

D'une main mal assurée, Opal tira sur le ruban de soie qui fermait la boîte et le laissa glisser à terre. Un hoquet de stupeur lui échappa lorsqu'elle souleva le couvercle, ses sœurs avidement penchées par-dessus son épaule. Un magnifique collier en or reposait sur du velours, décoré de cinq opales. Chacune était entourée de diamants, à la manière d'une étoile. Des pendants d'oreilles assortis complétaient la parure. Le moindre mouvement de l'écrin arrachait aux pierres des éclats multicolores.

— Grands dieux, murmura Saphir. C'est merveilleux.

Opal fixa le bijou sans réagir. Les opales n'étaient pas des pierres ordinaires mais leur variété la plus rare, des opales noires. Leurs inclusions flamboyantes évoquaient des étoiles filantes dans la nuit. Elles étaient à ravir.

— Que dit le message ? s'enquit Ruby.

Opal tendit l'écrin à ses sœurs pour ouvrir l'enveloppe.

Une seule ligne manuscrite figurait sur une carte, d'une brièveté intimidante.

À porter aujourd'hui. Domenic.

— C'est court, observa Ruby, sourcils froncés.

Avec un éclat de rire, Opal abandonna le message sur le canapé. Si elle avait espéré que ce cadeau de dernière minute signifiait quelque chose, une offre de paix par exemple, voilà qui la ramenait à la réalité. Par chance, elle n'imaginait pas un seul instant que ce mariage était autre chose qu'une transaction. Elle ne pouvait donc pas être déçue. L'engourdissement qui la paralysait depuis un mois avait des vertus anesthésiantes.

— Voyons ce que ça donne sur toi, déclara Saphir.

Elle se plaça derrière sa sœur et attacha le collier. Opal, pendant ce temps, retira ses boucles d'oreilles pour les remplacer par les pendants.

— Alors ? demanda-t-elle, feignant l'impatience.

— C'est magnifique, s'exclama Saphir, une main sur les lèvres. J'avais peur que ce soit trop, avec la robe, mais les pierres se marient avec à merveille. Je pensais déjà que tu ressemblais à une princesse. Maintenant, tu ressembles à une reine.

— Domenic n'aura d'yeux que pour toi, renchérit Ruby en la faisant pivoter vers le miroir. Regarde…

Les jumelles avaient raison. La robe était spectaculaire, les bijoux plus encore. Le sentiment d'imposture qui rongeait Opal s'accentua.

D'une main tremblante, elle effleura les pierres qui reposaient sur sa gorge. S'agissait-il d'un cadeau ou d'un simple accessoire décoratif ? Le contrat de mariage devait le stipuler, mais elle n'avait pas eu le courage de le lire en détail avant de le signer. Une condamnation était une condamnation, alors à quoi bon ? Elle n'était pas en position de dicter ses conditions.

Un autre coup discret se fit entendre à la porte. Saphir regarda sa montre, puis sourit.

— À vos bouquets, les filles. C'est l'heure !

Une mélodie d'orgue les accueillit dans la petite chapelle qui flanquait Clemengers. Les vitraux découpaient les rayons du soleil en lamelles colorées, baignant l'intérieur de l'édifice d'une merveilleuse lumière. Le spectacle était magnifique... et irréel.

Opal se tenait sur le seuil, flanquée de ses sœurs. Elle approcherait seule de l'autel, sans personne pour l'accompagner. Peu importait, puisqu'il ne s'agissait pas d'un véritable mariage.

Elle fit quelques pas dans la chapelle et s'immobilisa en apercevant Domenic. Il se retourna, plongeant les yeux droit dans les siens. Irréel ? Oh non, tout était bel et bien vrai. Un faisceau d'énergie presque physique venait de la cueillir au creux de l'estomac et déferlait en flots brûlants dans ses veines. Domenic irradiait ce magnétisme des stars de cinéma d'autrefois. Et il l'attendait, au fond de cette église, pour l'épouser. Elle, Opal Clemenger. C'était complètement fou.

Elle se remit à marcher, d'un pas lent qui faisait écho à celui de sa mère, vingt-cinq ans auparavant. Cette dernière avait cru aller vers un avenir radieux, rempli d'amour. Elle avait vite déchanté.

Voilà qu'Opal empruntait aujourd'hui le même chemin, cette allée de pierre entre des bancs de bois. Mais, contrairement à sa mère, elle ne se faisait pas la moindre illusion. Le contrat était clair.

Domenic lui prit la main quand elle arriva à sa hauteur, puis murmura :

— Souris.

Opal se rendit compte qu'elle avait avancé comme un automate, sans prêter la moindre attention aux invités.

Elle peignit un sourire factice sur ses lèvres, consciente de l'importance de donner le change.

— Tu es splendide.

C'était un compliment inattendu, et elle vit au regard de l'Italien qu'il était sincère. Pour la première fois de la journée, une sensation de plaisir rosit les joues d'Opal. Comment pouvait-il produire un tel effet sur elle ? Elle n'avait pas envie d'être là, pas envie de se marier. Par quel miracle l'affectait-il d'un seul regard ?

— Le collier est très beau, merci, chuchota-t-elle comme ses sœurs se plaçaient à ses côtés.

— Il paraît bien pâle à ton cou.

Grands dieux. Si elle n'y prenait pas garde, elle allait bientôt s'imaginer qu'il s'agissait d'un véritable mariage. Et, là, les ennuis commenceraient. Elle devait se rappeler que Domenic jouait un rôle, tout comme elle.

Quelques instants plus tard, le prêtre entama la cérémonie, et Opal sut que son destin était scellé.

— Je vous déclare à présent mari et femme, annonça le célébrant. Vous pouvez embrasser la mariée.

Opal dévisagea le prêtre d'un air hagard. Domenic lui tira légèrement la manche, et elle reporta son attention sur lui. Il la dévisageait avec une expression vaguement moqueuse.

— Madame Silvagni ?

— Oh…

Les lèvres de son compagnon se posèrent sur les siennes, étouffant sa réponse. Des sensations inconnues explosèrent au creux de son ventre et envahirent aussitôt tout son être. C'était la suite du baiser qu'ils avaient échangé dans l'ascenseur, mais il était aussi différent. C'était une impression inexplicable, quelque chose, dans la façon dont ses lèvres caressaient les siennes, les forçait à s'ouvrir telle une fleur au soleil.

Sa langue enveloppa bientôt la sienne, l'attira en une danse lente et sensuelle. Un frisson dévala l'échine d'Opal et se diffusa au creux de ses reins. Malgré son manque d'expérience, elle savait qu'il la désirait. Elle le sentait à la manière dont ses mains s'étaient refermées, possessives, sur ses hanches.

Était-ce ainsi qu'il embrassait toutes les femmes ? Était-ce ce qu'elles ressentaient entre ses bras, charmées par ses baisers, par les promesses silencieuses de son corps musclé ? Elles lui répondaient sans doute passionnément, et c'était ce qu'il devait attendre d'elle, songea Opal. Il y était habitué.

Mais elle se figea sous ses lèvres, paniquée. Elle savait qu'elle était censée s'abandonner aux bras de cet homme. Son tour était venu : ce soir, ils coucheraient ensemble. Alors seulement leur contrat serait scellé.

Tout effrayée qu'elle fût, il n'était plus question de reculer. Elle devait aller de l'avant, remplir sa part du marché. Elle coucherait avec lui comme convenu, mais cela ne signifiait pas qu'elle devait le désirer. Rien dans leur contrat ne le stipulait.

Domenic détacha ses lèvres des siennes, sourcils froncés. Opal, non sans satisfaction, lui retourna un regard innocent. Avait-il perçu sa froideur ? Oui, c'était ça : il n'était pas habitué à voir une femme rester de marbre entre ses bras.

Eh bien, il allait devoir s'y accoutumer !

La réception se tenait dans le salon Clair de Lune, au dernier étage de l'hôtel. Avec ses imposantes colonnes de marbre et ses portes-fenêtres ouvrant sur une terrasse qui dominait la ville, c'était un décor de rêve. Mais le clou du spectacle, c'était le plafond de verre qui donnait son nom à l'endroit. Il révélait, ce soir, un ciel piqué d'étoiles.

Des serveurs en livrée circulaient parmi la foule, leurs plateaux chargés de boissons et de hors-d'œuvre. Le moral des employés de Clemengers s'était sensiblement amélioré depuis qu'Opal leur avait annoncé la prise de participation de Silvers. Certains étaient venus la remercier en personne, lui annoncer qu'ils avaient arrêté de parcourir les offres d'emploi et qu'ils pouvaient enfin se concentrer sur leurs projets — qui un bébé, qui une maison. Tous se dépassaient, ce soir, pour s'assurer que la soirée serait une réussite.

Et elle l'aurait été s'il s'était agi d'un véritable mariage, et non d'une imposture. Tout comme ses sœurs, le personnel ignorait tout de la vérité. Opal avait mal aux joues à force de sourire, d'accepter des félicitations qu'elle ne méritait pas. Mais elle n'avait d'autre choix que de jouer la comédie jusqu'au bout.

Quelqu'un lui tapa sur l'épaule et elle se retourna, prête à accepter de nouveaux compliments. Une blonde vaguement familière s'était approchée, moulée dans une robe rouge échancrée. Opal ignorait d'où elle la connaissait mais la chose n'avait rien d'étonnant : Domenic s'était occupé de la liste des invités. Avec un cynisme qui forçait l'admiration, il s'était même assuré la présence de journalistes afin de promouvoir, de manière indirecte, la fusion Silvers-Clemengers.

— Nous n'avons pas été présentées, fit la blonde avec un fort accent américain. Il fallait que je fasse connaissance de la femme qui a réussi à passer la corde au cou de Domenic.

Opal crut distinguer, derrière l'expression aimable de la blonde, une hostilité sourde. Son regard un peu vague indiquait qu'elle n'en était pas à sa première coupe de champagne.

— Merci, répondit-elle poliment. Je suis ravie que vous ayez pu venir.

— Oh ! Dommy a insisté pour que je vienne.

Alors Opal se rappela soudain où elle l'avait vue. Les photos dans ce tabloïd ! C'était l'une des blondes — l'actrice, pensait-elle — pendues au bras de Domenic. Il avait invité ses ex à son mariage, sans doute pour leur signifier que son nouveau statut ne changerait rien à sa vie sexuelle.

La nouvelle venue se pencha vers elle et ajouta d'un ton conspirateur :

— Et je n'ai jamais pu dire non à Dommy.

Une lueur triomphale dans le regard, elle termina sa coupe d'un trait. Luttant contre l'envie de lui envoyer la sienne à la figure, Opal répliqua d'un ton suave :

— Il est plus facile de dire oui à Dommy, n'est-ce pas ? J'ai bien essayé de lui résister moi aussi, mais il a insisté pour que je l'épouse.

Elle lâcha un petit rire, tandis qu'une expression dépitée allongeait le visage de la blonde.

— Si vous voulez bien m'excuser, renchérit Opal, je dois m'assurer que mes invités ne manquent de rien. J'étais enchantée de faire votre connaissance, mademoiselle… ?

Mais la blonde avait déjà tourné les talons et, d'une démarche titubante, se dirigeait droit vers le bar pour faire remplir son verre.

— Tu n'as rien mangé, murmura Domenic lorsqu'ils se retrouvèrent enfin assis devant un copieux dîner. Force-toi.

Opal baissa les yeux sur son assiette. Il avait raison — elle avait déplacé la nourriture sans y toucher. Le plat était pourtant appétissant, un mélange de textures et de couleurs aussi agréable à l'œil qu'au palais, mais elle ne pouvait rien avaler malgré le talent du chef. Avec un soupir, elle reposa ses couverts.

— Je n'ai pas faim.

— Tu as perdu du poids depuis ma dernière visite, observa l'homme qui était désormais son mari.

Opal leva sur lui un regard narquois. Que s'imaginait-il ? Ce dernier mois n'avait pas été de tout repos.

— Ça alors, je me demande bien pourquoi.

Au regard de l'Italien, elle vit qu'il n'appréciait pas l'ironie. Tant pis pour lui. Opal sentait sa migraine s'aggraver à mesure que la soirée avançait, et elle se massa les tempes pour la soulager un peu.

— Tu ne te sens pas bien ?

— Ce n'est rien.

— Nous pouvons appeler un médecin si ça ne va pas. Il faut que tu sois en forme pour me donner un fils le plus vite possible.

Ses paroles mirent quelques secondes à pénétrer la conscience d'Opal. Elle secoua la tête, interdite.

— Qu'est-ce que tu as dit ?

Avec un haussement d'épaules, Domenic replia sa serviette et pivota sur sa chaise pour lui faire face.

— Je veux que tu sois en forme. Tu auras besoin de forces pour avoir un enfant. Je ne veux pas que tu perdes davantage de poids.

— Qui a dit que je te donnerais un enfant ? J'ai accepté de coucher avec toi mais c'est tout. L'acte en lui-même me répugne assez, je n'ai pas la moindre envie d'engendrer un nouveau Silvagni.

Elle prit son verre pour boire une gorgée d'eau, mais son mari abattit une main sur son poignet.

— J'en déduis que tu n'as pas lu la dernière version du contrat avant de la signer et de la renvoyer ?

Un spectateur aurait pu croire, à les voir penchés ainsi l'un vers l'autre, qu'ils étaient engagés dans une conversation amoureuse. Mais les yeux de Domenic flamboyaient et la pression de ses doigts, sur le poignet d'Opal, n'avait rien de tendre. Elle lâcha son verre, le regardant avec indifférence basculer et déverser son contenu sur la nappe blanche.

Le contrat. L'avocat lui avait promis que les changements étaient sans importance. Et elle, stupide qu'elle était, l'avait cru. Pourquoi n'avait-elle pas relu ce fichu papier ? C'était le b.a.-ba des affaires.

— Je n'ai jamais accepté d'avoir un enfant, chuchota-t-elle furieusement. Ça ne fait pas partie de notre accord original.

Mais lorsqu'elle voulut se dégager, la poigne de Domenic se resserra encore sur son bras. Elle fit la grimace.

— Pourquoi crois-tu que j'aie voulu d'un vrai mariage ? fit-il d'une voix sourde. Si ce n'est pour avoir des enfants et satisfaire ma famille ?

Il la laissa digérer l'information quelques secondes et ajouta, sarcastique :

— Tu n'imaginais tout de même pas que j'étais épris de toi ?

— Pas une seconde, non. Nous avons au moins ça en commun.

Puis elle se dégagea d'un geste brusque et, tout en se massant le poignet, repoussa sa chaise.

— Où vas-tu ?

— Je dois te demander la permission d'aller aux toilettes ? Ça fait partie du contrat, ça aussi ?

Domenic se rembrunit sans répondre, et elle partit d'un rire sec.

— Me voilà rassurée. Je vois donc que tu ne comptes pas régenter *tous* les aspects de mon existence.

Le visage plissé par une grimace de douleur, Opal avait pris appui sur le lavabo de marbre des toilettes. Elle n'avait pas besoin de redresser la tête pour savoir qu'elle avait l'air épuisée à cause du marteau-piqueur qui lui agressait les tempes.

Sa tête n'était pas la seule à la faire souffrir. Son malaise était général. Ses épaules étaient nouées, sa nuque raide, une nausée lui tordait l'estomac. Elle se massa le cou dans l'espoir de dissiper ses tensions mais elle savait pertinemment qu'elle ne pouvait qu'en alléger les symptômes — leur cause ne changerait pas. Il était là, dehors, ce nouveau mari qu'Opal n'avait pas désiré, plus exigeant à chaque instant. Domenic s'attendait à ce qu'elle se comporte en parfaite épouse : elle devait couper le gâteau de mariage, ouvrir le bal et, plus tard, s'offrir à lui dans la suite nuptiale. Ah oui, et lui donner un enfant. Elle avait presque oublié ce détail.

Son souffle s'accéléra et un vertige la saisit. Ce cauchemar ne s'arrêterait donc jamais ? Elle arpenta la pièce, tentant de reprendre le contrôle de ses émotions. Comment réagirait Domenic lorsqu'il s'apercevrait qu'elle n'avait pas la moindre expérience au lit ? Regretterait-il de l'avoir épousée ?

Bon sang, comment s'était-elle fichue dans de tels draps ? Après des années passées à jurer qu'elle ne se marierait jamais, à se méfier des hommes pour éviter de tomber, comme sa mère, dans leurs filets ! Par un habile travail de sape, Domenic avait démoli ses remparts. Elle avait épousé un homme qu'elle n'aimait pas, un play-boy, un type qui n'avait pas hésité à inviter sa dernière maîtresse en date à leur mariage !

Opal inspira profondément, et constata avec soulagement qu'à force de massages ses maux de tête commençaient à s'atténuer. Elle allait devoir sortir, elle le savait, si elle ne voulait pas que leurs invités s'interrogent sur les raisons de sa disparition. Elle rejoindrait son mari et exécuterait leur contrat à la lettre.

Et s'il se fâchait en s'apercevant qu'elle était vierge, tant pis pour lui.

6.

La suite nuptiale était fin prête. La chambre était élégante, richement décorée, ornée de rideaux qui encadraient de leurs plis moirés une vue enchanteresse sur la ville. Une bouteille de champagne refroidissait dans un seau, accompagnée de fraises et de chocolats.

Le lit, cependant, préoccupait Opal. Il trônait sous son baldaquin au beau milieu de la pièce, énorme, comme pour la narguer. Le personnel l'avait préparé pour ses futurs occupants : la couette était ouverte et repliée, deux orchidées sur les oreillers. La chemise de nuit d'Opal avait été sortie de sa valise et l'attendait, repassée.

Elle frémit, osant à peine approcher. Le matelas lui paraissait gigantesque. Puis elle songea qu'elle devrait le partager avec Domenic, et il lui sembla trop petit. Dépitée, elle se força à traverser la pièce, consciente de ne pas disposer de beaucoup de temps. Un coup d'œil à sa montre lui confirma ce qu'elle redoutait : Domenic serait là dans une demi-heure. C'était l'avance qu'il lui avait accordée pour se préparer, une attention dont elle lui était reconnaissante. Peut-être n'avait-elle rien à voir avec la générosité mais, à ce stade, Opal s'en moquait.

Chemise de nuit en main, elle entra dans la salle de bains. Ses affaires étaient installées sur une étagère, celles de Domenic — en nombre plus restreint — sur une autre. C'était donc ça, la vie à deux ? Partager des étagères et un lit ? Elle étudia le parfum de son mari, son rasoir argenté et sa brosse à dents. Que savait-elle de l'homme qu'elle venait d'épouser, tout bien considéré ? Rien, si ce n'était qu'il s'agissait d'un coureur de jupons, d'un hôtelier réputé et d'un milliardaire habitué à obtenir ce qu'il désirait sur un claquement de doigts. Et *qui* il désirait.

Elle soupira, épuisée par sa journée mais soulagée par la quasi-disparition de ses maux de tête. Une bonne douche achèverait d'y remédier. Elle retira ses bijoux et la tiare de sa mère, puis laissa tomber la robe créée par sa sœur. Elle avait presque terminé de se démaquiller lorsqu'elle sentit une crispation familière dans son ventre — ses règles commençaient, quelques jours plus tôt que prévu. À coup sûr, le stress du dernier mois avait bouleversé son rythme biologique.

Voilà qui mettait un point final à sa lune de miel, songea-t-elle avec un demi-sourire. C'était ironique, même si elle était sûre que Domenic ne verrait pas l'humour de la situation.

Debout sous la douche quelques minutes plus tard, Opal s'abandonna au flot brûlant, à la caresse de l'eau chaude glissant dans ses cheveux, sur ses épaules, le long de son corps. Ses muscles se détendaient enfin, en un contrepoint enivrant au traumatisme de cette journée. Ses soucis disparaissaient dans la bonde avec les bulles de savon, dans une agréable odeur florale. Elle se concentra sur l'instant présent, refusant de penser à…

— *La sirena.* Une sirène.

La voix de Domenic fracassa ses rêveries et lui arracha un cri de stupeur. Opal rouvrit les yeux, tentant de cacher sa nudité du mieux qu'elle le put. À travers la paroi de la douche à peine floutée de buée, elle le vit adossé au lavabo, occupé à tirer sur son nœud papillon. Il le laissa tomber à terre et répéta :

— *Ma* sirène.

Opal le fixa comme une biche un prédateur, des larmes d'eau perlant sur ses cils. Elle aurait voulu s'enfuir en courant, se dérober à ce regard inquisiteur. Domenic, de son côté, ne semblait pas se soucier le moins du monde du fait qu'elle était nue. Avait-il tout calculé ? Croyant disposer d'une demi-heure, elle avait pensé l'accueillir en chemise de nuit, les draps remontés jusqu'au menton et la lumière éteinte. Était-ce pour cela qu'il était monté après un quart d'heure à peine ? Pour lui couper l'herbe sous le pied et l'empêcher de se dérober ?

— Je… J'avais justement fini, s'entendit bredouiller Opal, d'une voix qui paraissait appartenir à une autre. Je vais sortir, si tu veux bien me passer une serviette.

Mais l'homme d'affaires entreprit de déboutonner sa chemise.

— Pas besoin de serviette. Je te rejoins.

Il devait plaisanter. Il n'allait tout de même pas la rejoindre sous la douche ?

— Non, j'en ai assez, répondit-elle, tâtonnant en vain par-dessus la paroi dans l'espoir d'atteindre les serviettes. Je commence à avoir froid.

— Pas pour longtemps.

Elle le dévisagea avec un ahurissement mêlé de panique. Ils étaient mariés, certes, mais elle devait bien avoir droit à une vie privée. Personne, apparemment, n'en avait averti Domenic, qui venait d'ouvrir les pans de sa chemise sur un torse sculptural. Sa peau mate luisait sous les spots de la salle de bains, et Opal sentit une bouffée de désir inattendue lui tordre le ventre. Elle aurait préféré lui en vouloir — elle ne manquait pas de raisons de le faire. Mais cela ne l'empêchait pas d'admirer son corps. Il était incroyablement beau, et une brutale envie de le toucher faillit éradiquer ce qui lui restait de raison.

Un sourire nonchalant aux lèvres, il s'attaqua à la boucle de sa ceinture. Opal baissa les yeux, fascinée malgré elle par le frémissement de ses abdominaux. Avec une lenteur étudiée, il fit glisser sa ceinture hors des montants de son pantalon. Puis, comme son nœud papillon et sa chemise, il les laissa tomber à terre.

Il faisait un strip-tease, comprit-elle. Juste pour elle.

Son corps réagit aussitôt à cette idée, inondant ses cuisses d'une sensation brûlante. Derrière ses bras, ses seins se dressèrent et bourgeonnèrent. Opal se força à détourner les yeux lorsque Domenic fit glisser sa braguette, et devina plus qu'elle ne la vit la chute de son pantalon. Quelques instants plus tard, un bruissement de soie lui indiqua qu'elle venait de manquer le clou du spectacle.

Puis la porte de la douche grinça en s'ouvrant, et une bouffée d'air frais s'engouffra dans la cabine. Alors seulement Opal comprit son erreur.

Non, elle n'avait pas manqué le clou du spectacle. Ce dernier ne faisait que commencer.

7.

Les mains qui se refermèrent sur ses épaules arrachèrent à Opal un violent frisson. Puis Domenic se serra contre elle, dans son dos, pour partager le jet d'eau qui tombait de la douche comme une pluie tropicale. Opal se força à garder son calme et à feindre la plus parfaite sophistication, mais toute sa volonté ne pouvait rien contre le sexe tendu qu'elle sentait pointer contre ses reins. Elle fut incapable de contenir sa panique plus longtemps.

— Non, s'exclama-t-elle, je…

— Retourne-toi, ordonna-t-il sans la laisser terminer.

Elle fut presque tentée de s'exécuter, machinalement. Quelque chose dans la voix de l'Italien lui donnait tour à tour envie de se disputer avec lui, puis de lui obéir de façon servile. Mais c'était le moment de lui montrer qu'elle ne lui appartenait pas.

Sans attendre sa réponse, son mari la fit pivoter. Avec une douceur surprenante, il la força à baisser les bras. Elle les laissa retomber, livrant ses seins nus à son regard. D'un doigt, il lui redressa le menton. Les volutes qui tourbillonnaient dans ses yeux ne laissaient pas de doute : il avait envie d'elle. Chose qu'elle avait déduite du sexe dressé, lourd comme une barre d'acier, qui reposait maintenant sur son ventre.

Elle sut en cet instant, avec une lucidité presque douloureuse que, malgré tout ce qu'il lui avait fait subir, malgré les humiliations et les tentatives d'intimidation, elle le désirait aussi.

— Tu es ma femme, lui rappela-t-il, suivant du bout des doigts le tracé de sa mâchoire.

Opal retint son souffle lorsqu'il descendit le long de son cou, puis entre ses seins. Son cœur battait si fort qu'il semblait sur le point d'exploser.

— Tu n'as pas besoin de te cacher…

Il se pencha vers elle, touchant ses lèvres au moment où sa main couvrait l'un de ses seins. Son pouce en taquina le bourgeon sombre, tandis que sa langue entraînait celle d'Opal dans une danse torride. Un rideau d'eau chaude tombait sur eux, son érection appuyait avec insistance sur son abdomen, et elle s'abandonna à lui avec un gémissement de plaisir. Trop d'émotions la traversaient, impossibles à analyser, à trier. Mieux valait se laisser emporter sans lutter par cette lame de fond, cette vague d'une violence inouïe. Leur baiser s'approfondit, les doigts de Domenic se déployèrent sous ses cheveux trempés pour la masser doucement. Son torse était dur comme du marbre, et elle fut prise d'une envie irrationnelle d'y poser les lèvres, de descendre doucement jusqu'à sa virilité saillante et de la cueillir en elle.

Elle rougit furieusement, horrifiée par la tournure de ses pensées, mais oublia bien vite sa pudeur quand, du bout des dents, l'Italien taquina ses seins dressés. Sans réfléchir, elle posa les mains à plat sur ses pectoraux et perdit sa langue dans son cou. Leurs souffles s'accélérèrent, cadencèrent leurs caresses d'une pulsation fébrile.

Opal était en feu. De la lave en fusion courait dans ses veines, des sensations électriques dansaient sous sa peau, faisaient chanter ses cellules. Elle s'agrippa aux épaules humides de Domenic, se demandant si ses jambes allaient la soutenir très longtemps.

Chaque baiser, chaque caresse, allumait en elle un nouveau brasier. Elle perdait pied, renonçait au peu de contrôle qu'elle exerçait encore sur son propre corps. À chaque seconde qui passait, elle s'enfonçait plus profondément dans un labyrinthe de passion, sans espoir de retour. Domenic passa une main sur sa hanche, puis sur son ventre et, de là, descendit encore. Une bouffée de panique déchira tel un éclair la brume qui enveloppait Opal.

— Non ! s'exclama-t-elle, reculant d'un pas.

Il l'attira de nouveau, avant de l'embrasser avec une fougue qui lui coupa le souffle. Sa main redescendit, sur ses fesses cette fois, où elle s'attarda un court instant avant de glisser entre ses cuisses.

— Non ! répéta-t-elle, s'arrachant à ses lèvres.

— J'ai envie de toi et tu as envie de moi, fit-il valoir d'une voix haletante. C'est simple, non ?

— Ce... Ce n'est pas le meilleur moment du mois.

Il s'arrêta, sourcils froncés, puis haussa les épaules.

— C'est gênant ?

Opal cligna des yeux, déroutée par cette réponse, puis croisa de nouveau les bras sur sa poitrine en un accès de pudeur quelque peu futile.

— C'est gênant si tu veux offrir un héritier à ton empire. Ça n'arrivera pas ce soir.

D'un mouvement brusque, Domenic pivota et ferma les robinets.

— À t'entendre, on dirait que c'est une épreuve d'avoir un enfant.

Puis il ouvrit la porte de la douche, agrippa un peignoir accroché au mur et le lui lança avant d'en passer un à son tour. Opal le suivit, les joues brûlantes d'un mélange d'embarras et de colère.

— Mes sentiments vis-à-vis des enfants sont une chose, tes exigences en sont une autre. Tu me traites comme une... comme une jument ! Une simple reproductrice !

Elle avait crié ces derniers mots, et Domenic la fusilla du regard.

— Maintenant que nous sommes mariés, repartit-il, autant que ça serve à quelque chose.

— Alors c'est ça, mon destin ? De servir de jument à Domenic Silvagni, l'étalon italien ? Quelle chance !

D'un geste furieux, elle s'empara d'une seconde serviette, autant pour se sécher les cheveux que pour dissimuler son visage. Voilà donc le but de l'épisode qu'elle venait de vivre dans la douche. Son mari tenait à la mettre au travail au plus vite, sans perdre de temps. Et dire que, l'espace d'un instant, elle avait cru qu'il avait sincèrement envie d'elle !

— Combien de temps cette… indisposition va-t-elle durer ? s'enquit-il d'un ton sec.

— Cinq jours, peut-être une semaine. Ça vient juste de commencer.

— Et tu n'as pas pensé à m'en avertir quand nous avons organisé le mariage ?

— Tu veux dire quand *tu* as organisé le mariage ? Je n'ai pas eu mon mot à dire, dois-je te le rappeler ? Tout comme je n'ai pas mon mot à dire, apparemment, sur le fait de te donner un enfant.

En guise de réponse, l'homme d'affaires lui opposa un visage glacial.

— Quoi qu'il en soit, reprit Opal avec un haussement d'épaules, je suis en avance. Je pensais disposer encore de quelques jours.

— Ça alors, comme c'est pratique.

S'armant d'une brosse à cheveux, Opal attaqua ses mèches emmêlées avec hargne.

— Très pratique, en effet. Je suis ravie de pouvoir échapper, même si ce n'est que pour quelques jours, à tes sales pattes.

— Il y a quelques minutes à peine, mes « sales pattes », comme tu dis, ne semblaient pas te dégoûter comme ça.

— Disons que je me suis montrée naïve. Ça ne se reproduira pas. La prochaine fois, je saurai exactement ce que tu attends de moi.

— Ce que j'attends de toi n'a rien d'une épreuve, et je

connais bien des femmes qui donneraient tout ce qu'elles ont pour être à ta place.

— Oh ! je n'en doute pas. Dont certaines des invitées que j'ai croisées un peu plus tôt.

Domenic tourna vivement la tête, visiblement troublé.

— De quoi parles-tu ?

— De ton amie. La blonde en robe rouge.

— Emma ?

— Si c'est comme ça qu'elle s'appelle, oui.

— Tu l'as rencontrée ?

— Elle mourait d'envie de faire ma connaissance. Et de me dire à quel point elle t'appréciait.

L'Italien s'approcha d'elle, les lèvres ourlées d'un sourire que démentait l'éclat métallique de son regard. Il leva une main qu'il posa sur son cou, avant de suivre le V formé par le col de son peignoir.

— Sais-tu que tes yeux jettent des éclairs quand tu es en colère ? Ou peut-être que tu n'es pas en colère, mais simplement jalouse ?

D'un mouvement brusque, Opal se dégagea. Jalouse, elle ? Il ne manquait pas de culot. Comme si elle se souciait de la vie sentimentale de Domenic ! Il y aurait bien d'autres Emma à l'avenir, elle en était sûre. Elles traverseraient sa vie avec une régularité monotone pendant qu'elle, tout comme sa mère, ferait mine de ne rien remarquer.

— Tu te fais des illusions. Je ne suis pas jalouse, mais je suis bel et bien en colère. Tu pourrais avoir la délicatesse de ne pas faire parader tes maîtresses, surtout le jour de notre mariage. Je me moque parfaitement de ce que tu fais quand j'ai le dos tourné, mais je suis en droit d'exiger un peu de discrétion.

— Parce que tu crois que je l'ai invitée ?

— Je ne vois pas d'autre explication.

— Elle est à Sydney pour la promotion de son film. Elle s'est invitée toute seule, je te l'assure.

Opal le dévisagea, presque tentée de repousser la boucle noire qui retombait sur son front. Comme elle aurait voulu le croire ! Mais sa mère avait cru son père, avalé ses mensonges et ses fausses promesses, et elle n'avait pas l'intention de répéter cette erreur.

— Ça alors, comme c'est pratique, ironisa-t-elle, lui renvoyant sa propre remarque à la figure.

Il la fixa en silence, pendant ce qui parut à Opal plusieurs minutes, le visage tout en angles. Puis, sans crier gare, il tourna les talons.

— Où… Où vas-tu ?

— M'habiller. Je sors. Ne m'attends pas.

Opal prit appui contre le lavabo de marbre, le souffle court. Elle l'entendit ouvrir des tiroirs dans la chambre, puis des placards. Quelques instants plus tard, la porte de la suite claqua, et un silence de plomb envahit la pièce.

Malgré ses yeux brûlants de fatigue, Opal ne parvenait pas à trouver le sommeil. Depuis des heures, elle se tournait et se retournait dans le lit trop grand. Un peu plus tôt, sa taille l'avait intimidée. À présent, le lit se moquait d'elle. C'était sa lune de miel, et elle était seule.

Pourquoi s'en souciait-elle tant ? Il ne s'agissait pas d'un véritable mariage mais de la fusion de deux groupes hôteliers. Sa solitude n'aurait pas dû l'affecter. Pour une raison qu'elle ignorait, c'était pourtant le cas. Peut-être avait-elle espéré, au fond d'elle-même, profiter de cette soirée pour faire plus ample connaissance avec son mari. Après tout, s'ils devaient passer une vie à se côtoyer, autant se trouver quelques points communs. Les choses commençaient mal…

Avec lassitude, elle tourna la tête vers l'affichage numérique du réveil. L'aube approchait, et Domenic n'était toujours pas rentré. Où avait-il pu passer la nuit ? Le visage d'une Emma triomphale s'imposa à son esprit, mais elle la chassa aussitôt. Inutile de se torturer. Même si l'actrice, maintenant qu'elle y pensait, n'avait pas encore quitté la réception lorsque Opal était montée dans leur chambre. Il n'était pas complètement irréaliste d'imaginer que Domenic était allé la rejoindre. Après l'épisode de la douche, il avait dû chercher un exutoire à sa frustration.

Opal se retourna et frappa dans son oreiller, tentant désespérément de trouver une position confortable. Un film visible d'elle seule se déroulait sur l'écran noir de ses paupières : Emma, ses cheveux décolorés tombant sur ses épaules nues et son opulente poitrine soulevée par des halètements de plaisir, jouissait dans les bras de Domenic. Domenic Silvagni, son mari.

Le souvenir de ses baisers hantait encore Opal. Jamais elle n'avait soupçonné que le contact de deux corps pouvait être source d'autant de plaisir. La pression de son érection, contre son ventre, avait éveillé en elle des émotions d'une violence inconnue. Il était massif, et elle frissonna à l'idée de l'accueillir, d'être possédée par un homme si viril. Serait-elle à la hauteur ? Cette perspective l'emplissait d'excitation et d'effroi mêlés.

Le problème, c'était l'absence inexpliquée de Domenic. Où était-il ? Avec qui ? Faisait-il connaître à une autre les sensations qu'elle avait découvertes dans la douche ? À une femme qui, en retour, lui offrait bien volontiers ce qu'Opal lui avait refusé ?

D'un geste furieux, elle envoya son oreiller voler à travers la pièce, en prit un autre et y cala sa tête. Elle se torturait pour rien. Elle avait une chaîne d'hôtels à gérer — voilà ce qui comptait. Elle devait aussi s'occuper de la Maison de Perle, dont la gérante avait démissionné cette semaine pour raisons familiales. Il fallait la remplacer.

Sa relation avec Domenic était définie noir sur blanc par un contrat. Elle ne pouvait plus le changer. Puisqu'elle était obligée de lui donner un enfant, elle le ferait. Quant à son mode de vie, elle s'en accommoderait, en espérant qu'il saurait se montrer discret lors de ses escapades. Elle n'avait pas à finir comme sa mère, usée et brisée par les infidélités d'un homme qu'elle s'était acharnée à aimer envers et contre tout, un salopard qui lui avait brisé le cœur sans sourciller. La différence entre elles, c'était qu'Opal n'aimait pas Domenic. C'était sans doute ce qui la sauverait.

Elle bâilla dans son oreiller, un peu plus optimiste. Elle avait l'impression diffuse d'avoir repris le contrôle de son existence, même si cette dernière avait pris une tournure inattendue.

Domenic disposait peut-être d'un document stipulant qu'il possédait son corps, mais il n'aurait jamais son âme — et encore moins son cœur.

Parfait, elle dormait encore. Sur la pointe des pieds, Domenic se glissa dans la chambre. La pénombre régnait — les épais rideaux y veillaient. Ils repoussaient le petit jour, et le double vitrage le murmure de la circulation. Mais la forme d'Opal était bien visible, ainsi que la tache plus claire que formaient ses cheveux étalés sur un oreiller. Un autre était tombé du lit, et les draps étaient froissés.

Alors comme ça, elle avait mal dormi, songea-t-il avec un sourire de satisfaction. Tant pis pour elle ! Il se dirigea vers la salle de bains, s'y déshabilla et passa sous la douche, s'efforçant de ne pas penser à la scène qui s'y était jouée quelques heures plus tôt. Il était fatigué, mais il pourrait mettre à profit les quinze heures de vol jusqu'à Los Angeles pour dormir dans l'avion. Il arriverait reposé, au petit matin.

Il sortit de la douche après quelques minutes, se sécha vigoureusement et revint, nu comme un ver, dans la chambre. Décrochant le téléphone, il commanda un petit déjeuner pour deux : œufs brouillés, saumon, et café — fort. Lorsqu'il se retourna, la jeune femme le dévisageait. Ou plus exactement, elle fronçait les sourcils dans sa direction.

— Bonjour, lança-t-il en se dirigeant vers le dressing, et en ouvrant les rideaux en grand au passage.

Il reparut avec sa valise, qu'il déposa au pied du lit. Opal tira la couette jusqu'à son menton, les joues rehaussées de rouge.

— Bonjour, répondit-elle enfin, d'une voix mal assurée.

Sa pudeur amusa Domenic. Si elle s'imaginait qu'il allait lui sauter dessus après le fiasco de la nuit passée, elle se faisait des idées !

— Que… Qu'est-ce que tu fais ? enchaîna-t-elle en le voyant s'affairer.

Il se dirigea vers une commode, l'ouvrit et en sortit des vêtements qu'il transféra dans sa valise.

— Je dois me rendre aux États-Unis. Une affaire urgente à régler. Je ne pensais pas que tu y verrais d'inconvénient, vu la tournure de notre lune de miel.

Les yeux d'Opal accrochèrent les siens. Il les retint, intrigué par les émotions qui jouaient dans leurs profondeurs, mélange de soulagement, de curiosité et de suspicion. L'effort qu'elle faisait pour ne pas détourner le regard était presque comique. Elle ne lui avait pas demandé où il avait passé la nuit mais la question était affichée sur visage, aussi évidente qu'un néon.

— Tu seras parti combien de temps ?

— Au moins une semaine. Ça te donnera le temps de finaliser le plan marketing commun à Silvers et à Clemengers. Tu t'en sens capable ?

— Bien sûr que je m'en sens capable, répliqua-t-elle, avec un regain de cette combativité qu'il commençait à connaître.

— Parfait. À mon retour, je te demanderai de m'accompagner dans le nord du pays. J'aimerais voir s'il n'y a pas un potentiel inexploité dans le Queensland. Autant que tu viennes avec moi puisque tu es du coin.

Tout en parlant, il roula des chemises en boule et les fourra dans la valise — il les ferait repasser à Los Angeles.

— Je vois. Comment refuser une si charmante invitation ? Mais, euh…

— Oui ?

Il la vit rougir, puis baisser les yeux et marmonner :

— Tu comptes t'habiller ?

Avec un sourire, Domenic planta les poings sur ses hanches.

— Mon corps ne te plaît pas ?

Opal s'empourpra plus furieusement encore — il était évident qu'elle regrettait d'avoir abordé le sujet.

— Eh bien, c'est juste que… le service d'étage sera là dans quelques instants et…

Il ne répondit pas, la laissant s'empêtrer dans ses explications.

— Excuse-moi, murmura-t-elle enfin, glissant hors du lit en entraînant la couette avec elle. Si tu as fini avec la salle de bains… ?

Sans attendre sa réponse, elle fila s'y réfugier et claqua la porte derrière elle. Une seconde plus tard, Domenic entendit le verrou tourner. Elle n'avait apparemment pas l'intention de répéter l'expérience de la veille.

Après s'être habillé, il termina sa valise et la referma, toujours amusé par le caractère de sa nouvelle épouse. Elle soufflait tour à tour le feu et la glace, elle était innocente et sophistiquée à la fois, sans qu'il puisse prévoir quelle facette de sa personnalité elle allait révéler. Sauf lorsqu'il la touchait… Là, comme la veille dans la douche — ou comme dans l'ascenseur quelques semaines plus tôt —, il la sentait fondre dans ses bras, oublier l'indifférence qu'elle professait à son égard et révéler la passion qui l'habitait. Oh oui, il avait hâte de lui faire l'amour.

Lorsqu'elle émergea enfin de la salle de bains, vêtue d'un épais peignoir éponge, leur petit déjeuner avait été monté par le service d'étage. Assis devant un café, Domenic lisait les journaux du matin. D'un geste, il l'invita à prendre place.

Soulagée de le trouver enfin habillé, Opal s'exécuta.

— Comment prends-tu ton café ?

— Un peu de lait, pas de sucre.

Il lui tendit une tasse et, de nouveau, Opal fut frappée par l'énormité de ce qu'ils avaient fait. Ils prenaient leur petit déjeuner comme si de rien n'était, comme n'importe quel couple marié. À ceci près qu'ils n'étaient pas n'importe quel couple. Quelque chose, dans cette petite scène domestique, sonnait terriblement faux.

Où Domenic avait-il passé la nuit ? Et pourquoi ce départ soudain pour les États-Unis alors qu'il avait prévu de rester une semaine à Sydney ? Qu'est-ce qui justifiait un voyage aussi précipité ?

À moins que… Emma était-elle la raison de ce changement de programme ? Un frisson glacial parcourut Opal. Mais à quoi s'était-elle attendue, au juste ? Elle s'était refusée à son mari et l'avait presque mis à la porte. Pourquoi s'attarderait-il alors qu'il la savait indisponible pour quelques jours encore ?

Elle mourait d'envie de le questionner, de savoir, mais c'était impossible. Ce qu'il faisait de son temps libre ne la regardait pas. Elle ne voulait surtout pas lui donner l'impression qu'elle avait le moindre sentiment pour lui.

Elle sirota son café en silence, réconfortée par sa chaleur, et se força à penser à autre chose qu'à l'homme qui lui faisait face. Puisqu'il partait, elle allait pouvoir profiter de sa journée, essayer par exemple de trouver une nouvelle gérante pour la Maison de Perle. Elle avait besoin d'une femme efficace mais capable de compassion, un mélange de qualités qui n'était pas si facile à trouver.

Un nom s'imposa soudain à son esprit : Deirdre Hancock. Elle quittait Silvers, et Opal ne voyait pas de meilleure candidate. Elle se promit de l'appeler dès que possible.

— Mange, ordonna son compagnon, déposant une assiette pleine devant elle. Tu n'as rien avalé hier soir.

Du bout de sa fourchette, Opal prit un peu de saumon sur un morceau de toast, puis sentit un appétit féroce s'emparer d'elle à cette première bouchée. Elle termina son assiette en un rien de temps, ce qui lui valut un regard approbateur de son mari.

— *Buono.* Ravi de te voir manger. Je préfère les femmes avec des formes.

— Et, moi, je préfère les hommes habillés, répondit-elle du tac au tac.

Le rire grave de Domenic la surprit. Et le baiser qu'il déposa sur sa joue, dans une bouffée de son parfum, plus encore.

— Plus pour très longtemps, lui souffla-t-il avant de se diriger vers la porte. Je compte bien te faire changer d'avis. *Arrivederci, bella.*

Opal demeura figée longtemps après son départ, songeant à la sensation de ses lèvres sur sa joue, à la fragrance de son après-rasage, et à ce qu'il lui avait dit promis avant de disparaître.

S'imaginait-il vraiment qu'elle apprécierait un jour de le voir nu ? Après tout, il avait un corps de rêve, le genre de silhouette célébrée autrefois par les sculpteurs de l'Antiquité, ce physique que l'on prêtait aux dieux. Qu'y avait-il de mal à profiter du spectacle ?

Un rire nerveux franchit ses lèvres. Dans une semaine, Domenic serait de retour. Et, cette fois, rien ne les empêcherait de consommer leur mariage. La veille encore, l'idée de lui faire l'amour l'avait terrifiée. Mais quelque chose avait changé. Car le drôle de sentiment qui lui tiraillait l'estomac ressemblait fort à de l'impatience…

8.

Le chaos régnait lorsque Opal se rendit à la Maison de Perle cet après-midi-là. Elle ne s'occupait en général pas de la gestion quotidienne du foyer, mais la démission de sa gérante ne lui laissait guère le choix.

Deux véhicules de police l'attendaient à son arrivée dans la petite rue tranquille de la banlieue de Sydney. Des années plus tôt, elle avait acquis une maison sans grande valeur dans un quartier défavorisé, mais les choses avaient changé depuis. De plus en plus de familles achetaient les vieilles demeures décrépites et les retapaient, tout comme elle l'avait fait. Le quartier était devenu recherché, en particulier par les jeunes couples, et l'atmosphère y avait changé du tout au tout. Autrefois triste, il était devenu coquet et accueillant.

Opal descendit de voiture dans l'air chaud de ce mois d'octobre. Une bougainvillée en fleurs éclaboussait de couleurs la façade de la Maison de Perle, en un saisissant contraste avec le message sinistre des voitures de police. Elle s'était habituée à leur présence régulière. Son foyer abritait beaucoup de femmes battues, et il arrivait parfois qu'un ancien mari ou un partenaire revanchard vînt y brailler des menaces ou, pire, jeter une brique contre les fenêtres. Les voisins s'étaient toujours montrés tolérants mais leur patience avait des limites. Si les choses s'envenimaient, c'était l'existence même du foyer qui serait menacée. Peut-être était-il temps de songer à déménager, à trouver un nouvel emplacement sans voisins proches, avec un grand jardin pour permettre aux enfants de courir. Maintenant que Clemengers était sauvée, Opal pourrait consacrer davantage de temps à ce projet.

Elle tira sur son T-shirt pour le décoller de sa peau — rien ne lui aurait fait davantage plaisir qu'une douche. À l'intérieur de la maison, ses seize occupants — femmes et enfants de cinq familles différentes — étaient rassemblés autour de la table du salon.

— Il faut que... que je me trouve un autre endroit, murmurait Jenny Scott, serrant une enfant maigre dans ses bras.

Opal s'agenouilla devant elle. Jenny paraissait avoir quarante ans bien qu'elle en eût dix de moins. Elle lui prit la main avec douceur et demanda :

— Où irez-vous ?

La jeune femme se mit à pleurer, la tête contre celle de son enfant, qui continuait à sucer son pouce en regardant dans le vide.

— Je ne sais pas. Loin de Frank, c'est tout ce qui compte.

— Je comprends. Ne vous en faites pas, nous trouverons une solution. En attendant, je vais parler aux policiers.

Opal repartit une heure plus tard, le cœur lourd. Les agents avaient accepté d'augmenter leurs patrouilles dans le quartier, ce qui était mieux que rien. Mais il devenait de plus en plus urgent, maintenant que le foyer était connu, de déménager. Elle ne voulait pas transformer la Maison de Perle, un lieu d'accueil et de réconfort, en une forteresse sous prétexte de protéger ses occupantes. Ces dernières échappaient déjà à une prison, après tout.

Elle prit une longue inspiration, en proie à un sentiment d'abattement dont elle n'était pas coutumière. Une prison pouvait prendre tant de formes différentes... Celle de sa mère avait été une cage d'or pur, une geôle six étoiles. Son luxe ne l'avait pas empêchée de se dessécher lentement, de se vider de sa substance jusqu'à devenir une coquille vide.

À son tour, Opal s'était mariée. Elle avait lié son destin à celui d'un homme qui la traitait davantage comme un objet que comme une égale. Dans quel genre de cellule s'était-elle enfermée de son plein gré ? Quelle sentence l'attendait ?

Elle secoua la tête et alluma la radio, montant le volume pour noyer le vacarme de ses pensées. Si elle voulait sauver la Maison de Perle et ses occupantes, elle allait avoir besoin de toutes ses ressources intellectuelles. Elle devait cesser de se lamenter sur son sort, même s'il ne lui semblait en cet instant guère plus enviable que celui de ses pensionnaires.

Le Rocks, le café où elle avait accepté de retrouver ses sœurs pour un verre d'adieu, était animé lorsqu'elle arriva une demi-heure plus tard. Les touristes qui revenaient du port, en cette fin de journée, se mêlaient aux habitants de Sydney en une foule joyeuse. Le chuintement de la machine à expresso ponctuait le brouhaha des conversations, et une délicieuse odeur de cuisine italienne flottait dans l'air.

Les jumelles avaient trouvé une table sous l'auvent. La brise du soir, encore tiède, promettait une belle journée le lendemain. Opal se dirigea vers elles, songeant que ce mariage lui avait au moins donné l'occasion de revoir ses sœurs. Depuis qu'elles vivaient loin les unes des autres, elles se voyaient moins souvent qu'elles ne l'auraient voulu.

— Ça y est, Domenic t'a relâchée ? demanda Saphir, se levant pour l'embrasser.

Opal prit place avec un sourire qu'elle espérait nonchalant.

— Plus ou moins, répondit-elle. Il a dû partir régler quelques affaires. Je suppose donc que notre lune de miel est techniquement terminée.

Avant même d'avoir commencé, ajouta-t-elle en son for intérieur.

— Il est parti ? répétèrent les jumelles de concert. Où ça ?

— Aux États-Unis. Un problème à régler, apparemment.

— Oh.

Ses deux sœurs échangèrent un regard rapide avant de

piquer du nez dans leurs menus. Opal les étudia d'un air soupçonneux — quelque chose n'allait pas. Un message tacite était passé dans ce regard, comme si elles lui cachaient quelque chose. Étaient-elles au courant de la vérité ? Avaient-elles découvert que son mariage n'était qu'une façade ?

Opal en aurait presque été soulagée, tant mentir à ses sœurs lui coûtait. Quelle importance si elles apprenaient la vérité, maintenant que Clemengers était sauvé ? Bien sûr, il lui faudrait supporter l'inévitable humiliation, leurs regards apitoyés. Mais, avec le temps, tout serait oublié.

— Qu'est-ce qui se passe ? demanda-t-elle en étudiant ses sœurs, du ton qu'elle employait autrefois pour leur faire cracher un secret.

De nouveaux, les jumelles se consultèrent du regard.

— Ce… Ce n'est probablement rien, maugréa Saphir.

— J'ai dû me tromper, renchérit Ruby.

— Mais de quoi parlez-vous, bon sang ?

Après une hésitation, Saphir lui prit une main entre les siennes.

— Est-ce que tout va bien entre Domenic et toi ?

Opal voulut rire, mais seul un son rauque franchit ses lèvres.

— Pourquoi cette question ? Juste parce qu'il a dû partir pour affaires ?

— Mais… le lendemain de votre mariage ?

— Je vous l'ai dit : il s'agit d'une urgence. D'ailleurs, lui et moi nous rendons dans le Queensland la semaine prochaine, pour rattraper le temps perdu.

Une nouvelle fois, elle étudia ses sœurs. Les deux arboraient la même moue dubitative, et Opal en déduisit qu'elles ne lui avaient pas tout dit.

— Que se passe-t-il, au juste ? Arrêtez de tourner autour du pot.

— Eh bien… C'est juste qu'hier soir, après la réception, je suis descendue pour prendre un peu l'air…

— Et ?

— Et j'ai vu… J'ai cru voir Domenic monter dans un taxi.

— Oh.

Opal réfléchissait à toute vitesse. Elle ignorait où son mari était allé lorsqu'il l'avait quittée. Il lui fallait improviser.

— C'est exact. Il est allé chercher des affaires qu'il avait laissées dans sa suite à Silvers.

Ruby la dévisagea, le front barré d'une ride soucieuse.

— Opal, il était en compagnie de cette actrice. Celle qui était au mariage.

Opal accusa le coup en silence, horrifiée par cette confirmation de ses pires soupçons. Fidèle à sa réputation, Domenic avait donc couché avec Emma. Les décennies passaient mais rien ne changeait, pas le comportement de ce genre d'homme en tout cas. Pourquoi était-elle blessée par cette nouvelle ? C'était exactement ce à quoi elle s'était attendue.

Elle fit de son mieux pour se composer une mine indifférente, puis regarda fébrilement autour d'elle.

— Bon sang, on ne pourrait pas avoir un serveur ? Je meurs de soif.

— Opal, murmura Saphir en lui effleurant la main. Si nous pouvons faire quoi que ce soit…

Opal dévisagea ses sœurs, toutes deux rongées par l'inquiétude, et comprit qu'elle ne pouvait pas leur avouer son secret. Même si la société familiale était tirée d'affaire, elle devait sauver les apparences, protéger les jumelles de la sordide vérité. Elle leur devait cela.

— Ce n'est pas ce que vous croyez, répondit-elle avec une surprise feinte. Emma est une vieille amie de Domenic. Elle ne se sentait pas très bien et je lui ai demandé de la raccompagner à son hôtel, c'est tout.

— Le soir de ta lune de miel ? demandèrent en même temps ses sœurs, visiblement perplexes.

— J'ai insisté ! C'était vraiment très gentil à elle de venir au mariage, vu son emploi du temps. Je ne voulais pas qu'elle rentre seule.

— Mais tu as dit que Domenic était parti chercher ses affaires à l'hôtel…

— C'est parce que j'avais peur que vous vous fassiez des idées si je vous parlais d'Emma, et c'est exactement ce qui s'est passé ! Ne vous inquiétez pas. Domenic rentre dans une semaine et m'emmène dans le Queensland pour un week-end romantique. Au lieu de vous en faire, vous feriez mieux d'être jalouses !

— Tu es sûre que tout va bien, alors ? insista Saphir.

— J'ai de la chance d'avoir des sœurs qui se font autant de souci pour moi, répondit Opal en riant. Oui, tout va bien. Détendez-vous, à présent. Nous ne nous voyons pas souvent, alors profitons du moment !

Opal arpentait le salon de l'aéroport et faisait de son mieux pour dissimuler sa nervosité. L'avion privé de Domenic avait atterri quelques instants plus tôt. Une fois les formalités effectuées et l'appareil avitaillé, ils partiraient tous deux pour Cairns.

Même s'il s'était absenté plus longtemps que prévu, ces onze jours étaient passés à la vitesse de l'éclair. Opal s'était jetée à corps perdu dans son travail et, avec l'aide d'une agence de pub, avait préparé le lancement de leur nouvelle stratégie. Les choses s'arrangeaient aussi du côté de la Maison de Perle, dont Deirdre Hancock avait accepté de prendre la direction sans la moindre hésitation. Deirdre l'avait d'ailleurs appelée deux jours plus tôt pour lui annoncer une bonne nouvelle : Jenny Scott et sa fille s'étaient vu attribuer un logement social, où elles étaient toutes deux impatientes d'emménager. La nouvelle avait ravi Opal. Il était toujours merveilleux de voir une femme qu'elle avait connue brisée, épuisée, repartir la tête haute pour refaire sa vie.

Avec de telles journées, elle n'avait guère eu le temps de penser à Domenic. Les nuits, en revanche, étaient plus difficiles. Lorsqu'elle s'effondrait enfin dans son lit, son esprit oisif, dans ces instants qui précédaient le sommeil, se fixait presque aussitôt sur Domenic. Elle avait beau puiser dans sa colère à son égard, se rappeler qu'il l'avait forcée à l'épouser, d'autres visions enflammaient bientôt son imagination, la ramenaient à la cabine de douche embuée qu'ils avaient partagée cette soirée-là, à la dureté marmoréenne de son érection. Ses caresses la hantaient, impossibles à oublier, tout comme la sensation de ses mains brûlantes sur ses seins nus, sur ses fesses. Les jours passaient et les souvenirs, au lieu de s'atténuer, se faisaient plus vifs à l'approche du retour de Domenic.

Lorsqu'elle avait reçu son message lui ordonnant de l'attendre à l'aéroport, un frisson l'avait parcourue. Malgré le ton neutre du courriel, elle savait qu'il ne s'agirait pas d'un simple voyage d'affaires dans le Queensland. Quelque chose de plus profond, de plus primitif, était à l'œuvre. Domenic revenait pour faire d'elle sa femme.

Elle se posta devant la fenêtre qui donnait sur les pistes, se frottant les bras comme pour se réchauffer. Son tailleur de lin jaune clair était adapté à leur destination mais peut-être un peu léger pour Sydney, même si le soleil brillait. D'un sourire distrait, elle déclina le café que lui proposa un serveur et regarda sa montre. Mais où était-il ?

Domenic arriva à cet instant précis. La jeune femme, tournée vers la fenêtre, ne l'avait pas vu et il en profita pour l'observer. Elle était plus ravissante encore que dans son souvenir, vêtue d'un tailleur léger qui épousait ses courbes sensuelles. Son front était plissé, et il vit qu'elle se mâchonnait la lèvre avec nervosité. Puis elle se mit à marcher de long en large, telle une tigresse en cage ne demandant qu'à bondir.

Domenic eut un sourire satisfait. Ce soir, il la libérerait. Ce soir, Opal la tigresse serait sienne, entièrement. Cette fois, elle n'aurait pas d'excuse. Rien qu'en y pensant, il sentit son sexe durcir dans son jean.

Comme si elle avait perçu sa présence, la jeune femme pivota brusquement vers lui. Malgré la distance qui les séparait, il distingua l'éclat avide de son regard. Elle l'attendait, avec la même impatience qu'il avait attendu ce moment. Et il ne doutait plus, désormais, que leurs retrouvailles seraient explosives…

Le vol jusqu'à Cairns dura trois heures, pendant lesquelles Domenic parut seulement s'intéresser au plan marketing qu'Opal avait élaboré en son absence. Il n'y avait pas la moindre chaleur dans ses manières et, sans l'alliance qui ornait son doigt, elle aurait pu se croire son employée. Il ne parla pas de son séjour aux États-Unis et éluda les questions d'Opal, désireuse de savoir comment il s'était déroulé, d'un laconique « Pas mal ».

Pourtant, lorsqu'elle l'avait retrouvé à l'aéroport, elle avait cru lire dans son regard un désir dont la brutalité lui avait coupé le souffle. Mais peut-être avait-elle tout imaginé. Ce qu'elle avait pris pour du désir n'était sans doute qu'un effet du décalage horaire.

Leur avion s'inclina, puis entama sa descente. À travers le hublot, Opal étudia les îles disséminées sur les flots, taches de verdure sombres frangées de plages blanches sur une toile d'azur. Le spectacle était d'une beauté à couper le souffle.

Lorsqu'ils atterrirent enfin, elle fit mine de se diriger vers le terminal mais Domenic la prit par le bras et l'entraîna vers un hélicoptère qui attendait non loin de là, rotor au ralenti.

— Où… Où allons-nous ? demanda-t-elle en élevant la voix pour se faire entendre, dans l'air chaud et lourd de kérosène. Je pensais que tu voulais voir l'hôtel Silvers de Cairns ?

L'Italien se tourna vers elle, les yeux masqués par des lunettes de soleil.

— Pas aujourd'hui. Je préfère étudier la concurrence. Allez, monte.

Quelques instants plus tard, ils s'élevaient de nouveau au-dessus de l'aéroport, dans un vacarme de turbine que même leurs casques ne parvenaient pas à atténuer. Renonçant à parler, Opal étudia le paysage. L'appareil longeait la côte. Quelques complexes de luxe s'y étaient installés mais leur destination finale était un mystère total.

Il était excitant, songea-t-elle, d'être ainsi emportée vers un paradis tropical par un si bel homme. C'était comme dans les contes. À ceci près qu'il ne s'agissait pas d'un conte, elle en avait conscience.

Elle regarda Domenic à la dérobée. Il fixait le paysage qui défilait sous le ventre de l'hélicoptère, et Opal sentit son cœur se serrer. Si seulement les choses avaient été différentes !

Inutile de penser en ces termes, se reprit-elle aussitôt. À quoi bon se torturer à coups de spéculations oiseuses ? Si Domenic ne l'avait pas forcée à l'épouser, elle ne serait pas là aujourd'hui, point final, fin de l'histoire. Il n'était pas question de prince charmant ou de princesse en détresse, elle devait composer avec ce qu'elle avait. Les règles du jeu avaient été claires dès le départ.

Son mari lui prit soudain la main, puis désigna un groupe d'îles à travers le cockpit, une grande et un essaim de huit à dix plus petites. Opal connaissait assez bien la géographie du pays, et plus encore son métier, pour reconnaître les Family Islands.

— C'est là que nous allons ? demanda-t-elle, excitée à la perspective de découvrir la forêt tropicale qui faisait leur célébrité.

Il hocha la tête, désignant un îlot vers lequel l'appareil descendait déjà :

— À Bedarra Island.

Opal connaissait Bedarra de réputation : il s'agissait de l'un des complexes les plus exclusifs au monde. Seuls quelques privilégiés y étaient accueillis en même temps, dans des bungalows mêlant une ambiance à la Robinson Crusoé à un luxe aussi discret que réel. Si Domenic voulait étudier la concurrence, il avait choisi ce qui se faisait de mieux.

Quelques minutes plus tard, l'appareil se posa dans un autre monde, un véritable paradis tropical. Une jungle dense entourait l'héliport, laissant par de rares trouées entrevoir la mer toute proche. Des employés souriants vinrent les accueillir, avant de les conduire par un chemin de sable jusqu'à leur bungalow. Puis ils disparurent comme par magie dans la forêt pour les laisser s'installer.

Debout sur la terrasse de teck du Pavillon, l'une des plus luxueuses résidences de l'île, Opal emplit ses poumons d'air marin. D'imposants eucalyptus s'élevaient en bordure de la plage, toisant de leur coiffe sombre les blocs de granit qui avaient roulé jusqu'au sable de Wedgerock Bay.

Leur bungalow était magnifique, bâti autour d'une piscine à débordement de la couleur de l'eau de mer. Des buissons de fleurs tropicales saturaient l'air de mille parfums brassés par le vent et distillés en de savants mélanges, toujours changeants.

C'était le paradis sur terre, l'endroit rêvé pour être séduite. Opal devait reconnaître l'habileté de Domenic — il ne laissait cette fois rien au hasard. Et comment ne pas tomber sous le charme de ce lieu hors du temps ? Entre le luxe de leur résidence, l'ambiance tropicale et le murmure des vagues sur la plage, tout évoquait la séduction.

Opal se raidit lorsque Domenic parut derrière elle sur la terrasse. Allait-il la conduire à leur chambre maintenant, vers ce gigantesque lit qu'elle avait entrevu ? Heureusement, il se plaça près d'elle sans la toucher, les mains sur la rambarde et le regard perdu vers la mer.

— Qu'est-ce que tu en penses ? demanda-t-il.

— C'est merveilleux, répondit-elle sincèrement. Un endroit magique.

— Parfait. Je ne voudrais pas t'imposer de la « médiocrité cinq étoiles ».

Il sourit sans réserve, et Opal ne put s'empêcher de rire en songeant à leur première rencontre.

— Que dirais-tu d'une petite promenade sur la plage pour nous ouvrir l'appétit ? suggéra-t-il.

— Avec plaisir.

En hâte, Opal rentra se changer, troquant son tailleur contre un pantalon, des sandales et un haut de coton léger. Puis ils s'enfoncèrent dans la forêt, suivant un sentier qui débouchait sur la plage. Ils ne croisèrent personne, ce qui n'avait rien d'étonnant pour une île qui ne comptait que seize bungalows. Ils auraient pu être seuls au monde.

Ils marchèrent d'un bout à l'autre de la plage sous le balancement paresseux des palmiers. Le sable était d'une blancheur saisissante. Un catamaran était échoué non loin, ses gréements cliquetant doucement dans la brise. Ils parlèrent un peu de choses anodines, cheminant pour l'essentiel en silence.

Pas une seule fois Domenic n'essaya de la toucher, et Opal en vint à se demander pourquoi. Il était évident qu'ils n'étaient pas venus si loin pour admirer la vue, et après des semaines passées à mal dormir et à fantasmer, elle s'était préparée à un assaut plus frontal. D'ici à dire qu'elle l'espérait, il n'y avait qu'un pas…

Lorsqu'ils revinrent au Pavillon, le soleil se couchait. Un serveur se présenta peu après avec des petits fours et une bouteille de champagne dans un seau à glace. Opal accepta la coupe de Bollinger sans protester. Il s'agissait d'une sorte de célébration, après tout, ne serait-ce que celle de la cessation des hostilités ouvertes, du moins pour cette journée.

Les yeux dans les yeux, ils firent tinter leurs coupes l'une contre l'autre. Leurs doigts se frôlèrent, et le cœur d'Opal s'emballa. Elle ne put contenir un frisson.

— Tu as froid ?

Tant s'en faut...

— Non, répondit-elle en secouant la tête.

— Faim, peut-être ?

— Un peu, reconnut-elle.

— Allons manger alors.

Mais ce n'était pas de nourritures terrestres dont elle avait besoin. Pas avec Domenic à ses côtés, ses cheveux bruns emmêlés par le vent, sa chemise de lin ouverte sur son torse bronzé. Avec ses manches et ses ourlets relevés, il évoquait davantage un pirate qu'un homme d'affaires.

Dîner était synonyme de restaurant, d'autres invités, une ou deux heures d'attente avant de se retrouver seule avec lui, avant de pouvoir enfin reprendre le fil de leur lune de miel. Aurait-elle la patience d'attendre ?

— Domenic, murmura-t-elle, espérant qu'elle n'était pas en train de se ridiculiser. Si tu m'embrassais ?

9.

La nuit tombait avec cette rapidité propre aux tropiques, mais Domenic vit les yeux de la jeune femme changer à la lueur d'un lumignon. Elle le dévorait d'un regard empli d'impatience, d'espoir, mais aussi de timidité.

Il l'avait amenée sur cette île pour la marquer de son sceau, pour la faire enfin sienne. Mais, à l'aéroport, son évidente vulnérabilité l'avait fait changer d'avis. Ils disposaient de quatre nuits avant de retourner à Sydney, et il avait résolu de prendre son temps, de faire les choses comme il fallait. Il s'était contrôlé, évitant tout contact superflu, se montrant poli et agréable. Il ne s'était pas attendu à la voir faire le premier pas.

— Enfin, si tu en as envie, maugréa Opal en rougissant jusqu'aux oreilles.

Il lui prit son verre des mains, avec douceur, pour le poser avec le sien sur une table voisine.

— Embrasser une jolie femme ? Bien sûr que j'en ai envie.

D'un doigt, il lui souleva le menton. Son autre main glissa dans ses cheveux, défit la barrette qui les retenait en queue-de-cheval et les déploya sur ses épaules. Elle attendait, les lèvres entrouvertes, les yeux brillants d'excitation.

En réponse à sa muette supplique, il conquit enfin ses lèvres. Elle avait un goût sucré, et il perçut dans le long baiser qu'ils échangèrent toutes les contradictions d'Opal, son innocence mêlée à sa sensualité explosive. Elle répondait à chacun de ses gestes par une action identique, mordillant sa lèvre quand il mordillait la sienne, taquinant, se dérobant, revenant à l'assaut juste après lui en un parfait mimétisme. Presque comme si elle apprenait. Ses précédents amants avaient-ils donc été si incompétents ? Était-ce la raison de sa réserve ? Si c'était le cas, il comptait bien remédier à ce problème. Il lui apprendrait tout ce qu'elle devait savoir.

Elle s'affaissa sur lui dans un soupir, ses seins tout contre son torse. Domenic se rappelait encore leur forme, leur poids, leur douceur sous ses mains. Il brûlait d'envie de les toucher de nouveau.

Il se força à interrompre leur étreinte et, le souffle court, la dévisagea longuement avant de lui prendre la main.

— C'est le moment, souffla-t-il. Viens.

Tournant les talons, il l'entraîna vers la chambre. Le cœur battant comme un tambour, Opal le suivit sans un mot. Elle se laissa déshabiller devant les grandes baies vitrées, avec les arbres qui murmuraient dans la brise du soir pour seuls témoins. Sa nervosité montait à chaque vêtement qui tombait. Elle se retrouva bientôt nue, en proie à un désir pareil à une fièvre. Domenic l'embrassa une fois, doucement, puis se déshabilla à son tour et l'allongea sur le lit.

Sans la quitter des yeux, il déposa un baiser sur chacune de ses mains avant de lui emprisonner les poignets et de les plaquer contre le lit au-dessus de sa tête. Opal hoqueta quand ses lèvres descendirent sur sa peau nue et explorèrent son corps. Ses seins d'abord, s'attardant sur ses tétons bourgeonnants, puis son ventre, puis de nouveau sa bouche, jusqu'à faire d'elle une poupée de chiffon, esclave de sa volonté. Son corps tout entier semblait vibrer, offrant une basse continue à la symphonie de ses sens. Des émotions qu'elle avait passé sa vie entière à réprimer explosaient, jaillissaient en geysers brûlants. Lorsqu'il la relâcha enfin, Opal ne se fit pas prier pour explorer son corps à son tour, frémissant au contact des muscles d'airain qui dansaient sous sa peau.

— J'ai envie de toi, s'entendit-elle murmurer, avec une audace qu'elle ne se connaissait pas.

— Moi aussi, *cara*.

Avec habileté, il entrouvrit ses jambes d'un genou. Puis il posa une main sur l'arrondi de sa cuisse, provoquant un raidissement de ses muscles sous l'effet du plaisir. Opal lui agrippa le poignet comme il remontait vers le cœur moite de son être — elle redoutait qu'il ne découvre la vérité si elle le laissait continuer.

— Je t'en prie, l'implora-t-elle. Maintenant.

Il n'hésita qu'une seconde, trop impatient pour résister à sa supplique. Guidant son sexe à l'orée du sien, il se pencha pour embrasser Opal. Il n'exerçait pour le moment qu'une pression légère mais elle sentit un flot brûlant se déverser entre ses cuisses. Plus rien ne comptait, en cet instant, rien d'autre que son envie de l'accueillir en elle.

Elle attendit, tremblante, le moment fatidique. Les mains de Domenic se refermèrent sur ses hanches, puissantes et rassurantes. Puis, d'un seul estoc, il l'envahit. Opal tourna son visage dans l'oreiller, traversée par une douleur aussi vive que fugace. Presque aussitôt, un vague de plaisir lui succéda.

Il bougeait maintenant en elle, se retirant doucement, puis s'enfonçant de nouveau, éveillant à chaque mouvement des sensations plus intenses. Elle se joignit à cette danse primitive, les hanches soulevées pour approfondir leur union, les muscles crispés pour le retenir le plus longtemps possible.

Des gouttes de sueur perlaient sur le front de Domenic. Son visage sortait et disparaissait de l'obscurité, ses yeux luisaient d'un éclat farouche, animal. Opal geignit quand il pressa l'allure, sa peau claquant contre la sienne à intervalles de plus en plus rapprochés. Elle se mordit la lèvre, en proie à l'étrange sensation de s'envoler, de monter vers le plafond. Puis l'univers explosa, se fragmenta en millions d'éclats colorés. Elle s'abandonna à un orgasme incandescent, criant sans retenue, son corps tout entier transformé en fils de lumière.

Une seconde plus tard, Domenic gronda et se perdit à son tour en elle. De longs spasmes agitèrent ses épaules puissantes, puis il roula sur le côté et l'attira contre son corps moite. Quand Opal rouvrit les yeux, elle fut presque surprise de découvrir la chambre intacte : le lit, les poutres, la terrasse, tout était à sa place. Elle, en revanche, était complètement transformée.

Domenic l'allongea sur lui, puis sourit.

— Je suis sûr que tu as un petit creux.

— Je meurs de faim ! s'exclama-t-elle.

Son estomac ponctua sa réponse d'un gargouillis indigné qui les fit rire tous les deux. Domenic s'apprêtait à se lever lorsqu'une tâche, sur les draps, attira son attention.

— Je croyais que tu étais… disponible ? remarqua-t-il, sourcils froncés.

— C'est le cas.

— Pourquoi cette tâche, alors ?

— Ça arrive lorsque…

Elle n'eut pas à finir sa phrase. L'expression de l'Italien lui indiqua qu'il avait compris.

— Tu étais… Bon sang, pourquoi ne m'as-tu rien dit ?

— Tu ne m'as pas posé la question, répondit-elle du ton le plus dégagé qu'elle put.

Domenic lui retourna un regard sévère et Opal haussa les épaules. Elle se redressa contre les oreillers, tentant de se faire toute petite dans le gigantesque lit.

— Quelle importance, maintenant ?

— Je m'y serais pris autrement. Je t'ai fait mal ?

— Non. Et j'avais très envie de toi. Je ne voulais pas que tu t'y prennes autrement.

Après quelques secondes, un sourire adoucit le visage de Domenic. Il lui tendit la main.

— Allez, viens.

— Prendre une douche ? demanda-t-elle en essayant de ne pas trahir son plaisir à cette idée.

Son mari éclata de rire.

— Pas encore. Je pensais que tu aimerais piquer une tête.

Il la prit dans ses bras et la porta sans le moindre effort jusqu'à la piscine, dont il descendit lentement les marches. Opal se raidit au premier contact de l'eau sur sa peau surchauffée. Elle se détendit bien vite, soupirant d'aise quand elle se fut habituée à sa température. Pouvait-elle rêver plus bel endroit ? Elle avait l'impression de flotter au beau milieu d'une forêt tropicale. À chacun de ses mouvements, l'eau glissait en perles d'argent le long de son corps.

— *La sirena*, murmura Domenic.

Il se pencha pour l'embrasser, et Opal fut surprise de sentir son désir se réveiller. Elle s'étira dans l'eau, pendant que son mari effleurait ses seins du bout de la langue. Elle se livra avec délice à ses attentions, troublée par l'érection qu'elle sentait pointer contre elle. Puis il la fit pivoter et plaça sa tête entre ses cuisses pour explorer les pétales brûlants de son sexe. D'abord choquée par une telle intimité, Opal s'abandonna bien vite au plaisir qu'il lui offrait. Une bulle enflait au creux de son ventre, repoussant les limites de son propre corps, abolissant les frontières entre sa peau, l'eau, la forêt, le monde qui l'entourait. Lorsqu'il se redressa pour glisser en elle, son excitation était telle qu'elle explosa presque aussitôt.

— M-Merci, murmura-t-elle quand elle reprit conscience de son environnement.

— Mais de rien, fit Domenic dans un grand éclat de rire.

Ils restèrent longtemps ainsi, joints en un seul corps, tandis que les premières étoiles apparaissaient dans le ciel, en parfaite harmonie. Ce soir, elle était devenue la femme de Domenic Silvagni. Et, pour la première fois depuis des semaines, elle se demanda si ce mariage serait vraiment l'épreuve qu'elle avait tant redoutée.

Le lendemain, Domenic leur fit livrer un pique-nique dans un panier, puis entraîna Opal à bord d'un Zodiac et la conduisit jusqu'à une crique déserte. La plage était de sable blanc, le ciel d'un bleu profond, la mer un ruban turquoise entre les deux.

Ils nagèrent ensemble, et l'Italien ne tarda pas à la débarrasser de son bikini, sous l'eau, pour glisser sans effort en elle. Puis ils déjeunèrent de sashimis, d'une salade d'algues et de fruits frais, avant de s'allonger à l'ombre d'un bosquet de palmiers sur le sable tiède. La vie à Sydney, dans ces moments, semblait bien lointaine. Opal s'apprêtait à s'assoupir, lorsque son compagnon demanda tout de go :

— Comment ta mère est-elle morte ?

Elle rouvrit les yeux, déroutée par cette question inattendue.

— Je… Je ne sais pas vraiment.

À son froncement de sourcils, elle roula sur le ventre et fit courir ses doigts dans le sable.

— Je sais que ça paraît bizarre, mais c'est le cas. Je n'avais que neuf ans. Je savais qu'elle était malheureuse depuis longtemps. Un soir, j'ai entendu mes parents crier. Je veux dire, crier plus fort que d'habitude, parce qu'ils n'en étaient pas à leur première dispute. Papa hurlait, maman le suppliait… Là, c'était différent. Pour la première fois, j'ai eu peur.

Opal s'interrompit pour inspirer profondément, refermant les doigts sur une poignée de sable.

— Bref, le lendemain, elle a fait une tentative de suicide. Je ne sais pas comment exactement, on m'a épargné les détails sordides. Une ambulance est venue et l'a emmenée. Je pensais qu'elle allait revenir.

De nouveau, elle s'interrompit. Lorsqu'elle reprit la parole, ce fut d'une voix à peine audible.

— On m'avait dit que tout irait bien, que ses blessures n'étaient pas graves. Mais elle n'est jamais revenue. Je n'ai pas eu l'occasion de lui dire au revoir. Papa ne nous a pas laissées nous rendre à son enterrement. Il disait que ça nous ferait trop de peine. Après ça, il n'a plus jamais parlé d'elle.

Avec un soupir, Domenic lui caressa les cheveux.

— C'est injuste. Tu étais si jeune…

— Oui… Et encore, j'ai de la chance dans mon malheur. Je me souviens d'elle. Les jumelles, qui n'avaient que quatre ans, n'ont pas le moindre souvenir de notre mère. Elles ont été élevées par des gouvernantes.

La leçon de son enfance était claire : ne jamais offrir son cœur à un homme. Elle s'y était tenue jusqu'à présent, avec succès. Mais Domenic éveillait en elle des sentiments inconnus, des émotions contre lesquelles elle était démunie. Déjà, elle ne le haïssait plus. Elle désirait ses baisers, ses caresses. Espérerait-elle bientôt davantage ?

Elle roula sur le dos, troublée par la pente glissante qu'empruntaient ses pensées, et demanda pour changer de sujet :

— Parle-moi de tes parents. Ils ne sont pas déçus de ne pas avoir assisté au mariage ?

— Ce n'était pas possible, pas tant que mon père n'a pas fini son traitement. Mais il va mieux. Je sais qu'ils sont impatients de te rencontrer en décembre, à l'occasion de leur cinquantième anniversaire de mariage.

— Cinquante ans… J'ai du mal à imaginer qu'un couple puisse durer si longtemps. Il doit vraiment y avoir quelque chose de spécial entre eux.

L'Italien se rassit brusquement, le regard tourné vers le ciel.

— Qui sait ? Bon, il est temps d'y aller, annonça-t-il brusquement.

Sous le regard médusé d'Opal, il entreprit de rassembler leurs affaires. Ils regagnèrent le Zodiac en silence. Face à sa mine fermée, elle renonça à comprendre ce qu'elle avait pu dire pour justifier ce changement d'humeur.

Leurs relations étaient de nouveau au beau fixe lorsque l'heure du dîner arriva. Ils partagèrent des huîtres et une salade vietnamienne arrosées de chardonnay australien, puis s'endormirent dans les bras l'un de l'autre après avoir fait longuement l'amour. Ce programme fut peu ou prou celui des deux jours qui suivirent, de longues heures langoureuses et oisives se fondant l'une dans l'autre. Opal ne s'était pas sentie aussi heureuse depuis si longtemps.

Pourquoi cette idée l'inquiétait-elle autant ?

Le matin de leur dernier jour sur Bedarra, elle se réveilla la première et étudia son mari. Les joues ombrées d'une barbe de quatre jours, il évoquait plus que jamais un corsaire. Leur séjour avait été une véritable idylle, une parenthèse enchantée. Pour la première fois, elle se demanda si leur mariage avait des chances de succès.

Puis la réalité l'inonda de sa lumière crue, dissipant sans pitié ses fantasmes. Là dormait l'homme qui avait passé sa nuit de noces avec une autre. Opal n'existait que pour lui donner un enfant, rien d'autre. Cet objectif atteint, il y avait fort à parier qu'il ne la toucherait même plus.

Elle ravala la boule qui s'était formée dans sa gorge. À bien y réfléchir, elle avait de la chance. La situation aurait pu être pire. Puisqu'elle n'était pas amoureuse de Domenic, il ne risquait pas de la blesser. Tout ce qu'elle avait à faire, c'était de prendre ce qu'il était disposé à lui offrir sans penser à l'avenir. Elle apprendrait de lui, en bonne élève. Et, quoi qu'il arrive, elle chérirait ces quelques jours passés loin du monde sur cette île paradisiaque. Rien ni personne ne pourrait leur enlever ces moments, elle le savait déjà.

Deux semaines plus tard, Opal fixait un test de grossesse dans sa salle de bains de marbre. Mais elle avait beau le regarder, l'incliner, le mettre à la lumière, la ligne qu'elle attendait refusait obstinément d'apparaître.

C'était à n'y rien comprendre. Pourquoi avait-elle du retard si elle n'était pas enceinte ? Elle avait même cru, la semaine passée, sentir son corps changer. Un effet de son imagination ? Ou peut-être peinait-elle encore à s'ajuster aux changements de ces dernières semaines ? La chose n'aurait pas été surprenante, après tout.

Un soupir lui échappa. Domenic serait déçu, à n'en pas douter, mais il devrait faire preuve de réalisme. Pour beaucoup de couples, concevoir prenait des mois, parfois des années. Il ne pouvait pas exiger un miracle.

Elle abandonna le test négatif dans la poubelle, puis étudia son visage dans le miroir, sous tous les angles, s'étonnant du changement survenu en elle. Un mois auparavant, l'idée d'avoir un enfant — pire encore, celui de Domenic ! — l'aurait révoltée. Et voilà qu'elle regrettait de ne pas être enceinte !

Le mariage l'avait transformée, c'était certain. Et Domenic plus encore, au cours d'innombrables nuits d'amour dont elle ne semblait pas se lasser. Travailler avec lui avait également permis à Opal de découvrir un professionnel impressionnant, un homme d'affaires sûr de lui, prompt à décider. Leur nouvelle campagne marketing avait été lancée et les premiers retours étaient très positifs. Si Silvers n'était pas une chaîne familiale où tous les employés se connaissaient, il était évident que Domenic forçait le respect de ses salariés. Il avait la réputation d'être dur mais juste. Opal devait reconnaître que plus les jours passaient, plus elle l'admirait.

Il semblait également différent de l'homme dépeint par les médias. Où était le séducteur invétéré ? Où étaient toutes les femmes ? Attendait-il simplement la naissance de leur enfant avant de reprendre sa vie de débauche ? Elle ne pouvait s'empêcher d'espérer que non. Car, même si elle s'était préparée à cette éventualité, la perspective de le partager avec une autre la révoltait désormais. En se répétant qu'elle s'en accommoderait, elle s'était menti.

10.

Ils étaient à peine descendus de voiture devant la vieille demeure toscane que les Silvagni en émergèrent pour les accueillir.

— *Che bella ragazza* ! s'exclama Guglielmo, ouvrant grand ses bras à Opal. Tu n'avais pas exagéré la beauté de ta femme, Domenic.

Opal se prêta bien volontiers aux effusions de son beau-père, le portrait craché de Domenic en plus grisonnant. Il exsudait la même élégance, la même autorité naturelle. Seuls ses vêtements un peu flottants indiquaient qu'il se remettait à peine d'un traitement difficile.

— Comment as-tu décroché pareille beauté ? reprit Guglielmo.

— Il ne m'a pas laissé le choix ! s'exclama Opal.

Domenic lui adressa un regard d'avertissement, mais son père éclata de rire.

— Ah, Domenic, tu as toujours été un excellent homme d'affaires. Mais, cette fois, je suis sûr que tu as trouvé adversaire à ta taille. Ma chère, vous avez fait le bonheur d'un vieil homme.

— Où est-il ? fit Opal d'un air ingénu. J'aimerais bien le rencontrer.

Guglielmo s'esclaffa de nouveau, mais elle vit que le compliment lui avait plaisir.

— Voilà une femme selon mon cœur ! Qu'en dis-tu, Rosa ?

À soixante-cinq ans, Rosa Silvagni était toujours d'une

grande beauté. Vêtue d'une tunique de laine légère et d'une jupe qui soulignait une silhouette gracile, elle prit les mains d'Opal dans les siennes et lui adressa un sourire affectueux.

— Bienvenue dans la famille.

Puis elle l'embrassa sur les deux joues, comme Guglielmo l'avait fait, et la serra dans ses bras.

— *Grazie*, répondit Opal, puisant dans ses maigres connaissances en italien.

— Mais j'oublie les bonnes manières. Vous avez fait un long voyage. Et vous êtes un peu pâle. Maria va vous apporter de quoi boire et manger.

Opal n'avait ni faim ni soif. Le vol, puis le trajet depuis l'aéroport jusqu'à la maison familiale de Volterra dans la campagne toscane, l'avaient épuisée. Il lui semblait encore sentir le plancher de l'avion bouger sous ses pieds. Mais les chaises que lui désignait Rosa, sur la terrasse, étaient une véritable invitation au farniente, et elle s'y dirigea avec gratitude.

Après quelques pas à peine, le monde se retourna, ses genoux se dérobèrent et elle s'effondra.

Elle eut beau affirmer que ce n'était rien, qu'il s'agissait d'une conséquence du décalage horaire, elle fut aussitôt transportée dans une chambre pendant que l'on appelait un médecin. Quelques instants plus tard, somnolant sous une couette confortable, elle dut reconnaître qu'elle était bien mieux dans un lit. Le sol, au moins, avait cessé de bouger. Le médecin fit son apparition peu après, prit sa tension, la palpa en divers endroits et lui posa quelques questions dans un anglais hésitant. Elle y répondit par monosyllabes pour ne pas se réveiller complètement et, lorsqu'il la quitta enfin, s'endormit avec un soupir de bien-être.

Quelque chose effleura ses lèvres, une caresse chaude qui lui arracha un soupir de plaisir. Elle rouvrit les yeux sur le visage de Domenic. Assis tout près d'elle, il lui caressait les cheveux.

— Comment te sens-tu ?

— Mieux. Je suis désolée d'avoir causé tant de problèmes.

— Ne sois pas ridicule, la gronda gentiment l'Italien. Au contraire, mes parents sont ravis. La fête de demain sera une double célébration.

— Je ne comprends pas…

— Tu n'es pas au courant ? Je me demandais si tu voulais garder le secret. Tu es enceinte, *cara*.

— Enceinte ? répéta-t-elle, plaçant avec incrédulité une main sur son ventre. Ce n'est pas possible…

— Le médecin avait l'air sûr de lui. Il pense que tu en es au moins à huit semaines.

— Mais le test…

Elle avait fait part du résultat négatif à Domenic, et les crampes de ces derniers jours lui avaient laissé croire à un retour de ses règles. Étaient-elles signe d'autre chose — du développement d'un petit être au creux de son ventre ?

— Toujours selon le médecin, ces tests ne sont pas fiables à cent pour cent.

— Huit semaines, répéta-t-elle, songeuse. Ça voudrait dire…

— Que nous avons conçu cet enfant sur Bedarra, oui. Peut-être même la première fois que nous avons fait l'amour.

Elle acquiesça, tentant de digérer la nouvelle.

— Il faut que tu te reposes, maintenant. Mais je voulais te remercier.

Domenic prit son visage entre ses mains, puis déposa une série de baisers sur son front, ses yeux, son nez, et enfin ses lèvres. Un vertige s'abattit sur Opal, mais elle n'aurait su dire s'il était la conséquence de sa fatigue ou des attentions de son mari. Elle était enceinte, et elle était heureuse, retournement de situation qui lui aurait paru incroyable quelques semaines plus tôt.

Cette nouvelle altérerait-elle leur relation ? Allait-elle devenir un peu plus qu'une simple chaîne d'hôtels aux yeux de Domenic ? Plus ils passaient de temps ensemble et plus elle l'appréciait, plus elle découvrait l'homme qui se cachait derrière cette façade de froideur et d'arrogance. Elle admirait son sens des affaires, son intelligence. Elle le désirait avec une force qui ne montrait aucun signe de faiblesse. Et son comportement depuis leur mariage — si l'on exceptait son escapade lors de leur nuit de noces — était irréprochable. Où était le bourreau des cœurs que dépeignait la presse à sensation ? Même lorsqu'il était parti avec Emma, c'était parce qu'elle l'avait jeté dans ses bras en se refusant à lui. Il était fait de chair et de sang, après tout, et si l'épisode restait douloureux, Opal ne pouvait pas vraiment lui en vouloir.

Pour la première fois, elle se demanda si elle n'avait pas trop longtemps laissé l'exemple de sa mère polluer sa vision du monde et des hommes, guider ses décisions. N'était-il pas temps de donner une chance à leur mariage ? Domenic se montrait tendre et attentionné avec elle. Son plaisir à l'annonce de sa grossesse ne paraissait pas feint. Sa réaction n'était pas celle d'un homme d'affaires face à une transaction bien menée, mais celle d'un mari comblé.

— Mes parents sont aux anges, annonça-t-il en se levant. Je n'aurais pas pu leur offrir plus beau cadeau pour leur anniversaire de mariage.

Une soudaine amertume tapissa la bouche d'Opal. C'était donc ça ? Il était satisfait d'avoir offert un cadeau à ses parents ? N'était-il pas heureux de ce qu'ils avaient créé à deux, juste un tout petit peu ?

— J'en suis ravie, répondit-elle avec une gaieté feinte. À présent, si tu le permets, j'aimerais me reposer.

L'Italien la dévisagea avec un froncement de sourcils, puis exerça une légère pression sur sa main et sourit.

— Bien sûr. Tu dois reprendre des forces pour demain. Nombreux seront les invités qui voudront faire ta connaissance. Dors, maintenant.

Opal le regarda quitter la pièce, vaguement médusée.

Dormir, après la nouvelle qu'elle venait d'apprendre ? Elle allait être mère. Il ne s'agissait plus d'une clause dans un contrat, il n'était plus question d'hôtels à sauver. Elle allait avoir un bébé, un vrai, un petit être de chair et de sang qui aurait besoin d'elle, qui méritait une famille aimante.

Elle ne voulait pas que leur enfant grandisse dans le même environnement qu'elle, dans un monde où il prendrait trop tôt conscience de la mesquinerie des adultes. Il serait injuste de lui offrir autre chose qu'un univers stable, un amour absolu. Si seulement les choses étaient différentes entre Domenic et elle… Si seulement il parvenait à la considérer comme davantage qu'un simple incubateur. L'apprécierait-il un jour pour ce qu'elle était ?

Ou était-ce trop demander ?

Les préparatifs de la fête étaient déjà bien avancés lorsque Opal se leva le lendemain matin, reposée. Si elle s'était faite à l'idée d'être enceinte, d'autres aspects de sa situation la tourmentaient encore, comme son changement d'attitude vis-à-vis de Domenic. Pourquoi lui semblait-il si important, soudain, que son mariage fût basé sur davantage qu'un simple respect mutuel ? L'arrivée du bébé à elle seule justifiait-elle ce revirement ? Elle avait cru que son mari ne pourrait pas la faire souffrir, mais elle n'en était plus si sûre.

Elle n'eut guère le temps d'y réfléchir, entraînée à son tour dans les préparatifs de ce qui s'annonçait comme l'événement social de l'année. La moitié de la région semblait invitée, mais il fallait bien cela pour venir à bout des antipasti, des salades et des plats de pâtes qui couvraient l'immense buffet.

Une interminable procession se forma pour rencontrer Opal. Tous tenaient à les féliciter, Domenic et elle, de leur mariage. L'annonce de sa grossesse s'était également répandue comme une traînée de poudre, et Opal eut parfois le sentiment d'être devenue, plus encore que le couple dont on célébrait les cinquante ans de mariage, le centre de l'attention générale.

Domenic passa l'essentiel de la journée près d'elle, un bras possessif autour de ses épaules, pour la présenter à tous les membres de sa famille ainsi qu'aux nombreux voisins de ses parents. À intervalles réguliers, il lui demandait avec sollicitude si tout allait bien, si elle n'avait pas besoin de se reposer. Mais, grâce à sa longue nuit de sommeil, Opal se sentait en pleine forme.

Elle croyait avoir rencontré tout le monde lorsque quelqu'un sortit de la foule et s'avança vers elle. C'était un homme qu'elle ne connaissait pas, avec à son bras…

— Saphir ! s'écria-t-elle. Mais qu'est-ce que tu fais là ? Je ne savais pas que tu venais !

Saphir éclata d'un rire joyeux et lui présenta Paolo, un « bon ami », avant de hausser les épaules et de désigner Domenic du menton.

— Je ne le savais pas non plus jusqu'à hier. Ton cher mari a tout organisé.

Opal se tourna vers l'intéressé, mais ses lunettes de soleil cachaient son regard et lui prêtaient une mine impassible.

— Vraiment ?

— Oui. On peut dire qu'il est fou de toi. Et bravo pour le bébé. C'est une merveilleuse nouvelle.

De nouveau, Opal chercha sur le visage de Domenic une confirmation des propos de sa sœur, en vain. Comment pouvait-il se montrer si attentionné un instant et si indifférent le suivant ? Qu'était-elle supposée en penser ?

Faire venir Saphir était, à coup sûr, un geste d'une grande générosité, et elle aurait voulu pouvoir croire qu'il l'avait fait par affection pour elle. Oh ! elle était sûre de compter à ses yeux. Elle était la mère de leur futur enfant, après tout. Mais voilà : elle aspirait à être davantage, à devenir son amie, sa confidente, sa maîtresse. Ce mariage qui n'en était pas un lui devenait d'autant plus insupportable qu'il la forçait à mentir à des êtres chers, comme Saphir. Il devait y avoir une autre voie…

Rosa vint la chercher en fin d'après-midi et, sous prétexte de lui faire visiter le parc, l'entraîna loin de la foule des invités. Tout en déambulant, sa belle-mère lui désigna leurs vignes sur les collines environnantes, une oliveraie bordée de hauts cyprès leur appartenant, puis la guida jusqu'à une petite ruine au sommet d'une butte qui offrait une vue magnifique sur la campagne et sur la ville fortifiée de Volterra.

— Notre famille vit dans cette vallée depuis des générations, déclara Rosa en s'asseyant sur un muret. Nous avons un appartement en ville, et nous pouvons bien sûr loger dans chacun de nos hôtels, mais il n'y a qu'ici que nous soyons vraiment chez nous.

— Je comprends, murmura Opal, pénétrée de la beauté du paysage. C'est magnifique.

Avec un sourire, sa belle-mère lui prit la main.

— Je voulais vous remercier d'être venue, et d'avoir illuminé cette journée de votre présence.

— C'est à moi de vous remercier. Je regrettais que vous n'ayez pas pu venir à Sydney pour le mariage.

Elle hésita, cherchant les mots justes pour décrire la situation, et reprit enfin :

— Tout s'est décidé très vite.

— Je comprends. Nous ne pouvions pas nous déplacer. Mais la nouvelle du mariage de Domenic a fait un bien fou à Guglielmo. Et maintenant le bébé… C'est vraiment merveilleux. Je suis sûre que cette nouvelle va encore hâter la guérison de mon mari. Les enfants sont un don du ciel, vous savez…

Des larmes brillaient dans les yeux de Rosa, et Opal attendit en silence, sentant qu'elle n'en avait pas terminé.

— J'avais dix-huit ans quand j'ai épousé Guglielmo. J'étais horriblement nerveuse. Nous nous connaissions à peine. Évidemment, de nos jours, l'idée d'un mariage arrangé doit vous paraître étrange.

Opal sourit avec raideur — mieux valait ne pas répondre à cette remarque.

— Tout ce que je voulais, c'était le rendre heureux, lui offrir une famille nombreuse. Mais le destin en a décidé autrement. Pendant des années, nous avons essayé d'avoir un enfant. J'avais presque renoncé lorsque je suis tombée enceinte. Vous auriez dû voir Guglielmo… Il était si heureux ! Mais j'ai perdu le bébé à six mois de grossesse. J'ai d'abord cru que je ne m'en remettrais pas. Et puis le miracle s'est reproduit : je suis retombée enceinte. Cette fois, Guglielmo n'a rien laissé au hasard. J'ai eu les meilleurs médecins, j'ai passé un temps fou dans une clinique où je n'avais pas le droit de bouger. Si je n'avais pas tant désiré cet enfant, je crois que je serais devenue folle ! Mais la naissance de Domenic a été compliquée et, après ça, les médecins m'ont dit qu'il serait dangereux d'essayer d'avoir un autre enfant… Vous comprenez maintenant pourquoi la nouvelle de votre grossesse nous enchante. Pour Guglielmo, c'est le meilleur traitement du monde. Vous lui avez donné une nouvelle raison de vivre.

Opal acquiesça, tentant de contrôler une bouffée d'émotion. Incapable de parler, elle étreignit longuement sa belle-mère. Devoir tant souffrir pour un acte si naturel était profondément injuste. D'autant que, pour elle, tomber enceinte avait été facile — presque trop.

Elle comprenait mieux, en tout cas, pourquoi Domenic avait évoqué un cadeau fait à ses parents. Il avait conscience de l'importance symbolique que revêtait un enfant à leurs yeux. Voilà pourquoi il avait inclus cette clause à la dernière minute dans leur contrat. C'était le geste d'un fils aimant. Et Opal, malgré tous ses doutes, était fière de la responsabilité qui lui était confiée. Comment pouvait-elle en vouloir à un homme prêt à tout pour ses parents ? Comment ne pas l'aimer ?

Elle tressaillit, horrifiée. D'où lui venait cette idée ? L'aimer ? Il n'était pas question de l'aimer ! D'accord, elle avait été vexée, la veille, lorsqu'il avait paru plus excité pour ses parents que pour eux deux. Mais ce n'était pas pour autant qu'elle s'était mise à croire aux contes de fées.

Menteuse, lui souffla une petite voix. Pourquoi son mari lui apparaissait-il de moins en moins comme un ennemi et de plus en plus comme un ami ? Pourquoi désirait-elle à ce point ses caresses, ses baisers, sa simple présence ? Pourquoi, si elle n'était pas tombée amoureuse de lui ?

Elle prit une profonde inspiration, choquée par cette révélation. Ce n'était pas censé lui arriver ! Elle avait tout fait pour se protéger, pour éviter de livrer son flanc à une telle attaque. Mais elle avait beau tourner le problème dans tous les sens, elle ne pouvait pas nier plus longtemps la réalité.

— Que se passe-t-il ? demanda Rosa comme si elle avait senti son trouble. Vous faites une drôle de tête.

Opal mit quelques secondes à répondre, se demandant comment articuler au mieux ces mots qu'elle n'avait jamais prononcés.

— Il y a que j'aime Domenic, murmura-t-elle. Je suis amoureuse de votre fils.

Rose gloussa et l'embrassa sur le front avant de se lever.

— Vous n'avez pas besoin de me le dire. Ça se voit dans vos yeux chaque fois que vous le regardez.

Puis elle prit la main d'Opal et ajouta :

— Nous ferions bien de rejoindre les autres, maintenant. Ils vont finir par croire que nous nous sommes perdues.

Les deux semaines suivantes se déroulèrent de façon merveilleuse. Opal fut accueillie dans la famille comme si elle en avait toujours fait partie. Guglielmo avait meilleure mine chaque jour et regagnait peu à peu le poids qu'il avait perdu. Rosa affichait quant à elle un sourire permanent.

Domenic n'aurait pu se montrer plus attentionné. Il prit rendez-vous avec un obstétricien réputé qui confirma ce que leur avait annoncé le médecin de la famille : elle était bien enceinte. Sur le chemin du retour, ils s'arrêtèrent dans une trattoria où, tout en dégustant des pâtes divines, ils discutèrent des prénoms possibles de leur futur bébé, et même du nombre d'enfants qu'ils voudraient.

Domenic en espérait plusieurs, pour éviter que leur fille ou leur fils ne grandisse seul. Opal n'y voyait pas d'inconvénient — elle savait que c'était ce qui lui était arrivé. Et elle savait que, sans ses propres sœurs, sa vie aurait été bien différente.

L'ironie de la situation ne lui échappait pas. Elle, la célibataire endurcie, se voyait déjà entourée d'une famille joyeuse et brillante ! Le monde marchait sur la tête.

Leurs conversations ne se limitaient pas à leur avenir de parents. Architecture, politique, mode, cuisine, tout devenait passionnant quand elle en discutait avec Domenic. À croire qu'ils essayaient de rattraper le temps perdu, qu'ils faisaient enfin l'effort de se connaître.

Mais un sujet demeurait tabou : l'amour. Opal se voyait mal faire part de sa prise de conscience à son mari. Elle avait déjà du mal à l'accepter elle-même, et il y avait fort à parier qu'il ne la croirait pas. N'avait-elle pas juré qu'elle ne tomberait pas amoureuse de lui ? Et puis, il n'avait jamais exigé d'être aimé. Cela ne faisait pas partie du contrat. Tout ce qui l'intéressait, c'était de fonder une famille. Leur accord ne stipulait rien d'autre.

Elle décida donc de ne rien lui dire. Même si elle l'avait voulu, elle n'était pas sûre de pouvoir trouver les mots. Elle devait elle-même s'habituer à ce concept déroutant, comme lorsque Domenic lui avait donné une leçon de conduite dans la Ferrari de Guglielmo. Un tel bolide ne se pilotait pas comme son petit coupé Honda. Les boutons et les commandes n'étaient pas au même endroit, et la puissance sans commune mesure. Il en allait de même de l'amour dans la hiérarchie des sentiments.

Son mari n'employait lui-même jamais ce mot. Il ne cachait pas sa satisfaction — tout s'était passé selon ses plans — mais n'exprimait rien de plus. Il n'y avait qu'au lit qu'il laissait libre court à sa passion, qu'elle croyait parfois entrevoir une facette plus complexe de sa personnalité.

Ils passèrent un Noël de rêve en Toscane, où Saphir et Paolo les rejoignirent de nouveau depuis Milan. Ruby fut des leurs cette fois pour les festivités, au grand ravissement de Rosa, qui voyait sa famille grandir de jour en jour.

Opal ne s'était jamais sentie aussi heureuse de toute sa vie. Ce mariage, qu'elle avait tant redouté, était une divine surprise. Elle n'avait vu aucune manifestation de l'appétit supposé de Domenic pour les femmes et se demandait, à mesure qu'elle le découvrait, si cette réputation n'avait pas été forgée de toutes pièces par une presse en mal de sensations fortes. Même s'il ne l'aimait pas, elle avait peine à croire qu'il risquerait sa famille et le bonheur de ses parents, si important à ses yeux, pour quelques nuits de plaisir.

Pour la première fois depuis longtemps, l'avenir semblait lui sourire.

11.

La touffeur de Sydney, à son retour, parut oppressante à Opal après son interlude toscan. Le soleil chauffait les murs de la ville à blanc, arrachait aux vitres et aux eaux du port des éclats vifs, aveuglants.

Elle se remit au travail sitôt arrivée, heureuse pour la première fois depuis des années. Les hôtels Clemengers se portaient à merveille, et Silvers commençait à son tour à profiter de la synergie créée par leur alliance.

Son seul véritable souci demeurait la Maison de Perle. Seuls quelques résidents y séjournaient encore durant les vacances de Noël — la plupart avaient rejoint leurs familles. Jenny Scott et sa fille étaient revenues après l'incendie de l'immeuble où elles habitaient. La raison n'en avait pas été découverte, et pouvait être aussi simple qu'un court-circuit dans une guirlande lumineuse. Mais la police refusait pour le moment d'écarter une piste criminelle. Maintenant qu'elle était rentrée, Opal pouvait au moins se concentrer sur le foyer, et sur sa recherche d'un meilleur emplacement.

Elle lisait le dernier rapport de Deirdre Hancock lorsque Domenic entra dans son bureau après quelques coups brefs, et verrouilla la porte derrière lui. Opal, qui ne s'était pas attendue à le voir ce jour-là, referma précipitamment le rapport tandis qu'il se penchait, lui soulevait le menton et l'embrassait à en perdre haleine.

— Bonjour, murmura-t-elle lorsqu'il la relâcha enfin.

D'un doigt paresseux, Domenic suivit le contour de ses lèvres.

— Bonjour à toi, répondit-il. Qu'est-ce que tu fais ?

Son visage flottait à quelques centimètres du sien, et Opal percevait sa voix comme une vibration plutôt qu'un son. Elle déglutit, troublée par sa présence inattendue.

— Rien de spécial. Tu as quelque chose en tête ?

— Je pensais que tu avais besoin de te distraire un peu.

Un sentiment d'excitation fit danser un frisson sur la peau d'Opal. Ils avaient fait l'amour le matin même, avant le petit déjeuner, et il avait de nouveau envie d'elle. Son désir ne faiblirait-il donc jamais ? Elle l'espérait.

Son mari l'attira à lui, puis enserra sa taille. D'un geste habile, il fit glisser sa jupe et la retourna contre le bureau. Elle hoqueta d'excitation en sentant ses mains glisser sous son haut pour envelopper ses seins alourdis par la grossesse, taquiner leurs pointes engorgées de plaisir. Les joues brûlantes, elle fit monter et descendre ses fesses contre l'érection massive qui gonflait son pantalon, lui arrachant un soupir rauque.

Opal s'étonnait parfois de sa propre audace. Mais Domenic en était responsable. C'était lui qui avait fait d'une vierge timide cette créature sensuelle, presque impudique. Les doigts brûlants de l'Italien écartèrent sa culotte de dentelle et glissèrent sur son sexe moite, perlé d'excitation, puis s'immiscèrent entre ses pétales pour effleurer le bourgeon qui s'y nichait. Elle tressaillit, le souffle court, s'offrant à ses caresses avec le plus total abandon.

D'une main fébrile, il déboucla sa ceinture. Opal perçut un murmure de tissu, puis sentit un faisceau effleurer ses fesses. Domenic prit position à l'orée de son être et, d'un seul coup de hanches, la pénétra. Elle l'accueillit sans effort, l'encourageant de halètements qu'elle ne cherchait plus à retenir. Domenic parut grandir en elle — était-ce même possible ? — et accentua ses mouvements, passant de longs glissements à des coups de boutoir de plus en plus fébriles, de plus en plus rapprochés. Une coulée de lave déboula dans les veines d'Opal, un volcan invisible explosa enfin dans l'atmosphère surchauffée de la pièce, dans la musique rauque de leurs soupirs. Domenic s'affala sur elle, hors d'haleine. Ils passèrent une longue minute ainsi allongés, à reprendre leur souffle.

Opal fut prise d'une envie brutale, à cet instant, de tout lui dire, de lui avouer ce qu'elle ressentait pour lui. Cet homme faisait désormais partie d'elle. Il était entré de force dans sa vie, puis l'avait illuminée. Il lui avait fait découvrir des ressources insoupçonnées. Il lui avait offert le plus beau des cadeaux, enfin : la faculté d'aimer, de faire confiance. Elle avait besoin de lui comme de respirer.

Domenic l'aida à se redresser, puis rajusta sa tenue avant de l'attirer dans ses bras. Opal leva les yeux sur lui, le cœur battant, déterminée à voir sa réaction lorsqu'elle lui dirait la vérité. *Je t'aime*. Ses lèvres formèrent les mots mais elle hésita, prise d'un doute. Et s'il refusait de l'entendre ? Il possédait déjà son corps et n'avait jamais réclamé son cœur. Comment réagirait-il ?

Domenic se pencha vers elle au même instant, et l'embrassa avec une telle douceur qu'elle s'affaissa contre lui, étourdie de plaisir.

— Alors ? demanda-t-il. Que penses-tu des relations amoureuses entre collègues ?

— J'y suis tout à fait favorable. Il devrait y en avoir davantage.

Avec un rire sourd, il lui embrassa le bout du nez.

— Ça devrait pouvoir s'arranger. Mais il va falloir attendre mon retour. Je pars ce soir.

Opal fronça les sourcils, médusée. Domenic ne lui avait pas parlé d'un quelconque voyage, et le réveillon était le surlendemain. À cette occasion, elle avait organisé un dîner en secret, avec vue sur le feu d'artifice du port de Sydney. Une nouvelle année, un nouveau départ pour eux deux.

— Tu pars ? Où ?
— À Londres, pour affaires.
— Oh.
Opal se détourna et fit mine de se recoiffer dans le petit miroir qu'elle conservait dans le tiroir de son bureau. Bien sûr, Domenic dirigeait un empire hôtelier. Voyager faisait partie de sa vie.
— Un problème ? demanda-t-elle.
— Rien qui doive t'inquiéter. Ce sera vite réglé.
— Et tu dois vraiment y aller maintenant ?
— Je dois y aller maintenant, oui. Je pars dans deux heures. Je passais juste te dire au revoir.
— Oh ! tu n'aurais pas dû, répliqua-t-elle avec une pointe de sécheresse, malgré tous ses efforts pour feindre l'indifférence. Tu aurais pu m'envoyer un courriel.
Domenic croisa les bras, sourcil levé.
— C'est ton truc, on dirait.
— Quoi donc ?
— Jouer l'indifférence quand quelque chose te tracasse.
— Je ne vois pas ce que tu veux dire.
— Tu n'es pas contente que je parte, c'est évident.
Opal éclata d'un rire forcé.
— Pas contente, moi ? Quelle drôle d'idée ! Oh ! bien sûr, le sexe me manquera. Parce que c'est vraiment tout ce qu'il y a entre nous, n'est-ce pas ? Et ce bébé, évidemment, ajouta-t-elle en passant une main sur son ventre.
Aussitôt, Domenic se rembrunit.
— Tu dis « ce bébé » comme s'il s'agissait d'une corvée, d'une obligation.
Elle le fixa, incrédule.
— C'est bien une obligation, non ? Dois-je te rappeler que tu ne m'as pas donné le choix ? Tu m'as forcée à t'épouser et à avoir un enfant. Mais, maintenant que j'ai rempli ma part du contrat, je ne te dois plus rien. Certainement pas des explications sur mon état d'esprit.

— Pourquoi évoquer ce contrat ? Peu importe le passé. Nous sommes mariés, à présent, et tu es enceinte de moi. C'est tout ce qui compte.

— Je l'évoque parce que, justement, nous ne serions pas mariés dans ce fichu contrat. Et notre enfant n'est que la conséquence d'une de ses clauses. Tout est tellement artificiel que je ne sais pas si je dois rire ou pleurer. Je ne vois pas quoi te dire d'autre.

— Je vois, fit l'homme d'affaires avec un calme que démentait sa mâchoire crispée. Tu as raison, il n'y a rien d'autre à dire.

Puis il la dépassa, rouvrit la porte et se retourna sur le seuil.

— Je te ferai savoir quand je serai rentré. Peut-être que, cette fois, je t'enverrai un e-mail.

Sur ces mots, il disparut.

Idiote, idiote, idiote !

Opal s'affaissa dans son fauteuil de bureau, dépitée. Quelle mouche l'avait piquée ? Elle hésitait à lui avouer qu'elle l'aimait et, dans la seconde suivante, l'accusait de l'avoir forcée à l'épouser.

Malheureusement, Domenic ne l'avait pas détrompée. Leur couple était le résultat d'une transaction, point final. Il aurait pu la rassurer, lui répondre qu'il était tombé amoureux d'elle, mais il n'en avait rien fait. Elle ne servait qu'à sa satisfaction sexuelle, et à lui assurer une descendance. Comment espérer qu'il la verrait un jour autrement, quand elle fondait sitôt qu'il posait la main sur elle ? Quand il pouvait lui faire l'amour à tout instant du jour et de la nuit ? Heureusement qu'elle ne lui avait pas avoué son amour, songea-t-elle en rougissant d'un embarras rétrospectif. Son humiliation aurait été totale.

Opal renifla, s'essuya le nez et redressa le menton. Pourquoi se tourmentait-elle ? Elle savait, dès le départ, où elle mettait les pieds. Si elle se prenait soudain à rêver d'un monde meilleur, c'était probablement à cause des hormones de grossesse.

Avec détermination, elle prit le rapport que lui avait remis Deirdre et se remit à le lire.

12.

Un œil sur la pendule, Domenic se servit un whisky pour combattre l'impatience. Les réjouissances de Covent Garden, à l'approche du nouvel an, montaient par la fenêtre entrouverte. Il était neuf heures. Elle aurait dû être là.

Il gagna le balcon de la suite qu'il occupait au dernier étage de l'hôtel Silvers de Londres et étudia la rue parée de guirlandes lumineuses en contrebas. À Sydney, le jour devait se lever. Opal suspectait-elle quelque chose ? Il en doutait. Il n'avait rien trahi de ses intentions au cours des dernières semaines. Satisfait, il avala son whisky d'un trait et laissa l'alcool se lover en une boule brûlante au creux de son estomac.

Au son du carillon, il regagna sa chambre et posa son verre sur un meuble. Parfait, il aimait qu'une femme soit à l'heure. Il se dirigea vers la porte et l'ouvrit en grand.

— Dommy chéri ! s'exclama Emma, brandissant une bouteille de champagne.

Elle l'étreignit, planta un baiser moite sur sa joue et entra sans attendre d'y être invitée.

— Je suis tellement contente de te voir !

Domenic esquiva le baiser dirigé vers ses lèvres comme il avait évité le premier, en détournant la tête pour lui offrir sa joue. À en juger par son élocution et par sa démarche vacillante, Emma avait dû ingérer une sérieuse quantité de champagne. Il détacha les mains qui agrippaient son cou, sortit un mouchoir de sa poche et essuya la marque de rouge à lèvres sur sa mâchoire.

— Comment m'as-tu trouvé, ce coup-ci ?

L'actrice partit d'un rire aigu qui le fit grincer des dents, tout en bataillant avec le bouchon du champagne.

— J'ai des espions partout. Quelqu'un t'a repéré à Heathrow. Je savais que je te trouverais là. C'est merveilleux d'être tous les deux à Londres pour le nouvel an, n'est-ce pas ?

Elle fit sauter le bouchon tout en parlant, avec une habileté trahissant son habitude de l'exercice, et éclata de rire quand un peu d'écume s'échappa du goulot.

— Oh ! vite, des verres !

Réprimant un soupir, Domenic se dirigea vers le bar, dont il revint avec une flûte.

— Une seule ? s'enquit Emma d'un air boudeur. Tu ne veux pas trinquer avec moi à la nouvelle année ? J'étais tellement heureuse d'apprendre que tu étais à Londres. Je commence à me lasser du type que je fréquente en ce moment, et j'avais envie de te voir.

— Je n'ai pas envie de boire, lui apprit Domenic. Pour être tout à fait franc, je vais devoir te demander de partir. J'attends quelqu'un.

L'actrice se figea, le verre contre ses lèvres, et plissa ses yeux surlignés de fard bleu.

— Une femme ?

— Il se trouve que oui.

Emma crispa la mâchoire, le regard plus dur. Comment l'avait-il jamais trouvée séduisante ? Elle était belle, oui, mais de manière superficielle : apprêtée, un tantinet vulgaire, ce qu'il fallait de formes aux bons endroits. Mais sous ce vernis, elle n'avait rien de ce qui faisait la beauté d'Opal. Elle ne l'intriguait pas, elle ne le faisait pas rire, elle ne lui donnait pas envie de la serrer dans ses bras après lui avoir fait l'amour.

— C'est donc fini, avec ta petite Australienne ? Je savais que ça ne durerait pas.

— Ma femme, corrigea Domenic en la prenant par le bras pour l'entraîner vers la porte, est restée à la maison. Elle est enceinte de notre premier enfant.

Emma se dégagea d'un geste brusque, puis lui fit face d'un air horrifié.

— Déjà ! Eh bien, tu n'as pas chômé. Félicitations, alors. Laisse-moi au moins récupérer ma bouteille que je puisse trinquer à cette nouvelle.

Domenic, rongeant son frein, la laissa se diriger vers l'endroit où elle avait abandonné le champagne. Emma s'en versa une nouvelle flûte, arrosant généreusement la moquette au passage.

— C'est bon, tu as fini ?

— Ça va, ça va, je m'en vais. Je voudrais juste me repoudrer le nez. C'est possible ?

Mâchoire serrée, il la regarda disparaître en direction de la salle de bains. Au même instant, le carillon résonna de nouveau. Bon sang, elle arrivait au plus mauvais moment. Mais, de peur qu'elle ne reparte, il s'engouffra dans le couloir de l'entrée pour aller ouvrir. Derrière lui, le téléphone se fit entendre dans le salon — il préféra le laisser sonner. Il ne voulait pas faire attendre sa visiteuse.

Il ouvrit et sourit à la femme qui se tenait sur le seuil. De taille moyenne, elle était vêtue de manière élégante. Seuls ses cheveux grisonnants et les rides au coin de sa bouche trahissaient son âge. Une incertitude proche de la peur dansait dans ses yeux d'un vert aquatique, et il lui prit la main avant qu'elle ne change d'avis. Il avait réussi.

Il l'avait trouvée.

Emma choisit ce moment précis pour réapparaître. Elle étudia la scène qui s'offrait à elle en plissant le front, du moins autant que le lui permettaient ses injections de Botox.

— Je vous connais ? demanda-t-elle en dévisageant

la visiteuse, avant de conclure par la négative. Non, je ne crois pas.

Domenic, qui n'avait pas la moindre envie de faire les présentations, s'écarta pour laisser passer l'actrice. Elle sortit dans le nuage presque suffoquant du parfum dont elle venait de s'asperger.

— Au fait, j'ai répondu à ton téléphone, vu que tu étais occupé.

— Et ?

— Rien, déclara Emma avec un haussement d'épaules qui fit presque jaillir sa poitrine de son décolleté. Ça devait être un faux numéro.

Elle fit quelques pas dans le couloir, puis se retourna pour étudier une dernière fois la nouvelle venue.

— Ton goût en matière de femmes laisse un peu à désirer, cher Dommy.

— Au contraire, répondit Domenic avec un grand sourire. Il s'améliore considérablement.

Opal fixait le téléphone avec incrédulité. Après deux jours à se torturer, deux jours à revivre chaque seconde de leur dernière dispute pour parvenir à la conclusion qu'elle avait eu tort, elle s'était résolue à appeler son mari et à lui présenter ses excuses. Elle voulait lui souhaiter une bonne année, lui faire savoir qu'elle pensait à lui et qu'elle attendait son retour avec impatience.

Elle avait d'abord cru que le réceptionniste lui avait passé la mauvaise chambre, puis elle avait reconnu l'accent de l'Américaine qui avait répondu. *Emma*. Emma, dans la chambre de Domenic. Opal avait raccroché aussitôt.

S'arrachant enfin à sa torpeur, elle prit une inspiration qui se transforma en sanglot. Pourquoi était-elle surprise ? Elle savait depuis le début que Domenic était un play-boy, un homme qu'une fille comme elle ne pouvait retenir bien longtemps. À présent qu'elle était enceinte, il n'avait plus besoin d'elle.

Son mari avait passé leur nuit de noces avec une autre, qu'il était allé retrouver à Londres. Logique. Voilà qui expliquait ce voyage mystérieux et précipité. Sa maîtresse devait lui manquer. Mais peu importaient les détails. Opal s'en voulait surtout, en cet instant, d'avoir laissé son cœur faire taire sa raison. Elle avait cru pouvoir changer son mari, et répété en cela l'erreur de sa mère. Son exemple lui avait pourtant prouvé qu'un salaud restait un salaud.

De désespoir, elle se roula en boule dans son lit. Elle s'était fait des illusions, avec une naïveté stupéfiante. Elle avait même cru son mari, dans ces instants magiques après l'amour, sur le point de lui avouer qu'il l'aimait. Elle s'était trompée. Domenic avait joué un simple rôle. Il ne l'avait jamais aimée, pour la seule raison qu'il n'en était pas capable. Si elle avait espéré le contraire, elle ne pouvait s'en prendre qu'à elle-même.

Une conclusion s'imposait : elle ne pouvait pas rester là, car elle refusait de vivre comme sa mère. Elle refusait d'attendre que Domenic daigne rentrer pour lui jeter en pâture un semblant d'affection, de quoi tenir pendant sa prochaine absence. Elle n'avait pas la force de supporter une telle humiliation. S'il ne l'aimait pas, elle préférait en rester là.

Sa main se posa sur son ventre à peine arrondi par l'enfant qui grandissait en elle. Elle devait à ce bébé de le protéger. Et le protéger, c'était lui éviter l'environnement délétère dans lequel elle avait grandi, avec une mère si obsédée par son mari qu'elle avait souvent négligé ses enfants.

Le cœur lourd, elle se leva et se dirigea vers la salle de bains. Elle eut à peine le temps d'arriver au lavabo, qu'elle se plia en deux et vomit une bile amère.

Sa femme ne répondait pas au téléphone, ni portable ni fixe. Le personnel ne l'avait pas vue. Mais il était à peine midi en Australie et il n'avait pas de raison objective de s'inquiéter. Pourtant, Domenic avait un mauvais pressentiment. Si c'était elle qui avait appelé ce soir, quand Emma avait décroché… Non, il préférait ne pas y penser.

Il était presque deux heures du matin et les fêtards commençaient à se disperser, découragés par l'apparition de gros flocons de neige. Demain — ou plutôt, tout à l'heure —, il sauterait dans son avion et rentrerait à Sydney. D'ici là, il avait besoin de sommeil. Mais, avant de se coucher, il voulait s'assurer qu'Opal allait bien et il décrocha son téléphone pour tenter une nouvelle fois de la joindre.

Sa nouvelle chambre, située au premier étage, donnait sur la rue. Décorée de rideaux à motifs floraux, elle était petite mais confortable, et rien n'y rappelait Domenic. Deirdre avait paru médusée en voyant Opal apparaître sur le seuil, sa valise à la main, mais, après un seul regard à ses yeux rougis, elle l'avait entraînée jusqu'à cette chambre. Elle n'avait pas posé de question, ce dont Opal lui était reconnaissante. Comment expliquer la situation quand elle-même n'était pas sûre de la comprendre ?

Allongée sur le lit, elle fixait le plafond. Par chance, elle n'avait jamais parlé à Domenic de La Maison de Perle. Elle y était donc en sécurité. Le temps qu'il découvre son secret, elle aurait pris le large. Pour le moment, elle pouvait se détendre et réfléchir à l'avenir.

Des rires lui parvinrent à travers le plafond. Brittany Scott jouait dans la chambre du dessus à habiller ses poupées. Elle les faisait parler, commenter ses choix vestimentaires en affectant différentes voix qui parvenaient à Opal, étouffées et consolatrices.

Malgré sa détresse, un sourire fugace fleurit sur ses lèvres.

Elle allait avoir un enfant. S'agirait-il d'une fille ? D'un garçon ? Elle n'avait pas vraiment de préférence. Mais, s'il s'agissait d'un fils, deviendrait-il un jour comme son père ?

Opal enfouit son visage dans l'oreiller, au bord des larmes. Le monde était jonché de cœurs brisés. Il y en avait bien trop pour une si petite planète. Pourquoi le sien en faisait-il partie ?

L'été pesait sur la ville, impitoyable. Les deux jours qui suivirent furent chauds et humides, et tous les habitants qui le pouvaient affluèrent vers le bord de mer. Les rues étaient désertes — ceux qui étaient restés chez eux avaient pris soin de s'y calfeutrer.

Deirdre offrit d'amener qui le voulait à la plage, et tous les résidents du foyer sautèrent sur l'occasion. Seule Jenny Scott déclina l'invitation, alitée par une migraine rendue plus insupportable encore par la chaleur. Opal accepta de rester pour surveiller Brittany, qui refusait de quitter sa mère.

Le silence retomba une fois tout le monde parti. Brittany jouait dans sa chambre. Sa mère s'était allongée à même le carrelage d'une salle de bains du rez-de-chaussée, en quête d'un semblant de fraîcheur. Opal lisait dans le salon, dont elle avait tiré les rideaux. Seul le bourdonnement d'un ventilateur troublait la quiétude de la pièce.

Une fenêtre explosa soudain à l'étage. Une odeur d'essence et de fumée envahit presque aussitôt la maison, puis des cris perçants se firent entendre.

Brittany.

Opal se précipita vers l'escalier, mais un rideau de feu barrait déjà le palier. Des volutes noires et âcres descendaient du premier étage, dans le bip strident des détecteurs de fumée. Jenny sortit en titubant de la salle de bains, abasourdie.

— Que se passe-t-il ? Où est Brittany ?

La petite fille cria de nouveau, et Jenny leva les yeux vers les étages, pâle comme un linge.

— Mon Dieu ! Brittany ! hurla-t-elle.

Opal la prit par les épaules et la secoua :

— Impossible de monter. Allez chez les voisins et dites-leur d'appeler les pompiers.

Mais Jenny l'ignora, tentant de gagner l'escalier.

— Brittany… Mon bébé…

— Partez ! cria Opal. Appelez les pompiers !

Cette fois, Jenny obéit. La petite fille appelait toujours, un étage plus haut.

— Brittany ! cria Opal, espérant que la petite fille l'entendrait. Rentre dans ta chambre et ferme la porte ! Les pompiers arrivent !

Puis elle sortit en courant par l'arrière en toussant et leva les yeux. La chambre de la fillette était au-dessus de la cuisine. Était-elle parvenue à s'y réfugier ? Où étaient les pompiers ? Pourquoi n'entendait-elle pas de sirènes ? Elle regarda autour d'elle, repéra une échelle en bois aux barreaux écaillés posée contre la palissade du jardin. Malgré son état, elle paraissait capable de supporter son poids. Sans hésiter, Opal l'arracha au lierre sous lequel elle disparaissait à demi et la cala contre la façade. L'échelle arrivait à un mètre sous la fenêtre, mais elle pourrait au moins voir à l'intérieur.

S'armant de courage, elle commença à grimper. *Ne baisse pas les yeux*, s'ordonna-t-elle lorsqu'elle sentit l'échelle vaciller. Elle put bientôt toucher le rebord de la fenêtre, qu'elle agrippa de toutes ses forces au cas où les barreaux céderaient.

Enfin, elle se hissa à hauteur des carreaux. Un interstice entre les rideaux permettait de voir à l'intérieur. La porte était fermée, mais de la fumée s'infiltrait lentement par l'espace entre le sol et le battant. Ses yeux fouillèrent la pièce jusqu'à repérer une petite jambe qui dépassait de sous le lit. Brittany s'y était réfugiée.

— Brittany !

La jambe disparut aussitôt sous le lit. La porte semblait résister à la pression d'une épaule invisible, et la fumée s'infiltrait maintenant par tous les côtés du cadre. Les flammes ne tarderaient pas à gagner la chambre. Opal savait qu'elle n'était pas censée entrer dans un bâtiment en feu, mais elle ne pouvait pas rester sans rien faire. La vie d'une enfant était en jeu.

Et toujours pas de sirènes... Opal regarda autour d'elle — pas le moindre objet pour briser un carreau. En désespoir de cause, elle ôta sa chaussure, l'enfila comme un gant et tapa dans la vitre. Le carreau céda du premier coup. À tâtons, Opal trouva la poignée et la fit tourner. Elle se laissa tomber à l'intérieur, la gorge aussitôt prise par la fumée.

— Brittany, cria-t-elle pour couvrir le rugissement de l'incendie. Reste couchée, j'arrive !

Opal s'aplatit par terre et se mit à ramper vers le lit. Au loin, un son se fit entendre : les pompiers, enfin ! Mais elle ne pouvait pas attendre, pas si près de la petite fille. La chaleur était presque intolérable même si aucune flamme n'avait encore franchi la porte. Mais ce n'était plus qu'une question de minutes — de secondes, peut-être.

Sur le ventre, elle continua de progresser. Quelque chose mordit dans son pied nu, mais elle l'ignora et continua de progresser vers l'abri de la fillette. Elle lui parlait en avançant, de peur que Brittany ne décide de bouger dans un mouvement de panique. Si elle le faisait, il serait quasiment impossible de la retrouver dans l'opacité de cendres et de fumée qui saturait la pièce.

Un cri de douleur lui échappa — sa tête venait de heurter le coin du lit. Sans s'en soucier, Opal glissa un bras sous le sommier et tâtonna jusqu'à sentir une petite cheville. Elle y referma les doigts.

— Brittany !

Pas de réponse. Une bouffée de panique l'étrangla, mais

elle se rappela qu'elle avait vu la fillette bouger moins d'une minute plus tôt. Brittany ne pouvait pas être morte. Opal tira plus fort, et l'enfant glissa vers elle. Elle la prit dans ses bras, gamine chétive et légère comme une plume. Brittany était inerte. À travers la fumée, le chambranle dessinait maintenant un rectangle rouge feu, une véritable vision d'apocalypse. Elle n'avait pas le temps de s'assurer que la petite était en vie. Il fallait sortir, maintenant. Opal se retourna vers la fenêtre.

Mais où était-elle ? Tout n'était plus que ténèbres. Serrant l'enfant dans ses bras, elle progressa à genoux vers la fenêtre, du moins vers l'endroit où elle espérait que cette dernière se trouvait. Pas seulement pour sauver sa vie ou celle de la fillette, mais aussi pour le bébé de Domenic.

Domenic ! songea-t-elle, les poumons brûlants. *Pardon* !

13.

Domenic vit la fumée dès qu'il s'engagea dans la banlieue où se trouvait la Maison de Perle, ce foyer qu'Opal avait fondé pour abriter les femmes en détresse. Son humeur s'assombrit. Ne pas pouvoir la joindre depuis Londres était une chose, la trouver envolée à son retour en était une autre.

Pourquoi diable était-elle partie ? D'accord, ils s'étaient disputés avant son départ. Mais il n'aurait pas cru Opal capable d'abandonner si facilement, au premier cahot sur la route. Son entêtement et sa force étaient précisément des qualités qu'il admirait chez elle.

Il tourna dans une nouvelle rue. Heureusement, il ne lui avait jamais dit qu'il était au courant de son secret. Elle avait trouvé refuge à la Maison de Perle, il le savait. La fumée continuait de monter d'un bloc de bâtiments devant lui, sans doute proche du sien.

Non, c'était le sien qui brûlait.

Des flammes s'échappaient des fenêtres qui donnaient sur la rue et léchaient la façade. Où étaient les pompiers ? Il s'arrêta net, composa le numéro des secours.

— Ils seront là dans trois minutes, l'informa l'opérateur d'une voix calme.

Domenic bondit de sa voiture et parcourut du regard la petite foule assemblée devant la maison. Opal n'en faisait pas partie. Une femme pleurait, au bord de l'hystérie, soutenue par une autre.

— Vous habitez ici ? lui demanda-t-il.

L'intéressée tourna un regard apeuré vers lui, les yeux rougis. Puis elle tendit une main tremblante vers le bâtiment.

— Brittany, crut-il l'entendre gémir.

— Et Opal ? Où est-elle ?

La femme se tourna de nouveau vers la maison, les yeux écarquillés.

Non !

Elle ne pouvait pas être encore à l'intérieur. La porte d'entrée était en feu — impossible de sortir par là. Il fallait essayer par l'arrière. Les voisins s'employaient à arroser leur propre façade, et Domenic plongea dans la première maison ouverte sur la droite. Remontant un long couloir, il traversa une cuisine et émergea dans un jardinet. Par-dessus la palissade, il vit qu'on avait dressé une échelle contre la façade à l'arrière du foyer. Deux jambes étaient en train de disparaître par la fenêtre.

— Opal !

Sans attendre sa réponse, il bondit par-dessus la clôture pour se précipiter vers l'échelle. Les barreaux grognèrent sous son poids mais il n'y prit pas garde. Une seule chose importait : rattraper Opal. Une épaisse fumée s'échappait par la fenêtre au-dessus de lui. Il ne vit pas de flammes, mais il savait que la fumée en elle-même était tout aussi dangereuse. Au loin, un bruit de sirènes se fit entendre. Les pompiers arriveraient-ils à temps ? La question n'avait pas d'importance. Il savait ce qu'il avait à faire. Il agrippa le rebord de la fenêtre des deux mains et se hissa à l'intérieur.

C'était une véritable fournaise, et ses poumons luttèrent pour arracher à l'atmosphère brûlante le peu d'oxygène épargné par l'incendie. Si la porte cédait, tout était fini.

— Opal !

Sa voix se perdit dans le rugissement du brasier. Il se couvrit le nez d'un mouchoir, fouillant l'obscurité du regard. Opal avait disparu. Elle était pourtant dans la pièce, il en était sûr. Il était impossible d'en sortir. Il devait la trouver.

Il entendit un son, comme un râle, puis quelque chose heurta sa jambe.

Non, pas quelque chose. Quelqu'un. Sa main rencontra bientôt une épaule. Il sentit un spasme la parcourir et se baissa pour remettre la jeune femme sur ses pieds. Il discerna la forme d'un enfant dans ses bras, au moment précis où la porte se fendait en deux sous l'assaut des flammes.

Sans réfléchir, il jeta l'enfant sur son épaule et poussa Opal vers la fenêtre. Elle tituba, enjamba tant bien que mal le rebord et dévala l'échelle, glissant à demi sur les barreaux. Par miracle, elle atteignit le jardin sans mal. Domenic jeta un dernier regard en arrière comme il franchissait à son tour le rebord et échappait à l'enfer.

Non, corrigea-t-il. L'enfer avait été de voir Opal disparaître dans le brasier. L'enfer avait été de songer qu'il pouvait la perdre.

Il venait tout juste de descendre les premiers barreaux lorsqu'une boule de feu explosa dans la chambre et traversa la fenêtre juste au-dessus de sa tête. Une pluie de flammes et de verre brisé se répandit sur les pompiers qui pénétraient enfin dans la cour. Domenic toucha terre, titubant, et tendit la fillette aux services d'urgence. « Son cœur bat », entendit-il un médecin crier.

— Vous êtes un héros, lança quelqu'un en lui tapant sur l'épaule.

Mais il secoua la tête. L'héroïne, c'était Opal. Sans elle, la petite fille serait sans doute morte. Il la chercha du regard, mais elle n'était nulle part en vue.

Opal, hagarde, se laissa conduire jusqu'à une ambulance et asseoir sur le hayon. Les secours s'affairaient autour d'elle en un ballet frénétique. L'espace d'un instant, elle avait cru que c'était Domenic qui l'avait tirée du feu. Évidemment, c'était impossible. Il était à Londres en compagnie d'Emma.

Quand bien même il se serait trouvé à Sydney, il n'aurait pas su où la trouver. Sous l'effet de la fumée, elle avait eu des hallucinations.

Un masque à oxygène toucha son visage et elle inspira profondément, offrant un répit bienvenu à ses poumons martyrisés. Après quelques secondes, elle repoussa le masque pour demander :

— Brittany ?

— La petite fille ? Elle va bien, ne vous inquiétez pas.

Un immense soulagement balaya Opal. Les ambulanciers la soulevèrent, l'installèrent sur un brancard. Les yeux clos, elle se laissa aller contre l'oreiller, et sentit le masque se poser de nouveau sur son visage.

Brittany était en vie ! Dieu merci. La maison en elle-même n'avait pas d'importance. Elle en trouverait une autre, elle rouvrirait la Maison de Perle ailleurs. Le drame avait été évité. Elle avala une nouvelle goulée d'oxygène avant de tirer de nouveau sur son masque.

— Le pompier qui m'a tirée du feu, qui est-ce ? Je voudrais le remercier.

— Ce n'était pas un pompier, répondit un infirmier. C'était un type avec une chemise blanche. Enfin, elle était blanche avant qu'il n'entre dans la maison. Un de vos voisins, peut-être ?

Opal se redressa sur un coude, intriguée, et parcourut la scène. Elle ne vit pas de chemise blanche — ou qui l'avait été. Puis la foule s'écarta et son cœur s'arrêta.

Domenic !

Le visage couvert de suie, il rongeait son frein pendant qu'un médecin l'examinait Au même instant, il se tourna vers elle.

Opal peinait à respirer — la fumée qu'elle venait d'inhaler n'y était pour rien. Elle avait cru, lorsqu'elle reverrait Domenic, que leurs retrouvailles seraient tendues, hostiles.

Elle n'était donc pas prête pour ces yeux qui plongeaient jusqu'à son âme.

Sous la force de ce regard, elle oublia tout son ressentiment, sa douleur, sa jalousie. Domenic, aujourd'hui, avait sauvé trois vies : la sienne, celle de Brittany et celle de leur enfant à naître. Le reste importait peu. Quels que fussent ses défauts, elle ne pouvait en vouloir à un tel homme.

— Ce n'est pas mon voisin, murmura-t-elle sans détacher ses yeux des siens. C'est mon mari.

Qu'il était bon de revenir chez soi ! Une odeur de fumée collait toujours à leur peau et à leurs cheveux, et Opal mourait d'envie de prendre un bain. Domenic et elle avaient été autorisés à rentrer après avoir passé une nuit en observation à l'hôpital. Ils n'avaient pas eu l'occasion de parler depuis l'incendie, du moins pas du plus important des sujets, leur avenir. L'hôpital n'était pas le lieu pour cela. Ils s'étaient contentés de gérer les conséquences immédiates de l'incendie. Brittany était tirée d'affaire, et Domenic était parvenu à trouver un logement temporaire aux occupantes de la Maison de Perle.

Ce ne fut que lorsqu'ils arrivèrent devant Clemengers que son mari lui prit la main. Elle le dévisagea, surprise, car chacun avait passé le trajet sur un coin de la banquette.

— Opal, j'ai ramené quelqu'un de Londres. Elle voulait venir à l'hôpital mais je lui ai demandé d'attendre à l'hôtel.

Opal ferma les yeux, le cœur lourd. *Par pitié, pas Emma.* Il n'était tout de même pas cruel à ce point…

— Qui ?

— Tu vas voir. Je sais que tu as envie de te changer, mais elle ne voulait pas attendre davantage.

La voiture venait de s'arrêter devant l'hôtel, où Sebastian leur ouvrit la porte. Opal le salua d'un signe de tête distrait et laissa Domenic, un bras autour de ses épaules, la guider jusqu'à un salon privé.

Après la lumière du soleil, Opal mit quelque temps à s'habituer à la pénombre du lieu. Une femme était assise dans la pièce. Lorsqu'ils entrèrent, elle se leva vivement, puis fit un pas timide dans leur direction.

Opal s'arrêta, submergée par une bouffée d'émotion et par la plus totale incompréhension. La femme franchit la distance qui les séparait, puis lui prit les mains.

— Opal, murmura-t-elle. Je rêvais de te revoir. Tu m'as tellement manqué.

Opal continua de la fixer, presque incapable d'accepter l'évidence, refusant encore d'en croire ses yeux. Enfin, elle parvint à articuler son premier mot.

— Maman ?

14.

Elles fondirent dans les bras l'une de l'autre, riant et pleurant à la fois, lavant à l'eau de leurs larmes la douleur d'une trop longue séparation. Puis elles s'installèrent côte à côte sur une méridienne, tandis que Domenic s'accoudait un peu à l'écart contre une cheminée pour les laisser parler.

— Mais… Comment ? articula enfin Opal. Nous te pensions morte. Où étais-tu ?

Perle prit la main de sa fille dans la sienne avant de répondre :

— Je comprends ton désarroi. J'ai bien des choses à t'expliquer, et tu es en droit de m'en vouloir. Mais je dois d'abord te dire que laisser mes enfants a été la chose la plus difficile que j'aie eu à faire dans toute ma vie.

— Pourquoi nous avoir abandonnées, alors ? murmura Opal, se rappelant la souffrance de ces premiers mois sans leur mère. Les jumelles n'avaient que quatre ans. Elles ont pleuré tous les soirs pendant des semaines. Elles avaient besoin de toi. Nous avions toutes besoin de toi.

Perle se balança d'avant en arrière, tout en se mordant la lèvre sous l'effet d'une évidente détresse.

— Et je pensais à vous tous les jours, mais je n'avais pas d'autre solution. Il ne m'a pas laissé le choix.

— Mon père ?

Perle acquiesça, les larmes aux yeux.

— Je sais que vous ne vous entendiez pas, mais ça n'explique pas ton départ.

— C'est ma faute. J'étais malheureuse. Votre père ne m'aimait pas, et il s'amusait à me narguer avec ses nombreuses maîtresses. Un jour, j'en ai eu assez.

— Et tu es partie ?

— Attends… Laisse-moi parler, murmura Perle en se tamponnant les yeux du coin d'un mouchoir. J'étais jalouse. J'adorais votre père et il en profitait. J'ai fini par devenir folle. J'ai décidé de le rendre jaloux à mon tour et de lui prouver que, moi aussi, je pouvais prendre un amant. J'ai séduit un jeune employé de l'hôtel. Comme je l'avais espéré, ton père nous a surpris au lit.

Elle s'interrompit, les yeux baissés.

— Et ? demanda Opal.

— Il a éclaté de rire, répondit sa mère d'une voix qui trahissait une émotion encore vive. Il a ri à gorge déployée, comme si c'était la scène la plus amusante du monde. Il a lancé à mon amant que, pour coucher avec moi, il fallait être soit ivre, soit idiot, soit avoir eu la malchance de m'épouser. Vu qu'il incarnait ce dernier choix, lequel des deux autres était ce jeune homme ? Mon amant est parti en courant, pendant que ton père éclatait de nouveau de rire. Alors je l'ai frappé, de toutes mes forces, encore et encore, pour lui arracher une réaction. Et ça a marché. Pour la première fois, il s'est mis en colère. Nous nous sommes disputés…

— Et le lendemain…, commença Opal, qui se rappelait encore les cris de cette nuit fatidique.

— J'ai décidé d'en finir. Je ne voyais pas d'autre solution. Mais, même ça, je l'ai raté. Une femme de chambre m'a trouvée et a appelé une ambulance. Je ne sais pas si ton père se serait embêté à le faire.

— Il nous a dit que tu étais morte à l'hôpital.

— Je sais. Il m'a ordonné de ne jamais essayer de vous contacter. J'ai accepté. C'était horriblement difficile, mais je savais que j'avais été une mauvaise mère. J'étais dans un état pitoyable et je pensais que vous seriez mieux sans moi.

Opal réfléchit un instant, puis hocha la tête.

— Je comprends mieux pourquoi il ne s'est jamais remarié… Parce qu'il l'était toujours ! Mais comment a-t-il pu convaincre tout le monde que tu étais morte ?

— Ce n'était pas si difficile. Je n'avais pas de famille à part vous, mes enfants. La plupart de mes amis vivaient à Melbourne, où nous nous étions rencontrés, et je n'avais plus beaucoup de contacts avec eux. Il a dû prétendre que l'enterrement aurait lieu dans l'intimité.

— Et il ne nous a pas laissées y aller… Parce qu'il n'y a jamais eu d'enterrement.

— Voilà. Il m'a envoyée en Angleterre, où j'ai passé un long moment dans une clinique privée. Puis je me suis installée dans un petit village pas très loin de Londres. Avec l'argent qu'il m'avait donné, j'ai monté une boutique de bijoux. Et, même si je ne pouvais pas vous voir, les pierres avec lesquelles je travaillais tous les jours, ces pierres dont je vous avais donné les noms, me rappelaient vos visages. Je pensais à vous quotidiennement.

— Tu savais qu'il était mort ?

— Oui. Un notaire m'a contactée. J'ai même décroché le téléphone, le lendemain, pour vous appeler. Mais j'ai renoncé. Je ne me sentais pas le droit de chambouler vos vies après vous avoir abandonnées. Et puis, j'avais peur que vous me détestiez.

— Te détester ? Comment aurions-nous pu ? Tu nous manquais terriblement.

Opal renifla et ajouta :

— Mais tu es là, maintenant. C'est tout ce qui compte.

Un pâle sourire aux lèvres, Perle lui tapota la main.

— C'est grâce aux talents de négociateur de ton mari. Mais il lui a fallu toute la soirée du nouvel an pour me convaincre.

Opal se tourna vers Domenic, troublée.

— La soirée du nouvel an ?

— Oui. Nous l'avons passée ensemble dans son hôtel

de Londres. Je lui ai répété que je ne voulais pas revenir et bouleverser vos existences, que je ne m'en sentais pas le droit. Il m'a alors parlé de ce foyer pour femmes en détresse auquel tu avais donné mon nom. C'est à cet instant que j'ai changé d'avis. J'ai compris que tu ne m'en voulais pas.

Elle glissa un bras autour des épaules de sa fille, puis l'étreignit farouchement.

— Et dire que j'ai failli te perdre dans l'incendie de ce foyer… Je suis désolée de ce qui s'est passé. Mais je suis heureuse que tu t'en sois tirée sans mal.

— Ne t'inquiète pas, je trouverai une autre maison. Nous recommencerons.

— Dans ce cas, j'aimerais t'aider.

— Vraiment ?

— Je te dois bien ça. Ça t'aidera peut-être à me pardonner de ne pas avoir été là.

— Tu n'as pas besoin d'acheter mon pardon, mais merci. Je serais ravie de t'avoir à mes côtés.

Le téléphone bourdonna derrière elle, et Domenic alla répondre. Lorsqu'il raccrocha après avoir écouté et acquiescé sans parler, Opal tourna vers lui un regard curieux.

— Qui était-ce ?

— La police. Ils ont arrêté Frank Scott pour incendie criminel. Apparemment, il a aussi reconnu avoir déclenché le feu dans l'immeuble où habitait sa femme. Il va passer un bon bout de temps derrière les barreaux.

— Jenny et Brittany vont enfin pouvoir rentrer chez elles, murmura Opal.

— Sur cette bonne nouvelle, fit sa mère en lui tapotant le genou, je crois que ton mari et toi avez besoin d'une bonne douche. Je vais vous laisser prendre soin l'un de l'autre. Nous reprendrons cette conversation plus tard…

Opal donna rendez-vous à sa mère pour dîner, puis laissa Domenic l'entraîner jusqu'à leur suite, celle qu'elle avait quittée en hâte le soir du nouvel an, certaine que son mari la trompait et que leur mariage était fini.

Sur quoi d'autre s'était-elle trompée ?

Ils venaient d'entrer lorsque Domenic la plaqua contre la porte et l'embrassa avec une passion presque désespérée. La stupeur passée, Opal répondit avec une fougue égale à la sienne, qui les laissa tous deux pantelants lorsqu'ils se séparèrent enfin.

— Pourquoi t'es-tu enfuie ? demanda l'Italien, glissant une main dans ses cheveux.

Du bout de la langue, Opal effleura ses lèvres sensibles, presque meurtries par l'intensité de ce baiser. Pourquoi était-elle partie ? Il y avait tant de raisons… Par laquelle commencer ?

— Le soir du réveillon, quand j'ai appelé… Je pensais que…

— C'était toi ?

— Oui. Emma a répondu. Et j'ai pensé que…

— Que je te trompais.

— Oui. Au lieu dc ça, tu avais retrouvé ma mère. C'était donc la véritable raison de ce soudain voyage en Angleterre ?

— Oui. Je ne pouvais pas t'en parler avant de l'avoir vue. Je voulais m'assurer que c'était bien elle, et qu'elle accepterait de rentrer.

— Qu'est-ce qui t'a fait soupçonner qu'elle était vivante ?

Du bout des doigts, Domenic effleura ses lèvres. Cette fois, son geste était tendre, presque fervent.

— Un détail que tu as mentionné sur l'île… On t'avait dit que les blessures de ta mère n'étaient pas graves. Pourtant, elle n'est pas revenue. J'ai cherché son certificat de décès, dans l'espoir qu'il te fournirait une explication, mais je n'ai rien trouvé. J'ai compris qu'on t'avait caché quelque chose.

— Mais… Comment l'as-tu retrouvée ?

— J'ai engagé des détectives. Ils ont découvert qu'elle avait quitté le pays, mais elle avait changé de nom et ils ont perdu sa trace. C'est alors que j'ai décidé de rendre visite au notaire de ton père. Je lui ai fait comprendre qu'il avait tout intérêt à me dire la vérité s'il ne voulait pas passer le restant de ses jours à se battre contre mes avocats. Il s'est montré très collaboratif.

— Merci, murmura Opal, même si ce simple mot peinait à exprimer l'étendue de sa gratitude. Mais… Je ne comprends toujours pas pourquoi tu as fait tout ça.

Son mari inspira profondément, la mine grave.

— Sur l'île, quand tu as évoqué tes parents, j'ai pour la première fois pris conscience de ce que je t'avais fait en te forçant à m'épouser. J'ai voulu me racheter.

— Je suis désolée d'avoir cru que tu étais avec Emma, murmura-t-elle en rougissant. Tu essayais de m'aider et j'ai soupçonné le pire. C'est juste qu'après ce qui s'est passé lors de notre nuit de noces…

— Emma était bel et bien dans ma chambre ce soir-là. Elle n'y a passé que cinq minutes, et ce n'est pas moi qui l'ai invitée. Quand ta mère a sonné à la porte, je suis allé ouvrir et Emma en a profité pour répondre. Mais que veux-tu dire quand tu parles de notre nuit de noces ?

Opal le dévisagea, perplexe. *Comme s'il ne le savait pas.*

— Quand tu es parti. On t'a vu monter dans un taxi avec Emma.

Il pivota, l'air choqué, fit quelques pas dans la pièce et revint vers elle.

— Et tu penses que la nuit de mon mariage, je l'ai passée avec une autre ?

— Ce n'est pas le cas ? Parce que tu ne l'as pas passée avec moi, c'est sûr, répliqua Opal en se détachant à son tour de la porte pour s'éloigner de lui.

— Tu m'avais clairement fait comprendre que tu n'en avais pas envie, dois-je te le rappeler ?

— Tu es donc allé trouver Emma. Tu es parti en taxi avec elle.

— Et je suis revenu seul, moins de dix minutes plus tard. On ne te l'a pas dit, ça ?

Opal l'étudia d'un air hésitant. Disait-il la vérité ?

— Tu t'es envolé pour les États-Unis dès le lendemain. Et après, tu t'étonnes que je me sois fait des idées ?

— D'où te vient cette obsession pour Emma ? s'emporta son mari avec un geste impatient. Elle ne représente rien pour moi.

— Tu n'as vraiment pas passé notre nuit de noces avec elle ?

— Vraiment pas, non. Je suis revenu au bureau et j'ai travaillé toute la nuit. Quel genre d'homme crois-tu que je suis ?

Opal baissa les yeux, un peu trop vite sans doute. Domenic s'approcha d'elle et la prit par les épaules.

— Tu penses vraiment que je ferais une chose pareille ?

— Non ! Enfin, je ne sais pas, avec ta réputation…

— Ma réputation ?

— Tu ne menais pas une vie monacale avant de me connaître. Et tu as été clair dès le départ : tu voulais juste un enfant de moi. Quand je suis tombée enceinte…

Opal s'interrompit, la gorge nouée. D'un doigt, Domenic lui redressa le menton et acheva d'une voix radoucie :

— Tu as cru que j'allais te traiter comme ton père a traité ta mère. C'est ça ?

Le regard voilé par les larmes, Opal baissa la tête en un silencieux aveu. Domenic l'attira à lui et posa les lèvres sur ses cheveux.

— Tu n'as pas appris à me connaître, au cours des derniers mois ?

— Si. Et je crois que je t'ai sous-estimé. Tu n'étais même pas censé être au courant, pour la Maison de Perle. Comment l'as-tu découverte ?

— Tu ne croyais pas que j'allais lier mon destin au tien sans tout savoir sur ton compte ?

Elle redressa la tête, prenant pour la première fois conscience de la naïveté dont elle avait fait preuve en pensant pouvoir lui cacher un secret.

— Et ce que j'ai découvert m'a ému. Tu as choisi de partager ce que tu avais avec des femmes qui en avaient besoin. Tu aurais pu mener une vie tranquille d'héritière, tu n'en as rien fait.

Ses lèvres effleurèrent les siennes, puis il reprit dans un souffle :

— Quand comprendras-tu ? Je t'ai épousée. Et ce n'est pas pour rien. Sans m'en rendre compte, je suis tombé amoureux de toi.

Opal secoua aussitôt la tête.

— Non. C'est impossible. Tu n'en es pas capable.

— Comment sais-tu ce dont je suis capable ou pas ?

— Je sais que tu ne m'as pas épousée par amour. Tu l'as fait pour prendre le contrôle de Clemengers.

— C'est ce que j'ai voulu te faire croire à l'époque. C'était ce que je croyais. Mais, au fond, j'aurais pu prendre le contrôle de Clemengers de bien d'autres façons. Si je t'ai épousée, c'est que quelque chose en toi me troublait. Ce n'est que lors de nos vacances à Bedarra que j'ai commencé à me douter de la vérité. À comprendre que j'étais tombé amoureux de toi. S'il m'a fallu un peu de temps pour m'en rendre compte, c'est précisément que ça ne m'était jamais arrivé.

Opal vacilla dans ses bras, éberluée par cette confession. Il l'aimait. Il l'aimait vraiment. Jamais elle n'aurait cru un tel miracle possible.

— Voilà pourquoi je ne te tromperai jamais, reprit Domenic. Il faut que tu le comprennes.

— Je comprends, murmura-t-elle, le cœur battant la chamade. J'avais juste peur d'y croire…

— Tu peux y croire, maintenant.

— Tu veux toujours savoir pourquoi je me suis enfuie ?

Il esquissa un sourire, qui creusa sur sa joue une ride qu'Opal explora d'un doigt.

— Parce que tu pensais que j'étais avec Emma ?

— Mais tu ne t'es pas demandé pourquoi ça m'importait tant ? Je suis tombée amoureuse de toi, Domenic. Oh ! je sais que j'avais promis de te détester jusqu'à la fin des temps, mais j'essayais juste de me protéger. Je ne voulais pas finir comme ma mère et je m'étais juré de ne jamais tomber amoureuse. Voilà pourquoi je me suis enfuie. Parce que je t'aimais, parce que je pensais que tu ne m'aimerais jamais et que je ne voulais pas de cette vie-là.

De nouveau, Domenic l'attira à lui. Elle sentit ses muscles rouler sous sa peau et, plus profondément encore, le battement sourd de son cœur.

— Madame Silvagni, souffla-t-il tout contre ses lèvres, tu n'auras jamais à douter de moi. Je t'en fais le serment solennel.

Il embrassa le bout de son nez et reprit :

— Je t'aime, Opal. Et je t'aimerai toujours. Mets-toi ça dans la tête.

— Moi aussi, je t'aime.

Ils échangèrent un long baiser, et Opal sut en cet instant que sa vie venait de changer à tout jamais. Dans les bras l'un de l'autre, ils ne manqueraient jamais de rien.

— Et maintenant, fit son mari en desserrant un peu son étreinte, si nous prenions cette fameuse douche ?

Radieuse, Opal lui sourit.

— J'ai cru que tu ne demanderais jamais…

CAITLIN CREWS

Passion au manoir

Traduction française de
LOUISE LAMBERSON

AZUR
HARLEQUIN

Titre original :
UNDONE BY THE BILLIONAIRE DUKE

Ce roman a déjà été publié en 2018.

1.

Eleanor Andrews se sentait parfaitement à la hauteur de la situation. Même si son nouvel employeur, le duc de Grovesmoor, douzième du nom, dépassait tout ce que l'on pouvait imaginer en matière de turpitudes — comme le rapportaient chaque jour les tabloïds. Hugo le Maudit, Hugo le Redoutable, Hugo le Débauché, ainsi que l'appelaient certains journalistes, était trop riche. Trop imbu de sa personne. Trop cruel et impitoyable envers les femmes. Mais d'une beauté si scandaleuse, si ténébreuse, qu'aucune d'entre elles n'avait jamais pu lui résister.

Quant aux photos accompagnant les articles, elle préférait ne pas y songer.

— N'en rajoute pas, soupira sa sœur, Vivi, avec un mouvement de tête las.

Alors qu'en réalité Eleanor s'était contentée d'émettre un soupçon d'inquiétude en parlant du nouveau poste qu'elle venait d'accepter : celui de préceptrice de la pauvre petite orpheline dont Hugo était le tuteur.

Cependant, Vivi avait beau être parfois — non, *souvent* — pénible, Eleanor l'adorait. Sa sœur était la seule famille qu'il lui restait après le tragique accident de voiture qui avait coûté la vie à leurs parents, des années plus tôt. Accident auquel Vivi avait réchappé de justesse. Eleanor n'oublierait jamais ces moments horribles, quand elle avait cru les avoir perdus tous les trois.

— Je ne pense pas en avoir rajouté, dit-elle avec calme.

Inutile de faire remarquer à sa sœur qu'en matière d'exagération et d'excès, c'était plutôt elle la spécialiste.

Immobile devant le miroir de la chambre du minuscule deux-pièces qu'elles partageaient, dans un immeuble de l'une des banlieues les moins huppées de Londres, Vivi acheva d'appliquer sa troisième couche de mascara. Le deux-pièces en question était en fait composé de cette « chambre », séparée du salon par une étagère, et d'une kitchenette aménagée sous les combles à l'autre extrémité.

Sa sœur reposa le tube de mascara et se retourna vers elle en roulant des yeux.

— De toute façon, tu ne verras jamais Hugo. Tu seras la préceptrice de sa pupille — qu'il ne doit pas beaucoup aimer, vu les circonstances sordides qui l'ont amené à devenir son tuteur —, pas une invitée. Alors, pourquoi daignerait-il vous accorder du temps, à l'une comme à l'autre ?

Eleanor connaissait évidemment les grands traits de cette histoire lamentable. La liaison intermittente du duc avec l'adorable Isobel Vanderhaven, coqueluche de la haute société londonienne et fort appréciée des médias. Tout le monde avait pensé qu'il réussirait à lui gâcher la vie, voire à la détruire à cause de ses vices, dont même elle, la ravissante Isobel, ne parvenait pas à le guérir.

Or, contre toute attente, c'était elle qui avait fini par le quitter pour de bon, enceinte de Torquil, le meilleur ami de Hugo, parce que — tous s'accordaient sur ce point —, l'amour avait fini par triompher de la méchanceté et qu'Isobel méritait mieux qu'un misérable comme Hugo. Peu après, celle-ci avait épousé son amant. Mais leur mariage s'était achevé brutalement quelque temps plus tard, lors du tragique accident de bateau qui leur avait coûté la vie à tous les deux. Accident à la suite duquel Hugo avait été désigné comme tuteur légal de la fille d'Isobel et de Torquil.

— Hugo possède tellement de propriétés, dans le monde

entier, qu'il lui faudrait au moins deux ans pour en faire le tour, poursuivit Vivi avec sa nonchalance habituelle.

Après tout, sa sœur savait de quoi elle parlait, puisqu'elle évoluait dans les mêmes sphères que celles où sévissait Hugo. Vivi avait fréquenté les meilleurs établissements scolaires et, bien que ne s'y étant pas distinguée par de brillants résultats, elle y avait noué des liens qui lui avaient ouvert les portes des milieux les plus huppés de Londres.

Vivi avait dix-huit mois de moins que son aînée, et la beauté en plus. Eleanor contempla la silhouette de mannequin de sa sœur. Les hanches minces, les longues jambes galbées… Dire qu'après l'accident les médecins avaient craint qu'elle ne puisse jamais remarcher !

Néanmoins, tout en sortant régulièrement avec des hommes fortunés, Vivi n'avait encore jamais réussi à dépasser le stade de l'aventure passagère avec aucun d'entre eux.

De son côté, Eleanor n'avait pas vraiment le temps de faire la fête car elle travaillait beaucoup, cumulant même parfois deux emplois lorsque les fins de mois étaient trop difficiles. Vivi était en effet, et de loin, la plus jolie des deux, et elle la plus raisonnable. Peu à peu, Eleanor avait accepté le rôle qui lui était dévolu et, à vingt-sept ans, ellc avait trouvé une sorte d'équilibre et de sérénité. Ses parents étaient morts et elle n'y pouvait rien. Elle ne pourrait jamais les ressusciter, mais elle était en mesure d'assurer une vie confortable à Vivi, qui, en plus de la perte de leurs parents, avait traversé un véritable enfer après l'accident.

Par conséquent, en tant qu'aînée, Eleanor travaillait dur pour payer les factures. Les factures de Vivi.

Le poste qu'elle venait d'accepter serait le plus lucratif qu'elle ait jamais occupé. Aussi avait-elle donné sa démission au cabinet d'architectes où elle travaillait en tant que standardiste et hôtesse d'accueil. C'était Vivi qui avait entendu parler de ce poste de préceptrice — et surtout du salaire proposé par le duc. À la simple pensée de la somme astronomique qu'elle allait gagner, Eleanor en avait le vertige.

« On raconte que le duc a congédié toutes les préceptrices qui lui avaient été envoyées..., avait précisé Vivi avec une petite moue dédaigneuse. Apparemment, elles tenaient un peu trop à approcher de près leur employeur ! Mais toi, tu sauras garder tes distances, j'en suis certaine ! »

L'agence avait semblé partager son avis et après une série d'entretiens, longs et approfondis, Eleanor avait appris que sa candidature avait été retenue. Aussi s'apprêtait-elle maintenant à partir pour les landes du Yorkshire où s'étendait Groves House, sans doute le plus vaste duché d'Angleterre.

— De toute façon, tu feras partie des employés les plus modestes, Eleanor, reprit Vivi en choisissant un rouge à lèvres couleur rubis. Alors, tu ne croiseras probablement jamais Hugo Grovesmoor.

Ne jamais croiser son employeur ne dérangeait pas du tout Eleanor. Au contraire. Le prétendu charisme et l'aura de ce genre de célébrités ne l'avaient jamais impressionnée. Ni l'arrogance qui allait le plus souvent de pair, se répéta-t-elle le lendemain matin, tandis que l'express s'enfonçait dans le Yorkshire. Elle n'était pas retournée dans le nord de l'Angleterre depuis son enfance, du temps où ses parents étaient encore en vie. Aussi gardait-elle de vagues souvenirs de promenades à York, le long du mur d'enceinte entourant la vieille ville, dans la fraîcheur des matins d'été.

Elle s'interdit de céder à la nostalgie et, descendant du train à la gare de York pour en prendre un autre, moins rapide, elle remonta son col pour se protéger du vent. Le passé était le passé. La vie continuait. En dépit des pertes subies, des chagrins.

Lorsqu'elle se retrouva dans la gare minuscule de Grovesmoor Village, Eleanor s'arrêta sur le quai, s'attendant à voir quelqu'un venir la chercher comme prévu. Mais il n'y avait personne alentour. Et le vent d'octobre soufflait de plus en plus fort.

Pas vraiment encourageant, comme accueil…

Sortant son smartphone de son sac, elle afficha le trajet jusqu'à Grovesmoor House et découvrit qu'il y avait une bonne demi-heure de marche.

Après avoir remis l'appareil dans son sac, puis remonté la bandoulière de celui-ci sur son épaule, Eleanor baissa les yeux sur sa valise à roulettes — qui contenait ce dont elle pensait avoir besoin pour ces six semaines durant lesquelles elle n'aurait pas de congé. Redressant le menton, elle s'empara résolument de la poignée de la valise et commença à marcher.

Au bout de cinq minutes, alors qu'elle avançait d'un bon pas, Eleanor se rendit compte qu'elle était partie dans le mauvais sens et, rebroussant chemin, traversa le bourg dont les maisons s'alignaient de chaque côté d'une rivière au cours paisible.

Une fois dans la bonne direction, elle essaya de se convaincre que tout allait bien, alors qu'elle pénétrait dans un brouillard de plus en plus épais et quelque peu sinistre. Elle continua d'avancer en se concentrant sur sa respiration. Cela faisait si longtemps qu'elle vivait à Londres qu'elle avait presque oublié le calme qui pouvait régner sur une petite route de campagne, surtout celle-là, qui semblait se dissoudre dans la lande plongée dans une sorte de fumée blanche et opaque.

Trouvant l'entrée du domaine sur sa gauche comme indiqué sur le plan, entre deux piliers de pierre, elle s'engagea dans l'allée qui serpentait presque autant que la petite route qu'elle venait de quitter. Après un nombre inouï de virages, Eleanor vit enfin surgir le manoir à l'extrémité de l'allée. Et reçut un véritable choc.

Comme sur les photos, la bâtisse se dressait sur la crête d'une colline, imposante et majestueuse. Mais aucun photographe n'avait réussi à traduire l'impression de grandeur émanant de l'ensemble. Eleanor s'arrêta malgré elle, fascinée. Les fenêtres éclairées ressortaient dans la grisaille de cet après-midi maussade, comme pour lui dire quelque chose…, songea-t-elle, la gorge soudain nouée.

Le manoir n'avait rien d'accueillant. Et pourtant, un seul mot lui venait à l'esprit pour le décrire. Il était *parfait*.

Une sensation étrange naquit en elle, se propagea lentement dans tout son corps, tous ses sens…

Se forçant à émerger de sa torpeur, Eleanor se remit en route, tirant sa valise qui semblait peser de plus en plus lourd, lorsqu'elle entendit un bruit de sabots résonner loin derrière elle, puis se rapprocher à toute allure.

Le duc de Grovesmoor, connu auprès des quelques amis qu'il lui restait — ainsi que de la presse à scandale — comme Hugo, avait de plus en plus de mal à se changer les idées, ces temps derniers. L'alcool lui donnait des maux de tête épouvantables. Les sports extrêmes avaient perdu tout attrait à ses yeux depuis qu'il avait pris conscience que sa mort aurait mis fin à la lignée des Grovesmoor, laissant le duché entre les mains de cousins éloignés qui le convoitaient depuis des années.

Même le sexe débridé — qui lui garantissait autrefois l'oubli — ne lui disait plus rien, depuis que le moindre écart de conduite faisait la une des journaux, avant même qu'il ne se fût lassé de sa dernière conquête. Après s'être adonné aux étreintes les plus passionnées, et les plus éphémères, avoir fait la fête jusqu'à l'aube, il ne fréquentait quasiment plus personne, songea Hugo en éperonnant sa monture.

Ce cheval — la fierté de ses écuries, lui avait-on dit — ne l'aimait pas. Et cette inimitié était réciproque. Aussi Hugo se retrouvait-il à chevaucher sauvagement à travers la lande sur un destrier récalcitrant, tel un sombre cavalier surgi tout droit de l'un de ces fichus romans du XVIIIe siècle.

Ne lui manquait plus que la cape noire flottant au vent.

Mais il avait beau galoper à bride abattue, il n'échappait pas pour autant à lui-même. Ni aux regrets qui l'accompagnaient partout, où qu'il aille.

Sa monture l'avait compris. Cela faisait maintenant des semaines qu'ils se livraient tous deux à un petit jeu de pouvoir implicite, tout en avalant les miles à travers les terres du domaine.

Aussi, lorsqu'il vit une silhouette émerger de la trouble grisaille de ce morne après-midi d'automne et s'avancer dans l'allée menant à Groves House, Hugo lui trouva-t-il aussitôt l'attrait de la nouveauté.

Or il désespérait parfois de vivre quelque chose de différent. D'avoir un passé différent. Une réputation différente. Qui aurait pu prévoir le résultat auquel aboutirait son mépris des ragots colportés par les tabloïds ?

Il *se* serait voulu différent. Mais hélas, il demeurait le même. Et au fond, c'était sans doute très bien ainsi.

Qu'il le veuille ou non, il était le douzième duc de Grovesmoor et ce titre le définissait tout entier. Cela seul comptait, lui avait répété son père durant toute sa vie. À moins qu'il ne laisse péricliter toutes ses propriétés et se débarrasse de son titre en même temps, ou qu'il trouve la mort dans une quelconque quête déraisonnée, Hugo était un maillon dans la longue lignée de ducs de même titre et de même sang. Son père avait toujours affirmé que cette certitude lui avait apporté le réconfort. La paix.

Hugo ne connaissait ni l'un ni l'autre.

— Si vous êtes un braconnier, vous n'êtes pas très doué, dit-il en arrivant à la hauteur de l'intrus. Vous devriez au moins essayer d'être discret, non ? Au lieu de vous avancer sur l'allée principale, complètement à découvert.

Tirant les rênes, il sourit en voyant sa monture se cabrer devant l'inconnu. Mais son sourire s'effaça aussitôt tandis qu'il se rendait compte que celui-ci était en réalité une femme.

Et pas n'importe quelle femme.

Hugo était réputé pour ses conquêtes féminines. Celle de cette maudite Isobel, bien sûr, qui resterait comme une souillure dans sa vie, mais aussi pour toutes les autres. Avant et après Isobel. Elles avaient toutes eu en commun d'être belles et prêtes à tout pour être photographiées à son bras. Cependant il n'y avait pas eu grand-chose d'authentique, dans ces étalages de beauté glamour et sophistiquée. Aussi avait-il l'impression de ne pas avoir vu de vraie femme depuis des années. Sauf celles qui travaillaient pour lui. Mme Redding, par exemple, la vieille gouvernante grincheuse de Grovesmoor qu'il gardait à son service parce que, comme feu son père, elle avait toujours été profondément déçue de voir apparaître son nom, et sa photo, dans la presse à scandale. Cela faisait du bien, de les voir réagir ainsi. Leur attitude lui faisait l'effet d'un cilice qu'il acceptait volontiers de porter.

La femme qui le dévisageait à présent, l'air nullement choquée ou terrifiée comme elle aurait pourtant dû l'être face au cheval qui continuait de se cabrer devant elle, n'était pas belle à proprement parler. Ou si elle l'était, elle se donnait beaucoup de mal pour le cacher. Les cheveux rassemblés en un chignon sévère sur la nuque, une frange coupée net au ras de sourcils bruns, elle disparaissait dans une veste matelassée très épaisse qui la couvrait du menton aux mollets et ne flattait guère sa silhouette…

Un grand sac noir en bandoulière, elle tirait une valise à roulettes, s'accrochant littéralement à ces deux bagages. Les joues rosies par le froid, elle avait le nez ravissant, fin et délicat. Mais, les lèvres pincées, elle continuait de le dévisager avec une expression hardie, un tantinet rebelle, et franchement désapprobatrice.

Ce qui était impossible, bien sûr, puisqu'il était Hugo Grovesmoor et que les femmes qui avaient le bonheur de se trouver face à lui le trouvaient si séduisant — lui-même, mais aussi sa fortune et son statut —, qu'elles ne l'auraient *jamais* contemplé autrement qu'en souriant.

— Je ne braconne pas, je suis la nouvelle préceptrice, dit-elle soudain avec calme. Et si la personne qui devait venir m'attendre à la gare était venue au rendez-vous, je ne serais pas en train de marcher sur cette allée, croyez-moi.

Non seulement elle s'exprimait avec un aplomb stupéfiant, mais une pointe d'agacement avait coloré sa voix, réalisa Hugo.

C'était délicieux. Personne n'éprouvait de l'agacement en sa présence. Les gens le détestaient, le traitaient de monstre ou dieu sait quoi, mais ne manifestaient jamais le moindre *agacement* vis-à-vis de lui.

— J'aurais dû me présenter, dit-il en réprimant un sourire.

Le cheval se mit à s'agiter, mais l'inconnue ne recula pas. Elle ne semblait pas consciente du danger qu'elle encourait ou, plus exactement, elle ne s'en souciait pas, trop avide d'avoir le dernier mot de cette petite joute oratoire.

— Je suis Hugo Grovesmoor, reprit-il. Inutile de vous incliner devant moi. Après tout, je suis censé être un mauvais sujet, n'est-ce pas ?

— Je n'avais pas l'intention de m'incliner devant vous.

— J'aime me voir comme un anti-héros, répliqua-t-il. Cela vaut bien une petite révérence, non ? Ou au moins un petit salut de la tête ?

— Je m'appelle Eleanor Andrews et je succède à un certain nombre de préceptrices, à ce que l'on m'a dit. Mais je compte bien être la dernière et, si j'ai bien compris, la meilleure façon de m'en assurer est de garder mes distances.

Hugo avait l'habitude de ce genre d'affirmation, accompagnée de force battements de cils — qui conduisait en général à des soirées torrides dont il se privait désormais.

Or la femme qui se tenait devant lui, le menton haut et le regard empreint d'un certain... dédain, semblait sincère.

— Monsieur le duc, murmura-t-il.

— Pardon ?

— C'est la façon dont vous êtes censée vous adresser à moi. Surtout lorsque vous vous croyez en droit de contester mes dires — cela ajoute la légère touche d'irrévérence dont je ne saurais me passer.

Si Eleanor Andrews se sentit mortifiée d'avoir manqué de respect à un duc, elle n'en montra rien. Elle parut au contraire se redresser encore davantage dans sa veste informe, l'air tout aussi rebelle et désapprobateur.

— Toutes mes excuses, monsieur le duc, dit-elle d'un ton crispé.

Et pas intimidée le moins du monde.

— Je m'attendais à ce que l'on vienne me chercher à la gare, continua-t-elle. Pas à marcher à travers la campagne par ce temps plus que frisquet.

— L'exercice est excellent pour l'esprit et le corps, dit-on, répliqua-t-il en haussant les sourcils. J'ai la chance de bénéficier d'un métabolisme puissant et d'une intelligence aiguë, aussi n'ai-je jamais souffert de la fatigue ou du froid. Mais tout le monde n'a pas cette chance.

Un éclat doré incendia les yeux noisette d'Eleanor Andrews, faisant frissonner Hugo au plus profond de lui-même. Il n'y avait pourtant rien de doux ni de sensuel dans l'attitude hostile de celle qui lui faisait face.

— Insinueriez-vous par là que je n'ai pas autant de chance que vous ? demanda-t-elle d'une voix vibrante de colère.

— Cela dépend de la façon dont vous considérez le fait d'être né duc. Ou vous voyez cela comme une chance, ou comme un simple hasard du destin.

— Qu'en est-il, d'après vous ?

Hugo se retint de sourire. Il n'aurait su s'expliquer pourquoi. À cause de la façon dont les yeux bruns étincelaient, peut-être, ou de celle dont cette bouche dépourvue de rouge à lèvres esquissait une légère moue tandis qu'Eleanor Andrews le contemplait toujours avec la même expression agacée.

— J'apprécie que vous vous souciiez de mon bien-être, enchaîna-t-elle avec ce calme qui semblait la caractériser.

Et qu'il ne put s'empêcher d'admirer.

Après un léger silence, elle ajouta sur le même ton :

— Monsieur le duc.

Cette fois, il lui sourit, en haussant un sourcil moqueur — ce qui, à son grand ravissement, eut pour effet d'ulcérer la nouvelle venue.

— J'ignorais que la préceptrice était partie, mais je ne suis pas surpris. Elle était trop fragile, la pauvre. Et on l'a entendue pleurer et se lamenter, paraît-il. Je suis allergique aux larmes féminines, voyez-vous. Et j'ai développé un sixième sens : si une femme pleure à côté de moi, je m'enfuis automatiquement à l'autre bout de la planète.

— Pleurer ne fait pas partie de mes habitudes, répliqua-t-elle en soutenant son regard.

Hugo attendit.

— Monsieur le duc, ajouta-t-il quand il comprit qu'elle ne prononcerait pas ces mots, je ne devrais pas avoir à insister sur ce genre de formalité, mais vous semblez particulièrement répugner à vous y plier. On croirait que c'est la première fois que vous rencontrez un duc.

Elle battit des paupières.

— C'est la première fois, en effet, répliqua-t-elle, toujours avec calme.

— Je ne suis pas un modèle d'aristocrate. Je mène une existence trop scandaleuse, comme vous le savez peut-être.

Voyant qu'elle se donnait un mal fou pour garder une expression neutre, Hugo éclata de rire.

— Je vois que vous en avez entendu parler. Vous lisez sans doute la presse à scandale ? Eh bien, j'espère seulement être aussi redoutable en chair et en os que sur le papier.

— Et ce sera mademoiselle Andrews.

Ce fut au tour de Hugo de cligner des yeux.

— Pardon ?

— Je vous serai reconnaissante de m'appeler « mademoiselle Andrews ».

Légère inclinaison de la tête, puis elle ajouta :

— Monsieur le duc…

Quelque chose frémit en lui. Quelque chose de primaire et de dangereux. D'interdit.

— Permettez-moi de clarifier les choses dès le début, mademoiselle Andrews. Je suis aussi néfaste qu'on le raconte. Davantage, même. Je détruis des vies d'un simple claquement de doigts. La vôtre. Celle de ma pupille. Celles d'inconnus qui ont le malheur de se trouver sur mon chemin. J'ai tellement de victimes à mon actif que c'est un miracle si le pays tient encore debout. Je fais autant de dégâts qu'un raid à moi tout seul. Et si cela vous pose un problème, Mme Redding sera heureuse de vous trouver une remplaçante. Vous n'aurez qu'à le lui demander.

Si la jeune femme fut affectée par ses paroles, elle le dissimula bien.

— Je vous l'ai dit, je compte être la dernière de cette longue liste de préceptrices, déclara-t-elle avec une légère note d'impatience. Par conséquent, je n'ai pas l'intention de demander à être remplacée. Mais si vous souhaitez que je parte, libre à vous, évidemment.

— Cela pourrait être le cas, répliqua-t-il. Je déteste les braconniers.

Elle le regarda comme s'il était sa pupille et non son employeur. Dieu, il détestait la notion même de *pupille*. Et surtout le fait qu'Isobel ait atteint son but et mis sa menace à exécution : elle avait réussi à garder son emprise sur lui, par-delà la tombe.

— Vous ferez comme il vous plaira, monsieur le duc — je vous fais confiance —, mais je me permets de vous suggérer d'attendre de voir comment je m'y prends avec l'enfant, avant de me renvoyer.

L'enfant dont il était responsable… Hugo ne pouvait

supporter de devoir se préoccuper du sort de quiconque, lui qui se souciait si peu du sien. Dans toutes ses propriétés, il veillait à ce que du personnel compétent soit embauché. Il payait bien, faisant confiance à chacun et lui laissant la liberté d'agir à sa guise. Comme son père avant lui, c'était tout ce qu'il était capable de faire.

Vis-à-vis de la fillette, en revanche, il s'agissait d'un autre type de responsabilités. C'était plus compliqué que de gérer ses biens immobiliers du centre de Londres, ses îles du Pacifique ou ses plantations de café en Afrique.

Le simple fait d'y penser l'emplissait d'une amertume sans fond.

— Excellente idée, murmura-t-il. Je veillerai à ce qu'elle vous attende dans le grand hall lorsque vous arriverez enfin au manoir. Cela ne devrait pas vous prendre trop de temps : cinq minutes si vous marchez d'un bon pas.

— Vous plaisantez, je suppose.

— Dix minutes, disons, corrigea-t-il avec un léger sourire. Vos jambes sont sans doute plus courtes que les miennes. J'ai du mal à m'en rendre compte, vu la façon dont vous vous cachez sous cette veste…

— J'apprécie vivement votre sens de l'hospitalité, monsieur le duc, dit-elle après un léger silence.

Le fait qu'elle parvienne à garder son calme piqua Hugo au vif.

Réaction qui l'agaça profondément. Tout comme il lui déplaisait de devoir reconnaître que cela faisait une éternité que quelqu'un, ou quelque chose, n'avait réussi à l'atteindre.

Puis, décidant d'être aussi désagréable qu'il avait la réputation de l'être, il éperonna son cheval et s'éloigna au galop, laissant l'énigmatique Mlle Andrews se débrouiller pour gagner la maison. Et découvrir sa pupille, et cette vie dont il n'avait jamais voulu.

Mais il l'avait bien cherché, auraient répliqué certains.

Voire mérité. Avant d'ajouter qu'après tout c'était l'œuvre du destin — et non le fruit du hasard.

Peu importait. Le résultat était le même, de toute façon : Hugo était pris au piège.

2.

Quinze minutes plus tard, Eleanor arriva enfin en haut de la colline et s'arrêta devant l'imposante bâtisse.

La porte d'entrée principale, impressionnante elle aussi, s'ouvrait sur une cour qui paraissait nue, une impression renforcée par les jardins désolés aux teintes brunies à l'approche de l'hiver.

Elle y vit comme un présage, alors qu'elle ne s'autorisait jamais à croire à de telles bêtises. Au fur et à mesure qu'elle se rapprochait du manoir, Eleanor s'était demandé comment elle en était venue à accepter ce poste. Était-ce vraiment indispensable de venir s'isoler ainsi au fin fond du Yorkshire, dans un domaine situé au milieu de nulle part ? Le salaire mirobolant qu'elle toucherait valait-il la peine de s'enterrer dans ce manoir surgi d'un autre temps, à proximité d'un homme qu'elle avait cru ne jamais rencontrer — et espérait bien ne pas recroiser de sitôt !

Et si Vivi se bougeait un peu pour subvenir à ses propres besoins, pour changer ?

Eleanor se reprocha aussitôt de céder à ce genre de pensées. Comment pouvait-elle envisager d'abandonner Vivi qui avait failli perdre la vie dans cet horrible accident ? La pauvre avait dû tant lutter pour survivre, puis réapprendre à marcher. Eleanor était la seule à s'en être sortie indemne.

Parfois, elle avait l'impression que sa cicatrice à elle, c'était cette culpabilité d'avoir échappé au sort cruel qui avait frappé ses parents et sa jeune sœur.

Cesse de te lamenter sur ton sort ! s'ordonna-t-elle en redressant les épaules. De toute façon, tu l'as accepté, ce poste.

Quand elle tira sur la chaîne reliée à la cloche de bronze suspendue à côté de la porte, un son lent et grave retentit, profond, immémorial, la faisant frissonner.

Décidément, elle se laissait aller à des peurs stupides. C'était la faute de cet homme arrogant et dépravé, qui ressemblait trait pour trait aux descriptions qu'elle en avait lues dans la presse.

Le fait qu'il soit encore plus beau en chair et en os que sur les photos n'arrangeait rien. Pire, le duc n'était pas aussi imbu de sa personne qu'elle l'avait imaginé et s'était montré beaucoup trop sardonique à son goût. À vrai dire, leur rencontre l'avait un peu déstabilisée, reconnut Eleanor.

Mais lorsque le lourd battant de bois pivota sur lui-même, elle ne se retrouva pas face à un homme resplendissant de gloire douteuse, mais devant une petite fille aux yeux d'un bleu lumineux qui la dévisageaient avec méfiance.

Une adorable fillette aux cheveux blond doré nattés de chaque côté de son visage ovale, au petit nez droit parsemé de taches de rousseur. Une petite fille qu'Eleanor contempla le cœur battant, parce qu'elle était le portrait tout craché de sa célèbre et défunte mère. Isobel Vanderhaven au sourire éblouissant et aux cheveux blond vénitien, qui fixait l'objectif avec une douceur ineffable dans le regard.

— Je n'ai pas besoin de préceptrice, décréta d'emblée la petite fille avec sérieux — et un brin de défi.

— Bien sûr que non, acquiesça Eleanor.

La fillette plissa le front.

— Qui a *besoin* d'une préceptrice ? poursuivit Eleanor. Mais tu as néanmoins de la chance d'en avoir une.

Quelque chose frémit au fond des grands yeux bleus.

— Je m'appelle Geraldine.

La lèvre inférieure s'avança imperceptiblement, donnant soudain à la fillette l'air très enfantin.

— Mais vous le savez sans doute déjà. Elles le savent toujours.

— Bien sûr que je connais ton prénom ! Je ne pourrais pas accepter ce genre de poste sans savoir comment s'appelle la jeune personne dont je vais m'occuper, tu ne crois pas ?

Si elle ne prenait pas l'initiative, Geraldine resterait sur le seuil durant une éternité, comprit Eleanor. Aussi poussa-t-elle la porte de sa main libre, avant d'entrer en frôlant la fillette qui la regardait faire avec un mélange de surprise et de curiosité.

— D'habitude, elles restent dans l'allée à envoyer des SMS et à se plaindre.

— Elles ? répéta Eleanor en tendant le bras pour refermer la porte derrière la petite fille.

Lorsqu'elle se retourna et regarda autour d'elle, elle retint une exclamation de stupeur. En fait de manoir, il s'agissait d'un véritable château ! Ou presque.

Alors que de l'extérieur Groves House avait paru terriblement sombre et pas du tout accueillant, le vaste hall d'entrée étincelait d'une chaude lumière. Sans qu'Eleanor parvienne à comprendre d'où provenait cet éclat. Les murs contenaient-ils de l'or ? Était-ce la façon dont la lumière des lustres tombait sur les tableaux anciens, les meubles raffinés, les œuvres d'art disposées çà et là ? Jusqu'à présent, Eleanor n'avait vu pareille somptuosité qu'au cinéma, ou dans des séries télévisées. *Downton Abbey*, par exemple.

— Tout le monde sait comment je m'appelle, reprit Geraldine sans répondre à sa question. Parfois, ils crient mon prénom quand ils me voient, au village. Vous savez que vous êtes la quinzième préceptrice ?

— Non, je l'ignorais.

— Mme Redding dit que je suis difficile. Que je n'obéis pas.

— Et toi, qu'en penses-tu ?

La petite fille parut un peu désarçonnée.

— Elle a peut-être raison.

— Si c'est le cas, tu peux changer, si tu veux.

Eleanor contempla le petit visage mutin de Geraldine et, loin de voir en celle-ci une enfant difficile, elle eut plutôt le sentiment d'avoir affaire à une fillette solitaire qui, après avoir perdu ses parents, avait été confiée à la garde d'un étranger.

Elle-même était bien placée pour comprendre ce qu'elle devait ressentir. Se penchant vers Geraldine, elle lui chuchota à l'oreille :

— Cela n'a pas d'importance, tu sais. Que tu sois sage ou pas, moi je peux déjà te dire que nous allons être de grandes amies, toutes les deux, et que nous le resterons toujours. Parce que des amies restent toujours des amies, même si la vie devient parfois compliquée.

La petite fille battit des cils en silence. Recommença. Cela suffit à Eleanor qui fit glisser la fermeture de sa parka.

— Elle n'est pas plus difficile ni désobéissante que n'importe quel enfant de son âge, dit soudain une voix virile derrière elle.

Une voix qu'Eleanor s'en voulut de reconnaître aussitôt, une voix profonde et grave qui résonna dans le hall immense.

— Elle a sept ans. Ne l'enfermons pas déjà dans une catégorie.

Il fallut quelques instants à Eleanor pour localiser Hugo dans le vaste espace. Il sortait de l'une des pièces donnant sur le hall, d'une démarche fluide et décontractée.

Cette fois, il n'avait rien d'un duc. Vêtu d'un vieux jean délavé et d'un T-shirt noir déchiré qui aurait été quelconque sur monsieur Tout-le-monde, les mains enfoncées dans ses poches façon star de Hollywood, il avait tout d'un séducteur. Du moins est-ce ce qu'elle se répéta en regardant ce superbe spécimen de beauté mâle s'avancer nonchalamment vers elle.

Son charisme unique était en parfaite harmonie avec l'environnement somptueux. Le duc faisait partie intégrante du décor, songea-t-elle sans pouvoir s'empêcher de dévorer des yeux sa haute silhouette athlétique. Le torse impressionnant, les hanches étroites, les longues jambes musclées… Il faisait penser à un dieu grec qu'un sculpteur de renom aurait adoré figer pour l'éternité dans le marbre.

Lorsqu'il s'approcha d'elle, Eleanor songea que ses yeux avaient une couleur d'ambre en fusion. Quant aux épais cheveux brun foncé, ils donnaient l'impression que Hugo sortait d'une étreinte amoureuse plutôt que d'une chevauchée sauvage dans la lande. Et puis, il y avait cet imperceptible petit sourire en coin, provocant, moqueur, qui faisait naître en elle des sensations dévastatrices et malvenues.

Eleanor les sentait palpiter partout, dans des endroits secrets dont elle avait oublié l'existence.

— Cette enfant est déjà en cage, répliqua-t-elle soudain sans réfléchir.

Embrassant le hall du regard, elle ajouta :

— Une cage immense et somptueuse, je vous l'accorde, monsieur le duc.

Hugo continua d'avancer, avant de s'arrêter à un mètre d'elles. Puis ils restèrent immobiles tous les trois, plus ou moins à l'aise devant la grande porte en chêne.

C'était pire, quand il se trouvait aussi près. Sa proximité la rendait nerveuse, lui donnait l'impression d'avoir les sens à vif. Pire et plus troublant encore que lorsqu'il la dominait du haut de son cheval géant qui se cabrait, dressant ses sabots au-dessus d'elle.

Les sensations qui la parcouraient étaient absurdes, se répéta Eleanor en dévisageant celui qui en était la cause. Ces sensations qu'elle ne parvenait pas à endiguer et qui lui faisaient éprouver… une foule de choses.

C'était parce qu'elle portait encore sa parka, tenta-t-elle de se persuader. Elle avait trop chaud, tout simplement. Cela n'avait rien à voir avec le duc.

Celui-ci ne bougeait toujours pas et, quand Eleanor parvint à surmonter le choc causé par sa stupéfiante beauté, il se mit soudain à sourire lentement, comme s'il avait deviné ses pensées les plus intimes. Mais ce fut à sa pupille qu'il s'adressa.

— Eh bien ? demanda-t-il en tournant la tête vers celle-ci.

Geraldine se contenta de hausser l'épaule d'un air boudeur.

— Si elle ne te plaît pas, autant le dire tout de suite, tu ne crois pas ? insista Hugo.

Sa voix s'était faite plus… Elle avait été différente, songea Eleanor. Pas plus douce, mais plus aimable.

— Excusez-moi, dois-je comprendre que mon embauche est remise en question ? demanda-t-elle d'un ton brusque.

Hugo tourna les yeux vers elle. Son regard était trop caressant. Et trop ardent à la fois. Elle s'en sentit pénétrée au plus profond de son être.

— En effet, *nous* en discutons, mademoiselle Andrews.

Eleanor serra les mâchoires. Très fort. Puis les desserra.

— Très bien, répliqua-t-elle d'une voix posée. Mais je suis néanmoins la première concernée, il me semble.

Elle ponctua ses paroles d'un sourire forcé, puis regarda Geraldine à qui elle sourit franchement.

— Je ne serais pas du tout vexée si tu préférais que je m'en aille, Geraldine. Et tu peux me le dire en face. Personnellement, je pense que tu devrais peut-être prendre un peu de temps pour y réfléchir, non ? Nous nous connaissons depuis à peine cinq minutes, toi et moi.

— Quelle autorité ! ironisa Hugo. On pourrait presque croire que nous sommes chez vous et non chez moi.

— Très drôle, riposta Eleanor avec calme.

En même temps, elle soutenait son regard hardiment, comme si elle n'était pas le moins du monde intimidée. Elle ne *l'était pas*, se convainquit-elle. Et puis, pourquoi se souciait-elle d'avoir l'impression de fondre sous ce regard brûlant ?

— À l'agence, on m'a fait comprendre que ce serait à Geraldine de décider si je convenais ou non pour ce poste, poursuivit-elle, toujours avec calme.

— Ah, vraiment ? dit Hugo avec un léger sourire.

Un sourire aussi menaçant que troublant.

— Je l'aime bien, déclara alors Geraldine. Je veux qu'elle reste.

Le regard du duc resta rivé à celui d'Eleanor.

— Je respecterai ton choix, ma chère pupille, répliqua-t-il.

Mon Dieu, s'il avait pu cesser de sourire ainsi. Eleanor sentait la chaleur virile irradier du corps tout proche du sien et se répandre en elle, l'envelopper. Sous ce regard incandescent, elle se sentait soudain à l'étroit dans son propre corps.

C'est à cause de la parka, se répéta-t-elle, refoulant la panique qui la gagnait. Mais Hugo était toujours là, tout près. Trop près. Et beaucoup trop grand. Il la dominait tout autant qu'une demi-heure plus tôt, lorsqu'il chevauchait ce satané cheval !

Il faillit dire quelque chose, Eleanor en fut persuadée. Mais il se ravisa et bougea enfin. Sortant une main de la poche de son jean, il la leva. Rien de plus. Et aussitôt, plusieurs personnes surgirent dans le hall.

Geraldine fut emmenée par deux bonnes volubiles. Quelqu'un s'empara de la valise d'Eleanor, un autre la débarrassa de son manteau, puis une femme d'un certain âge à l'air digne et sévère, vêtue d'une robe grise à la coupe impeccable, sobre et élégante à la fois, ses cheveux argentés retenus en chignon strict — qui ressemblait fort à celui d'Eleanor —, apparut et se dirigea vers elle, un sourire crispé aux lèvres.

— Mme Redding, n'est-ce pas ? dit Eleanor lorsque la femme s'arrêta devant elle.

— Enchantée de faire votre connaissance, mademoiselle Andrews, répondit la gouvernante de Grovesmoor House en opinant légèrement du chef.

Eleanor reconnut la voix posée qui lui avait répondu au téléphone lorsqu'elle avait appelé le manoir pour prévenir de son arrivée.

— Si vous voulez bien me suivre…

Au moment où elle s'avançait derrière celle qui serait désormais sa supérieure hiérarchique directe, Eleanor réalisa, avec soulagement, que Hugo avait disparu.

— Je suis vraiment désolée que personne ne soit allé vous accueillir à la gare, dit la gouvernante sans se retourner. Il y a eu un malentendu, à cause d'un malencontreux problème de communication.

D'instinct, Eleanor douta de la sincérité de Mme Redding. De toute évidence, cette dernière dirigeait le personnel d'une main de fer et les « malentendus » n'avaient pas de place dans son organisation.

Sans dire un mot, elle suivit la gouvernante qui traversait une enfilade de couloirs et de pièces plus somptueuses les unes que les autres.

— Le trajet de la gare à Grovesmoor House était très agréable, dit Eleanor. J'en ai profité pour voir les environs.

Dans le brouillard ?

— Il faudra vous méfier du vent, répliqua Mme Redding d'un ton sévère. Les bourrasques sont parfois très violentes, dans notre région. Elles ont l'art de s'engouffrer sous les vêtements les plus chauds. Et si vous n'y prenez pas garde, elles risqueraient de vous emporter.

Confusément, Eleanor comprit qu'elle avait déjà déplu à Mme Redding et que cette dernière ne parlait pas du vent du Yorkshire. Ou pas seulement.

— Merci de me prévenir. Je veillerai à m'habiller de façon adéquate.

Après avoir gravi un escalier puis longé un nouveau couloir aux murs lambrissés de bois clair, la gouvernante s'arrêta enfin devant une porte.

— Voici votre suite. J'espère qu'elle vous conviendra. Certaines des préceptrices qui vous ont précédée ont exprimé leur déception : elles s'attendaient manifestement à plus d'espace et de confort.

Eleanor se retint de répliquer qu'elle s'était attendue à

une simple chambre, pas à une suite dont le salon était plus spacieux que le soi-disant deux-pièces qu'elle partageait avec sa sœur. De toute façon, la surprise lui nouait la gorge. Aussi suivit-elle la gouvernante qui s'avançait vers une double porte donnant sur la chambre, superbe et vaste elle aussi, et au milieu de laquelle se dressait un ravissant lit à baldaquin aux rideaux de mousseline bleu ciel. Jouxtant la pièce à la décoration raffinée, Eleanor découvrit bientôt une salle de bains équipée de tout le confort moderne.

Et lorsque Mme Redding la fit entrer dans un dressing gigantesque, elle retint le rire qui lui monta aux lèvres en pensant au maigre contenu de son unique valise.

Il y avait une cheminée de marbre roux veiné de blanc dans le salon et une de marbre gris dans la chambre, entourées toutes les deux de profonds fauteuils qui paraissaient très confortables.

— Cela me convient parfaitement, dit-elle d'une voix posée.

Alors qu'en réalité Eleanor se sentait aussi excitée qu'une gamine au milieu d'une boutique de confiserie.

Après le départ de Mme Redding, qui lui avait donné quelques premières indications concernant l'emploi du temps et les habitudes de Geraldine, elle resta immobile à côté du lit à baldaquin en se demandant comment elle pourrait jamais se sentir chez elle dans cette superbe suite.

Elle s'y sentait encore plus déplacée que dans le grand hall d'entrée. Là, elle avait réussi à oublier l'environnement luxueux parce qu'elle s'était vue contrainte de réagir à l'arrogance du duc, ainsi qu'à la solitude flagrante de Geraldine.

Mais dans ces pièces qui lui étaient attribuées, elle n'avait rien contre quoi lutter. Personne à défendre. Elle se retrouvait seule au milieu d'un vide élégant et raffiné.

Seule avec elle-même.

À en avoir le vertige.

3.

Qu'est-ce qu'il lui prenait, bon sang ? se demanda Hugo en s'efforçant de chasser les images qui défilaient dans son esprit. Celle d'une paire d'yeux noisette aux reflets dorés, d'une bouche aux lèvres pincées, d'un regard où couvait une lueur d'agacement… D'un visage aux traits fins et réguliers, dépourvu de tout maquillage…

C'était fou. Insensé. Lui qui n'avait jamais couru après une femme de sa vie, il salivait presque en songeant au corps dissimulé sous la veste informe à la teinte indéfinissable.

Il désirait savoir à quoi ressemblait Eleanor Andrews, point final, décida-t-il soudain. Et s'il ne découvrait pas au moins si elle était mince et svelte ou si, au contraire, elle était bien enveloppée, il ne pourrait fermer l'œil de la nuit, c'était certain.

Par ailleurs, il avait compris en la voyant lui tenir tête — sans ôter cette fichue veste matelassée — qu'il devait se retirer dans ses appartements, retourner à sa vie habituelle et mépriser le monde entier comme il en avait pris l'habitude, en oubliant sa pupille et la préceptrice qui lui avait plu au premier regard, il ne pouvait le nier.

Aussi ignorait-il pourquoi il rôdait dans l'aile qu'il avait attribuée à Geraldine, alors qu'il savait que Mme Redding était en train de faire visiter cette partie de la maison à Eleanor, tout en l'informant des différentes tâches qui lui seraient dévolues.

La suite de la préceptrice se trouvait dans cette même

aile, à l'étage du dessus, accessible par l'escalier situé au bout du couloir qu'il longeait maintenant.

— Je ne m'attendais pas à vous voir ici, monsieur le duc, dit Mme Redding en sortant soudain de la nursery transformée maintenant en salle de jeu.

Hugo continua de contempler les peintures suspendues aux murs du couloir, dont il se souvenait pour les avoir vues enfant.

— Pourquoi cet étonnement, Mme Redding ? répliqua-t-il sans détacher les yeux du paysage aux teintes criardes lui faisant face. Ne suis-je pas le propriétaire de ce manoir ? Par conséquent, vous deviez bien vous attendre à me voir venir faire un tour par ici un jour ou l'autre.

— Dans l'aile réservée à votre pupille ? Certainement pas ! s'exclama la gouvernante avec son franc-parler habituel.

Il se tourna lentement vers elle, un léger sourire aux lèvres. Mais c'était Eleanor qu'il regardait, immobile derrière Mme Redding.

À cet instant, il comprit son erreur.

La nouvelle préceptrice n'était ni maigrichonne ni trop enveloppée. Ni vêtue de manière aguichante comme celles qui l'avaient précédée. Son regard ne brillait pas comme le leur de convoitise et d'ambition.

Eleanor Andrews était tout le contraire des autres. Et elle possédait un corps de déesse, aux hanches généreuses et aux seins épanouis, mis en valeur par une taille d'une finesse inouïe qu'il brûlait d'entourer de ses mains. Par ailleurs, elle portait un chemisier classique blanc cassé et un pantalon en velours brun foncé, ainsi qu'un cardigan entrouvert, d'un ton plus clair. Elle avait une silhouette de pin-up des années 1950, songea Hugo en retenant son souffle. Les doigts le démangeaient de dénouer ce chignon strict, d'enfouir les mains dans la longue chevelure qu'il devinait soyeuse. Ou la sentir se répandre sur lui, sur son corps nu tandis qu'Eleanor, nue elle aussi, lui infligerait des tourments exquis, avec sa bouche, sa langue…

Il s'ordonna de se ressaisir. Sur-le-champ. Il devait tourner les talons et s'éloigner de cette créature enchanteresse, d'autant plus qu'elle le dévisageait les sourcils froncés — sous cette drôle de frange lui donnant un air sage qui l'excitait au plus haut point.

Elle le contemplait de son petit air désapprobateur, comme si elle n'attendait rien de lui. Alors que toutes les autres désiraient quelque chose — que ce soit du plaisir charnel, de l'argent ou profiter de son entregent.

Son indifférence affichée était si surprenante qu'il s'en trouva un peu ébranlé et faillit froncer les sourcils à son tour. Mais Hugo Grovesmoor ne fronçait jamais les sourcils. Cela aurait pu porter à croire qu'il possédait *aussi* un cerveau et était capable de s'en servir à l'occasion. Or tout le monde le voyait comme un monstre prédateur à la tête vide et au cœur de pierre, envoyé sur terre dans le seul but de détruire tout ce qu'il rencontrait de bon et de beau sur son passage.

Cela faisait bien longtemps que Hugo avait appris à ne pas sortir du tiroir dans lequel on l'avait enfermé.

Et pourtant, au lieu de s'en aller, il dit à la gouvernante :

— Vous pouvez disposer, madame Redding. Je vais finir de faire visiter les lieux à Mlle Andrews.

Les deux femmes le dévisagèrent avec une telle stupeur qu'il faillit bien… froncer les sourcils, cette fois-ci.

À quoi bon être duc, s'il ne pouvait agir selon son bon plaisir ?

— N'ai-je pas été suffisamment clair ? demanda-t-il d'une voix suave.

L'air choqué, Mme Redding parut sur le point de se rebiffer, avant de s'excuser aussitôt en hochant la tête. Elle connaissait sa place. Et quand elle disparut à l'extrémité du long couloir, Hugo se retrouva dans la situation qu'il aurait dû éviter à tout prix. Seul avec Eleanor.

Face à cette femme au corps superbe, il se sentait redevenir un adolescent émoustillé et réduit à la plus simple expression du désir sexuel.

Une sensation incongrue. Et délicieuse…

— C'est très généreux de votre part de prendre le temps de vous occuper d'un humble membre du personnel, monsieur le duc, dit soudain Eleanor Andrews. Alors que je suis sûre que des tâches bien plus importantes et plus urgentes vous attendent.

— En effet.

En réalité, il avait eu le bon sens d'engager les personnes les plus qualifiées pour s'occuper de toutes les nombreuses tâches qui lui incombaient.

— Et pourtant me voici, à votre entière disposition pour vous faire faire le tour du propriétaire.

Elle sourit. D'un sourire glacial qui aurait dû le laisser de marbre. Alors, pourquoi sentit-il une chaleur infernale se déployer dans la partie la plus virile de son anatomie ?

— Mais je ne suis pas votre invitée, monsieur le duc, répliqua-t-elle d'une voix guindée.

Comme s'il l'avait insultée en suggérant le contraire.

— Vous avez semblé très critique vis-à-vis de mon sens de l'hospitalité, tout à l'heure, lorsque je vous ai prise pour un braconnier, non ?

— Vous avez vite compris votre méprise.

— En effet, mais j'ai éprouvé le besoin de vous poser certaines questions, répliqua-t-il tranquillement. Lesquelles sont restées sans réponses. Et d'autres me sont venues, au vu de votre brillante performance, lors de votre arrivée au manoir.

— Ma performance ? répéta-t-elle en le foudroyant du regard.

Comme il la regardait en silence, attendant la suite, elle se força à ajouter, les mâchoires crispées :

— Monsieur le duc…

Hugo s'interdit de penser à Geraldine, sachant que ses pensées dériveraient inévitablement de celle-ci à la femme qui l'avait engendrée.

Et moins il pensait à Isobel, mieux il se portait. D'après lui, *tout le monde* se portait mieux en s'abstenant de songer à elle. Non que quiconque lui ait demandé son opinion sur Isobel depuis un sacré bout de temps.

Mais évidemment, le simple fait de songer à elle et aux dégâts qu'elle avait causés — et continuait à causer bien qu'elle fût morte et enterrée — fit monter la colère en lui.

Non, il ne ressentait aucune colère. Parce que Hugo Grovesmoor n'y cédait jamais. C'était réservé aux êtres susceptibles d'éprouver des émotions. Or il avait été bien établi qu'il ne possédait pas cette qualité tout humaine. On l'avait répété dans tous les journaux et magazines. Sur tous les médias. Sans fin.

— Je ne sais comment décrire cela autrement que comme une performance, dit-il. Vous pouvez peut-être m'expliquer pourquoi vous avez donné de faux espoirs à cette enfant. Est-ce votre façon de procéder avec ceux et celles qui vous sont confiés ?

— Geraldine est une fillette adorable, commença-t-elle de son air réservé.

Et presque pudique, ce qui fit naître en Hugo toutes sortes de sensations qu'il avait la réputation de ne *jamais* ressentir. Avec une telle intensité qu'il dut faire un effort pour ne pas se rapprocher d'Eleanor et la toucher.

— Elle semble souffrir de sa solitude et, pour être sincère, j'ai l'impression qu'elle se sent un peu perdue.

Le regard aux reflets dorés soutenait le sien, clair et franc. La chaleur se répandit de nouveau en lui, mais sans rien de sexuel, cette fois, ce qui déplut à Hugo.

— Je suis impatiente de l'aider, poursuivit-elle. Si c'est en mon pouvoir, naturellement — et à condition, bien sûr, que cela fasse partie de mes attributions.

De façon imperceptible, elle redressa le menton.

— Monsieur le duc…

— Pensez-vous vraiment que je vous empêcherais de faire le travail pour lequel je vous ai embauchée ? Vous avez de curieuses idées, mademoiselle Andrews. Et beaucoup d'imagination. Êtes-vous certaine d'être la personne la mieux appropriée pour vous occuper d'une petite fille qui, d'après vous, se sent seule et un peu perdue ?

Elle haussa les épaules, comme si elle ne se sentait nullement concernée par la question.

— Que je sois la mieux appropriée ou non, je suis la seule personne présente à pouvoir m'occuper de Geraldine, il me semble.

— Votre présence pourrait être remise en question immédiatement. Par simple caprice. De ma part.

Nouveau haussement d'épaules.

— Je n'ai aucun pouvoir sur vos caprices, monsieur le duc. Par conséquent, je m'efforcerai de faire au mieux en espérant que tout ira bien.

— En vous livrant au genre de promesse que vous lui avez faite tout à l'heure ? En disant à une enfant vulnérable que vous serez toujours son amie, avant même d'avoir ôté votre… manteau et défait vos bagages ? Sans même savoir si elle vous apprécie ?

Hugo s'interrompit en secouant la tête.

— La plupart de celles qui vous ont précédée se sont plutôt concentrées sur moi, mademoiselle Andrews. Elles ont eu tendance à négliger l'enfant, à la laisser seule.

L'air imperturbable, Eleanor Andrews lui faisait face, dans sa tenue sage qui aurait dû lui donner l'air godiche et désuet. Et non la rendre plus attirante encore, plus magnétique. D'autant plus qu'elle ne paraissait pas du tout consciente de son pouvoir de séduction.

— Raison de plus pour que quelqu'un s'occupe vraiment d'elle et lui prodigue une réelle attention, dit-elle d'un ton brusque. Geraldine ne demande qu'à avoir un peu de compagnie, c'est évident.

Elle continuait de le dévisager comme s'il lui inspirait du dégoût. Expression que Hugo connaissait bien pour l'avoir vue sur de nombreux visages. Ceux de soi-disant amis, de certains membres de la famille, d'étrangers croisés dans la rue. Il n'était pas du genre à recevoir des regards amicaux et s'y était habitué depuis longtemps.

Néanmoins, voir la même expression sur les traits de cette femme le troublait plus qu'il ne l'aurait souhaité.

— Pourquoi avez-vous accepté ce poste ?

Et lui, pourquoi posait-il cette question dont il connaissait déjà la réponse ? Ses congénères avaient accepté de venir à Grovesmoor dans l'espoir de se faufiler jusqu'au lit de leur employeur à la réputation sulfureuse — ce qui, de toute évidence, n'était pas le cas d'Eleanor. Restait donc l'argent.

— Pourquoi l'aurais-je refusé ? rétorqua-t-elle avec calme. Quatorze femmes ont accepté ce poste avant moi ; il a beaucoup de succès, manifestement.

— Vous n'avez pas répondu à ma question. Et je vais sans doute vous surprendre, mais je suis capable de faire la différence entre une réponse et une esquive.

Il lui sourit.

— Je ne suis pas qu'une belle gueule, mademoiselle Andrews.

Cette fois, son regard s'assombrit tandis qu'elle plissait le front.

— Je ne vous suis pas du tout. Avez-vous décidé, maintenant que je me suis installée dans ma suite et que j'ai rencontré l'enfant confiée à ma charge, que le moment était venu de me faire passer un entretien personnel ?

— Pourquoi pas ?

— Il est un peu tard, vous ne croyez pas ?

— Il me semble — à moins que je ne me sois égaré dans une sorte de rêve éternel et m'imagine dans la peau du duc de Grovesmoor — que, jusqu'à preuve du contraire, je suis votre employeur.

Quand s'était-il rapproché d'elle ? Hugo aurait été incapable de le dire. Il savait seulement qu'ils se trouvaient trop près l'un de l'autre, à présent. Car d'aussi près, cette femme énigmatique le fascinait encore davantage. Elle l'intriguait, l'attirait…

Ses courbes voluptueuses n'arrangeaient rien à l'affaire, surtout quand elle posa soudain les mains sur ses hanches, lui évoquant de nouveau une pin-up des années 1950.

— Je ne sais pas si vous rêvez ou non, commença-t-elle, d'un ton *à peine* poli. Mais si vous n'êtes pas le duc de Grovesmoor, vous jouez son rôle à la perfection.

Il ne s'agissait pas d'un compliment, comprit Hugo en fouillant le regard qui soutenait le sien. Être détesté ne le dérangeait pas. Il y était habitué et cela lui convenait parfaitement. Mais il n'était pas accoutumé à être ainsi défié.

Si un individu quelconque s'y était aventuré, il l'aurait aussitôt écrasé sans pitié. Car il avait beau se considérer au-dessus des traditions surannées dont il avait hérité, il comprenait soudain qu'il avait conservé un peu de la fierté et du panache de ses ancêtres.

Cependant, il ne désirait pas écraser la femme qui se tenait à quelques centimètres de lui, le menton haut, le regard assuré, et qui ne ressemblait à aucune de celles qu'il avait rencontrées jusqu'alors.

En fait, il brûlait de la goûter.

Serrant les poings de crainte de laisser s'égarer ses mains, il répliqua lentement :

— Je suggère que vous vous efforciez de vous rappeler qui est le duc et qui est la préceptrice, mademoiselle Andrews.

— Je ne risque pas de l'oublier, monsieur le duc, répliqua-t-elle aussitôt, sans se troubler le moins du monde. L'on m'avait assuré que je n'aurais aucune interaction avec le maître de maison. Qu'il n'était pas disponible. C'était parfaitement clair, dès le premier entretien d'embauche.

— La plupart des femmes entreprenantes qui postulent à cet emploi le font parce qu'elles désirent me voir et m'approcher, mademoiselle Andrews. C'est principalement pour cette raison qu'elles consentent à honorer ces lieux de leur présence. Et c'est également la cause de leur renvoi, peu après leur arrivée.

Elle inclina la tête.

— Et pour quel motif ont-elles été renvoyées, au juste ?

— Je vous laisse deviner la réponse.

— Les avez-vous pourchassées sur vos terres, chevauchant un vigoureux étalon ?

À son grand étonnement, Hugo eut du mal à ne pas éclater de rire.

— Je vous repose la question, mademoiselle Andrews : pourquoi avez-vous accepté ce poste ? Parce que, de toute évidence, vous semblez ignorer les frontières qu'une employée telle que vous se doit de respecter. Et que vous êtes manifestement dépourvue d'instinct de conservation.

— Excusez-moi, monsieur le duc.

Elle avait dit ces mots de ce ton brusque dont elle usait avec lui, comme si *elle* lui était supérieure sur le plan hiérarchique, et que Geraldine et lui étaient confiés à sa charge.

— Tout ce que je souhaite, c'est commencer à travailler. Geraldine est en train de prendre le thé à l'autre extrémité de ce couloir et j'aimerais en profiter pour apprendre un peu à la connaître avant de commencer nos leçons. Si vous n'avez rien d'autre à…

— Je suis le patron, mademoiselle Andrews, coupa-t-il, et vous êtes mon employée. Non seulement vous vous adressez à moi avec un manque total de respect, mais votre attitude est ridicule, voire imprudente. Pourquoi vouloir vous attirer l'hostilité de celui qui vous offre un salaire plus que généreux ?

Un petit pli creusa le front lisse, sans que son regard se fasse plus humble pour autant. Ce qui n'empêcha pas Hugo de désirer passer le bout de la langue sur ce petit pli pour l'effacer, là, juste sous la frange coupée au ras des sourcils…

— En fait, je ne toucherai aucun salaire pendant deux semaines, dit-elle au bout de quelques instants.

Elle n'avait pu s'en empêcher, devina-t-il, admiratif malgré lui.

— C'est tout à votre honneur, murmura-t-il.

Puis, parce qu'il adorait les complications et ne ratait pas une occasion d'empirer les situations déjà inextricables, il pencha la tête à son tour et effleura ses lèvres des siennes.

Ils étaient si proches l'un de l'autre que cela lui avait paru presque inévitable… Après avoir refermé la paume sur une joue à la peau de satin, émerveillé par sa douceur — alors qu'Eleanor continuait de plisser le front d'un air sévère —, Hugo glissa l'autre main autour de sa taille fine et prit possession de sa bouche.

À cet instant, il pressentit qu'il allait vraiment au-devant des ennuis.

Parce que cette femme imprévisible avait un goût divin.

4.

Eleanor se demanda ce qu'il lui arrivait.

Il l'embrassait. Hugo. L'abhorré duc de Grovesmoor.

Gagnée par une incontrôlable ivresse, elle s'interdit néanmoins de se raccrocher à l'homme qui dévorait sa bouche, langoureusement, sans se presser.

C'était choquant, horrifiant, dangereux…

Et divinement bon.

Aucun mot n'aurait pu traduire les sensations qui la parcouraient, ni le plaisir fabuleux que lui procurait ce baiser.

À vrai dire, Eleanor n'y connaissait pas grand-chose en la matière, sa seule et unique expérience se résumant à un essai maladroit avec un adolescent de son âge, lors d'une fête de fin d'année au collège. Il y avait de cela une éternité.

Hugo la soumettait à une exploration lente et enivrante, caressant, titillant, goûtant… Sa langue experte enlaçait la sienne avec un art stupéfiant, exquis, faisant naître des frissons délicieux au cœur même de sa féminité. Le plaisir montait en elle par vagues, puis se retirait, revenait, plus intense encore…

En même temps, elle sentait la chaleur de la main posée sur sa joue se propager partout en elle, en écho à celle de l'autre main refermée sur ses reins et la tenant fermement serrée contre le corps ferme de Hugo. Musclé et très viril.

Elle aurait dû le repousser, de toutes ses forces, mais une puissance inconnue l'en empêchait.

Pire, Eleanor ne souhaitait pas s'écarter de lui. Elle ne

désirait qu'une chose : s'abandonner à la merveilleuse chaleur qui la consumait maintenant tout entière.

L'esprit envahi par une sorte de brume ouatée, elle continua néanmoins de se répéter qu'elle devait garder ses distances vis-à-vis de cet homme, parce que rien de bon ne pourrait ressortir d'un rapprochement aussi absurde.

Mais une force inconnue l'emportait sur la raison. Un démon mystérieux semblait la pousser à se conduire de façon à se faire renvoyer dès le premier jour…

Hugo se servait de son corps viril pour arriver à ses fins, se répéta-t-elle, surtout lorsqu'il s'agissait de nuire à autrui. Avait-elle oublié tout ce que l'on racontait sur son compte ? L'étendue des turpitudes de celui que certains journalistes allaient jusqu'à appeler « Le diable au charme fatal » ?

Au lieu de se pâmer dans ses bras, elle aurait dû avoir honte de céder à de tels transports. Ce qu'elle ferait assurément dès qu'elle aurait repris ses esprits. Dès que cet embrasement aurait pris fin.

Eleanor posa les mains sur le torse musclé et eut l'impression de heurter une paroi d'acier. En outre, sous son T-shirt moulant et déchiré, Hugo était brûlant.

Lentement, il écarta sa bouche de la sienne et redressa la tête, ses yeux couleur d'ambre flamboyant tandis qu'il plongeait son regard dans celui d'Eleanor. Elle le sentit couler en elle, se répandre dans les moindres cellules de son corps. Prise d'un vertige, elle ferma les yeux.

Si elle se laissait aller au maelström de sensations qui tournoyaient en elle, elle risquait de s'effondrer aux pieds de Hugo, réalisa-t-elle, paniquée. Ce qui était hors de question. Non seulement elle n'était pas une petite chose fragile, mais elle devait penser à Vivi.

— Est-ce pour cela que les quatorze préceptrices qui m'ont précédée sont parties ?

Elle s'interrompit, horrifiée de constater que sa voix tremblait.

— S'agit-il d'un test ? reprit-elle après avoir dégluti. Alors que Geraldine prend son goûter à quelques pas d'ici ?

Une lueur dure traversa le regard de Hugo, mais il laissa retomber ses mains le long de son corps, tandis qu'à son grand dépit Eleanor se sentait envahie par une sensation de perte atroce — au lieu d'être soulagée.

— J'aime naturellement satisfaire avant tout les attentes que l'on nourrit vis-à-vis de moi, dit-il de ce ton moqueur et glaçant dont il avait le secret. Vous ne me trouvez pas divertissant, mademoiselle Andrews ? Vous n'êtes pas ravie de constater que je suis exactement tel que vous l'imaginiez ? Dépravé, insensible et irrécupérable ?

Elle avait pensé à peu près la même chose, mais le fait de l'entendre le dire à voix haute, avec une telle amertume, la fit tressaillir violemment. Cependant, elle repoussa l'émotion qui lui nouait soudain la poitrine, parce que cette situation était démente. Ce rapprochement, ce baiser n'auraient jamais dû se produire. Elle n'avait jamais été le genre de femme à attirer les hommes — surtout ceux comme Hugo Grovesmoor. Ça, c'était pour Vivi. Sa sœur avait toujours fasciné les mâles, où qu'elle aille.

De son côté, Eleanor avait toujours passé sa vie à travailler, pas à sortir et à faire la fête. Par ailleurs, elle n'avait jamais souffert de manque de confort ni de relations humaines. Ou de liaisons amoureuses. Son existence raisonnable et laborieuse lui convenait telle qu'elle était. Peut-être tout simplement parce qu'elle estimait ne pas avoir le choix.

— Je crois que nous devrions faire comme si rien ne s'était passé, dit-elle le plus posément possible.

En tout cas, sa voix ne tremblait plus.

Hugo la contempla en silence. Il lui parut soudain encore plus grand, plus imposant. Plus viril et sensuel. Sa tenue décontractée ne faisait que renforcer l'assurance naturelle qui exsudait de lui, constata Eleanor avec un frisson.

— Cela ne vous aidera pas vraiment à vendre votre petite histoire salace au plus offrant, dit-il d'un ton neutre.

— Je ne ferais jamais une chose pareille ! protesta-t-elle, indignée. La clause de confidentialité que j'ai signée était très claire, monsieur le duc. Comme vous le savez parfaitement, j'en suis certaine.

— Ce dont je suis conscient, c'est surtout du montant de l'amende que vous auriez à payer si vous ne respectiez pas cette clause. Or si l'on vous offrait le double, disons, cela pourrait être très lucratif de vous y hasarder. J'en connais qui n'hésiteraient pas une seconde.

— Je…

Eleanor se trouvait rarement à court de mots. Elle ne comprenait pas l'émotion qui faisait rage en elle. Une sorte de brûlure qui lui donnait envie de serrer les poings pour ne pas toucher Hugo. Jamais elle ne s'était sentie en proie à un tel désir…

— Je ne ferais jamais une chose pareille, répéta-t-elle d'une voix étrangement sourde.

— Mais non, bien sûr. Excusez-moi, mademoiselle Andrews, vous êtes trop bien pour cela.

Le ton sardonique eut pour effet de faire monter le rouge aux joues d'Eleanor — ce qui ne lui arrivait jamais non plus.

— Qui pourrait commettre une telle bassesse ? demanda-t-elle, presque dans un murmure.

Une lueur ironique passa dans le regard de Hugo, suivie de cette même amertume qui avait coloré sa voix quelques instants plus tôt. Sombre, épaisse. *Désespérée*, songea-t-elle avec un frisson incontrôlable.

— Tout le monde a un prix, croyez-moi, répliqua-t-il tranquillement.

— Même vous ? demanda-t-elle sans réfléchir.

L'expression sinistre qui empreignit alors le beau visage viril l'atteignit en plein cœur. Mais le rire qui franchit soudain les lèvres de Hugo fut plus lugubre encore. Eleanor eut l'impression de l'entendre résonner dans tout le manoir, comme un glas.

— *Surtout* moi, mademoiselle Andrews, dit-il, presque gentiment.

Un éclat fauve incendia ses yeux, qui, lui, n'avait rien de gentil.

— Moi plus que tout autre.

Eleanor se réveilla dans une chambre somptueuse en se disant qu'elle avait rêvé l'épisode troublant qui l'avait hantée toute la nuit. Que le baiser dévastateur de Hugo n'était qu'un fantasme ridicule.

Elle ne pouvait tout de même pas avoir joué à fond les Jane Eyre dès son arrivée à Grovesmoor House ! À peine quelques heures après avoir rencontré le duc puis sa pupille ! Cela n'avait jamais été son genre. Eleanor avait toujours eu la tête sur les épaules, elle ne s'était jamais risquée à oublier la réalité en s'immergeant dans des rêves chimériques.

Vingt-quatre heures plus tôt, elle aurait affirmé avec certitude qu'elle ne se laissait jamais aller à aucun égarement charnel. Qu'elle était ainsi faite et que ce n'était pas son truc, tout simplement.

Par conséquent, la meilleure solution consistait à faire comme si ce baiser n'avait pas existé. D'autant qu'il n'aurait jamais dû exister. Et parce qu'elle ignorait complètement comment gérer ces *choses* étranges qui continuaient d'ondoyer en elle, au plus intime de son corps.

De toute façon, elle découvrit une heure plus tard que peu importait, car le duc avait quitté Grovesmoor House et ne reviendrait pas avant plusieurs semaines, lui apprit Mme Redding.

Ce qui convenait parfaitement à Eleanor.

D'autre part, Geraldine se révéla être une petite fille intelligente, souvent drôle. Même lorsqu'elle se montrait moins joyeuse et plus crispée, c'était un vrai plaisir de travailler avec elle — et bien plus intéressant que de répondre au téléphone, figée devant un écran d'ordinateur, ou d'avoir affaire à des clients ou des livreurs désagréables, voire agressifs.

— Je culpabilise de t'avoir poussée à accepter ce job bizarre, lui dit Vivi au téléphone quelques jours plus tard.

— C'était une très bonne idée, au contraire. Tu ne vas pas me croire, mais il me plaît beaucoup, ce job !

— Arrête ! insista sa sœur. À cause de moi, tu te retrouves coincée dans un trou perdu, dans un vieux tas de pierres à moitié en ruine, je parie…

Installée dans sa profonde baignoire, les bulles parfumées lui caressant la peau, Eleanor tourna les yeux en souriant vers le verre de vin et le morceau de fromage posés sur un plateau, à portée de main. Le feu crépitait dans la cheminée du salon. Elle avait passé la journée à travailler avec Geraldine — une leçon de sciences naturelles passionnante, suivie d'exercices de calcul et de grammaire, sous forme de jeux — et celle-ci avait brillamment réussi. Ensuite, Eleanor avait confié la fillette aux bonnes qui s'occupaient d'elle en dehors des moments réservés au travail scolaire.

« La pauvre petite, avait dit la moins désagréable des deux à Eleanor en venant chercher Geraldine, elle ne peut pas aller dans une école classique : ces imbéciles de journalistes ne la laisseraient pas en paix une seule minute. Si je savais qui leur a vendu ces ragots à propos du duc, j'irais lui dire deux mots, je vous assure ! »

Elle s'était exprimée avec véhémence, manifestement convaincue que Hugo méritait d'être défendu…

Quoi qu'il en soit, à 16 h 30, Eleanor avait terminé sa journée et était libre de faire ce qu'il lui plaisait. Jamais elle n'avait bénéficié d'horaires de travail aussi agréables.

Mais, sans savoir pourquoi, elle ne précisa pas ce genre de détail à Vivi.

— Je vais bien, ne t'en fais pas, dit-elle.

Comme si, en réalité, elle endurait un véritable martyre mais ne voulait pas ennuyer sa sœur avec ça…

Celle-ci se fendit de quelques vagues excuses supplémentaires, puis raccrocha, laissant Eleanor en proie à la culpabilité.

Si sa sœur avait soupçonné qu'elle avait bel et bien rencontré le redoutable duc en personne… Qu'elle avait même fait plus que le *rencontrer*…

Ce baiser n'avait été qu'un regrettable faux pas, se répéta-t-elle. Mais, puisque Hugo avait disparu aussitôt après, c'était comme si ce déplorable rapprochement n'avait pas eu lieu. Par conséquent, il aurait été inutile d'en parler à Vivi, qui en aurait aussitôt tiré des conclusions erronées.

Cependant, tout au fond d'elle-même, une petite voix secrète lui chuchotait que la raison de son silence était tout autre. Mais Eleanor refusa de l'écouter.

Par ailleurs, elle avait autrefois désiré devenir institutrice, mais avait dû y renoncer parce qu'en suivant les études requises, elle n'aurait pas pu travailler suffisamment pour gagner de quoi subvenir à ses besoins et à ceux de Vivi.

Aussi se réjouissait-elle de pouvoir vivre son rêve maintenant, avec une élève adorable et dans des conditions plus que confortables. Et pour un salaire dont le montant dépassait ses plus folles espérances.

Cela ne durerait pas, Eleanor en était consciente. Mais elle avait bien l'intention de profiter de ces mois privilégiés durant lesquels elle pourrait se consacrer à la profession qu'elle aurait choisie si elle n'avait pas eu la charge de sa sœur.

Le soir, elle préparait les cours du lendemain et imprimait des documents sur l'imprimante sophistiquée mise à sa disposition.

Jusqu'au moment où elle tombait de sommeil.

Ensuite, ce baiser incroyable revenait la hanter en songe. Et chaque matin, Eleanor se réveillait le corps moite, les joues rouges et l'esprit en feu. Parce que, dans ses rêves, Hugo et elle ne se contentaient pas de s'embrasser.

5.

— Monsieur le duc ne rentrera pas aujourd'hui comme prévu, annonça Mme Redding un beau matin.

Eleanor était passée la voir dans son bureau, pour discuter d'un changement dans l'emploi du temps de Geraldine.

— Ah ? dit-elle en battant des cils.

Elle s'en voulut aussitôt d'avoir laissé transparaître sa surprise.

— Oui, il a bien quitté l'Espagne, mais il a décidé de passer par Dublin avant de revenir à Grovesmoor, expliqua la gouvernante, imperturbable.

— J'ignorais qu'il était absent, mentit Eleanor.

Feignant l'indifférence, elle souleva sa tasse de thé d'une main qui ne tremblait pas.

— Quand le duc est présent, il aime que Geraldine vienne dîner avec lui, au moins une semaine sur deux. Il en profite pour échanger quelques mots avec la préceptrice en place afin d'être tenu au courant des progrès de sa pupille. Mais il dîne seul à seule avec celle-ci, naturellement.

Eleanor réussit à émettre un petit rire désinvolte.

— Je comprends pourquoi le duc m'a paru aussi peu curieux à mon arrivée ! s'exclama-t-elle. J'avais trouvé qu'il ne s'intéressait pas beaucoup à sa pupille.

La température sembla chuter brusquement dans la pièce. Eleanor vit le regard de Mme Redding se glacer.

— Je vous conseillerais de ne pas accorder trop de foi à tout ce que l'on raconte sur monsieur le duc, loin de

Grovesmoor, dit la gouvernante en détachant chaque syllabe. Les élucubrations des journalistes n'ont rien à voir avec l'homme que je connais depuis son enfance. L'homme qui a accepté de se charger d'une petite orpheline par pure bonté et que l'on accuse néanmoins de vilenie pour l'avoir fait.

Surprise par la véhémence de la gouvernante, Eleanor prit son temps pour reposer sa tasse sur la soucoupe.

— Se retrouver avec la charge d'une enfant et devoir l'élever doit avoir quelque peu chamboulé son existence, dit-elle après un léger silence.

Mme Redding leva les yeux vers elle et la regarda par-dessus ses lunettes.

— Vous vous montrez un peu trop protectrice vis-à-vis du duc, répliqua-t-elle, toujours avec la même lenteur et la même intensité.

S'agissait-il d'un avertissement ? D'une explication ?

— Il est rare de voir un étranger montrer de la bienveillance envers lui. Le duc a été soumis à une telle avalanche de ragots que les gens ne pensent plus qu'à cela, mais nous, à Grovesmoor, nous voyons en lui le garçon qui a grandi ici.

Le regard se fit plus glacial encore.

— L'Angleterre tout entière a beau s'évertuer à déblatérer des mensonges sordides sur monsieur le duc, vous n'entendrez *jamais* rien de tel ici.

Eleanor eut l'impression d'avoir reçu une gifle.

Elle ne s'était pas trompée. Le fait que personne ne soit venu la chercher à la gare n'était pas dû à un malentendu. Ç'avait été un test.

Comme l'était sans doute l'attitude de tout le personnel à son égard, songea-t-elle plus tard. Quant au paysage environnant, il devenait de plus en plus désolé. La météo était au diapason. Les arbres squelettiques se dressaient sous la pluie glacée. Et, le temps passant, les autres membres du personnel ne semblaient pas plus s'intéresser au sort de la préceptrice de Geraldine que le jour de son arrivée.

Après avoir constaté que, dès qu'elle entrait dans la pièce commune réservée au personnel, toutes les conversations cessaient, Eleanor avait décidé de prendre ses repas seule dans sa suite.

Ensuite, après le dîner, elle allait marcher un peu, en se couvrant chaudement. Mais ce soir-là, elle décida d'emprunter l'escalier dérobé situé à l'arrière de la cuisine et permettant d'accéder à une aile du manoir qu'elle n'avait pas encore explorée.

Une fois arrivée à l'étage, elle déboucha sur un vaste espace ressemblant à une salle de musée. Des œuvres d'art célèbres étaient accrochées aux murs, côtoyant des portraits plus ou moins intéressants d'ancêtres de Hugo.

Immobile devant un paysage exotique aux teintes vives, elle repensa à sa brève conversation avec sa sœur.

— Es-tu là-bas pour te faire des amis, Eleanor ?

— Bien sûr que non, avait-elle répondu, un peu tendue. Je sais pourquoi je suis ici, Vivi. Je voulais simplement dire que cela ne me serait pas désagréable de voir un visage amical de temps en temps. C'est tout.

Vivi, qui ne se sentait visiblement plus du tout coupable de quoi que ce soit, avait soupiré. Pour au moins la troisième fois.

— En tout cas, ne te balade pas dans le manoir avec une mine d'enterrement. Les rabat-joie, ça n'a jamais attiré personne.

Eleanor se rendit compte qu'elle contemplait le tableau en fronçant les sourcils et en serrant les poings au souvenir des paroles de sa sœur.

— À mon avis, avait poursuivi celle-ci, tu devrais plutôt être reconnaissante de ne pas avoir à te casser la tête pour te lier avec des gens que tu auras complètement oubliés dans moins d'un an.

Geraldine se passerait vite de préceptrice pour faire des études plus conséquentes, certes, mais il restait tout de même un peu de marge…

— Je crois que j'ai un peu plus de temps que cela devant moi, avait-elle fait remarquer à Vivi. Geraldine a sept ans, pas dix-sept.

Sa réplique lui avait valu un éclat de rire ironique.

— Tu ne vas pas rester à te morfondre dans le Yorkshire jusque-là, Eleanor. Dès que tu auras gagné de quoi payer nos factures, tu reviens !

— J'ignorais que c'était ta façon de voir les choses. Et puis, tu sembles oublier que plus longtemps je resterai ici, plus je gagnerai d'argent.

— Eleanor, s'il te plaît ! s'était exclamée Vivi.

Mais sous sa légèreté apparente, Eleanor avait perçu une note dure, presque acérée, qui lui était restée sur l'estomac et qui continuait de lui peser.

— Je ne peux pas tout gérer sans toi, c'est impossible, avait continué Vivi.

Elle s'éloigna du tableau et s'arrêta devant l'une des fenêtres de cette étrange galerie de peintures. Il aurait été tentant de croire que Vivi ne pouvait se passer d'elle sur le plan affectif, qu'elle lui manquait. Mais au fond d'elle-même, Eleanor savait qu'elle se trompait. La veille encore, sa sœur avait paniqué, ne sachant comment régler les dernières factures arrivées par la poste, en plus du loyer. Ensuite, elle s'était plainte du désordre qui régnait dans l'appartement, disant qu'il n'y avait personne pour faire le ménage.

Parce que celle qui s'occupait d'habitude de tout cela, c'était Eleanor, évidemment.

Raison de plus pour ne pas donner de précisions sur le luxe qui l'entourait ici, à Grovesmoor House. Si Vivi en avait eu vent, elle aurait trouvé le moyen de rappliquer pour en profiter elle aussi…

Décidément, Eleanor était plus égoïste qu'elle ne l'avait jamais soupçonné, parce que, pour une fois, elle ne désirait pas partager quelque chose avec sa sœur qu'elle adorait.

La lune était pleine, ce soir-là, déversant un halo argenté

sur le paysage nocturne, puis disparaissant soudain derrière les nuages avant de réapparaître dans toute sa majesté.

Une profonde mélancolie envahit soudain Eleanor, frisant la tristesse.

Quand avait-elle décidé qu'elle n'avait besoin de personne et pourrait très bien passer sa vie entière seule ? Son but avait toujours été le grand mariage de Vivi. Sans jamais songer à ce qu'elle-même ferait ensuite, après le départ de sa sœur.

Un frisson la parcourut au souvenir de la sensation de la bouche de Hugo sur la sienne, ferme et caressante à la fois. Peut-être devrait-elle se contenter de souvenirs brûlants et de rêves chimériques ? C'était le lot de certaines personnes, dont elle faisait probablement partie.

Eleanor ferma les yeux et prit une inspiration profonde en se promettant que cela lui suffirait. Qu'elle…

— Puis-je oser considérer votre présence ici, à l'entrée de mes appartements privés, comme une invite, mademoiselle Andrews ?

Rouvrant les yeux, elle se dit qu'elle était sujette à une hallucination auditive. Celle-ci allant sans doute de pair avec les rêves qui la hantaient, jour et nuit.

Lentement, elle se retourna et resta figée.

Hugo se tenait immobile à l'entrée du vaste espace dédié à la peinture et, cette fois, il avait tout d'un duc, de la tête aux pieds. Entièrement vêtu de noir, il dégageait un charisme époustouflant, une aura d'autorité et d'arrogance formidable. Son chapeau haut-de-forme le faisait paraître encore plus grand, réalisa Eleanor en retenant son souffle. Sans le long manteau noir, et sur un autre homme que Hugo Grovesmoor, ce couvre-chef aurait pu sembler ridicule, mais sur lui il ne faisait au contraire qu'accentuer un côté dandy resurgi du XIXe siècle.

La gorge sèche, le ventre noué, elle fut traversée soudain par un frisson n'ayant rien à voir avec de la crainte ou de l'anxiété.

Mon Dieu, cette façon qu'il avait de la regarder, les yeux mi-clos…

— À vous voir dans cette tenue, l'on pourrait croire que vous revenez d'un voyage à travers la Régence anglaise, dit-elle d'un ton faussement dégagé.

— Mais oui, appuya Hugo. Je suis allé terrifier mes métayers et en ai profité pour culbuter de ravissantes jeunes filles au passage. Dans ma calèche, naturellement.

Il haussa un sourcil.

— À moins que je ne revienne d'un bal costumé : nous approchons d'Halloween, n'est-ce pas ?

Eleanor se fichait bien d'Halloween… Elle ne voyait que Hugo, horrifiée par les sensations insensées qu'il avait le pouvoir de faire naître en elle, d'un simple regard.

Comme en songe, elle le vit s'avancer de sa démarche souple et fluide. Le cœur battant à tout rompre, elle chercha quelque chose de désagréable à dire, mais ne trouva rien. Seul le souvenir de cette belle bouche dévorant voluptueusement la sienne occupait son esprit.

Le regard de Hugo s'assombrit, comme s'il devinait les émotions incontrôlables qui la parcouraient. Lentement il continua d'avancer, mais, quand il arriva devant elle, il ne s'arrêta pas. La frôlant au passage, il lui demanda de le suivre d'un simple petit mouvement de menton — d'une arrogance sans nom. Mais au lieu de s'en indigner, Eleanor obéit en silence.

Il s'immobilisa devant une porte située au fond de la galerie et tourna la tête vers elle.

— Venez…

Terrifiée et tentée à la fois, Eleanor s'exécuta docilement, le cœur battant à un rythme sauvage.

Un sourire moqueur s'ébaucha sur les lèvres de Hugo.

— Il est peut-être temps de vous faire passer cet entretien, après tout.

Hugo avait l'impression d'être le grand méchant loup, ce qui n'était pas vraiment désagréable. Et puis, ces dernières années, il avait eu tout le loisir de peaufiner ce rôle.

Par ailleurs, il avait eu beau mettre de la distance entre cette femme et lui, l'éloignement n'avait diminué en rien la tentation qu'elle représentait. Ni atténué ses charmes incontestables et l'aplomb avec lequel elle lui tenait tête, alors que la plupart des autres personnes s'aplatissaient devant lui.

Et surtout, il avait échoué dans sa tentative de dominer les réactions qui s'emparaient de lui en sa présence. Dès qu'il apercevait Eleanor, sa virilité se manifestait sans équivoque. Aussi était-ce une très mauvaise idée de l'inviter à venir dans sa bibliothèque privée. Ce n'était certes pas cela qui calmerait ses ardeurs, il le savait. Quand avait-il jamais été capable de résister à la tentation ?

Mais lorsqu'il posa la main sur la poignée de la porte, Eleanor s'arrêta à côté de lui et le regarda d'un air soudain interloqué.

— Je ne peux pas… C'est votre chambre ?

Hugo n'était qu'un homme, et pas l'un des plus recommandables. Aussi dut-il faire appel à toute sa volonté pour ne pas la soulever dans ses bras et l'emporter dans sa chambre, en effet.

— Votre indignation serait encore plus crédible si vous vous raccrochiez à un rang de perles, dit-il d'un ton neutre.

Mais un peu brusque, reconnut-il. Il n'était pas un saint, bon sang !

— Il faudrait encore travailler un peu le rôle de la vierge offensée, je crois.

Elle battit des cils, redressa les épaules.

— Ainsi, il s'agit bien de votre chambre.

— Si vous êtes si avide de partager mon lit, il suffit de le demander. Ces petits jeux sont superflus, mademoiselle Andrews — vous n'êtes pas de mon avis ?

— Monsieur le duc…

Cependant, elle ne tourna pas les talons pour s'enfuir.

Hugo la toisa, pour ne pas la toucher. Cette femme l'avait hantée nuit et jour, jusqu'à l'autre extrémité de la planète. Il était resté obsédé par son regard de défi et sa bouche dépourvue de tout tressaillement de crainte. Par ses courbes affolantes. À tel point qu'il avait fini par se dire que torturé pour torturé, autant l'être par elle — en chair et en os.

— Détendez-vous, je vous invite à pénétrer dans ma bibliothèque, pas dans un lieu de débauche.

Il ne put s'empêcher d'ajouter, avec un petit sourire en coin :

— Enfin, cela dépend des ouvrages que l'on choisit de lire.

Poussant la porte, il entra sans vérifier qu'elle le suivait bien. Si elle faisait demi-tour, il ne savait pas vraiment comment il réagirait…

Mais qui n'avait fui l'homme le plus honni d'Angleterre ? Hugo s'en réjouissait. S'en glorifiait. Aussi n'aurait-il certes pas dû se soucier de l'attitude de la nouvelle préceptrice.

De toute façon, elle le suivit et il se trouva forcé de reconnaître une fois de plus que son cran lui plaisait. Et qu'autre chose frémit en lui lorsqu'elle referma la porte derrière elle. Presque du soulagement, or il savait qu'il ne pouvait s'agir de cela. Les vrais méchants ne ressentaient jamais rien. Ils étaient faits de pierre et ne connaissaient pas le regret. Tout le monde le disait, le répétait.

D'un geste nonchalant, il lui indiqua le confortable fauteuil en cuir installé devant la cheminée où crépitait un bon feu. Quand, obéissante, elle s'y assit, il s'autorisa un petit sourire de triomphe. Cependant, le regard noisette s'était teinté de méfiance, semblant indiquer qu'elle était prête à décamper à la première alerte.

Si elle s'enfuyait, il ne la poursuivrait pas, évidemment. Néanmoins, alors qu'il ôtait son haut-de-forme et son long manteau, il n'en fut plus aussi certain.

— Je connaissais déjà la grande bibliothèque du

rez-de-chaussée, mais celle-ci est tout aussi impressionnante, même si elle est moins spacieuse.

— Je suis ravi de vous l'entendre dire.

C'était les livres, qu'elle regardait. Pas lui. Mais Hugo vit un léger frémissement parcourir ses lèvres, comme si elle retenait un sourire.

— Des romans policiers bien épais côtoyant de vieux livres de poche usés, murmura-t-elle en promenant son regard sur les rayonnages. Des traités d'astronomie et… des ouvrages de philosophie ? La série complète des *Harry Potter*…

— Éditions originales dédicacées, naturellement.

— Attention, fit-elle doucement, toujours sans le regarder. Les livres en disent beaucoup plus sur leur propriétaire que ses paroles ou que ce que l'on raconte sur lui. Surtout ceux qui ont été lus et relus : ils révèlent toutes sortes de vérités dérangeantes sur celui auquel ils appartiennent.

Une sensation vertigineuse traversa Hugo à ces paroles, proche de l'ivresse.

C'était mauvais signe, songea-t-il, comme s'il redoutait qu'à regarder de trop près les vérités que recelaient ses livres, Eleanor découvre qui il était vraiment.

Or il désirait rester tel qu'il était. Détesté, voire haï, et donc encore plus puissant. Plus on le transformait en monstre et plus il se réjouissait.

Parce que tous ceux qui avaient cru au petit numéro d'Isobel méritaient de s'imaginer que l'enfant de l'amour, conçu avec cet imbécile de Torquil, payait pour les fautes de ses parents en tombant sous la coupe d'un monstre tel que lui. Ils méritaient de se torturer l'esprit en se représentant les sévices horribles qu'il lui infligeait. C'était le moins qu'ils puissent attendre de la part de la créature diabolique inventée de toutes pièces par Isobel.

— Dans tout bon roman, il y a forcément un méchant, mon chéri, avait-elle dit, la première fois.

La première fois qu'il s'était réveillé en découvrant dans

la presse une version de lui-même qu'il ne reconnaissait pas. La première fois qu'il avait eu la nausée en comprenant que la version fausse était plus crédible que la vraie. Puis en constatant qu'il avait beau essayer de se disculper, ou au moins de donner sa propre version de l'histoire, personne ne voulait l'écouter. Le Hugo fantasmagorique était plus convaincant, plus captivant, que le vrai ne saurait jamais l'être.

Il se rappela la fois où il était allé rejoindre Isobel en Californie pour lui demander de mettre fin à cette démence. De cesser de raconter ses mensonges. De renoncer aux jeux malsains auxquels elle se livrait avec les gens. Pas parce qu'il en avait assez. Il avait dépassé le stade où les actes d'Isobel pouvaient encore l'atteindre. Mais parce que son père était encore en vie à ce moment-là et que ces calomnies le détruisaient.

— Blesser ton adorable vieux père n'est pas mon but, bien entendu, avait murmuré Isobel. Disons que c'est un bonus ?

Elle séjournait à Santa Barbara, dans l'un de ces palaces qu'elle adorait. Il la revit allongée sur un transat à côté de la piscine bleu turquoise, vêtue d'un bikini minuscule et le regard dissimulé derrière d'énormes lunettes noires.

— Tu ne peux plus rien contre moi, Isobel, avait-il répliqué sauvagement. Tu ne peux plus me prendre mon héritage ni obtenir un seul penny de moi. Que je sois aimé ou haï, je n'en demeure pas moins duc. Grovesmoor perdurera. Tu ne comprends pas ? Je suis invincible !

Mais elle s'était contentée d'éclater d'un rire moqueur avant de répliquer :

— Et moi, je suis plus douée que toi pour inventer des histoires.

Hugo avait porté le fardeau de ses satanées *histoires* pendant des années. Il le portait encore. Mais à présent, il possédait une arme en la personne d'une enfant qu'il était supposé haïr — ce qui lui valait la condamnation éternelle du monde entier.

Et il n'avait pas l'intention d'y renoncer.

Même pour une déesse au corps de vamp et au regard beaucoup trop énigmatique, une femme qui cherchait la vérité dans ses livres et ne savait pas se retirer d'un combat perdu d'avance.

Une créature imprévisible, insaisissable, qui le charmait malgré lui et qu'il désirait comme un fou.

6.

Elle ne pouvait contempler indéfiniment les livres tapissant les murs de la bibliothèque, se dit Eleanor. Sinon, Hugo allait se rendre compte qu'elle s'évertuait à ne pas croiser son regard.

Cependant, sa fascination pour cette pièce regorgeant d'ouvrages en tout genre n'était nullement feinte. Depuis des années, elle n'avait jamais vécu dans un lieu assez grand pour pouvoir garder davantage que ses livres préférés serrés sur une petite étagère. Aussi serait-elle restée avec plaisir à musarder dans cette bibliothèque fabuleuse.

Mais ce n'était pas pour lui offrir quelques heures d'exploration littéraire que son employeur l'y avait amenée.

Et de toute façon, elle devait se ressaisir.

Craignant de s'enfoncer dans le cuir souple couleur fauve du fauteuil et de ne plus jamais pouvoir en ressortir, Eleanor s'était assise sur le bord et se tenait immobile, le dos droit. Mais quand elle fut certaine d'afficher une expression sereine et osa tourner les yeux vers Hugo, elle faillit laisser échapper un petit soupir.

Parce qu'il avait ôté haut-de-forme et manteau, et que dans ce superbe pantalon ajusté noir et une chemise de soie blanche déboutonnée à l'encolure, il était encore plus somptueux et plus dangereux.

Assaillie par toutes sortes de tentations inconnues que cette vision de rêve éveillait en elle, Eleanor eut soudain l'impression de se trouver en équilibre au bord d'un gouffre.

Hugo s'écarta de l'imposant bureau sur lequel il avait laissé tomber chapeau et manteau, avant de traverser la pièce pour se diriger vers elle de cette démarche fluide et assurée qui la subjuguait à chaque fois.

Se rendant compte qu'elle l'observait en retenant son souffle et qu'elle était tendue à craquer, Eleanor se força à respirer et à se détendre.

Au même instant, il se laissa choir — c'était vraiment le terme —, dans le fauteuil faisant face au sien. Puis il étala ses longues jambes devant lui, sur l'épais tapis recouvrant le parquet.

Une chaleur désormais familière et incontrôlable envahit Eleanor. Chaleur qui ne venait pas du feu crépitant dans la cheminée, mais de la proximité de l'homme ténébreux installé nonchalamment en face d'elle.

Cela aurait été beaucoup plus simple si le duc avait été aussi dépravé et sordide que le décrivaient les journalistes. Si son visage aux traits ciselés n'avait exprimé une noblesse naturelle qu'aucune turpide n'aurait pu effacer.

— Comment se débrouille ma pupille ? demanda-t-il, avec une telle politesse, une telle douceur, qu'Eleanor pensa avoir imaginé les mystérieux courants qui semblaient traverser la pièce — ainsi que son propre corps dont les réactions devenaient de plus en plus incontrôlables.

Mais quand son regard rencontra celui de Hugo, elle comprit qu'elle n'avait pas rêvé. Au fond de ses yeux, un feu secret et intense couvait, qu'elle sentit se propager en elle.

— Geraldine est très douée, répondit-elle avec un sourire contraint.

Fixe son menton, s'ordonna-t-elle. *Évite à tout prix son regard.*

Ça, c'était possible. En revanche, elle ne pouvait rien contre les battements désordonnés de son cœur.

— Elle est non seulement très intelligente, reprit Eleanor,

mais aussi très drôle. Ce qui n'est pas le cas de toutes les petites filles.

Elle se sentit rosir, consciente de parler pour meubler le silence — ce qu'elle ne faisait jamais d'ordinaire.

— En fait, je n'ai pas fréquenté beaucoup de fillettes de sept ans, mais j'en ai été une.

— Cela remonte à quelques années, si je ne m'abuse.

— Une femme ne parle pas de son âge, monsieur le duc.

— Vous êtes beaucoup trop jeune pour faire des manières concernant votre âge, n'est-ce pas ?

Eleanor réalisa qu'elle le regardait dans les yeux. Quand avait-elle cessé de se concentrer sur son menton ? Erreur. Grave erreur. Sous ce regard incandescent, elle se transformait en brasier ardent.

— J'ai vingt-sept ans, si c'est ce que vous cherchez à savoir. Mais j'espère me tromper, parce que cela ferait preuve d'un grossier manque de tact de votre part.

Les lèvres de Hugo tressaillirent, mais s'il s'agissait d'un sourire, il était terriblement sombre.

— Quelle horreur…, murmura-t-il.

Une lueur dure traversa son regard.

— Mais cela ne devrait pas vous surprendre, mademoiselle Andrews, puisque je n'ai jamais eu connaissance d'aucun commentaire me décrivant autrement que comme un individu de la pire espèce.

— Parce que vous pensez que je crois tout ce que j'ai lu à votre sujet ? D'après ce que j'ai pu constater, la plupart des célébrités proclament que ce que l'on raconte sur leur compte dans ce genre de presse n'est qu'un tissu de mensonges.

Brusquement, Hugo sembla se transformer en statue. Même son regard n'était plus le même. Il était devenu plus profond, plus intense.

— Et si je vous disais que tout ce qui a été colporté sur mon compte n'est en effet qu'un tissu de mensonges, le croiriez-vous ?

Il n'avait pas bougé d'un centimètre, son expression demeurait inchangée, mais il la défiait, c'était évident.

Dans son indifférence apparente, sa prétendue nonchalance, il y avait quelque chose de terriblement décadent. De scandaleux. Mais cela ne le rendait pas moins séduisant pour autant, reconnut Eleanor en son for intérieur.

— Votre réputation vous précède, répliqua-t-elle à la hâte. Mais ce n'est pas cela qui me préoccupe. C'est l'éducation de votre pupille.

— Pas mal. Mais je me permets de vous rappeler que je sais reconnaître une esquive. Par conséquent, j'aimerais que vous répondiez à ma question.

Sa position ne l'obligeait pas à la franchise, se dit Eleanor. En outre, Hugo Grovesmoor se fichait bien de ce qu'elle pouvait penser de lui. S'il voulait lui faire croire que les journalistes racontaient des bobards sur son compte, libre à lui. De son côté, elle avait tout intérêt à feindre de n'y voir que du feu.

Car il s'agissait avant tout d'argent, comme le lui rappelait sa sœur quasiment chaque soir. Et non de ce poids étrange qui lui pesait sur la poitrine, cette force inconnue la poussant à faire le contraire de ce qu'elle savait devoir faire.

Elle les ignora et se força à sourire.

— Tout le monde sait que les articles de la presse à scandale sont cousus de mensonges, murmura-t-elle dans l'espoir de le calmer.

Cette fois, Hugo secoua la tête, l'air déçu.

— Vous mentez, mademoiselle Andrews. Et vous m'en voyez profondément choqué.

Le petit sourire en coin reparut au coin de ses lèvres.

— Oui, je suis capable de l'être. J'ai même une âme, figurez-vous, aussi obscure et trouble soit-elle.

Il devenait vraiment urgent de se reprendre. D'émerger de ce charme qui l'enveloppait peu à peu tout entière, avant d'y succomber tout à fait. De se débarrasser de cette tension délicieuse qui s'était emparée de ses seins, de son ventre. De la chaleur moite qui semblait sourdre de son sexe…

Et surtout, elle devait retrouver le sens des réalités. *Maintenant.*

— J'ai fait passer une série de tests à Geraldine et ai constaté qu'elle était en avance d'un an par rapport aux enfants de son âge. Celles qui m'ont précédée avaient sans doute des défauts, mais cela ne les a pas empêchées d'être des enseignantes valables. Votre pupille est vraiment une élève brillante, toutes matières confondues.

— Je suis enchanté de l'apprendre.

Il ne paraissait pas enchanté le moins du monde.

— Elle vous donnera beaucoup de satisfactions.

Eleanor regretta aussitôt ses paroles. Geraldine n'était pas sa fille. Cette enfant avait été confiée à sa garde. Par conséquent, il était fort possible que Hugo ne soit satisfait que le jour où elle atteindrait sa majorité et ne dépendrait plus de lui.

En outre, sa relation avec sa pupille ne regardait en rien une simple préceptrice comme Eleanor.

— Excusez-moi, dit-elle précipitamment. J'aurais voulu devenir institutrice, autrefois, mais j'ai dû attendre un certain temps avant de pouvoir réaliser mon rêve.

— En occupant différents emplois à Londres, précisa-t-il.

Il n'y avait rien de surprenant à ce qu'il connaisse ce détail. Il avait lu le rapport de l'agence, évidemment. Aussi était-elle stupide de réagir ainsi, de sentir des petits frissons brûlants lui courir sous la peau…

— Oui, acquiesça-t-elle. C'est la première fois que je travaille comme préceptrice. Et peut-être ai-je visé trop haut, dans mon enthousiasme.

Durant un long moment, il la contempla en silence. Mais ce silence n'était pas vide, au contraire. L'air sembla s'épaissir entre eux. Eleanor sentit de nouveau la chaleur infernale se déployer en elle, si intense qu'elle craignit de suffoquer.

— Vous ne me traitez pas en monstre, mademoiselle Andrews.

Sa voix passa sur elle comme une caresse.

— Et votre attitude me déconcerte. Pourquoi ne vous comportez-vous pas comme les autres ?

Elle entrouvrit les lèvres, avant de les refermer aussitôt.

— Je ne sais pas de quoi vous parlez, dit-elle enfin.

— Vous le savez très bien, au contraire. D'habitude, les femmes recourent à deux types d'approche. Ou bien elles se jettent à mes pieds, prêtes à tout pour attirer mon attention et mes faveurs. Ou bien elles tremblent devant moi, persuadées que je détiens le pouvoir de ruiner leur réputation à jamais et, pire encore, de les dépouiller de leur personnalité en usant de mes prétendus pouvoirs démoniaques, avant de les abandonner sans pitié. Or vous ne vous comportez ni d'une façon ni de l'autre.

Une note étrange avait coloré sa voix, une nuance riche et chaude qui s'insinuait en Eleanor comme du miel onctueux. Ou un élixir bien plus puissant.

— Je suis désolée, monsieur le duc, réussit-elle à répliquer. Je ne me rendais pas compte que certaines réactions étaient attendues de ma part. Envers vous, je veux dire. Je suis peut-être stupide, mais je pensais devoir me concentrer exclusivement sur ma relation avec Geraldine.

— Personne n'accepte cet emploi à cause d'elle. D'une façon ou d'une autre, c'est moi qui intéresse toutes celles qui acceptent ce poste. Votre refus de l'admettre ne fait qu'attiser ma curiosité — et je ne devrais pas avoir à vous préciser qu'en monopolisant ainsi mon attention, vous vous exposez à certaines conséquences.

Eleanor serrait les mains si fort sur ses genoux qu'elle réalisa qu'elle avait mal aux doigts. Se forçant à les décroiser, elle redressa le menton.

— Je regrette de devoir me montrer brutale, monsieur le duc, mais vous ne me laissez pas le choix.

— Je suis tout ouïe. J'adore la brutalité, comme vous devez vous en douter.

— Je suis sûre que, tout au fond de vous-même, vous êtes un homme bon et bienveillant, s'empressa-t-elle de répliquer. Mais vous devez bien savoir que le généreux salaire attaché à ce poste est un facteur déterminant. Par conséquent, je vais peut-être vous décevoir, mais votre charme légendaire n'est vraiment pas la raison pour laquelle j'ai accepté de venir travailler à Grovesmoor House. Comme je vous l'ai déjà dit, l'on m'avait assurée, à plusieurs reprises, que je ne vous verrais jamais.

— Je possède un ego surdimensionné et particulièrement vigoureux, mademoiselle Andrews, et pourtant il vacille devant vous. La plupart des femmes escaladeraient les falaises de Douvres dans l'espoir de pouvoir m'apercevoir. Ne serait-ce que de loin.

— Je ne doute pas de la vigueur et de la robustesse de votre ego, et je suis sûre qu'il survivra à l'épreuve. D'autre part, je ne suis pas *la plupart des femmes.*

— Ce n'est pas moi qui vous contredirai sur ce point.

Eleanor retint la réplique cinglante qui lui montait aux lèvres. Cela n'aurait fait que réjouir ce maudit duc. Et cela ne l'aurait aidée en rien à se sortir indemne de cet échange déconcertant — et beaucoup trop troublant pour son confort personnel. Par ailleurs, elle ne pouvait prendre le risque de perdre cet emploi.

Pense à l'argent. Pense à Vivi.

— Il se fait tard, monsieur le duc…

— Il est à peine 22 heures, riposta-t-il, sans même se donner la peine de jeter un coup d'œil à sa montre en or.

— Ce qui veut dire qu'il est temps d'aller se coucher, lorsque l'on s'occupe d'une enfant dès le matin.

— Vous avez peur de moi, dit-il d'une voix douce. Je le sens…

— Il ne s'agit pas de peur mais d'inquiétude, corrigea

Eleanor. Ce genre de conversation nébuleuse me rend nerveuse. Ne me dites pas que vous ne le comprenez pas : je suis votre employée, monsieur le duc.

— Mais non, je ne peux comprendre ce genre de chose, puisque je n'ai jamais travaillé pour quiconque de toute ma vie.

D'un geste de la main, elle désigna les étagères recouvrant les murs.

— Heureusement que vous avez tous ces ouvrages pour élargir votre horizon.

— Vous mentez de nouveau, mademoiselle Andrews.

Sa voix avait pris un accent soyeux, dangereusement sombre. Elle se répandit en Eleanor, s'insinuant dans toutes les fibres de son corps.

— Une fois de plus, je ne vous suis pas…, dit-elle dans un souffle.

— Ce que vous ressentez, là, maintenant, ce n'est plus de la peur, répliqua Hugo. Ni de l'inquiétude ou de la nervosité face à votre employeur. Votre cœur bat de plus en plus vite, n'est-ce pas ? De plus en plus fort… Une chaleur indomptable vous creuse le ventre…

Eleanor se sentit devenir écarlate.

— Non.

— Pas très convaincant, votre *non*, mademoiselle Andrews. Ressayez.

— La vérité, c'est que je suis très fatiguée. Alors, si vous le permettez, j'aimerais rejoindre ma chambre et mon lit.

— Le lit est le remède idéal, mademoiselle Andrews, mais pas le sommeil. Vous le savez aussi bien que moi.

Abasourdie, totalement déroutée — et gagnée par une excitation insensée —, elle le dévisagea, les lèvres entrouvertes.

— Je ne… Vous ne pouvez pas…

Il se mit à rire, d'un rire riche et profond qui se répandit dans toute la pièce. Puis, quand il se redressa dans son fauteuil et se leva, Eleanor eut l'impression que son charisme viril emplissait tout l'espace, la privant d'oxygène.

— Vous ressemblez fort à une femme qui ne pense à rien d'autre qu'à la façon dont je vais l'embrasser, dit Hugo de cette insupportable voix soyeuse et caressante.

— C'est impossible, murmura-t-elle.

— Au contraire, c'est tout à fait possible, puisque cela nous est déjà arrivé. Et cela nous arrivera encore — je crains même que ce ne soit inévitable.

S'arrêtant devant elle, il leva les mains et les referma sur ses joues brûlantes. Et lorsqu'il lui caressa lentement les lèvres du pouce, Eleanor s'embrasa tout entière.

— Vous voyez ? Il ne s'agit pas du tout de peur.

Il était si sûr de lui, si beau et si attirant… Incapable de prononcer un mot, elle ne résista pas quand il lui souleva le menton mais ne put refouler la panique qui s'emparait d'elle. Du moins se convainquit-elle que la force inconnue qui la terrassait était bel et bien de la panique.

— Je suis asexuée.

Les mots avaient jailli de ses lèvres comme un dernier rempart, une dernière protection. Hugo allait s'arrêter. Cette situation absurde cesser.

Au lieu de s'écarter, il l'attira contre lui en émettant un son profond et rauque, à mi-chemin entre le rire et le gémissement.

— Vraiment ?

— Oui, vraiment.

D'aussi près, Eleanor avait du mal à réfléchir. Le regard de Hugo l'envoûtait, sa bouche la fascinait. Cette bouche sensuelle beaucoup trop proche de la sienne, si tentante…

— Je l'ai toujours été, je crois, ajouta-t-elle.

— Vraiment ? répéta-t-il avec la même lenteur.

— Oui. Je ne sens rien. Je suis désolée, mais c'est la vérité.

— Ah ? J'ai plutôt l'impression…

Il la serra plus étroitement encore dans ses bras.

— … que tu ressens *beaucoup* de choses.

— Pas du tout, mentit Eleanor.

Mon Dieu, il fallait qu'elle se ressaisisse. Tout de suite. Qu'elle repousse ce séducteur impénitent et s'éloigne de lui, le plus vite possible.

— Et je soupçonne plutôt que jusqu'à présent… tu n'as connu qu'ennui et monotonie.

Puis il l'embrassa, lui démontrant aussitôt qu'il avait raison.

7.

Ce ne fut pas comme la première fois. Hugo avait pris possession de sa bouche, de ses lèvres, sa langue, avec une passion qui la consumait tout entière.

Écartant les mains de son visage, il les laissa glisser sur son dos et les referma sur ses reins pour la presser contre lui.

L'esprit d'Eleanor se vida. Complètement. Elle n'eut plus conscience que des battements de son cœur qui lui martelait les côtes et de la bouche merveilleuse dévorant la sienne.

La petite voix secrète eut beau lui répéter qu'elle commettait une erreur, il lui était impossible de s'arrêter. Elle ne désirait pas s'arrêter. Et lorsque Hugo approfondit encore son baiser, elle gémit contre sa bouche en savourant l'ivresse qu'il avait le pouvoir de provoquer en elle.

Il continua de l'embrasser, encore et encore, tandis qu'elle levait les mains et les nouait sur la nuque chaude et douce. Elle brûlait de se laisser aller, de s'abandonner à l'ouragan de sensations qui la submergeait.

Eleanor ne savait pas ce que cela signifiait, ni dans quoi elle s'aventurait, mais elle s'en moquait éperdument. Elle voulait s'en repaître, sans se poser de questions. Seules comptaient maintenant les mains de Hugo sur son corps.

Était-ce bien elle qui creusait les reins pour mieux accueillir ses caresses ? Elle ne se reconnaissait plus. Mais cela non plus n'avait pas d'importance.

— Parfaite, murmura-t-il contre ses lèvres.

Il lui caressa les hanches, les fesses…

— Tu es parfaite, répéta-t-il en fermant un instant les yeux.

Jamais personne ne lui avait fait aucun compliment, réalisa Eleanor, la gorge soudain serrée. Elle ne s'en était jamais étonnée. De la même façon qu'elle ne s'était jamais permis ce genre d'abandon. Elle n'aurait même jamais soupçonné que cela puisse exister. La bouche de Hugo, ses mains, lui faisaient découvrir un nouvel univers ; des sensations inconnues la parcouraient, la ravissaient. Un monde inexploré s'ouvrait devant elle, dans lequel elle était prête à basculer. Au risque de s'y perdre.

— Tu en veux davantage, hein ? murmura Hugo d'une voix rauque en laissant descendre ses lèvres sur son cou.

Tout en continuant à l'embrasser avec un art qui la fit haleter, il s'avança jusqu'à ce qu'Eleanor ait le dos appuyé contre les rayonnages de livres. Puis il se plaqua littéralement à elle, leurs deux corps ne faisant plus qu'un.

Elle aurait sans doute dû le repousser… Cette pensée ne fit que lui traverser l'esprit. Le moment n'était plus au doute. Eleanor était trop emplie de Hugo. Submergée par lui. Ainsi que par les savantes caresses qu'il lui prodiguait. Ses mains, sa bouche, la soumettaient à un divin supplice. Un ravissement sans fin.

Après les avoir laissés glisser sur ses bras, il mêla ses doigts aux siens, puis lui remonta les poignets au-dessus de la tête, contre les livres.

— Ne bouge pas, ordonna-t-il.

À vrai dire, Eleanor n'aurait même pas songé à lui désobéir. Elle tremblait trop. Elle était trop envahie par des sensations nouvelles, merveilleuses…

Hugo murmura quelque chose qu'elle ne comprit pas, puis recula légèrement pour la regarder. Lentement, il tendit les bras et prit son visage entre ses grandes mains fines.

Repérait-il ses défauts ? se demanda-t-elle avec un frisson d'inquiétude. Le charme allait-il se rompre ? Cet homme superbe fréquentait des femmes sublimes et sophistiquées, des créatures de rêve. Il les avait toutes à ses pieds.

Mais au moment où les yeux aux reflets d'ambre remontèrent enfin vers les siens, toute inquiétude, tout sentiment d'insécurité la déserta.

Parce que, même si elle n'avait jamais rien vécu de tel, qu'elle ignorait totalement ce qui allait s'ensuivre, l'expression de désir pur et brûlant empreignant le beau visage de Hugo était plus éloquent qu'aucune parole.

Il y avait quelque chose de si intense, dans son regard et sur ses traits, qu'Eleanor fut en proie à un bouleversement total, de tout son être. Elle ressortirait de cette expérience changée à jamais, pressentit-elle soudain.

Lentement, il laissa glisser les mains sur son cou, sa gorge. Et quand il les referma sur ses seins, il y avait quelque chose de *respectueux* dans son geste. La chaleur de ses paumes se propagea dans le buste d'Eleanor, dans son ventre. Les pouces caressaient les mamelons durcis sous l'étoffe. Choquée, fascinée, elle sentit son sexe frémir, palpiter, tandis qu'une moiteur chaude se répandait entre ses cuisses.

— Plus tard, ma belle.

Un frisson exquis la traversa. *Ma belle*. Qui l'avait jamais trouvée ne serait-ce que jolie ? Personne. D'autre part, elle ignorait complètement à quoi il faisait allusion avec ce *plus tard*, mais elle s'en fichait. Une seule chose lui importait : qu'il continue de la caresser, de l'embrasser…

Mais lorsque les doigts experts trouvèrent la fermeture Éclair de son pantalon, Eleanor eut l'impression de se désintégrer de l'intérieur.

— Je t'ai dit de ne pas bouger, dit-il d'une voix rauque.

Stupéfaite, elle se rendit compte qu'elle lui avait posé les mains sur les épaules. Pour le repousser ? Pour le garder serré contre elle ?

Docilement, elle leva les bras au-dessus de sa tête tandis qu'il glissait la main sous la bordure de sa culotte.

Loin, très loin, comme en rêve, elle entendit le feu crépiter dans la cheminée, son propre souffle saccadé... Non, elle *haletait*, sans plus de retenue. Mais si Hugo percevait les sons étranges qui jaillissaient de ses lèvres, il les appréciait, à en juger par l'éclat sauvage illuminant son regard et le léger sourire arrondissant ses lèvres.

— Je suis ravi que tu t'autorises cette petite expérience, ma belle, dit-il avec une note de triomphe dans la voix.

Celle-ci aurait dû l'alarmer, songea Eleanor, sans s'attarder sur cette pensée. Les caresses de Hugo l'empêchaient de penser à quoi que ce soit, de toute façon. Parce que le plaisir qu'il lui offrait était incroyable, fabuleux...

Jamais personne ne l'avait explorée ainsi. Au plus intime de son corps, de sa féminité. Les sensations devinrent bientôt si intenses qu'elle sentit ses jambes se mettre à trembler et crut qu'elle allait s'effondrer.

Mais Hugo, le corps soudé au sien, la tenait fermement contre lui.

Sans cesser de la caresser, il laissa échapper un profond rire de gorge qui fit chavirer Eleanor.

— Pour quelqu'un d'asexué, tu es drôlement excitée, ma belle ! s'exclama-t-il en riant toujours. Et prête.

— Prête ? répéta-t-elle d'une voix à peine audible.

— Oui, plus que prête, même...

À ces mots, il posa le doigt sur son bouton de rose, le caressa doucement...

Elle eut l'impression de fondre. D'exploser. De se dissoudre dans le plaisir qui ruisselait en elle. La fragrance mâle de Hugo l'enivrait. Elle en sentait le goût dans sa bouche.

Elle le sentait, lui. Au plus profond de son corps. Il était en elle, partout en elle.

Avec une virtuosité redoutable, il explorait les plis de chair moite de désir et, quand il glissa soudain deux doigts en elle, Eleanor laissa échapper une longue plainte.

Des vagues de volupté la soulevaient, de plus en plus

hautes. La houle allait l'emporter, songea-t-elle soudain. Avant de la laisser retomber et de se briser sur le rivage. La marée continuait de monter, sans qu'Eleanor ne sache plus si elle désirait vraiment s'y abandonner. De toute façon, elle se sentait submergée par une force incoercible.

— Ne lutte pas, ma belle, murmura alors Hugo.

— Je ne lutte pas, chuchota-t-elle entre deux halètements.

Puis tout explosa. Une sorte d'éclair géant l'éblouit, lent et fulgurant à la fois. C'était magique et fabuleux. La tête renversée en arrière, Eleanor ferma les yeux et poussa un cri. Puis elle sentit la bouche de Hugo sur son cou tandis qu'il murmurait des paroles incompréhensibles.

Il riait, tout doucement, remarqua-t-elle en redescendant des merveilleux sommets où il l'avait transportée.

Sentir et voir Eleanor Andrews jouir sous ses doigts avait représenté l'expérience la plus torride que Hugo eût jamais vécue.

Ces petits sons jaillissant de sa gorge, de ses lèvres. L'extase émerveillée qu'il avait vue monter dans ses yeux noisette avant qu'elle ne renverse la tête en arrière, égarée dans la volupté.

Et ce cri, lorsqu'elle avait basculé dans la jouissance, avant de s'y abandonner corps et âme.

Mais pourquoi s'en étonnait-il ? Qu'avait-il à faire de l'étrange innocence de cette femme de vingt-sept ans ?

Il n'avait plus rien à apprendre, de personne. Hugo l'avait compris bien des années plus tôt. De la même façon qu'il ne trouverait plus jamais le repos nulle part, où qu'il aille. Il le savait pour avoir essayé à plusieurs reprises. Toujours en vain.

En outre, une femme comme Eleanor ne méritait pas de se frotter à un homme aussi autodestructeur que lui. Non seulement elle était innocente, mais elle avait pris son manque d'expérience pour de l'insensibilité, ce qui démontrait à quel point elle ignorait tout des hommes.

Quant à lui, il ne ferait qu'une bouchée d'elle. Et cette idée lui déplaisait.

Abandonnée dans ses bras, elle avait de nouveau fermé les yeux et semblait perdue dans les sensations qu'elle venait de découvrir. Conscient de sa chaleur de femme, de la douceur du corps abandonné contre lui, Hugo la souleva dans ses bras et se dirigea vers le sofa. Il l'installa sur le cuir moelleux, plus qu'inquiet de voir qu'il usait d'une délicatesse inhabituelle avec elle. Qu'il avait agi ainsi sans réfléchir. Alors qu'il n'était pas vraiment réputé pour être doux après le plaisir. Il ne s'attardait jamais auprès d'une femme qu'il venait de faire jouir.

Aucune ne s'en était jamais plainte. Pas devant lui, du moins. Quant à aller raconter sa petite histoire à la presse, c'était autre chose. Mais même dans ces ragots infâmes, aucune ne l'avait jamais accusé d'être un mauvais amant, préférant mettre l'accent sur sa méchanceté, voire sa cruauté.

Hugo se força à se redresser et attendit, furieux de sentir sa libido continuer de rugir en lui, réclamant l'assouvissement.

Il fallut longtemps à Eleanor pour émerger de sa langueur. Tout en la regardant, il repensa à ses paroles, quand elle s'était dite asexuée. De toute évidence, elle ne connaissait pas son propre corps, mais peut-être ne s'agissait-il pas seulement d'un manque d'expérience. Était-il possible qu'elle soit… Non, impossible. L'on était plus au Moyen Age et Eleanor avait vingt-sept ans, que diable.

— Vous êtes vierge ? demanda-t-il, peut-être un peu trop brusquement.

Elle frémit, souleva les paupières et regarda autour d'elle, comme si elle ne savait pas où elle se trouvait. Puis elle se redressa et repoussa deux petites mèches qui avaient osé s'échapper du sempiternel chignon strict. Ensuite, elle baissa les yeux sur sa braguette toujours ouverte.

Fasciné, Hugo la vit rougir, jusqu'à devenir écarlate. Sans dire un mot, mais plissant imperceptiblement le front, elle fit remonter la fermeture Éclair, avant de tourner enfin les yeux vers lui.

Et quand elle soutint son regard sans ciller, il se sentit encore plus monstrueux que d'habitude.

Parce qu'elle avait beau le contempler avec calme, elle paraissait soudain terriblement fragile.

Il aurait dû se haïr encore davantage de voir à quel point il détenait le pouvoir de souiller tout ce qu'il approchait. Mais la pensée qui l'obsédait à cet instant était la certitude de plus en plus vive qu'avant lui aucun homme n'avait touché Eleanor.

Et ce constat réveillait dans tout son être un instinct primaire et sauvage dont l'intensité le sidérait.

— Je ne vois pas en quoi cela vous regarde, finit-elle par répondre d'une voix posée.

Elle haussa légèrement les sourcils, d'un air presque… arrogant, avant d'ajouter :

— Monsieur le duc.

À ces mots, Hugo cessa d'avoir mauvaise conscience. À supposer qu'il se fût agi de cela.

— Vous pourriez être plus gentille avec celui qui vient de vous faire jouir, fit-il remarquer d'un ton où perçait une légère menace. Vous avez tremblé si fort de plaisir que j'ai craint que vous ne fassiez s'écrouler les étagères.

— Elles semblent avoir parfaitement tenu le choc.

— Étant donné que vous aviez les yeux fermés, je doute que vous puissiez savoir que les livres ont bien failli tomber sur votre charmante tête.

— Il aurait mieux valu, répliqua-t-elle, la voix plus dure. J'ai du mal à supporter de penser à ce qui vient de se passer dans cette pièce. Je vous remettrai bien sûr ma démission demain matin.

Hugo haussa l'épaule.

— Si vous y tenez… Mais je la refuserai.

— Évidemment, rétorqua-t-elle en le foudroyant du regard.

Son attitude l'amusa, sans qu'il sache pourquoi. Il avait congédié nombre de celles qui l'avaient précédée pour bien moins que cela. Celle qui l'avait poursuivi dans les jardins pour l'informer qu'elle ne portait pas de sous-vêtements. Celle qui lui adressait des moues suggestives par-dessus la tête de Geraldine alors que celle-ci était souffrante et avait besoin d'un médecin. Et toutes les autres, plus délurées et cupides les unes que les autres.

Il aurait dû accepter la démission d'Eleanor avec empressement. Il aurait dû l'exiger dès l'instant où il l'avait aperçue sans sa veste matelassée.

Alors, pourquoi continuait-il à se comporter en dépit du bon sens ?

— Je me vois dans l'obligation de vous rappeler, une fois encore, que je suis le duc de Grovesmoor.

— Je sais qui vous êtes. Tout le monde le sait.

— Dans ce cas, vous n'êtes pas sans savoir qu'il ne sert à rien de me chercher querelle.

Il retint un sourire satisfait en la voyant se lever, vaciller légèrement, avant de poser la main sur le dossier pour garder son équilibre.

— Au lieu de me remettre une démission qui ne sera jamais acceptée, pourquoi ne pas me dire pourquoi vous vous obstinez à malmener vos cheveux en les emprisonnant dans ce chignon qui, en plus de vous donner un air sévère qui ne vous va pas du tout, doit vous faire terriblement mal au crâne ?

— Parce que cela me convient, riposta-t-elle d'un ton sec. Et, *une fois encore*, cela ne vous regarde pas.

Hugo soutint son regard étincelant de colère. Puis, très lentement, il leva la main et glissa les doigts qui l'avaient caressée dans sa propre bouche avant de les lécher.

Les lèvres entrouvertes, le visage blême, elle le regarda faire en silence, avant de devenir à nouveau écarlate.

— Je te sens encore jouir sous mes doigts, Eleanor, dit-il. Alors il est un peu tard pour garder nos distances, tu ne crois pas ?

Après avoir tressailli, elle se détourna, se dirigea vers la porte et sortit précipitamment de la bibliothèque, comme si elle avait le diable à ses trousses, ce qui était en quelque sorte le cas. Hugo la comprenait et ne lui en voulait pas.

C'était à lui, qu'il en voulait. Et le fait qu'il se souvienne du goût de sa bouche, de la douceur de son sexe, qu'il s'en délecte encore, le tint éveillé une bonne partie de la nuit.

Assis devant la cheminée, il resta immobile à contempler le feu en songeant à sa propre déchéance. Était-il tombé si bas qu'il s'attaquait maintenant à des vierges sans défense, dans ce vieux manoir où il vivait en reclus ?

Mais quand, le lendemain matin, il ne se vit pas remettre de lettre de démission et constata qu'Eleanor n'avait pas quitté Grovesmoor, sa crise d'autoflagellation commença aussitôt à s'estomper.

À quoi bon se reprocher d'avoir attiré une vierge récalcitrante dans son repaire, puisque, sachant maintenant à quoi s'en tenir avec lui, la vierge en question avait néanmoins décidé de rester ?

8.

— Vous avez de la visite, annonça Mme Redding du seuil de la grande bibliothèque du rez-de-chaussée.

Eleanor leva les yeux du livre de lecture au-dessus duquel elle et Geraldine étaient penchées.

— De la visite ? répéta-t-elle en dévisageant la gouvernante qui la toisait d'un air désapprobateur.

Qui aurait pu venir la voir ? Elle ne connaissait personne dans la région. Et Vivi était la seule à savoir qu'elle se trouvait dans le Yorkshire. Or ce ne pouvait être Vivi — que serait-elle venue faire là, à Grovesmoor ?

— Nous ne sommes pas les invités de monsieur le duc mais ses employés, commença la gouvernante d'un ton sévère. Aussi ne recevons-nous ici ni amis ni membres de nos familles — comme cela était mentionné dans le contrat que vous avez signé, j'en suis certaine.

— Je n'ai invité personne ! se défendit Eleanor.

En pure perte. Mme Redding avait déjà tourné les talons et disparaissait dans le couloir.

Après avoir donné à la hâte un exercice de vocabulaire à Geraldine pour l'occuper en son absence, Eleanor suivit la gouvernante.

Vivi avait-elle vraiment quitté son cher Londres pour s'aventurer dans ce trou perdu ? Et si oui, pourquoi ? Dans quel but ?

Et pourquoi elle, Eleanor, redoutait-elle cette visite ?

Décidément, quelque chose ne tournait pas rond chez elle.

Et ça allait de mal en pis, depuis ce moment d'égarement dans la bibliothèque privée du duc, une semaine plus tôt. Comme s'il lui avait transmis un mal secret et honteux en lui faisant ressentir ces… choses insensées et incroyables. Depuis cet épisode regrettable, Eleanor se sentait tendue, presque agressive avec Vivi quand elles se parlaient au téléphone et encore plus incapable de trouver le sommeil ensuite.

C'était son propre comportement qui l'emplissait d'horreur, se répéta-t-elle en s'avançant dans l'enfilade de longs couloirs, derrière Mme Redding. Elle s'était abandonnée de manière inconcevable, inacceptable. Oubliant toute prudence, tout bon sens.

Hugo ne l'avait plus touchée, depuis, et ils s'étaient à peine croisés. Jusqu'à ce que, la veille, il vienne la rejoindre en début d'après-midi alors qu'elle travaillait avec Geraldine.

— Je vous invite à dîner ce soir, avait-il dit sans préambule.

Elle avait tourné aussitôt les yeux vers Geraldine qui, à l'autre bout de la pièce, était penchée au-dessus du dictionnaire, cherchant les dix mots dont elle devait se servir pour rédiger le nouvel épisode de l'histoire qu'elle écrivait dans le journal qu'Eleanor lui faisait tenir.

— Je vous remercie, monsieur le duc, avait-elle répondu froidement. Mais je crains que cela ne soit impossible.

— Même si je vous propose de vous emmener passer la soirée à Rome ?

Le dos et les épaules raides, elle avait fixé le livre ouvert devant elle, sans pouvoir en déchiffrer une seule ligne.

— Cela serait non seulement incompréhensible, mais totalement inapproprié, monsieur le duc.

— Tant mieux, je détesterais passer pour un être raisonnable, avait-il murmuré en s'inclinant vers elle.

Ce geste lui avait rappelé la façon dont son corps viril restait soudé au sien tandis que ses doigts…

— Mais puisque Rome ne vous tente pas, nous nous contenterons de ma salle à manger privée.

— Ce serait tout aussi inapproprié, avait-elle rétorqué d'un ton vif.

— Mais plus compréhensible.

— Monsieur le duc…

— Il est un peu tard pour cela, Eleanor, avait-il coupé avec calme. Vous ne croyez pas ?

Elle avait jeté un coup d'œil du côté de Geraldine, toujours absorbée dans sa recherche de vocabulaire.

— Pour vous, il s'agit d'un jeu, avait-elle alors chuchoté. Mais pour moi, c'est un travail. Et je ne suis pas la seule à en dépendre.

— Si je n'avais pas goûté à votre innocence moi-même, avait-il répliqué de cette voix suave qui continuait de la faire frémir, je pourrais croire que vous cachez un enfant quelque part.

— Je n'ai pas d'enfant mais une sœur.

— Une petite sœur ?

— Vivi a vingt-cinq ans.

— Et elle souffre d'un handicap quelconque ?

Eleanor l'avait regardé en plissant le front.

— Non, aucun. Mais je suis la seule à pouvoir payer les factures.

— La sœur de vingt-cinq ans ne peut pas subvenir à ses besoins elle-même ?

À cet instant, elle avait compris qu'elle n'avait encore jamais eu à expliquer sa situation à quiconque. En général, personne ne lui posait de questions aussi indiscrètes et, si quelqu'un s'y était hasardé, elle ne se serait pas sentie obligée d'y répondre.

— C'est compliqué, avait-elle fini par dire. Vivi a énormément de qualités, mais ce n'est pas toujours facile de les exprimer. Une fois qu'elle aura vraiment trouvé sa place, tout sera beaucoup plus… équilibré.

Une lueur bien trop perspicace avait brillé dans les yeux de Hugo.

— Cherchez-vous à m'en convaincre ? avait-il demandé lentement. Ou à *vous* en convaincre…

À cet instant, Geraldine l'avait appelée, disant qu'elle avait terminé. Puis Hugo s'était tourné vers sa pupille en inclinant la tête, puis avait regardé une dernière fois Eleanor en silence avant de quitter la bibliothèque sans ajouter un mot.

La laissant en proie à un chaos épouvantable.

Qui es-tu, exactement ? avait alors susurré la petite voix mystérieuse. *Et à quoi essaies-tu désespérément de te raccrocher ?*

Secouant la tête pour chasser ces souvenirs dérangeants, elle déboucha dans le grand hall à la suite de Mme Redding et s'arrêta net en apercevant Vivi, immobile au milieu du vaste espace brillamment éclairé.

Durant quelques instants, Eleanor resta pétrifiée. Que faisait sa sœur à Grovesmoor ? Elle qui détestait la campagne ! Et pourquoi ne l'avait-elle pas prévenue de sa venue ?

Dans ce jean slim qui moulait ses hanches étroites et ses longues jambes minces au galbe parfait, Vivi paraissait plus élancée. Elle portait de nouvelles bottines, remarqua Eleanor, lesquelles avaient sans doute coûté une petite fortune. Le manteau décontracté et l'écharpe passée nonchalamment autour du cou étaient nouveaux, eux aussi.

Sa sœur s'approcha d'elle en esquissant une petite moue qu'Eleanor connaissait bien, ainsi que l'éclat brillant dans les yeux de sa benjamine.

Envieuse, l'accusa la voix secrète.

Elle était injuste, reconnut Eleanor. Elle aurait dû être ravie de voir sa petite sœur. Elle l'était, bien sûr.

— Vivi ! Quelle bonne surprise ! Tout va bien ?

Vivi prit son temps pour répondre. Elle promena tranquillement son regard sur les meubles anciens, les statuettes et autres œuvres d'art mises en valeur par le savant éclairage, les bouquets de fleurs somptueux…

— Quelle cachottière, murmura-t-elle enfin.

— Ça a l'air d'aller, tu as même l'air en pleine forme, répliqua Eleanor d'un ton enjoué.

Une lueur agressive traversa le regard de sa sœur, qu'elle préféra ignorer. Elle se dit même qu'elle l'avait imaginée.

— Tu m'as raconté que cet endroit ressemblait à un vieux tas de ruines, continua Vivi en plissant les yeux. Mais je vois que c'est tout le contraire.

— C'est toi qui as parlé de ruines, fit remarquer Eleanor avec calme. Je ne t'ai pas contredite, c'est tout.

— Je ne t'imaginais pas aussi secrète, Eleanor. Aurais-tu changé de personnalité ?

— Tu ne vas tout de même pas me dire que tu croyais vraiment que le duc de Grovesmoor vivait dans un taudis, vu qu'il représente l'un des meilleurs partis d'Angleterre, répliqua Eleanor avec un sourire forcé.

— Je trouve très curieux que tu aies soudain décidé de me cacher des choses, depuis que tu vis dans un environnement aussi luxueux…

Submergée par une foule d'émotions contradictoires, Eleanor se retint de fermer les yeux.

Une chose était certaine, elle n'avait rien imaginé — il y avait bien de l'agressivité dans l'attitude de sa sœur, et des reproches dans sa voix.

Elle s'ordonna de garder son calme. De rester sereine, envers et contre tout. De regarder la vérité en face. En fait, elle n'était plus elle-même depuis que Hugo l'avait embrassée, la toute première fois. Alors, peut-être Vivi avait-elle raison de lui reprocher de lui avoir caché qu'elle vivait dans le luxe et le confort. Jamais elle ne s'était comportée de cette façon auparavant.

Mais qu'aurais-tu pu avoir à cacher ? Aurais-tu oublié que tu as passé toute ta vie à te préoccuper du sort de Vivi, sans jamais songer au tien ? Alors, forcément, elle n'apprécie pas que, pour une fois, tu aies osé penser à toi, voilà tout.

Peut-être Eleanor n'appréciait-elle pas non plus ce sursaut d'indépendance…

— Si j'ai omis de te dire quelque chose, ce n'était pas dans l'intention de te cacher quoi que ce soit, dit-elle, toujours posément. Je pensais que tu connaissais le genre d'environnement dans lequel j'allais me retrouver. Après tout, c'est toi qui m'as parlé de ce poste, au début.

Vivi secoua la tête, faisant onduler ses longs cheveux aux reflets auburn.

— Je pensais qu'il avait installé la fillette dans un cottage quelconque perdu au milieu de nulle part. Pas dans un manoir somptueux.

Inutile de relever le mépris contenu dans ses paroles. De toute façon, Vivi ne pensait pas vraiment ce qu'elle disait. Elle parlait souvent sans réfléchir, inconsciente du mal qu'elle pouvait faire. Eleanor en avait l'habitude.

Désireuse de dissiper tout malentendu, elle tendit la main pour la poser sur l'épaule de sa sœur, mais celle-ci recula.

— Vivi, qu'est-ce qui ne va pas ?

À sa grande stupeur, elle vit le regard de sa sœur s'embuer.

— Rien ne va ! répondit-elle d'un ton brusque. Le loyer n'a pas été payé. Je ne peux plus utiliser ma carte de crédit, elle est refusée à chaque fois. L'appartement est un vrai taudis. Je ne retrouve plus rien et quand je trouve enfin ce que je cherche, c'est sale et je ne sais pas quoi faire !

— Tu n'as pas payé le loyer ? Et tu as dépensé tout l'argent qu'il y avait sur le compte ?

Non, ce n'était pas vrai, Vivi allait lui dire qu'elle plaisantait, que tout allait bien…

— Mais je t'avais laissé de quoi…

— Ce n'est pas ça le pire, coupa sa sœur. Peter a demandé à Sabrina de devenir sa femme.

Vivi s'interrompit et la regarda en silence, comme si elle s'attendait à ce qu'Eleanor se livre à des protestations horrifiées. Mais comme elle se contenta de battre des cils, sa sœur soupira d'un air exaspéré.

— *Lord* Peter, Eleanor. Réveille-toi ! Le seul homme qui ait réussi à me rendre heureuse depuis une éternité !

Vivi leva la main d'un geste irrité.

— Depuis un mois, plutôt ! Mais peu importe ! Nous étions si proches, lui et moi…

— Depuis que je suis ici, si je comprends bien ?

En dépit du calme qu'elle continuait d'afficher, Eleanor se trouvait en proie à une anxiété sans nom à la pensée qu'en un mois et demi Vivi ait pu dépenser tout l'argent économisé.

— Tout le monde croyait que c'était moi qu'il allait épouser ! se lamenta Vivi. Mais il a choisi *Sabrina*. Cette pimbêche ! Tout est fichu, maintenant.

Elle se mit à faire les cent pas dans le hall.

— Il était temps que je me fasse oublier, poursuivit-elle. Alors j'ai pensé que le mieux à faire était de venir me terrer avec toi durant quelque temps.

— Vivi, dit doucement Eleanor. Qu'est-ce que tu as fait ?

Lorsque sa sœur haussa les épaules, Eleanor réalisa qu'elles se trouvaient au beau milieu du grand hall, à Grovesmoor, et que n'importe qui aurait pu surgir à tout instant. Ou, pire, les entendre.

Cette fois, elle se dirigea vers sa sœur et lui prit fermement le bras.

— Ce n'est pas l'endroit idéal pour parler, dit-elle. Viens.

Tout en entraînant sa sœur dans l'enfilade de couloirs, elle se força à refouler les inquiétudes atroces qui la tourmentaient. Le loyer impayé, la carte de crédit refusée, la ou les bêtises que Vivi avait pu faire pour nuire à son amant et à sa fiancée…

Et puis, sa sœur ne pouvait rester à Grovesmoor. C'était impossible. Eleanor ne la laisserait pas…

Qu'est-ce qu'il lui prenait ? se demanda-t-elle, honteuse de ses pensées. Rien ne lui appartenait, dans cette luxueuse demeure. Aussi personne ne pouvait-il rien lui prendre. Et surtout pas sa sœur adorée.

Elle se le dit, se le répéta farouchement, jusqu'au moment où, au tournant d'un couloir, elle tomba nez à nez avec Hugo et comprenne ce qui passait en elle. Mon Dieu, tous ces mensonges qu'elle s'était racontés pour tenter d'expliquer le chaos qui régnait en elle…

Face à lui, Eleanor fut forcée de s'avouer la vérité. Elle ne voulait pas que Vivi rencontre Hugo. Elle aurait été prête à tout pour l'éviter. Aussi, à présent qu'il se trouvait là, à moins d'un mètre d'elles, une myriade de sombres émotions lui nouaient le ventre. Parce qu'il était trop tard pour éviter cette rencontre.

Vivi reconnut immédiatement Hugo, bien sûr. Son regard se fit plus doux, plus velouté, tandis qu'un petit gloussement langoureux jaillissait de ses lèvres rose framboise et qu'elle creusait les reins pour mettre son buste en valeur, en même temps qu'elle posait une main sur sa hanche.

— J'ignorais que les préceptrices avaient le pouvoir de se multiplier, commença lentement Hugo. Vous m'en voyez stupéfait…

Après avoir dévisagé Vivi de la tête aux pieds, il tourna de nouveau les yeux vers Eleanor, qui ne put s'empêcher de hausser brièvement les sourcils, surprise qu'il ne préfère pas admirer plus longtemps sa sœur.

— Monsieur le duc, dit-elle d'une voix crispée. Permettez-moi de vous présenter ma sœur, Vivi.

— Je vous le permets, répliqua-t-il avec son ironie coutumière. Si vous vous sentez obligée de le faire.

Elle ne put s'empêcher de froncer les sourcils, mais le petit rire séducteur de sa sœur l'empêcha de s'appesantir sur les paroles de Hugo.

— Je suis très honorée de faire votre connaissance, monsieur le duc, dit celle-ci en battant outrageusement des cils.

Eleanor rougit pour elle, mais Vivi semblait ne pas

remarquer que Hugo la contemplait maintenant d'un air franchement moqueur.

— Si vous voulez bien nous excuser, dit-elle, de plus en plus crispée. J'aimerais conduire ma sœur dans ma chambre et retourner auprès de Geraldine.

— Je suis certain qu'elle se débrouille très bien toute seule, répliqua Hugo d'un ton détaché.

— Surveilleriez-vous ses progrès en lecture, monsieur le duc ? J'ignorais que vous preniez une part aussi active à son éducation.

— Je surveille ma comptabilité, répliqua-t-il en soutenant son regard. Par conséquent, je sais que j'ai employé un nombre insensé de préceptrices qui ont touché d'un salaire exorbitant. Quant à Geraldine, elle s'en sort toujours bien, quoi qu'il arrive, ne vous inquiétez pas pour elle.

Vivi se mit à glousser de nouveau, bien qu'il n'y eût rien de drôle dans cet échange. Puis elle s'appuya affectueusement contre Eleanor, mais en souriant à Hugo.

— Pardonnez-lui son attitude, monsieur le duc. Eleanor est toujours terriblement sérieuse. Vous ne serez pas surpris d'apprendre que sa couleur préférée est le gris…

Ce n'était pas bien méchant, tenta de se persuader Eleanor. Elle n'avait aucune raison d'en vouloir à Vivi. Mais elle ne put supporter de l'entendre parler d'elle de ce ton supérieur et protecteur — et aller jusqu'à inventer qu'elle aimait le gris, ce qui était complètement faux !

— Ma couleur préférée n'a jamais été le gris, s'entendit-elle répliquer, à son grand étonnement.

Cela ne servirait à rien de se disputer avec Vivi, mais maintenant qu'elle avait commencé, elle ne put s'empêcher de continuer :

— J'aime beaucoup le rouge, par exemple. Un beau rouge vif et gai. Mais bon, on ne peut pas ressembler tout le temps à un cardinal !

Sa sœur lui décocha un regard surpris et contrarié, qu'elle fit mine d'ignorer.

Quant à Hugo, il l'avait perçu, Eleanor en fut certaine. Mais au fond, pourquoi reprocher à Vivi d'être fascinée et de se conduire de façon ridicule devant lui ? Après la façon dont elle-même s'était comportée avec Hugo, elle n'était vraiment pas en position de lui faire la morale.

Cet homme était la tentation incarnée, point final. Ce jour-là, il arborait son look de rock star internationale. Les cheveux décoiffés qui donnaient envie à Eleanor d'y glisser les doigts. Les yeux sombres où elle se perdait malgré elle. Par ailleurs, il portait un nouveau T-shirt à effet déchiré qui mettait en valeur ses pectoraux parfaits, avec un jean hyper moulant…

Il était d'une beauté scandaleuse, il n'y avait pas d'autre terme. Quant à Vivi, elle voyait surtout en lui un compte en banque ne risquant jamais d'être à découvert, c'était certain.

— Si vous souhaitez porter du rouge, je n'y vois aucun inconvénient, dit-il soudain, pince-sans-rire. J'espère que Mme Redding ne vous a pas induite en erreur sur ce point, mademoiselle Andrews ?

— Que tu es bête ! intervint alors Vivi d'une voix de gorge.

Et en regardant Hugo, alors qu'elle s'adressait à sa sœur, elle ajouta :

— Tu sais bien que le rouge ne te va pas !

Hugo reporta son attention sur Vivi, dieu merci, permettant ainsi à Eleanor de se ressaisir.

Comment avait-elle pu s'imaginer une seule seconde que cet homme somptueux s'intéressait à elle ? Il était attiré par des créatures de rêve, minces, sophistiquées, élégantes. Comme Vivi. Dès que celle-ci entrait dans une pièce, tous les regards mâles convergeaient vers elle.

Tandis qu'Eleanor était destinée à rester dans l'ombre. À faire partie du personnel. Et tout était bien ainsi. Sans doute avait-elle perdu la tête parce qu'elle restait enfermée quasiment toute la journée avec une petite fille de sept ans pour seule compagnie. À force, elle s'était mise à croire aux contes de fées qu'elles lisaient ensemble. Ou plutôt, elle avait été tentée d'y croire.

Dire qu'elle avait laissé Hugo la toucher, la caresser… Lui qui considérait les femmes comme des jouets. Même s'il prétendait que les journalistes mentaient à son sujet.

Par conséquent, pourquoi persistait-elle à se sentir affectée par le comportement de Vivi ? À lui en vouloir ? Parce que, en effet, Eleanor bouillait intérieurement.

— Il faut que vous ameniez votre sœur dîner, mademoiselle Andrews, dit Hugo, les yeux brillant de cet éclat fauve qui l'émerveillait malgré elle. Ce soir, dans mes appartements privés.

— Je m'en réjouis d'avance, monsieur le duc…

Vivi s'interrompit car Hugo s'était déjà détourné et s'éloignait dans le couloir.

— Inutile de lui répondre, fit Eleanor d'un ton brusque.

Avant de s'en vouloir aussitôt, naturellement.

— Ce n'était pas une invitation, mais un ordre, précisa-t-elle.

Lorsqu'elle se remit en chemin, sa sœur la suivit en riant sous cape, mais Eleanor s'interdit de se retourner et refusa de céder à l'émotion obscure qui lui étreignait la poitrine et le ventre.

Une fois arrivée devant la porte de sa suite, elle l'ouvrit toute grande et invita sa sœur à entrer.

Une expression de stupeur émerveillée envahit les traits de Vivi tandis qu'elle regardait autour d'elle. Immobile au milieu du salon, Eleanor la laissa déambuler dans les pièces en poussant des cris d'extase.

— Eh bien dis donc ! De mieux en mieux !

La note ravie colorant la voix de sa sœur l'atteignit en plein cœur. Parce qu'au fond elle se sentait coupable. Et elle savait pourquoi.

Si Vivi avait su dans quel luxe vivait son aînée, elle aurait aussitôt rappliqué à Grovesmoor House, même si elle pensait que le maître des lieux était invisible. Elle aurait tout fait pour le rencontrer et y serait parvenue, Eleanor n'en doutait pas un instant.

— Il te plaît, n'est-ce pas ?

Eleanor tourna vivement les yeux et découvrit sa sœur appuyée de l'épaule à la porte de la salle de bains, l'air songeur.

— Ne sois pas stupide, répliqua-t-elle d'un ton neutre. Hugo Grovesmoor est mon employeur.

Une lueur vive traversa le regard de sa sœur tandis qu'elle secouait lentement la tête.

— Pourquoi m'aurais-tu menti, sinon ?

— Je ne t'ai jamais menti, Vivi. Et tu ne m'as toujours pas dit pourquoi tu étais venue ici.

— Tu me manquais.

Une boule se nicha dans la gorge d'Eleanor. Parce qu'elle aurait aimé que ce soit vrai. Mais savait que ça ne l'était pas.

— Je ne crois pas, répliqua-t-elle avec calme. Tu as déjà survécu à des scandales et fait des découverts, alors qu'y a-t-il de différent, cette fois-ci ?

— Je ne veux pas parler de Londres. On crève d'ennui, là-bas. Tandis qu'ici, dans ce merveilleux manoir, avec Hugo Grovesmoor, tu ne dois vraiment pas t'ennuyer... Et comme par hasard, tu ne m'as pas touché un mot du luxe dans lequel tu vivais. Ni du fait que tu côtoyais le somptueux duc — tous les jours, je parie... Alors si ce n'est pas un mensonge, Eleanor, je ne sais pas ce que c'est !

— Tu m'avais assuré que je ne le croiserais jamais, rétorqua Eleanor.

À présent, elle avait du mal à empêcher sa voix de trembler, remarqua-t-elle, agacée.

— Et je ne voyais aucune raison de te tenir informée de ses agissements, puisque je ne sais jamais ni où ni quand je vais le croiser, de toute façon.

— Tu l'avais déjà vu avant aujourd'hui, en tout cas.

— Oui, en effet. La gouvernante m'a présentée à lui, comme elle le fait avec tout nouveau membre du personnel. Si tu appelles ça *voir* quelqu'un…

À sa grande surprise, Vivi changea de sujet au lieu de contester ses paroles.

— Pourquoi suis-je restée coincée à Londres, à passer mes nuits dans un appartement minuscule, alors que tu menais la grande vie dans un décor grandiose ?

— Aux yeux du duc, cette suite est l'équivalent d'un appartement minuscule, fit remarquer Eleanor avec un sourire forcé.

— Tu vas avoir de gros ennuis, Eleanor, répliqua Vivi.

S'il y avait eu un orage, il était passé. Eleanor retrouvait sa sœur. La jeune femme aux yeux malicieux et au sourire contagieux. Elle la regarda en battant des paupières. Avait-elle bien considéré sa benjamine comme une ennemie quelques instants plus tôt, lui en voulant d'avoir osé venir à Grovesmoor House ? Mon Dieu, comment avait-elle pu descendre aussi bas… Céder à un accès de jalousie stupide et irraisonné vis-à-vis de celle qu'elle chérissait plus que tout au monde !

— Bon, je sais que tu dois travailler, poursuivit joyeusement Vivi. Alors nous tirerons cette affaire au clair plus tard. En attendant, je crois que je vais essayer cette somptueuse baignoire…

Sur ces mots, elle disparut dans la salle de bains en riant. Eleanor regarda la porte se refermer. Il fallait qu'elle se ressaisisse. Qu'elle se rappelle qui elle était avant de venir dans ce domaine isolé, avant de se laisser approcher par Hugo. De le laisser la toucher. La changer.

La transformer en une créature étroite d'esprit et égoïste. Jalouse de sa propre sœur.

C'était terminé, décida-t-elle. Le charme avait été rompu par l'apparition de Vivi. Celle-ci n'aurait jamais dû venir à

Grovesmoor House, mais elle était là. Et, pire encore, elle avait rencontré Hugo.

Ce dernier ne l'avait pas mise dehors, au contraire. Il s'était empressé de l'inviter à dîner. Évidemment.

Mais cela n'avait pas d'importance, se dit Eleanor. Quant à l'émotion qui s'était logée dans son cœur, lui donnant l'impression de saigner intérieurement, ce n'était rien, se répéta-t-elle.

Rien du tout.

Par conséquent, il était grand temps de se réveiller et de se souvenir de la raison qui l'avait amenée dans ce manoir.

Travailler et gagner de l'argent. *Beaucoup* d'argent.

9.

Incapable de fermer l'œil, Hugo avait fini par se relever, s'était rhabillé et errait maintenant dans ses appartements en ne pensant qu'à une seule chose — ou plutôt une seule personne.

Eleanor…

Eleanor, dont son existence semblait désormais dépendre. Il repensa à la désapprobation qu'elle manifestait sans cesse à son égard. À chacune de ses répliques bien senties et totalement irrespectueuses. Aux mots de défi jaillissant de cette bouche qu'il avait goûtée et qui l'obsédait depuis, même s'il avait du mal à le reconnaître.

Cette femme continuerait de le hanter toute sa vie, se dit-il soudain. Pressentiment absurde qu'il chassa aussitôt. Il n'avait jamais été du genre à se soucier de l'avenir.

Cependant, celle qu'il avait cru commencer à connaître avait complètement disparu ce soir-là.

Lorsqu'il était tombé sur les deux sœurs au détour d'un couloir, Eleanor avait fait preuve d'une froideur stupéfiante. La créature piquante à la repartie vive s'était métamorphosée en femme distante, comme si elle cherchait à s'effacer. Et Hugo avait détesté ce changement subit.

C'était la première fois qu'il rencontrait Vivi Andrews, mais il l'avait saisie au premier regard parce qu'il connaissait par cœur ce genre de femme. Ensuite, il lui avait suffi de quelques clics pour tout découvrir sur elle. Comme il s'y attendait, la sœur d'Eleanor était prête à tout pour se faire remarquer par les membres de l'aristocratie les plus en vue. Et plus il en apprenait sur son compte, moins il comprenait Eleanor. Comment pouvait-elle être aussi directe, aussi fiable, alors que Vivi était tout le contraire ?

Et pourquoi — s'il avait bien compris — entretenait-elle sa benjamine ? D'autant plus que Vivi Andrews avait manifestement des goûts de luxe.

Elle avait dévoilé son jeu dès le premier instant, en déployant force battements de cils et regards aguicheurs, comme s'ils se trouvaient dans un club huppé londonien et non dans un manoir du Yorkshire. Et elle avait continué son petit manège durant tout le dîner, Eleanor restant figée et muette à côté d'elle. Sa sœur avait recouru aux moues dont elle semblait être une spécialiste, apparemment convaincue d'être une beauté singulière et unique. Alors qu'en réalité elle n'était qu'un des milliers de clones à l'ambition aussi démesurée que la sienne.

La vraie beauté, c'était son aînée, mais Vivi ne voyait pas les choses de cette façon, évidemment.

Elle lui faisait penser à Isobel, même si elle ne lui ressemblait pas physiquement. L'attention que lui portait Vivi Andrews suscitait chez lui le même genre de réaction que celle d'Isobel autrefois. À son contact, il se sentait envahi par une honte diffuse parce qu'il avait l'impression d'être contaminé par sa convoitise.

C'était d'ailleurs le cas, au fond. Parce que, avec le temps, n'était-il pas devenu exactement l'homme qu'Isobel avait fait de lui ?

Mais Hugo ne s'était pas appesanti sur cette pensée.

— Je suis étonné que vous soyez sœurs, avait-il dit durant ce dîner atroce.

Eleanor s'était évertuée à ressembler le plus possible à une gouvernante du XIXe siècle, arborant un chignon encore plus serré que d'habitude. Et ce n'était pas par hasard qu'elle avait choisi de porter un pantalon et un gilet noirs, avec un chemisier gris, comme si elle était en deuil.

À moins que celui-ci ne soit une allusion ironique aux paroles de sa sœur ? Eleanor la défiait-elle ? Ou — éventualité qui déplut à Hugo — s'agissait-il d'une punition qu'elle s'infligeait ?

Quant à Vivi, elle avait choisi une robe rouge, bien sûr, très chic, moulante, au décolleté plongeant, totalement inappropriée pour ce genre de dîner.

— Ne dites pas de bêtises, monsieur le duc ! avait-elle roucoulé en le regardant droit dans les yeux. Tout le monde nous prend pour des jumelles.

Croyait-elle vraiment qu'il ne saisirait pas ce qu'il y avait de cruel dans ses paroles ? Mais avant qu'il n'ait pu répliquer quoi que ce soit, Eleanor avait laissé échapper un soupir — excédé.

— Personne ne nous a jamais prises pour des jumelles, Vivi, rétorqua-t-elle. Pas une seule fois.

Puis elle avait adressé l'un de ses petits sourires froids à Hugo.

— Ma sœur et moi sommes tout à fait conscientes de nos différences, monsieur le duc. Et nous préférons nous en réjouir.

Vivi avait aussitôt éclaté de rire. Ce qui n'aurait pas dû le surprendre. De toute évidence, elle se croyait drôle et spirituelle, comme ses semblables. Il connaissait bien la chanson. D'autant qu'il se comportait parfois lui-même ainsi.

Mais le pire, ç'avait été lorsqu'elle s'était mise à s'extasier sur la suite *merveilleuse* qui lui avait été attribuée, sur le raffinement *inouï* de la décoration, du confort *extraordinaire* de la salle de bains… Avant d'évoquer soudain son attirance *irrésistible* pour la côte amalfitaine, tandis que Hugo voyait Eleanor se décomposer. Là, devant ses yeux.

Ce constat l'avait rendu nerveux. Puis une émotion plus

sombre, et beaucoup plus pernicieuse, avait pris possession de lui.

Et maintenant, alors qu'il contemplait les portraits de ses ancêtres, il se demandait pourquoi il se laissait atteindre par la détresse de cette femme.

Enfin, il ne se le demandait pas. Il le savait.

Le fait d'écouter Vivi créer de toutes pièces un personnage qu'elle appelait Eleanor — sévère, sans humour, presque simple d'esprit et pas du tout séduisante — et de voir que celle-ci ne contestait pas le portrait que sa sœur brossait d'elle l'avait rendu fou. Mais en même temps, ce phénomène lui était familier.

Isobel avait fait la même chose avec lui.

Il venait de s'arrêter devant l'une des hautes fenêtres de l'immense salle de réception et regardait la pluie fouetter les arbres squelettiques se dressant comme des spectres dans l'obscurité, lorsqu'il entendit un léger bruit derrière lui.

Quand il se retourna, Hugo crut être le jouet d'une hallucination. La vision était trop incroyable pour être réelle.

Mais c'était bien Eleanor qui s'avançait sur le parquet, pieds nus. Elle avait passé un peignoir court, dévoilant ainsi ses jambes, mais ce qui le fascinait le plus, c'étaient ses cheveux enfin dénoués.

Ils tombaient librement sur ses épaules, en une masse soyeuse et chatoyante, lui donnant l'air plus doux. Même la frange, d'habitude stricte et rectiligne, semblait adoucie.

Le désir qui le traversa fut si intense, si fulgurant, qu'il se répéta qu'il rêvait.

Jusqu'à ce qu'elle s'arrête de marcher, tressaille légèrement, puis tourne les yeux vers lui, découvrant seulement sa présence.

— Vous vous cachez dans l'ombre ?

Même sa voix était différente, au cœur de la nuit. Plus douce elle aussi. Semblable à une caresse.

— L'ombre m'appartient autant que cette salle de réception, répliqua-t-il.

Il reconnut à peine sa propre voix. Rauque. Affamée.

— Et puisque je suis le maître des lieux, vous deviez bien savoir que vous risquiez de me rencontrer en vous y aventurant.

Eleanor resta silencieuse. Son beau visage sembla se crisper, comme si elle redoutait de fondre en larmes, éventualité que Hugo ne put supporter. Il lui avait bien dit qu'il ne supportait pas ce genre de chose, que cela le faisait fuir.

Et pourtant, il s'avança vers elle à grands pas, craignant presque que ce ne soit elle qui s'enfuie en courant.

— Pourquoi me regardez-vous ainsi ? demanda-t-elle.

Sa voix le fit frémir au plus profond de son être.

— Vous ne devriez pas laisser votre sœur vous traiter de cette façon, Eleanor.

Il avait prononcé ces paroles d'un ton sévère, pour ne pas céder au désir qui le ravageait.

— Vous ne connaissez pas Vivi, répliqua-t-elle avec un haussement d'épaules. Elle ne pense pas vraiment ce qu'elle dit. Elle parle sans réfléchir.

— Vous vous trompez, dit-il en s'arrêtant à un mètre d'elle.

Au lieu de reculer comme il s'y attendait, elle se contenta de carrer les épaules et de le fixer de cet air de défi qu'il en était venu à guetter avec impatience. Sans pouvoir s'expliquer pourquoi il réagissait ainsi.

— Vous croyez tout ce qu'elle dit ou finirez par le croire tôt ou tard. Alors que le moindre mot qui sort de ses lèvres est infesté de venin.

Eleanor secoua la tête, mais son regard s'était troublé.

— Elle est jeune. Elle changera.

— Pardon ? Elle a combien de moins que vous ? Un an ?

— Vous ne comprenez pas quel genre de personnes elle fréquente. Ils pratiquent la méchanceté comme d'autres font du sport. Quand elle n'essaie pas de les imiter, Vivi est adorable.

— Je connais très bien ce genre de processus, dit

tranquillement Hugo. J'ai déjà entendu des excuses du même style. J'y ai cru moi-même.

— Vous n'avez pas de sœur et, de toute façon, vous ne pouvez pas comprendre. J'ai failli la perdre, en plus de nos parents. Alors, comparé à cela, que représentent quelques paroles en l'air ?

— J'ai eu un ami qui comptait beaucoup pour moi, répliqua-t-il doucement. Nous nous connaissions depuis notre plus tendre enfance, mais cela ne l'a pas empêché de se laisser contaminer par les mêmes paroles venimeuses qui m'ont fait passer pour un démon aux yeux du monde entier. C'est le problème, avec cette haine dont votre sœur semble se complaire. Ça ne part pas. Ça ne s'estompe pas. Ça corrompt et ça pervertit.

— Isobel…

Entendre ce prénom de sa bouche fut désagréable à Hugo. Comme si le simple fait de le prononcer pourrait contaminer celle qui se tenait en face de lui.

— Isobel et moi sommes sortis ensemble — appelons cela ainsi — pendant deux semaines.

Il n'avait pu s'empêcher de prendre un ton amer. De toute façon, que restait-il d'autre que de l'amertume, à présent ? Uniquement les histoires qu'Isobel avait racontées sur lui, son incapacité à lui à les réfuter, et la rancune qu'il vouait à ceux qui avaient choisi d'y croire.

— Deux semaines, c'est tout. Il n'y a eu aucune liaison épisodique perdurant pendant des années. En fait, nous n'avons pas entretenu de liaison à proprement parler. Nous avons vécu deux semaines d'étreintes purement charnelles, à une époque où j'étais trop jeune pour savoir ce que je faisais vraiment. Et puis j'ai rompu avec elle.

Eleanor fouilla son regard, l'air confus.

— Je ne comprends pas.

— C'est normal, je ne le comprends pas moi-même. Isobel

désirait davantage que moi de cette relation et elle n'a pas apprécié que son désir ne soit pas réciproque.

Il ne put réprimer un petit rictus sarcastique.

— Et elle ne voyait pas pourquoi elle aurait dû accepter une réalité qui lui déplaisait. Alors elle s'en est inventé une autre.

— Vous voulez dire que…

Quand elle s'interrompit pour prendre une inspiration profonde, que ses longs cheveux ondulèrent sur ses épaules, Hugo ne put résister au désir de tendre la main pour les effleurer, puis de passer les doigts dans l'épaisse chevelure, aussi douce qu'il l'avait imaginé. Une chaleur bienfaisante en irradiait, semblable à celle du soleil.

Au lieu de laisser retomber son bras, il fit glisser une mèche entre ses doigts. Comme s'il en avait besoin. Comme si ces cheveux soyeux étaient un talisman.

Ou Eleanor elle-même. Tout entière.

— Au début, c'était seulement triste, reprit-il.

Il n'aimait pas parler de cela. Il ne l'avait jamais fait. À quoi bon ? Ils avaient tous tiré leurs propres conclusions.

— Elle s'évertuait à se trouver au même endroit que moi et, comme par magie, une photo de nous s'étalait dans la presse people le lendemain, accompagnée de commentaires spéculant sur l'éventuelle reprise de notre prétendue liaison. Je ne me rendais même pas compte que c'était elle qui avait fait venir les paparazzis ! Mais peu à peu, ce petit jeu a pris un tour nettement plus sinistre.

À quelle réaction s'attendait-il de la part d'Eleanor ? Hugo n'en savait rien. Un refus total de le croire, peut-être. Après tout, Isobel avait été un modèle de bonne volonté, de bienveillance. Tout le monde le répétait. Elle avait irradié de lumière et de bonté, la seule chose étrange qu'elle eût jamais faite de sa vie — aux dires de la presse qu'elle manipulait constamment — ayant été de tenter d'apprivoiser un monstre comme lui.

Mais Eleanor demeurait silencieuse. Le regard rivé au sien, elle semblait disposée à écouter la suite.

Une sensation aiguë se propagea dans la poitrine de Hugo, indéfinissable. Personne n'avait jamais eu cette politesse envers lui.

— Au fil du temps, Isobel a perdu tout sens de la mesure. Elle avait réussi à séduire Torquil, bien entendu, mais cela ne lui suffisait pas. Parce qu'elle savait que cela ne m'atteindrait pas. Je me fichais complètement que Torquil ait envie d'elle et devienne son amant, et elle ne pouvait supporter mon indifférence. C'est seulement lorsqu'elle est parvenue à convaincre mon ami, qui me connaissait depuis toujours, que je m'étais montré violent avec elle, que j'ai compris que son véritable but était de me nuire. De toutes les façons possibles et imaginables.

— Si elle vous était complètement indifférente, dit Eleanor, et que vous n'étiez pas impliqué avec elle comme elle l'a prétendu, comment a-t-elle pu vous nuire ?

Elle s'interrompit un instant, puis sembla se raviser.

— La trahison de votre ami a dû vous blesser, naturellement.

— Il arrive parfois qu'une femme se mette entre deux amis, répliqua Hugo. Non, franchement, cela ne m'inquiétait pas. Je pensais que Torquil finirait par la quitter, qu'il se lasserait de ses continuelles manigances.

— J'ignore l'effet que cela peut faire de voir des mensonges étalés dans la presse à mon sujet, mais…

— Mon père ne s'en est pas remis.

Mon père. Ces deux mots restèrent suspendus dans l'atmosphère. Cette horrible vérité qu'il n'aurait jamais imaginé exprimer à voix haute devant quelqu'un d'autre qu'Isobel, comme il l'avait fait une seule et unique fois.

— Il n'avait que moi, poursuivit-il avec effort.

Hugo se sentait en proie à un malaise inouï qui menaçait de le terrasser, de le réduire en miettes.

— Et je l'ai cruellement déçu.

Une belle lueur dorée éclaira le regard d'Eleanor.

— Je suis certaine que vous vous trompez, murmura-t-elle.

— Non, je ne me trompe pas. Il me l'a dit lui-même.

À cet instant, il renonça à lutter contre la sensation qui lui serrait la poitrine.

— Mon père s'était préparé à tolérer un certain nombre d'égarements de ma part ; il avait été jeune lui aussi, avant de devenir un homme respecté de tous. Il était convaincu qu'« il fallait que jeunesse se passe », comme dit le proverbe. Mais il s'attendait naturellement à voir son fils renoncer à tout excès indigne d'un duc de Grovesmoor. Durant mes années d'université ou peu après. Or j'ai rencontré Isobel deux ans après être sorti de Cambridge, alors que j'en étais encore à faire les quatre cents coups. Et elle a commencé sa campagne deux semaines plus tard.

— Votre père n'a pas cru les ragots colportés par les tabloïds ?

— Bien sûr que non. Il ne se serait jamais abaissé à lire ce genre de torchon. Mais Isobel s'était débrouillée pour que des bribes de ses soi-disant confidences soient publiées çà et là dans des magazines plus respectables, dans lesquels je suis apparu sous les traits d'un salaud minable, voire répugnant. Et c'est rapidement en ces termes que l'on s'est mis à parler de moi dans le genre de presse que lisait mon père. Il se l'est pris en pleine figure. Chez lui.

— Comment peut-on faire une chose aussi horrible ? demanda Eleanor en plissant le front d'un air indigné. Et pourquoi votre père aurait-il cru à de telles calomnies, destinées de toute évidence à nuire à son propre fils ?

Bonne question. Que Hugo aurait aimé poser à son père.

— Les rumeurs font parfois plus de mal que des faits, dit-il. La plupart du temps, ceux-ci peuvent être prouvés ou réfutés, tandis qu'une rumeur peut s'installer et persister. Et tôt ou tard, quoi que vous fassiez, vous comprenez que vous vivez avec, dedans. Contre votre gré.

— Vous n'avez vraiment rien pu faire ? insista-t-elle en secouant la tête. Vous n'avez pas pu dire la vérité ?

— C'est cela le problème, avec ce type de rumeur, Eleanor. Elles sont plus crédibles que la vérité. Mon père était un homme du monde, il avait frôlé le scandale à plusieurs reprises autrefois. Il ne pouvait concevoir qu'une fille aussi ravissante qu'Isobel — qui aurait pu avoir tous les hommes qu'elle désirait — puisse perdre son temps à feindre d'avoir une liaison avec le seul homme ne voulant pas d'elle. Et je crois que vous admettrez aisément que tout le monde ait pu penser la même chose que lui.

— Mais vous pouviez prouver qu'elle mentait, non ?

— Comment ? « Il n'y a pas de fumée sans feu », n'est-ce pas ? Et plus le feu brûle, plus les gens croient que vous avez forcément contribué à l'allumer, car sinon vous auriez tout fait pour l'éteindre. Mais Isobel était bien déterminée à ne jamais le laisser s'éteindre.

Hugo repensa à cet horrible après-midi passé sous le soleil éclatant de Santa Barbara. À la façon dont Isobel lui avait souri.

« Tu seras toujours à moi, Hugo. Toujours. Où que tu ailles, quoi que tu fasses, personne ne te verra jamais sans penser à moi. »

— Et ensuite, il y a eu Geraldine.

— Elle n'est pour rien dans tout cela, répliqua Eleanor d'un ton farouche.

— Naturellement. Je ne lui en veux pas, en aucune façon.

— Mais…

— Mais je me fiche que les gens pensent le contraire, acheva-t-il à sa place. Avant l'apparition de Geraldine, il y a eu Isobel et sa grossesse. Et croyez-moi, elle s'en est servie comme d'une arme redoutable.

Cette fois, Hugo serra les poings.

— Elle a dit à mon père que l'enfant était de moi.

— Elle vous avait quitté. Elle avait épousé votre ami. Comment cet enfant aurait-il pu être de vous ?

— Elle ne m'avait pas quitté, soi-disant.

Réalisant que sa voix avait ressemblé à un grondement, il se força à se ressaisir.

— Nous ne nous voyions jamais, mais elle a raconté à mon père que nous nous étions fréquentés secrètement. Ensuite, elle a dit que je refusais d'assumer mes responsabilités et que je lui avais demandé de se faire avorter. Que j'étais, en résumé, le parfait salaud, le monstre insensible dont elle avait brossé le portrait dans la presse à scandale, en recourant à des rumeurs sordides.

— Vous auriez dû exiger de faire effectuer un test de paternité, afin de prouver que vous n'étiez pas le géniteur.

— C'est ce que j'ai fait, mais mon père est décédé avant que je puisse lui montrer la preuve irréfutable de mon innocence. Il avait fait un infarctus peu après les prétendues confidences d'Isobel. Les médecins peuvent dire tout ce qu'ils veulent pour expliquer sa mort, je reste certain que c'est le choc qui l'a tué.

Hugo réalisa soudain qu'il avait oublié qu'ils se tenaient immobiles au milieu de l'immense salle de réception, à moins d'un mètre l'un de l'autre. Comme si plus rien d'autre n'existait qu'eux deux.

Il lui révélait la vérité concernant l'homme le plus détesté d'Angleterre *et elle le croyait.*

Soudain, Eleanor leva les bras et posa les paumes sur son torse, à l'endroit même où son cœur saignait encore.

— Je suis tellement désolée, Hugo, murmura-t-elle. J'ai honte de dire que j'ai cru moi aussi à ces histoires.

À ces mots, il sentit un mélange d'amertume et de douce chaleur lui envahir la poitrine. Doucement, il referma la main sur celle qu'Eleanor avait posée sur son cœur.

— Sais-tu que tu es la seule personne que j'aie jamais

rencontrée qui se soit excusée ? Alors que tu es par ailleurs la seule à ne pas m'avoir fait le moindre mal.

Quand elle se mordit la lèvre, un courant brûlant le traversa de part en part, auquel il ne pourrait pas résister longtemps.

— J'ai été stupide, répliqua-t-elle. J'ai réagi comme si je te connaissais et que les histoires que j'avais lues à ton sujet renfermaient la vérité, alors que c'était impossible. Rien n'est jamais noir ou blanc, dans la vie. Il n'y a ni bons ni méchants, seulement des individus.

— Peut-être. Mais il y a aussi beaucoup d'Isobel, sur terre. Des gens qui s'en prennent à d'autres parce qu'ils en ont le pouvoir. Cela leur procure du plaisir. Et ta sœur en fait partie, Eleanor.

Elle essaya de dégager sa main, mais Hugo la tenait fermement dans la sienne.

— Tu ne comprends pas, dit-elle vivement.

— Mais si, murmura-t-il en se rapprochant d'elle. Ce soir tu es pieds nus, tu as dénoué tes cheveux, tu n'es plus que douceur féminine et beauté…

— Je ne m'attendais pas à croiser quiconque, sinon je me…

Levant sa main libre, il lui passa le bout des doigts sur les lèvres et sourit en voyant le petit pli creuser son beau front lisse.

Il découvrait des sensations insoupçonnées jusqu'alors.

— Eleanor, qui t'a dit que ce n'était pas bien d'être féminine et douce ?

— Personne, répondit-elle, son souffle tiède lui caressant les doigts. Mais moi, je ne suis ni féminine ni douce et tu es cruel de faire comme si tu ne le voyais pas, maintenant que tu as rencontré Vivi. C'est elle, la beauté. Pas moi.

— Ta sœur est jolie, c'est vrai. D'une façon qui plaît à un type d'homme bien précis. Tandis que toi…

Il lui caressa la joue, descendit sur son cou.

— Toi, tu es une vraie beauté, ma douce. Comment

peux-tu ne pas t'en rendre compte ? Entre toi et ta sœur, il n'y a pas de comparaison.

Ses yeux noisette s'embuèrent, sa bouche trembla.

— Tu n'as pas besoin de me mentir…

Incapable de trouver les mots susceptibles de la convaincre de sa sincérité, de lui faire comprendre qu'elle était la première à lui donner l'impression d'être meilleur qu'il n'en était venu à se croire lui-même, de lui expliquer que grâce à elle, il se sentait capable de changer, Hugo fit ce qu'il brûlait de faire depuis l'instant où il l'avait aperçue, pieds nus et les cheveux dénoués.

Il l'embrassa.

10.

Eleanor avait l'impression de rêver.

En même temps, elle se disait qu'elle avait tort de s'abandonner ainsi à ce qui ressemblait un peu trop à un conte de fées, là, dans cette somptueuse salle de bal…

Mais la bouche qui dévorait la sienne provoquait en elle des sensations si délicieuses qu'elle ne parvenait pas à penser à autre chose. Elle ne le souhaitait même pas. Ni songer au fait qu'elle s'était peu souciée de sa sœur ce soir-là, qu'elle avait fait preuve d'égoïsme et de mesquinerie.

Alors qu'elle aurait dû repousser Hugo de toutes ses forces et s'enfuir en courant. Rejoindre la chambre qu'elle avait quittée après s'être tournée et retournée dans son lit pendant des heures. Eleanor savait que sa tenue était tout à fait impropre à une préceptrice ou même à une invitée qui se serait aventurée hors de sa suite au beau milieu de la nuit pour errer dans le manoir comme un maraudeur.

Après le dîner, un mélange de témérité et de désespoir l'avait poussée à faire *quelque chose* pour se débarrasser de la souffrance qu'elle contenait en elle depuis si longtemps. Aussi s'était-elle persuadée que ce serait une excellente idée d'aller déambuler dans les couloirs déserts de Groves House. Sans se soucier d'être à moitié vêtue, les cheveux dénoués et les pieds nus.

Avait-elle désiré en secret rencontrer Hugo ?

Peu importait. Seul comptait ce rêve merveilleux qu'elle vivait tout éveillée avec lui.

Il l'embrassait à pleine bouche, encore et encore, tandis que ses mains chaudes glissaient sur son dos, se refermaient sur ses hanches pour la presser contre son corps viril.

— Je te désire comme un fou, murmura-t-il soudain en écartant légèrement ses lèvres des siennes. Je n'y peux rien, c'est plus fort que moi.

Lorsqu'il la souleva dans ses bras, elle aurait dû protester. Cela n'aurait jamais dû se produire. Elle était son employée.

Et lui son employeur. Hugo Grovesmoor. Mais, alors que Vivi se trouvait là, au manoir, il ne l'avait pas choisie. Il avait choisi Eleanor. Il lui avait dit qu'elle était belle et l'avait embrassée — après avoir rencontré Vivi, qui s'était littéralement jetée à sa tête. Sans succès.

Pour la première fois de sa vie, Eleanor avait été préférée à sa ravissante sœur. Alors, comment aurait-elle pu résister à ce rêve insensé qu'elle avait l'occasion de vivre ?

Tandis que Hugo traversait le manoir en la portant dans ses bras, elle perdit toute notion du temps. La nuit pouvait durer éternellement. Et quand il gravit les marches conduisant à ses appartements privés, elle céda à l'ivresse qui la possédait et posa la tête au creux de son épaule.

Cette fois, il ne l'emmena pas dans sa bibliothèque, ni dans la salle à manger où ils avaient passé une soirée durant laquelle Eleanor s'était sentie totalement inexistante. Il continua son chemin et poussa une double porte située au fond d'un long couloir.

Eleanor eut une impression de magnificence rendue par le mobilier sobre et élégant, le bois sombres, les tableaux d'une taille impressionnante, le tapis somptueux. La haute cheminée de pierre donnait un petit côté médiéval au vaste salon.

Mais Hugo continua d'avancer. Vers sa chambre, songea-t-elle, le cœur battant à tout rompre.

Quand ils s'y retrouvèrent, il s'arrêta à côté d'un lit immense trônant au milieu de la pièce.

Il s'était couché et relevé, réalisa Eleanor lorsqu'il l'allongea doucement sur le drap blanc, avec une délicatesse et un respect qui la firent tressaillir au plus profond d'elle-même.

Jamais personne ne l'avait traitée ainsi. Hormis ses parents, bien sûr. Mais son enfance et son adolescence lui paraissaient si loin, désormais, qu'elle n'y pensait plus. Eleanor ne songeait maintenant qu'à ceux dont elle avait dû s'occuper depuis leur disparition. À sa sœur.

Hugo la contempla en silence, les yeux luisant d'un éclat sauvage et, sous son regard, elle eut soudain l'impression d'être le genre de personne qu'elle n'avait jamais été. Insouciante et légère. Désinvolte et aérienne. Charmante, attirante. D'être une vraie femme.

— Je pourrais te dire que je ne mords pas, commença-t-il avec un petit sourire moqueur.

Elle sentit celui-ci s'immiscer partout en elle, jusqu'au plus intime de son corps.

— Mais ce serait un mensonge, ma douce.

— Je n'ai pas peur de toi, réussit-elle à répliquer.

Une lueur malicieuse pétilla au fond du regard de Hugo.

— Non, je sais. Et c'est entre autres pour cette raison que tu me fascines autant.

Il s'interrompit un instant en scrutant ses traits.

— Mais tu me regardes néanmoins comme si tu t'attendais à être dévorée toute crue.

— Oui, c'est vrai…, murmura-t-elle.

Un halètement franchit les lèvres de Hugo. Ou peut-être était-ce un rire contenu. En tout cas, il traversa Eleanor comme un courant brûlant.

— Tu causeras ma perte…

Puis il se pencha au-dessus d'elle et lui passa un bras sous la taille pour la pousser doucement au milieu du lit. Ensuite, alors qu'Eleanor le regardait faire en retenant son souffle, il s'allongea sur elle et glissa ses longues jambes musclées entre les siennes.

— Respire, dit-il avec humour. Je n'ai encore tué aucune vierge.

Eleanor adora le fait qu'il ait compris. Qu'elle ne soit pas obligée de se livrer à une longue et fastidieuse confession. De donner des explications, comme elle l'avait imaginé les quelques fois où elle croyait encore pouvoir se donner à un homme et redoutait d'avoir à se justifier.

Or Hugo semblait se ficher éperdument qu'elle soit encore vierge à vingt-sept ans. La seule chose qui paraissait lui importer étant le désir qui le consumait. Pour elle. Eleanor.

— Arrête de te torturer l'esprit, ma douce, dit-il soudain en penchant la tête.

— Facile à dire…

Elle le sentit sourire dans son cou.

— C'est très simple, tu verras…

Puis il pencha de nouveau la tête et l'embrassa, et Eleanor ne pensa plus à rien d'autre qu'à l'ivresse qu'il avait le don de provoquer en elle.

Après avoir laissé glisser la main sur sa gorge, il s'aventura sur son corps, effleurant ses seins, son ventre, ses hanches et son pubis à travers l'étoffe. Il descendit sur ses cuisses, ses genoux…

Eleanor ne put s'empêcher d'onduler sous ses caresses, ni de laisser échapper des petites plaintes ravies.

Avec la même lenteur, il la débarrassa alors de son peignoir et de sa fine chemise de nuit, avant de reprendre son ensorcelante exploration.

Mais cette fois, il utilisa sa bouche en plus de ses mains. Et lorsqu'il prit tour à tour les mamelons durcis entre ses lèvres, les aspira goulûment, Eleanor se mit à gémir sans plus aucune retenue. Il jouait avec elle, lui faisant creuser les reins pour mieux s'offrir à ses savantes caresses. Il la fit crier de plaisir, encore et encore, jusqu'à ce qu'elle ne soit plus que désir.

Ensuite, il se laissa glisser le long de son corps et appuya les lèvres à l'endroit le plus intime, le plus secret…

À cet instant, tout chavira. En elle et autour d'elle. Il la caressa avec sa langue, sa bouche, ses doigts, faisant naître en elle des sensations dont elle n'aurait jamais soupçonné l'existence.

Et lorsqu'elle sentit la houle monter, elle se laissa emporter par les vagues de plus en plus hautes, avant de s'envoler dans la jouissance.

Quand elle rouvrit les yeux, Eleanor réalisa que Hugo s'était déshabillé.

— Tu t'es montrée particulièrement douée, ma douce, dit-il en plongeant son regard incandescent dans le sien. Je n'ai même pas eu besoin de te donner des conseils pour retenir le plaisir…

Elle soutint son regard en rosissant à peine, ce qui l'enchanta. Lui aussi, apparemment, à en juger par son sourire dévastateur.

— Tu me tues, Eleanor, dit-il d'une voix rauque.

— Je… C'était tellement…

— Oui, ma douce. Et ça va être encore meilleur, crois-moi.

Gagnée par une audace inconnue, Eleanor glissa la main entre leurs deux corps et referma la main sur son impressionnante érection, tandis que Hugo laissait échapper un son étrange, mi-soupir mi-gémissement. Un tel éclat irradiait de son regard qu'elle écarta la main.

— Excuse-moi, murmura-t-elle. Je… Je ne voulais pas te faire de mal.

— Tu ne m'as fait aucun mal, je t'assure, répliqua-t-il d'une voix rauque. Mais gardons cela pour plus tard.

Eleanor tressaillit en songeant que l'homme superbe allongé sur elle allait lui faire l'amour. Son corps sculpté à la perfection épousait le sien et le membre viril à la peau soyeuse entrerait bientôt en elle…

Comme s'il avait deviné ses pensées, Hugo la pénétra. À

peine. Puis il se mit à bouger, donnant de légers coups de reins. La sensation était vive, intense, mais pas douloureuse. Aiguë et profonde à la fois.

— C'est douloureux ? demanda-t-il d'une voix rauque.

Eleanor souleva les hanches pour mieux sentir la sensation inconnue. Une chaleur diffuse naquit en elle, avant de se déployer en spirale et de se propager dans tout son corps.

— *Très*, chuchota-t-elle dans un sourire.

Hugo sourit, puis se remit à bouger. Petit à petit, il instaura un rythme régulier, tandis qu'Eleanor refermait les jambes autour de ses hanches pour mieux l'accueillir.

Soudain, elle eut l'impression de s'ouvrir totalement. À lui. Hugo le sentit et s'enfonça en elle avec une plainte rauque. Leurs deux corps dansaient ensemble, dans une harmonie parfaite. Ils partageaient le même désir, la même faim.

Soudain, Eleanor se prit à imaginer que Hugo, duc de Grovesmoor, pût avoir besoin d'elle. Autant qu'elle avait besoin de lui. Que, même s'il pouvait avoir toutes les femmes qu'il voulait, il était attiré par elle, Eleanor Andrews, pour ce qu'elle était vraiment.

Ensemble, ils formaient un tout unique et singulier.

Elle y crut, de tout son cœur. Et lorsqu'elle s'envola pour le septième ciel, où Hugo la suivit en criant son nom, elle eut l'impression de découvrir ce que c'était que d'aimer.

11.

L'aube allait se lever lorsque Eleanor se glissa hors du lit et posa les pieds sur l'épais tapis.

En l'espace d'une seule nuit, elle avait découvert une foule de choses sur le plaisir.

Des choses insensées, sauvages et merveilleuses dont le simple souvenir la faisait frissonner de volupté.

Elle avait mal partout, réalisa-t-elle soudain. Dans les endroits les plus secrets de son corps. Repensant aux positions incroyables dans lesquelles ils avaient fait l'amour, elle se dit qu'elle devrait avoir honte de l'audace et de l'abandon dont elle avait fait preuve.

Plus tard, peut-être. Lorsqu'elle commencerait à oublier les sensations brûlantes éprouvées au cours de cette nuit fabuleuse. Pour l'instant, elle ne regrettait absolument rien.

Après avoir ramassé son peignoir, Eleanor le renfila en s'efforçant de ne pas penser à la façon dont Hugo le lui avait ôté. Puis, se retournant, elle le regarda, étendu en travers du lit immense, et frémit. Elle avait goûté ce corps magnifique, l'avait exploré, embrassé… Elle avait caressé l'impressionnante érection, l'avait prise dans sa bouche. Hugo lui avait appris à lui procurer du plaisir et elle s'était montrée très bonne élève. Ils avaient joui tous les deux, encore et encore…

Comment avait-elle pu se métamorphoser ainsi en une créature affamée et audacieuse ? Peu importait, du moment qu'elle vivait ces instants torrides avec Hugo.

Endormi, il semblait plus inoffensif. Allongé ainsi sur le

ventre, les bras écartés, il paraissait presque innocent. Plus d'ironie ni de ton moqueur. Plus aucune trace du monstre le plus hideux d'Angleterre qu'il passait pour être aux yeux de tous.

Mais pas à ceux d'Eleanor.

Se forçant à se détourner, elle s'avança vers la porte et sortit de la chambre. Parce que, même si elle brûlait de retourner se coucher, de se blottir dans la chaleur virile de Hugo, elle était venue à Grovesmoor pour travailler et une petite fille avait besoin d'elle.

En outre, elle refusait de faire partie de ces femmes stupides qui peuplaient les romans ou les films. Celles qui tombaient folles amoureuses du premier homme s'intéressant à elles et sombraient dans le ridicule.

Elle ne pouvait pas nier qu'elle-même était bel et bien tombée amoureuse de Hugo, mais elle ferait tout pour garder la tête froide et ne pas se conduire comme une idiote.

Heureuse de n'avoir rencontré personne en chemin, Eleanor poussa la porte de sa suite, pressée d'aller prendre un bon bain chaud.

— Où étais-tu ?

Elle tressaillit au son de la voix familière et resta figée sur place. Elle n'avait aucune raison de culpabiliser, se dit-elle résolument.

Mais elle se sentit néanmoins coupable lorsqu'elle tourna la tête et vit sa sœur immobile sur le seuil de sa chambre, les bras croisés et une drôle d'expression sur les traits.

Durant un instant, elles se dévisagèrent en silence.

— Parfois, j'ai du mal à dormir, commença Eleanor, le plus dignement possible. Alors je vais marcher dans les couloirs, en espérant que la fatigue finira par l'emporter.

Vivi laissa échapper un petit rire condescendant.

— Tu ne crois quand même pas que je vais gober ça, j'espère ? Je suis ta sœur, pas ton élève de sept ans.

— Qu'est-ce que tu fais ici, Vivi ? répliqua doucement

Eleanor. Les suites réservées aux invités sont situées à l'autre extrémité du manoir.

Les lèvres pincées, le regard dur, sa sœur la toisa un instant avant de répondre.

— Je voulais te voir pour bavarder un peu, figure-toi. Et tu n'étais pas là. Alors, je t'ai attendue, pendant des heures.

— Tu voulais bavarder avec moi au beau milieu de la nuit ? Tu pensais que je ne dormirais pas ? Ou tu avais l'intention de me réveiller, alors que je dois me lever tôt pour travailler ?

En d'autres termes, Vivi la croyait à sa disposition. Elle repensa aux paroles de Hugo et un goût amer lui monta aux lèvres.

Cependant, elle était en partie responsable de l'attitude de sa sœur, reconnut Eleanor en son for intérieur. Parce qu'elle avait toujours fait en sorte que Vivi ait besoin d'elle. Parce que le sort pouvait se montrer cruel et que l'on pouvait perdre des êtres aimés du jour au lendemain. Alors mieux valait se rendre utile. Indispensable. Pour se sentir vivante.

Mais elle ne s'était jamais sentie aussi vivante que dans les bras de Hugo. Il l'avait réveillée d'un long sommeil.

— Tu crois que je ne sais pas d'où tu viens ? demanda sa sœur d'une voix étrange. Comment as-tu pu faire ça ?

— Je ne sais pas ce que tu imagines que j'aie pu faire, rétorqua Eleanor en redressant les épaules. Mais tu…

— Après tout le mal que je me suis donné pour nous, coupa Vivi. Tu ne peux même pas me dire la vérité !

— Tu es injuste, je trouve.

— Si tu vivais quelque chose avec le duc, tu aurais dû me le dire : cela m'aurait évité de me ridiculiser durant le dîner.

Elle secoua la tête avant de poursuivre :

— Aviez-vous mis au point cette petite soirée pour vous amuser à mes dépens, toi et ton cher aristocrate ?

C'était si injuste, si absurde qu'Eleanor faillit serrer les poings.

— Tu te trompes, Vivi, dit-elle d'une voix légèrement tremblante.

La colère qu'elle avait toujours contenue grondait en elle. Eleanor avait toujours feint d'être insensible, de ne pas être atteinte par quoi que ce soit. Mais soudain, elle ne pouvait plus supporter les reproches de sa sœur.

— Et nous savons toutes les deux que tu inverses les rôles, reprit-elle plus fermement. Je travaille à Grovesmoor House alors que, toi, tu y es en vacances. Nous avons décidé il y a longtemps que tu épouserais un riche parti et tout ce que tu as fait depuis, c'est sortir avec tes amis fortunés et dépenser l'argent que je gagne.

Ses paroles semblèrent flotter entre elles. Elle aurait sans doute dû s'excuser, s'aplatir. Mais Eleanor n'en fit rien. Elle aurait dû réagir des années plus tôt, au lieu de se mordre la langue — comme elle l'avait fait souvent, au sens littéral du terme.

— C'est pour cela qu'on le traite de monstre, dit Vivi d'une voix suave. Tu le sais, non ? Il détruit tout ce qu'il touche. Même nous — tu vois ?

Subitement, Eleanor en eut assez de cette conversation. Elle n'avait pas à se justifier ni à expliquer quoi que ce soit à sa sœur. Ni à écouter ses insinuations perfides.

— Je n'ai pas à répondre à un interrogatoire, Vivi, dit-elle d'un ton neutre. Et je travaille dans quelques heures.

— Tu ne penses tout de même pas…

— Est-ce que je te demande de me rendre des comptes ? l'interrompit Eleanor en s'avançant vers elle. J'ai toujours choisi de croire que, tout ce que tu faisais, tu le faisais en songeant à nos intérêts. Alors je ne comprends pas pourquoi tu ne peux pas me rendre la politesse.

Elle passa devant sa sœur, s'attendant à ce que celle-ci la retienne par le bras, mais Vivi se contenta de la dévisager en silence, le regard indéchiffrable.

Une fois dans la salle de bains, Eleanor ouvrit tranquillement à sa sœur, comme si rien ne s'était passé. Comme si elle était la même que la veille. Comme si elle n'avait pas passé la nuit avec Hugo.

— Il te détruira, dit Vivi derrière elle. C'est tout ce qu'il est capable de faire.

Après avoir vérifié la température de l'eau, Eleanor se redressa lentement. Elle aurait pu répliquer tant de choses. Faire remarquer à sa sœur que, pour venir dîner avec Hugo, elle n'avait pas craint de s'habiller de façon à essuyer quelques coups de griffe du redoutable monstre, par exemple. Au lieu de cela, elle se retourna et retraversa la salle de bains en souriant à Vivi.

— Serais-tu inquiète pour moi ? demanda-t-elle avec calme. Ou s'agit-il d'autre chose ?

Sa sœur rougit. Son regard s'étrécit.

— Bien sûr que je m'inquiète pour toi. Que veux-tu que ce soit d'autre ?

— Je n'en sais rien.

— Je ne suis pas jalouse de toi, Eleanor, si c'est cela que tu veux dire.

— Jamais de la vie ! ironisa-t-elle.

— Si je te parle comme ça, c'est parce que je sais ce que valent des individus comme Hugo Grovesmoor. Pas toi. J'ai passé des années à fréquenter ce genre de types pendant que tu…

— Oui, coupa Eleanor. Pendant que je me fondais dans le décor.

Quand elle vit une lueur de pitié traverser le regard de sa sœur, quelque chose se glaça en elle.

— Si ta vie ne te plaît pas, tu devrais en changer, dit tranquillement Vivi. Je t'aiderai. Mais Hugo Grovesmoor ne t'apportera aucun changement, Eleanor. Je comprends très bien que tu aies craqué pour lui et que tu te sois précipitée dans son lit, mais je ne crois pas que tu sois prête à supporter les dégâts qu'un homme comme lui risque de te causer.

— Je t'aime énormément, Vivi, répliqua Eleanor en s'ordonnant de ne pas flancher.

Parce qu'elle n'y connaissait rien en matière d'hommes, en effet. Alors, pourquoi était-elle aussi certaine d'avoir raison et d'être persuadée que Vivi se trompait ?

— Tu le sais, continua-t-elle en soutenant le regard de sa sœur. Mais je dois me préparer pour ma journée.

— Moi aussi je t'aime énormément, riposta Vivi. Et ne t'inquiète pas, je vais te le prouver. Je m'occuperai de toi. Comme j'ai toujours dit que je le ferais.

Eleanor la regarda tourner les talons en se demandant ce que sa sœur avait bien pu vouloir dire. En fait, elle ne désirait pas le savoir, décida-t-elle en refermant la porte de la salle de bains.

La matinée se passa tranquillement. Geraldine travailla avec application, comme d'habitude, et ensuite elles discutèrent de ce qu'elle ferait durant ses petites vacances. Six semaines s'étaient en effet écoulées depuis l'arrivée d'Eleanor et, comme prévu dans le contrat, elle avait droit à un congé.

Elles parlèrent aussi des livres que lisait Geraldine, notamment des aventures du chien Pono, son héros préféré.

Plus tard, alors qu'elle quittait la bibliothèque, Eleanor se dit qu'elle était soulagée que Hugo ne soit pas passé les voir. Après leur nuit passionnée, elle avait besoin d'un peu de temps pour se ressaisir.

Tout va bien, se répéta-t-elle en montant l'escalier permettant d'accéder à sa suite. *Parfaitement bien. Comme avant.*

Mais lorsqu'elle pénétra dans son salon, elle y trouva de nouveau Vivi qui l'attendait.

— Tu devrais te faire installer un lit ici, dit Eleanor en haussant les sourcils.

— Et toi, tu devrais commencer à préparer tes bagages, répliqua sa sœur. Il faut que nous partions ce soir.

Eleanor se laissa tomber dans un fauteuil.

— Je ne vois pas pourquoi. Rien ne presse et je n'avais pas l'intention de partir forcément aujourd'hui, de toute façon.

— Tu ne comprends pas, Eleanor.

Une lueur excitée brillait au fond de son regard, comme lorsqu'elle manigançait un truc un peu tordu.

— Tu ne *dois* plus être ici, demain matin.

Un soupir las échappa à Eleanor. Elle se sentait fatiguée, tout à coup. Pas étonnant, vu qu'elle avait dû dormir environ un quart d'heure la nuit passée…

— Vivi, je ne…

— J'étais sincère, quand je t'ai dit que je m'occuperais de toi, l'interrompit sa sœur. Certains journalistes sont si avides d'apprendre quelque chose de croustillant sur Hugo Grovesmoor qu'ils sont prêts à avaler n'importe quelle salade sur son compte — et à payer une petite fortune en échange de la moindre info, même fausse. Ce qui veut dire qu'ils donnent le double pour une vraie.

Eleanor dévisagea sa sœur en écarquillant les yeux.

— Non, dit-elle après avoir dégluti avec effort. C'est hors de question, Vivi ! Et puis, j'ai signé une clause de confidentialité, alors je ne pourrais pas leur vendre quoi que ce soit.

— *Tu* ne peux pas, rétorqua sa sœur d'une voix soudain plus dure. Mais moi, si. Cela fait une éternité que Hugo n'a pas défrayé la chronique. Tout le monde s'est fatigué des rumeurs qui ont couru sur les mauvais traitements qu'il infligeait à sa pauvre pupille. Par conséquent, une petite partie de jambes en l'air avec la nouvelle préceptrice est exactement ce qu'il leur faut, non ?

À ces mots, Eleanor bondit de son fauteuil.

— Je t'interdis !

Elle reconnut à peine sa propre voix. Sidérée, elle se

rendit compte qu'elle foudroyait Vivi du regard en serrant les poings.

Mais son attitude ne semblait nullement impressionner celle-ci, qui la contemplait de nouveau de cet insupportable air de pitié.

— Je me doutais que tu réagirais comme ça, laissa-t-elle tomber du bout des lèvres.

— Et tu ne t'étais pas trompée.

— C'est pour cela que je ne t'ai pas demandé ton avis, répliqua Vivi d'un ton hautain. C'est fait, Eleanor. Nous aurons bientôt cinq cent mille livres sur notre compte ! Nos ennuis sont terminés ! Et ma petite histoire sera publiée demain…

S'interrompant un instant, elle embrassa la pièce du regard, tandis qu'Eleanor songeait qu'elle avait bien fait de ne pas trop s'attacher à sa nouvelle vie.

Elle pensa à Hugo, dont le prénom semblait vibrer en elle, dans toutes les fibres de son corps.

— Alors à ta place, poursuivit Vivi, je décamperais d'ici avant que le duc ne la lise.

12.

Elle l'avait trahi.

Mais ce qui perturbait le plus Hugo, c'est qu'il puisse être surpris par le tour inéluctable qu'avaient pris les événements.

Quand, la veille, il était allé demander à Mme Redding si elle savait où était Eleanor, celle-ci avait répondu que Mlle Andrews et sa sœur étaient parties à 17 heures, pour prendre le dernier train.

Puis, après l'avoir gratifié d'un petit rire désapprobateur, elle avait ajouté :

— Un peu trop pressée de profiter de son congé, si vous voulez mon avis.

— Personne ne vous l'a demandé, avait répliqué Hugo en souriant.

Mme Redding en était restée coite, mais n'avait pu s'empêcher de rouler des yeux.

Et ce matin, alors qu'il se demandait comment il allait pouvoir tenir jusqu'au retour d'Eleanor, les journaux avaient été livrés au manoir, avec leur lot de saletés habituel.

Vingt-quatre heures plus tôt, lorsque Hugo s'était réveillé pour constater qu'elle avait disparu, il avait éprouvé un sentiment de perte immense, comme si on l'avait amputé d'une part de lui-même.

Comme s'ils avaient passé toutes les nuits ensemble depuis des années, dans les bras l'un de l'autre.

Son absence lui avait fait mal.

Il ne se comprenait pas. Ou peut-être ne souhaitait-il pas

s'interroger. La nuit passée, il ne désirait qu'une chose : s'abîmer dans son innocence, sa douceur, sa merveilleuse chaleur de femme.

Étrangement, il en avait oublié d'être cynique.

Oubli impardonnable. Parce que, alors qu'il était encore au lit, enveloppé dans le parfum unique d'Eleanor, elle s'était livrée à une occupation toute différente. Elle avait raconté à sa sœur ce qu'elle avait vécu avec lui. Lui expliquant, peut-être, que leur plan avait fonctionné ? Et peu après, Vivi avait vendu un conte extraordinairement sordide à un journaleux qui s'était empressé de le publier sous un titre alléchant :

« HUGO LE REDOUTABLE SÉDUIT
LA NOUVELLE PRÉCEPTRICE DE SA PUPILLE. »

Ce qui l'étonnait, le sidérait, c'était qu'il ait pu baisser la garde — pour la première fois depuis qu'Isobel lui avait mis le grappin dessus. Il avait été jusqu'à révéler la vérité à Eleanor, bon sang ! Comme s'il pouvait lui faire confiance !

Quand comprendrait-il enfin qu'il ne pouvait avoir confiance en personne ?

Comment avait-il pu ne pas voir venir la trahison ? Surtout lorsque la sœur avait débarqué à l'improviste, avec ses roucoulements stupides et ses œillades écœurantes !

Quant à savoir pourquoi il continuait à lire ce genre de torchon… Hugo avait lu ce type d'article des milliers de fois. Celui-ci comportait les mêmes détails salaces que d'habitude, les mêmes allusions vagues à des positions sexuelles de plus ou moins mauvais goût. Et bien sûr, le tout était assorti des photos d'Isobel et de Torquil, pauvres victimes d'un destin tragique. Ainsi que de celle de l'ange Geraldine que tout le monde semblait préférer, avec sa dent manquant sur le devant et ses boucles dorées.

Vivi Andrews avait dû toucher une somme rondelette en échange de ces saloperies ! Il était presque tenté de l'appeler pour lui demander une petite commission. Et de poser la question qui lui brûlait les lèvres mais dont il redoutait la réponse : comment avaient-elles su qu'il tomberait à genoux devant Eleanor ? Devant ce fascinant mélange de détermination et d'innocence ? Depuis toujours, les femmes se jetaient à ses pieds, certaines appâtées par son titre, d'autres par désir de faire parler d'elles dans les tabloïds. Il se croyait immunisé contre tous les types d'approche.

Or les deux sœurs avaient réussi à mettre au point le stratagème qui fonctionnerait avec lui.

Il avait une foule de questions pour Eleanor. Il en venait même à se demander si elle avait vraiment été vierge. Ce qui était stupide. La trahison était bien réelle, mais leur nuit l'avait été aussi. Ce qu'ils avaient partagé.

S'il ne s'était pas retenu, craignant de sombrer dans un désespoir sans fond, il aurait vidé une bouteille de whisky.

Il ne retiendrait jamais la leçon. Il demeurerait toujours le monstre le plus détesté d'Angleterre, condamné à faire pénitence pour le restant de ses jours, là, dans ce vieux manoir. Seul. À jamais.

Rien n'y personne n'y pourrait jamais rien changer. Ni sa pupille qui, en dépit des prétendus mauvais traitements qu'il lui avait infligés, grandissait sans problème et paraissait relativement heureuse. Ni une préceptrice dans les bras de laquelle il s'était abandonné totalement. L'espace d'une nuit, il avait même cru connaître le bonheur grâce à elle. Il s'était laissé aller à l'optimisme…

Comment avait-il pu être aussi stupide ? Aussi aveugle ?

— Rien de nouveau, marmonna-t-il. C'est l'histoire de ma fichue vie.

Alors qu'il contemplait le feu mourant dans l'âtre sans se donner la peine de l'attiser, Hugo entendit soudain la porte de la bibliothèque s'ouvrir derrière lui.

Se retournant, il battit des paupières en découvrant Geraldine immobile sur le seuil. Sa pupille ne venait jamais le trouver de son propre chef. Elle dînait régulièrement avec lui parce qu'il le demandait, mais elle mangeait en général en silence, tout en l'observant d'un air méfiant de l'autre extrémité de la table.

Vêtue d'un jean et d'un pull en laine rose bonbon, ses boucles se dressant de façon bizarre autour de sa tête, elle le regardait d'un air mécontent.

— Tu veux quelque chose, Geraldine ? demanda-t-il en haussant les sourcils.

La petite fille plissa le front, retroussa le nez, sa bouche trembla légèrement, mais elle continua de soutenir son regard avec affront.

Eleanor était passée par là, songea-t-il avec un curieux serrement de cœur qu'il refusa de prendre pour de la souffrance.

— Marie dit que Mlle Andrews ne reviendra plus jamais.

Hugo attendit qu'elle continue, mais Geraldine se contenta de le dévisager en silence d'un air de défi.

— Je me demande bien comment *Marie* aurait pu être au courant d'une quelconque décision concernant la gestion du personnel, répliqua-t-il avec une pointe de sarcasme dans la voix.

— Je l'aime beaucoup.

— Marie ? Ta bonne ? J'avoue que je ne sais même pas de qui il s'agit.

— Non, Mlle Andrews.

Ah… C'était bien le problème. Hugo lui aussi aimait *beaucoup* Mlle Andrews.

Même après ce qu'elle lui avait fait.

Cette femme l'avait changé, complètement. À tel point qu'il ne se reconnaissait plus lui-même. Depuis cette nuit-là — leur nuit —, il avait l'impression de se sentir à l'étroit entre les murs qu'il avait dressés en lui et autour de lui.

Auparavant, il y avait vécu parfaitement à l'aise. La réputation taillée de toutes pièces par Isobel avait fini par lui convenir. Il s'en était glorifié, laissant le pays entier frémir d'horreur à la pensée de ce qu'il pouvait faire à la précieuse enfant de sainte Isobel. Il en avait éprouvé du plaisir.

Et subitement, tout cela avait disparu, en l'espace d'une seule nuit. Une longue nuit d'exploration du corps tout en courbes délectables d'une préceptrice qui lui avait offert sa virginité.

Pourquoi demeurait-il obsédé par elle ? Pourquoi ne pas tirer un trait sur cette affaire — scandale compris — et passer à autre chose ?

La voix décidée de Geraldine le sortit de ses pensées.

— Tu ne l'as pas renvoyée, au moins ? demanda-t-elle.

Hugo la regarda. Elle s'était avancée dans la pièce et se tenait maintenant à proximité de la cheminée, les mains posées sur ses petites hanches, elle foudroyait son tuteur du regard sans se soucier le moins du monde du respect qu'elle était censée lui devoir. Elle se considérait comme son égale, apparemment.

Durant ces trois dernières années, après l'accident ayant coûté la vie à Isobel et Torquil, il s'était attaché à garder ses distances avec Geraldine. Il avait pourvu à tous ses besoins, veillant à ce qu'elle ne manque jamais de rien et s'attachant à ne pas lui faire de mal, en aucune façon. Se disant qu'en évitant de l'approcher de trop près, il réussirait peut-être à ne pas la détruire.

Il s'était interdit d'aimer cette enfant. Ou quiconque.

Le visage d'Eleanor surgit dans son esprit, emplit son champ de vision. « Elle n'est pour rien dans tout cela », avait-elle affirmé, prenant la défense de Geraldine.

Hugo le savait déjà. Il avait fait en sorte de ne jamais mêler ses sentiments envers Isobel à sa relation avec la fille de celle-ci. Mais jusqu'à ce jour — jusqu'à sa rencontre avec Eleanor, et surtout la nuit passée avec elle —, il n'avait jamais réalisé qu'il s'était interdit d'éprouver tout sentiment envers qui que ce soit.

Parce qu'au fond il aimait vraiment cette petite fille.

Il aimait son audace, sa témérité. Le fait qu'à sept ans à peine, elle n'ait pas hésité à venir trouver son tuteur dans sa bibliothèque privée pour lui demander des comptes. Et plus il soutenait son regard, moins elle semblait le craindre. Son petit menton haut, elle laissa même échapper un soupir, comme si elle commençait à s'impatienter.

— Si je l'avais renvoyée, cette décision n'aurait regardé que moi, Geraldine, dit-il d'un ton désapprobateur.

Voyant son beau visage s'assombrir, il s'empressa d'ajouter :

— Mais je ne lui ai pas demandé de partir.

Pliant l'index, il lui fit signe de venir s'installer dans le fauteuil faisant face au sien. Geraldine fronça les sourcils d'un air agacé, mais obéit néanmoins.

Elle paraissait minuscule, dans le fauteuil en cuir fauve, mais elle se laissa glisser bien au fond et croisa les bras sur sa poitrine, l'air mutin.

— Où est-elle, si tu ne l'as pas renvoyée ? demanda-t-elle d'un ton de reproche.

— Je suis certain que Mlle Andrews t'a dit qu'elle avait droit à quelques jours de congé. Eh bien, nous ne pouvions pas l'enfermer dans une cage pour la forcer à rester ici durant ses petites vacances, non ?

Bien que cette éventualité n'eût pas déplu à Hugo.

— Pourquoi pas ? répliqua Geraldine en redressant le menton plus haut encore.

— Excellente question.

Elle décroisa les bras et leva les yeux au ciel, semblant indiquer par là que Hugo était vraiment un imbécile de ne pas y avoir pensé plus tôt.

— Allons la chercher, alors !

Il ne put s'empêcher d'admirer son attitude. À même pas dix ans, Geraldine avait déjà l'esprit plus combatif que lui ne l'avait eu durant les quinze dernières années.

Pourquoi avait-il laissé Isobel le transformer en monstre ? Avait-il essayé de démentir les rumeurs sordides qu'elle avait répandues sur lui ? Il s'était dit qu'il était trop fier pour s'abaisser à son niveau. Mais était-ce la vraie raison ? Ou avait-il pris goût peu à peu à jouer les martyrs — tout en détestant la façon dont Isobel se faisait passer de son côté pour une victime ?

Avait-il attendu durant tout ce temps que quelqu'un le regarde vraiment, le voie et croie qu'il n'était pas le monstre que l'on avait fait de lui ?

Il y avait peut-être quelque chose de vertueux dans cette posture. C'aurait pu être le cas si son père n'était pas mort en croyant le pire au sujet de son fils…

Au fond, Hugo n'avait jamais vu l'intérêt de se battre pour des causes qu'il jugeait perdues d'avance. Il n'avait jamais redressé aucun tort. Il avait simplement encaissé, sans réagir. Et pour quel résultat ?

Que les gens l'aiment ou le haïssent, il représentait la seule influence parentale pour Geraldine. Et de toute évidence, elle ne s'en portait pas plus mal. Au contraire. Elle grandissait de jour en jour, s'épanouissait et — comme l'avait confirmé Eleanor — elle était très intelligente et dotée d'un solide sens de l'humour. En outre, elle vibrait d'indignation et, s'il ne se trompait pas, d'amour.

Son cœur se serra de nouveau. Hugo ignorait ce qui se passait en lui, mais il s'en fichait. Il était convaincu d'une seule chose : cette fois, il devait se battre.

— Tu as raison, dit-il lentement en souriant à sa pupille.

Jusqu'à ce qu'elle lui sourie à son tour, d'un air complice et heureux qui l'émut profondément.

— Il faut aller la chercher, Geraldine. C'est une excellente idée !

13.

Rentrer à Londres représenta un retour brutal à la réalité pour Eleanor. Mais elle n'avait pas le choix. Il fallait serrer les dents et reprendre la routine habituelle.

Et pour commencer, réparer les dégâts causés par Vivi.

Mais pas ceux qui la hantaient jour et nuit et l'emplissaient de honte, et dont le souvenir la mettait dans un état de nervosité inouïe à chaque fois qu'elle apercevait le *Daily Mail* dans un kiosque à journaux. Ces dégâts-là ne pourraient *jamais* être réparés. Non seulement Vivi avait vendu sa sale petite histoire mais elle répétait à l'envi, et avec fierté, qu'elle n'hésiterait pas à recommencer. Pour leur bien à toutes deux, allait-elle jusqu'à ajouter en souriant à sa sœur.

De son côté, Eleanor se disait qu'elle ne serait qu'une conquête supplémentaire dans la longue liste de Hugo. Un mensonge de plus…

Elle s'interdisait de penser à lui. À leur nuit merveilleuse et passionnée. Mieux valait se concentrer sur les problèmes qu'elle était en mesure de régler.

Après avoir plaidé leur cause le plus diplomatiquement possible auprès du propriétaire, elle parvint à calmer celui-ci. Ensuite elle fit le ménage, à fond — ce qui n'était vraiment pas un luxe, vu l'état dans lequel Vivi avait mis l'appartement.

Elle nettoya tout, comme si elle était investie d'une mission. Ou plutôt comme s'il s'agissait d'une punition.

Mais rien de tout cela ne l'aida à se sentir mieux. Elle ne se sentirait jamais mieux, pressentait Eleanor. Elle ne se remettrait jamais de cette histoire. Peu importait la façon dont elle avait été amenée à trahir Hugo, elle l'avait trahi, point final. Et en plus, elle était partie sans même lui dire au revoir.

Au lieu de cela, elle avait quitté le manoir comme une voleuse avec sa valise et sa sœur.

Ce souvenir lui était intolérable. Chaque fois qu'elle y repensait, elle sentait une douleur atroce lui nouer la poitrine.

— Tu exagères un peu, non ? dit Vivi un soir.

Comme d'habitude, c'était elle qui exagérait, bien sûr. Eleanor regarda sa sœur par-dessus la pile de raccommodage qu'il lui restait à faire. Un pantalon de Vivi. Une jupe de Vivi… Sa sœur aurait volontiers jeté ses vêtements après les avoir portés une seule fois, mais Eleanor ne supportait pas l'idée de gaspiller des habits ayant coûté une véritable fortune.

— En raccommodant tes affaires ? demanda-t-elle en haussant les sourcils. Je ne m'en rendais pas compte.

Allongée sur le tapis devant la télévision, où elle regardait un téléfilm dans lequel jouait l'un de ses acteurs préférés — qu'elle connaissait, évidemment —, Vivi se releva et vint s'asseoir sur le petit sofa, à côté d'Eleanor.

— Je sais que tu es persuadée de me détester, dit-elle avec un sérieux inattendu. Et je te comprends. Je l'accepte, même. Tu n'as aucune expérience de ces choses.

Eleanor serra les mâchoires à s'en faire mal, avant de se forcer à se détendre.

— Si tu entends par là que je n'ai jamais inventé d'histoires sordides pour les vendre au plus offrant, non, en effet, je n'ai aucune expérience en la matière.

— Je parlais de Hugo, répliqua sa sœur d'une voix radoucie. Des hommes en général.

Eleanor pencha la tête au-dessus du chemisier qu'elle

tentait de repriser et se concentra de toutes ses forces sur son aiguille, bien résolue à ne pas évoquer cette question avec sa sœur.

— Je préférerais que tu m'épargnes ta commisération, s'il te plaît. Je crois que la seule chose qui puisse m'être plus désagréable que cette histoire que tu as vendue à la presse, c'est ta pitié.

— Je n'ai pas pitié de toi, Eleanor. Je t'envie, même. Je ne pense pas m'être jamais attendrie devant quoi que ce soit. Même le jour où tu as tant pleuré à cause de moi, à l'hôpital. Je me souviens que je n'ai pas versé une seule larme.

Eleanor s'arrêta de coudre et reposa le chemisier sur la pile, puis tourna les yeux vers sa sœur.

— Vivi, rassure-moi. Tu ne vas pas me faire un cours d'éducation sexuelle ?

Les yeux de Vivi étincelèrent.

— Vu que tu as passé toute une nuit avec Hugo Grovesmoor, ce n'est pas vraiment nécessaire, il me semble ?

Eleanor tenta de dissimuler sa souffrance.

— Je ne veux pas parler de lui.

— Tu ne vas pas me croire, je sais, répliqua Vivi en lui posant la main sur le genou. Je suis trop égoïste et j'ai des tonnes de défauts. Mais cela ne veut pas dire que je ne t'aime pas, Eleanor. Je vais te protéger, tu peux compter sur moi.

— Ah, c'est ce que tu fais, Vivi ? Tu me protèges ? Tu en es sûre ?

— Je l'ai mérité, répondit Vivi. Je ne nie pas que je me suis conduite assez lamentablement, lors de mon arrivée à Groves House. Je me suis sentie déroutée, je crois.

— Tu étais jalouse, corrigea Eleanor.

Sa sœur se contenta de hausser les épaules.

— Je ne sais pas ce que j'étais. J'ai travaillé dur, pendant des années.

Eleanor eut envie de lui dire ce qu'elle en pensait, mais quelque chose la retint.

— J'ai dû tolérer la compagnie de gens que tu ne supporterais pas cinq minutes. Je croyais que nous étions sur la même longueur d'onde, toi et moi. Que nous avions chacune un rôle spécifique à jouer. Et soudain, ça a changé. Comme si tout ce que je faisais était hors sujet, en quelque sorte, et je n'ai pas su comment gérer la situation.

Elle s'interrompit en secouant la tête.

— Je suis désolée de ne pas être aussi parfaite que toi.

— Tu es injuste.

— Tu aurais pu me dire qu'il te plaisait autant.

La voix de Vivi trembla légèrement.

— Tu aurais pu me dire au moins ça, Eleanor.

— Si je l'avais fait, je ne pense pas que tu m'aurais écoutée.

— Bien sûr que je t'aurais écoutée ! protesta vigoureusement Vivi. Tu es ma sœur ! Nous sommes unies, pour le meilleur et pour le pire, tu te souviens ?

— Je m'en souviens, chuchota Eleanor. Évidemment.

Quelque chose frémit en elle. Le poids qui lui pesait sur la poitrine sembla s'amenuiser un peu.

— Mais je veux te parler de cela, même si cela te fait rougir jusqu'à la racine des cheveux, Eleanor. Tu ne sais rien des hommes comme Hugo. Moi, si.

— J'avais plutôt l'impression qu'aucun homme ne lui ressemblait.

C'était vrai pour elle, en tout cas. Et, d'une autre façon, pour le monde entier, qui le voyait comme un monstre.

— Les hommes se ressemblent plus que tu ne le crois, répliqua sa sœur avec une pointe d'amertume.

Eleanor la dévisagea avec surprise. Pourquoi n'avait-elle jamais songé que Vivi puisse avoir connu de cruelles déceptions ? Souffrir de voir ses espoirs déçus ?

— Ils s'empressent de prendre ce qui s'offre à leur portée.

Sans donner quoi que ce soit en échange ou vouloir aller plus loin, une fois qu'ils ont obtenu ce qu'ils désiraient.

Non, tu te trompes, tu ne connais pas Hugo ! eut envie de protester Eleanor. Mais au fond, elle ne le connaissait pas non plus. Il avait flirté avec elle et elle lui avait offert sa virginité. Et si cela représentait tout pour elle, ce genre de situation était sans doute monnaie courante dans l'existence d'hommes comme lui.

Il n'était pas le monstre dépeint par les tabloïds, certes. Mais cela ne faisait pas de lui un moine pour autant. Quant à elle-même, elle s'était comportée comme une idiote, songea Eleanor en sentant les larmes lui monter aux yeux.

— Je me sens tellement ridicule, murmura-t-elle.

— N'importe quelle femme craquerait pour Hugo Grovesmoor, répliqua Vivi. Non seulement il est beau comme un dieu, mais tout le monde sait qu'il est fabuleux au lit. Tu n'avais aucune chance d'y échapper.

Eleanor se sentait maintenant capable de parler de Hugo, mais pas de sa réputation d'amant. Sinon, elle aurait risqué de s'effondrer complètement.

— Et maintenant ? demanda-t-elle en soupirant. Qu'est-ce que je suis censée faire ?

Vivi éclata de rire. De ce rire franc et spontané qui égayait toujours l'atmosphère, envers et contre tout.

— Alors là, j'ai des tas d'idées sur la question ! s'exclama-t-elle en se levant.

Elle tendit les mains à Eleanor.

— Viens ! On sort !

— Oh ! non… Je n'ai pas envie de…

— Tu ne travailles pas, alors tu n'as pas besoin d'aller te coucher de bonne heure.

— Non, mais…

— Et si je ne m'abuse, tu es une dévergondée qui sort d'une liaison choquante avec l'homme le plus détesté d'Angleterre, non ?

— Mais, on est mercredi ! protesta Eleanor, horrifiée.

— C'est beau, d'être jeune ! fit Vivi avec malice. J'ai vraiment beaucoup de choses à t'apprendre !

Lorsque, à presque 3 heures du matin, elles sortirent du club sélect où l'avait traînée Vivi, Eleanor avait un mal de tête épouvantable et ne désirait qu'une chose : retrouver son lit et oublier cette soirée éreintante.

Non seulement elle s'était retrouvée entourée de gens parmi lesquels elle se sentait complètement déplacée et mal à l'aise, mais le bruit, la musique, l'éclairage, tout l'avait épuisée. En outre, elle ne connaissait personne — alors que Vivi semblait connaître tout le monde — et avait échangé tout au plus trois mots avec un type en état d'ébriété avancée qui était convaincu de l'avoir déjà vue quelque part.

En revanche, Vivi évoluait parmi la foule bigarrée et insouciante — ses amis arborant des tenues aussi luxueuses que les siennes — avec une aisance et une assurance stupéfiante.

Quant à Eleanor, dans la robe noire moulante, et bien trop courte, que sa sœur l'avait quasiment forcée à enfiler, et les escarpins prêtés par Vivi, à talons de dix centimètres, elle avait l'impression de ressembler à une prostituée.

Tout en marchant sur le trottoir, Vivi sortit son smartphone de son sac pour appeler un taxi.

Eleanor l'écoutait à peine. Tout lui semblait irréel. Elle ne se sentait plus chez elle à Londres, réalisa-t-elle soudain en s'immobilisant. Elle embrassa la rue du regard, les immeubles chics.

Qu'allait-elle faire ? Elle avait perdu le seul endroit où elle s'était sentie à sa place. Le Yorkshire lui était désormais inaccessible, comme si le comté était entouré de murs et de militaires lui en interdisant l'accès.

Arrête de penser à Hugo !

— Je me demande bien ce que vous faites là à une heure pareille, mademoiselle Andrews.

Un frisson la parcourut. Elle entendait des voix. C'était la fatigue.

— Qu'en concluraient les paparazzis s'ils vous voyaient dehors à 3 heures du matin, d'après vous ?

Cela ne pouvait pas être lui… C'était impossible.

14.

Si, c'était bien lui.

Hugo…

Appuyé contre un cabriolet aussi somptueux que lui, il était si beau qu'Eleanor frémit rien qu'à le regarder.

Depuis son départ de Groves House, elle avait rêvé de cette rencontre, des centaines de fois, mais maintenant qu'il se tenait là, à quelques mètres d'elle, elle ne savait pas quoi dire.

— Hugo…

Quand il se redressa et s'écarta du véhicule, il lui parut encore plus grand, plus élégant et plus ténébreux. Quant au regard brûlant dardé sur elle…

Hugo la contemplait comme si elle était la seule à exister à ses yeux. Et l'espace d'un instant, Eleanor y crut. Elle se crut unique.

Puis Vivi s'éclaircit la gorge, s'avança vers lui, et la réalité reprit ses droits d'un coup.

— Vous devez être très en colère, naturellement, commença sa sœur d'une voix mal assurée.

— Je ne connais pas la colère, l'interrompit-il avec calme. Une histoire scandaleuse de plus ou de moins — que voulez-vous que cela me fasse ? Il y en a eu tellement que j'ai perdu le fil depuis longtemps…

Sa voix contenait un tel cynisme, une telle amertume qu'Eleanor tressaillit.

— Tu ne devrais pas, répliqua-t-elle sans réfléchir. Un jour, tu devrais au contraire répertorier tous les mensonges que l'on a racontés sur ton compte et, ensuite, je ne serais pas surprise que ceux qui en sont les auteurs te présentent leurs excuses.

Vivi lui lança un regard courroucé, mais Eleanor n'y prêta aucune attention.

— Ne sois pas aussi naïve, murmura Hugo. Il n'y a jamais d'excuses. *Surtout* lorsqu'il est avéré que ces ragots ne sont qu'un tissu de mensonges. Tout le monde s'en fiche, ce qui importe aux gens c'est qu'on leur offre des prétendues révélations — et plus celles-ci sont salaces et infamantes, plus ils sont contents.

Une tension palpable empreignait l'atmosphère, à présent, sourde et menaçante.

— Ce n'est pas sa faute, dit Eleanor en s'avançant d'un pas pour se placer devant sa sœur. Elle l'a fait pour moi.

Hugo lui adressa un petit sourire narquois, qui lui fit mal.

— Ah, oui… Je suis le grand méchant loup, c'est vrai, acquiesça-t-il d'une voix sombre. Le débauché qui profite de l'innocence des jeunes vierges qui ont le malheur de croiser mon chemin. Le monstre tapi dans son antre du Yorkshire, se curant les crocs avec les os de ses ennemis.

— C'est justement parce que tu dis ce genre de choses avec une telle délectation qu'il est difficile d'imaginer que tu puisses être autre chose qu'un monstre, fit remarquer Eleanor, crispée.

— Je ne regrette rien, intervint alors Vivi derrière elle. Et si vous êtes venu ici dans le but de nous intimider, ou de nous causer des ennuis à cause de l'article en question, sachez que je suis tout à fait capable de me protéger et de protéger Eleanor.

— Comme vous le faites d'habitude ? répliqua-t-il avec un sourire ironique et dur qui fit tressaillir Eleanor. Laissez-moi deviner… Vous battrez des cils en arborant votre sourire le plus aguicheur, et vous aurez tout Londres à vos pieds — y compris des monstres presque aussi redoutables que moi. D'un simple claquement de doigts.

Hugo n'attendit pas que Vivi réagisse. Il leva le bras et, comme par magie, un taxi vint s'arrêter devant lui. Il s'approcha du véhicule, puis ouvrit la portière en souriant.

— Votre carrosse vous attend.

Eleanor le regarda en silence, médusée. Il lui paraissait absurde que Hugo surgisse devant elle à 3 heures du matin uniquement pour faire apparaître un taxi d'un coup de baguette magique, mais Vivi avait peut-être raison, au fond. Les hommes étaient peut-être tous imprévisibles et inconstants.

Redressant les épaules, le dos raide, elle se dirigea vers le taxi.

— Non, pas toi, dit Hugo.

Avait-elle bien perçu un rire moqueur dans sa voix ?

— Tu montes avec moi, Eleanor.

— Pas question ! s'interposa Vivi en la rejoignant. Ne vous en prenez pas à la plus faible. Si vous voulez vous battre, adressez-vous à moi.

Eleanor resta immobile avec le sentiment de se trouver à un moment crucial de sa vie. Allait-elle laisser Vivi agir à sa guise comme elle l'avait toujours fait — en la forçant à quitter le Yorkshire sans lui laisser la possibilité de dire un mot à Hugo, par exemple ? Ou aurait-elle le courage de se lancer dans l'inconnu au risque d'essuyer le mépris de Hugo, qu'elle méritait sans doute après ce qu'elle lui avait fait.

Comment pourrait-elle encore se regarder en face si elle n'essayait même pas ?

Soudain, Eleanor en eut assez que l'on prenne les décisions à sa place, au prétexte que c'était pour son bien.

Il était grand temps qu'elle fasse ses choix elle-même.

— C'est bon Vivi, dit-elle, le regard soudé à celui de Hugo. Tu peux y aller. Vraiment.

— Mais…

— Vas-y, insista Eleanor d'une voix douce mais ferme. On se retrouvera à l'appartement.

Vivi dut comprendre qu'elle ne changerait pas d'avis car elle lui serra la main, très fort, puis monta dans le taxi. La portière claqua sur elle, le chauffeur démarra, et le véhicule disparut bientôt au tournant de la rue.

Laissant Eleanor seule au milieu du trottoir, face à l'homme qu'elle avait craint de ne jamais revoir.

— Eleanor, ma douce, dit Hugo en secouant la tête. Qu'est-ce que c'est que cet accoutrement ? Et cette coiffure ?

— Comparé aux tenues de la plupart des femmes que j'ai vues ce soir, c'est comme si je portais une cotte de maille dénichée dans ton manoir, je t'assure.

— Je ne suis pas contre la cotte de maille, répliqua-t-il, la voix légèrement rauque.

Il s'approcha, s'arrêta devant elle et prit son visage entre ses grandes mains chaudes, le regard toujours rivé au sien.

Alors, tout chavira en elle. Un violent frisson la parcourut, un courant brûlant naquit au plus profond d'elle-même.

— Je suis tellement désolée, Hugo…, chuchota-t-elle. Je ne sais pas comment je pourrai jamais…

— Je me fiche des tabloïds.

— Eh bien, tu as tort ! Tu ne devrais pas laisser raconter de telles saletés sur ton compte. Tu devrais au contraire te battre et…

— Non, pas cette fois-ci. Parce que ce qu'ils ont raconté est la pure vérité. J'ai effectivement profité de toi. Tu travaillais pour moi et je n'aurais jamais dû te toucher. Mais je l'ai fait.

— Je désirais que tu le fasses.

— Je n'ai pas dit que je le regrettais.

Le cœur d'Eleanor se mit à battre la chamade.

— J'avais renoncé à lutter, reprit-il. Au début, leurs histoires m'indifféraient complètement. Ensuite, je me suis senti concerné, mais je me suis dit que j'étais au-dessus de ça. Puis, peu à peu, je me suis lancé dans un processus sans fin d'abnégation, voire de martyre consenti, me réjouissant même du fait que je passais pour un monstre aux yeux de tous. Sans jamais imaginer que ce petit jeu malsain finirait par atteindre mon père et le tuer.

— Tu n'y étais pour rien ! protesta-t-elle avec force. Ce n'est pas toi qui avais manigancé toute cette histoire. Tu ne dois pas t'en vouloir d'avoir réagi comme tu l'as fait pour survivre.

— Je suis un égoïste, ma douce. J'ai envie de te croire parce que cela m'arrange, mais je ne pense pas pour autant que tu aies raison.

— Tu n'es pas un monstre, affirma Eleanor en appuyant le doigt sur son torse.

Le sourire s'agrandit. Ce fut comme si le soleil se levait.

— S'il y a un monstre, dans cette histoire, c'est Isobel, ajouta-t-elle.

— Tu cherches à me dédouaner, répliqua-t-il, reprenant son sérieux. Et j'aime que tu le fasses. Mais la vérité, c'est que j'ai été brutal, insensible. Au départ, j'aurais pu m'y prendre de mille autres façons avec Isobel pour éviter qu'elle ne réagisse comme elle a réagi. Mais je me suis comporté comme un salaud. Comme le jeune imbécile égoïste que j'étais alors. Et je dois l'avoir profondément blessée.

— Ce n'est pas une excuse.

— Non. Une explication.

Lorsqu'elle voulut répliquer, il se mit à rire.

— Il faut que tu cesses de me défendre, Eleanor ! Je suis en train d'essayer de te dire ce que j'aurais dû réaliser plus tôt. Je t'aime.

Eleanor eut l'impression de suffoquer. Elle se sentit glacée. Brûlante.

— Oui, poursuivit Hugo. Toi.

Une expression émerveillée illuminait son beau visage, éclairait ses yeux. Si intense qu'elle crut défaillir et se raccrocha à ses solides épaules.

— Je vivais retranché dans mon manoir, me prenant pour un monstre que tout le monde craignait d'approcher. Puis tu es venue. Et tu n'as vu en moi qu'un homme. Un homme insupportable, si j'ai bonne mémoire.

— Certainement pas, monsieur le duc, chuchota Eleanor.

— Tu m'as traité en être humain, c'est tout. Alors que tu avais lu toutes sortes d'horreurs sur mon compte. Tu as pris ma pupille sous ton aile et tu l'as même défendue. Tu l'as fait passer avant toi.

— C'était mon rôle.

— Tu serais choquée si je te disais à quel point celles qui t'ont précédée se fichaient complètement de Geraldine. Tu lui as redonné confiance, en autrui et en elle-même.

Ses yeux luirent dans la nuit.

— Et grâce à toi, un homme perdu a retrouvé goût à la vie. Durant quelques brèves semaines et une longue nuit, j'ai oublié que j'étais un monstre.

Les yeux emplis de larmes, Eleanor secoua la tête.

— Je n'aurais jamais imaginé que Vivi puisse faire une chose pareille, Hugo. Il faut que tu me croies.

— Je n'avais jamais lutté, poursuivit-il lentement. Ni pour moi-même ni pour quiconque. Mais si jamais ils osent te traîner dans la boue, ils auront affaire à moi, tu peux me croire. J'ai déjà demandé à mes avocats de se mettre en rapport avec eux. Je suis le duc de Grovesmoor, Eleanor. J'en ai assez de me cacher.

— Hugo…

— Et, plus important encore, je t'aime.

Sur ces mots, il éclata d'un rire si pur, si vivant et joyeux qu'Eleanor le sentit ruisseler en elle comme une pluie dorée.

— Je n'avais pas lutté parce que je n'avais jamais aimé Isobel, reprit-il. C'était une vraie harpie, mais elle ne m'a jamais blessé. Je ne me suis rendu compte que j'adorais mon père qu'après sa mort. Je me suis donné un mal fou pour faire comme si je me fichais du sort de mon meilleur ami, ou du fait qu'il ait préféré se lier avec Isobel plutôt que de m'écouter. Et je m'étais juré de ne jamais me laisser attendrir par la petite fille qu'Isobel laissait à ma charge. J'étais persuadé d'avoir trouvé la meilleure solution.

Eleanor se rendit compte que ses larmes coulaient quand Hugo les essuya du pouce. Incapable de prononcer un mot, elle l'écoutait, envoûtée par son regard, sa voix.

— Puis tu es apparue dans ma vie. Tu marchais sur l'allée, dans ce manteau ridicule, et tu as tout fichu par terre. De la façon la plus salutaire possible.

— Qu'est-ce qu'il a, mon manteau ? demanda-t-elle en haussant les sourcils. Il est très chaud, tu sais.

Éclatant à nouveau de rire, il la souleva dans ses bras et se mit à tourner sur lui-même en la serrant contre lui.

— Je vais avoir du travail, si je veux devenir autre chose qu'un monstre, dit-il en la reposant sur ses pieds. Mais je suis déterminé à y parvenir. Je veux te voir me dévisager en fronçant les sourcils jusqu'à mon dernier jour. Je veux que tu m'adresses tes petites remarques sévères. Comprends-moi bien, Eleanor, je veux *tout* de toi.

— Je t'ai aimé au premier instant où je t'ai vu, dit-elle en souriant à travers ses larmes.

Mais c'étaient des larmes de joie. De bonheur pur.

— Geraldine et moi avons décidé que nous ne pouvions pas vivre dans cette grande bâtisse sans toi, Eleanor. Cela ne fonctionne pas. Nous avons besoin de toi. *J'ai* besoin de toi…

— À votre service, monsieur le duc, chuchota-t-elle en lui passant les bras autour du cou. Vos désirs sont des ordres.

Il l'embrassa, là, dans la rue déserte et avec les seules étoiles pour témoin.

Le baiser fut doux et passionné à la fois, tendre et sensuel. Comme l'amour qu'ils éprouvaient l'un pour l'autre, songea Eleanor en s'abandonnant contre l'homme qu'elle aimait plus qu'elle-même.

Hugo épousa la femme de sa vie au printemps, alors que les jardins de Groves House regorgeaient de fleurs et de vie.

Rayonnante de joie, Geraldine prit son rôle de jeune témoin très au sérieux, et il ne bouda pas sa fierté en la voyant se diriger vers lui, l'air grave, et lui offrir son petit bras.

Quant à Vivi, il était intéressant de voir combien elle avait changé. Maintenant qu'elle n'avait plus à échafauder toutes sortes de plans compliqués ni à se faire des relations pour se trouver un riche époux, elle était devenue une autre femme.

Lorsque, un peu après Noël — le plus beau qu'il eût jamais vécu —, Hugo avait appris le plan qu'elles avaient mis au point des années plus tôt, il avait été horrifié.

— Tout a un prix, avait dit Vivi avec calme. C'est la vie.

Eleanor et lui avaient échangé un regard en repensant au jour où lui, Hugo, avait dit la même chose, et ils n'avaient rien répliqué.

Plus tard, alors qu'ils étaient seuls tous les deux dans ses appartements — où il avait demandé à Eleanor de s'installer peu après leur retour de Londres et après lui avoir glissé au doigt l'anneau d'or serti de l'émeraude des Grovesmoor —, elle s'était assise à califourchon sur lui en souriant.

— Est-ce que cela fait partie du prix à payer ?

— Bien sûr, avait-il répondu en lui caressant les hanches. J'ai d'ailleurs l'intention de faire ajouter quelques clauses particulières à notre contrat de mariage.

— À une condition, avait répliqué Eleanor d'un ton solennel en lui prenant les mains pour les poser sur ses seins.

— Laquelle ?

— Que tu m'aimes. Toujours.

Le jour de leur mariage, Hugo n'eut aucun mal à le lui promettre. Ni à se gausser des commentaires qui emplirent les pages de la presse à scandale, les journalistes l'affublant de qualificatifs plus répugnants les uns que les autres. Il trouva même Vivi amusante, la voyant hésiter entre deux options : considérer le fait que sa sœur devienne duchesse comme le summum du romantisme, ou se retrancher dans son éternelle désinvolture mondaine — attitude qui semblait nettement mieux lui convenir.

À un moment, il l'entendit dire à sa sœur :

— C'est incroyable, quand j'étais pauvre, je croyais désirer approcher des tas de gens. Et maintenant que ce sont eux qui me courent après, ils m'indiffèrent complètement.

— Oui, tu te rends compte ? avait répliqué Eleanor en riant. Tu peux te concentrer uniquement sur les gens que tu apprécies, désormais.

Moi aussi, avait pensé Hugo.

Peu à peu, il ne prêta plus la moindre attention aux tabloïds, préférant se concentrer sur les quelques amis qu'il lui restait, surpris de découvrir que ceux qui l'avaient vraiment connu n'avaient jamais cru à ce qu'on racontait sur lui. Il se laissait guider par sa merveilleuse épouse, par sa détermination tranquille et joyeuse, loin de toute amertume.

Au bout d'un mois, Eleanor connaissait tous les membres du personnel par leur nom et prénom. Et elle continua de s'occuper de Geraldine parce qu'elle aimait cela. D'autre part, elle devint vite populaire au village, tout le monde appréciant sa bienveillance et sa gentillesse. Elle prit en charge certains aspects de la gestion du domaine, attentive à des détails qui échappaient à certains employés de Hugo.

Elle réussit même à amadouer Mme Redding !

Avec le temps, Hugo en vint à se dire qu'au fond Isobel n'avait jamais fait que raconter des histoires inventées. Et que Torquil avait beau les avoir crues, tous deux avaient payé beaucoup trop cher pour ce qui n'était vraiment pas un crime.

Et il était résolu à faire en sorte que Geraldine n'ait jamais à souffrir du passé.

Elle avait neuf ans lorsqu'elle mit la main sur un magazine, sans doute oublié dans le hall par un membre du personnel.

— C'est vrai ? avait-elle demandé en redressant le menton d'un air farouche.

Mais ses lèvres tremblaient, comme si elle retenait à grand-peine un sanglot.

— Tu me gardes seulement pour te venger de ma mère ?

— Comment est-ce que je pourrais m'y prendre, pour me venger, d'après toi ? avait demandé Hugo en haussant un sourcil.

Lui et Eleanor lisaient dans leur salon privé, et il remarqua que sa femme demeurait immobile et silencieuse.

— Je pourrais peut-être t'enfermer dans un placard. Tu sais, celui qui se trouve sous l'escalier, par exemple.

— Est-ce que tu me détestes ? avait demandé la fillette.

Elle le regardait droit dans les yeux, avec toute la vulnérabilité de ses neuf ans, pour une fois.

Une bouffée d'amour avait alors envahi Hugo et, tendant les bras à la fillette, il l'avait attirée sur ses genoux.

— Tu es ma pupille, avait-il dit d'une voix rauque.

Le poids du petit corps solide lui faisait du bien, diffusait une douce chaleur en lui.

— Mais en ce qui me concerne, Geraldine, je t'ai toujours considérée comme ma fille.

Quand elle s'était blottie contre lui, Hugo avait tourné les yeux vers Eleanor et l'avait vue s'essuyer les yeux en lui souriant à travers ses larmes.

Environ un an après cet épisode, Geraldine était apparue dans la bibliothèque un soir, affichant cet air rebelle qui laissait entrevoir l'adolescente qu'elle allait devenir. Bien trop tôt pour la tranquillité d'esprit de Hugo.

— Je ne t'avais pas demandé de frapper ? demanda-t-il tranquillement.

Concentrée sur un manuel théorique, Eleanor ne leva pas les yeux. Elle travaillait dur, ayant décidé de passer le diplôme universitaire qui lui permettrait d'enseigner, comme elle en avait toujours rêvé.

— *Toc toc*, dit Geraldine en soutenant le regard de Hugo. J'ai beaucoup réfléchi et j'ai pris une décision.

— Tu as changé d'avis concernant l'école ? demanda Eleanor en tournant vivement la tête dans leur direction.

— Non, je veux toujours y aller. Ça me plaît bien d'être pensionnaire, et puis, je reviendrai tout le temps à la maison. Mais vous deux, vous allez vous sentir très seuls, sans moi.

Hugo avait senti sa bouche tressaillir.

— En effet, avait-il acquiescé avec sérieux.

De son côté, Eleanor hochait la tête d'un air grave, alors que son regard souriait.

— Tu as raison, Geraldine, ça va être très dur pour nous.

— Eh bien, j'ai trouvé la solution, continua la jeune fille.

Un sourire radieux illumina son visage.

— Il faut que vous fassiez un bébé. Le plus vite possible !

Comment réussirent-ils à ne pas éclater de rire ? Hugo et Eleanor se le demandaient encore en reparlant de la *décision* de Geraldine, ce soir-là. Mais dès qu'elle avait quitté la bibliothèque, ils avaient été pris tous les deux de fou rire.

Cependant, ils lui avaient obéi.

Dix mois plus tard, Hugo fut ravi de prendre son premier fils et futur héritier dans ses bras. Mais pas autant que sa pupille et fille chérie, persuadée d'être à l'origine de toute l'affaire.

Puis, Eleanor ne faisant jamais les choses à moitié, elle donna au futur duc de Grovesmoor un petit frère et une petite sœur.

— Regarde, dit-elle. Je reconnais à peine l'homme qui fait la une.

Ils traversaient le village avec leur petite famille, par un temps maussade qui rappelait à Hugo le jour où ils s'étaient rencontrés. Elle portait le même horrible manteau, après avoir refusé catégoriquement de le jeter, alors qu'il lui avait offert coup sur coup des manteaux superbes — et chauds !

Hugo tourna les yeux vers le kiosque à journaux et vit

son propre visage, mais il ne se donna même pas la peine de lire les gros titres. Prenant la main de sa femme, il la porta à ses lèvres. Leurs fils couraient devant eux, à la poursuite de Geraldine qu'ils adoraient et qui le leur rendait bien, tout en sachant très bien se faire respecter de ceux qu'elle considérait, à juste titre, comme ses petits frères. Et lui, Hugo, il portait sa fille minuscule dans ses bras.

— Ah, ma douce, murmura-il, je ne crois pas aux fantômes.

Eleanor le regarda en souriant avec amour et avec la confiance indéfectible qu'elle avait en lui.

Il lui rendit son sourire. Grâce à elle, il se sentait comblé. Et désormais, il le serait toujours, quoi qu'il arrive.

EMMA DARCY

Un secret irrésistible

Traduction française de
JEAN-BAPTISTE ANDRÉ

AZUR

HARLEQUIN

Titre original :
AN OFFER SHE CAN'T REFUSE

Ce roman a déjà été publié en 2018.

EMMA DARCY

Un secret irrésistible

Traduction française de
JEAN-BAPTISTE ANDRÉ

AZUR

HARLEQUIN

Titre original :
AN OFFER SHE CAN'T REFUSE

Ce roman a déjà été publié en 2018.

1.

— Regarde maman, on dirait une voile géante ! s'exclama Théo.

Du doigt, le petit garçon désignait avec fascination le plus célèbre immeuble de Dubai : Burj-al-Arab, le seul hôtel sept étoiles au monde. Attendrie, Tina Savalas ébaucha un sourire et ébouriffa les cheveux de son fils, âgé de cinq ans.

— Je crois que c'est l'idée, oui.

Erigé sur une île artificielle, le bâtiment avait tout d'une voile gonflée par le vent. Elle aussi était impatiente d'en découvrir l'intérieur. Sa sœur, Cassandra, lui avait assuré que l'hôtel était fabuleux. C'était elle qui lui avait recommandé de s'y arrêter sur son chemin pour Athènes.

Séjourner au Burj-al-Arab était bien entendu au-dessus de ses moyens. Comment aurait-elle pu se permettre de dépenser plusieurs milliers de dollars pour une simple chambre ? Ce genre d'hôtels étaient des havres pour les puissants de ce monde. Pour des hommes tels que le père de Théo, en fait… D'ailleurs, elle aurait juré qu'Ari y avait fait escale lorsque, des années plus tôt, il était rentré en Grèce après leur brève idylle.

D'un geste décidé, elle replaça ses cheveux derrière ses oreilles. Ce n'était pas le moment de se laisser gagner par l'amertume qui menaçait d'empoisonner sa journée. C'était entièrement sa faute si elle était tombée enceinte. Comment avait-elle pu croire qu'Ari Zavros était amoureux d'elle juste parce qu'elle l'était de lui ? Il fallait être naïve et stupide…

Et puis, comment regretter la naissance de Théo ? Oui, son fils était la lumière de sa vie.

Une secousse attira son attention vers l'extérieur. Leur taxi venait de s'arrêter au poste de contrôle qui commandait l'accès à l'hôtel. Évidemment, seuls les clients étaient autorisés à le franchir. Elle jeta un regard oblique à sa mère qui, sur la requête d'un garde, sortait le document attestant de leur réservation au restaurant. Une folie à cent soixante-dix dollars par tête…

Le gardien leur fit signe d'avancer. À petite vitesse, le taxi franchit le pont qui conduisait à l'entrée.

— Regarde, maman ! Un chameau !

— C'est un faux, expliqua-t-elle, en se tournant vers la pelouse que son fils lui désignait. Une statue.

— Je peux m'asseoir dessus ?

— Plus tard peut-être, quand nous repartirons.

— Tu prendras une photo de moi dessus pour que je la montre à mes amis ?

— Je suis sûre que nous ramènerons plein de photos de ce voyage, le rassura-t-elle avec un sourire.

Un portier les accueillit à leur descente du taxi et les fit pénétrer dans l'incroyable hall d'entrée. Jamais elle n'avait vu une telle opulence ! Les photos ne lui faisaient pas justice… Bouche bée, ils admirèrent les énormes colonnes d'or et les balcons intérieurs qui les surplombaient. Les plafonds, peints d'un dégradé allant du bleu nuit à l'aigue-marine, s'ornaient de spots lumineux évoquant autant d'étoiles.

Plus loin, des fontaines séparaient deux rangées d'escaliers mécaniques flanqués de gigantesques aquariums. Des bancs de poissons exotiques dansaient parmi les coraux, traçant des arabesques éclatantes derrière les épaisses parois. Théo fut aussitôt captivé par ce spectacle.

— C'est incroyable, murmura la mère de Tina. Ton père adorait l'architecture traditionnelle. Il pensait que rien ne pouvait rivaliser avec les cathédrales et les palais d'antan.

Mais je dois avouer que cet endroit est à couper le souffle. J'aimerais qu'il soit là pour le voir.

À ces mots, Tina caressa la main de sa mère avec tendresse. Son père avait beau être mort depuis plus d'un an, sa mère portait toujours le noir du deuil. Il lui manquait à elle aussi, même si elle savait qu'elle l'avait déçu en décidant d'élever un enfant seule. Mais cela ne l'avait pas empêché d'être un grand-père merveilleux pour Théo…

Malheureusement, il n'avait pas vécu assez longtemps pour assister au mariage de Cassandra.

Tina laissa échapper un soupir. Oui, contrairement à elle, Cassandra avait tout réussi. Mannequin réputé, elle était tombée amoureuse d'un photographe grec — la nationalité parfaite — et s'apprêtait se marier à Santorin, l'île la plus romantique de l'archipel. Leur père aurait été si fier de la mener à l'autel ! Tandis qu'elle…

Un sentiment de culpabilité bien connu l'envahit. Elle se montrait trop dure avec elle-même, elle le savait. Malgré tout, elle avait réussi quelque chose : donner naissance au premier garçon de la famille. Et puis, sans elle pour reprendre les rênes, le restaurant familial aurait sans doute disparu avec son père.

Alors pourquoi ne parvenait-elle pas à éprouver un bonheur total ? Une fois de plus, la raison s'imposa à son esprit : son innocence avait disparu lorsque Ari Zavros était parti sans un regard en arrière. Mais il lui restait Théo ! Il était sa seule source de joie désormais. Et elle lui consacrait chaque seconde de son temps libre.

S'arrachant à ses pensées, elle adressa un sourire au groom qui les conduisait vers l'ascenseur qui menait au SkyView, le bar panoramique du vingt-septième étage. Ils traversèrent une mosaïque entourant un soleil flamboyant, puis un immense tapis en forme de poisson rouge et or. Des arrangements floraux offraient au visiteur une véritable explosion de couleurs, les portes de l'ascenseur elles-mêmes arboraient d'élégants motifs. Tout était incroyablement luxueux, pensé dans le moindre détail.

Dès leur sortie de l'ascenseur, une hôtesse les mena à leur table. Située près d'une fenêtre, elle offrait une vue imprenable sur la ville de Dubai et sur l'île artificielle de Palm Jumeirah, paradis des stars et des milliardaires.

Ce monde était tellement différent du sien… Mais elle pouvait, au moins l'espace d'une journée, en profiter. Elle adressa un sourire aimable au serveur qui leur tendit une liste interminable des thés disponibles, tandis qu'un autre déposait devant eux un bol de fraises à la crème et des flûtes de champagne. Le menu était impressionnant ! Aurait-elle assez d'appétit pour manger tout ce qu'il contenait ? Probablement pas, mais elle ferait de son mieux !

Sa mère souriait, Théo regardait la vue avec des yeux ronds comme des soucoupes.

Oui, c'était décidément une belle journée qui s'annonçait.

Vingt-sept étages plus bas, Ari Zavros s'ennuyait ferme. Quelle erreur il avait commis en invitant Felicity Fullbright à l'accompagner à Dubai ! Mais elle lui avait au moins permis de comprendre une chose : cette fille n'était pas faite pour lui. Cette façon de voir la vie comme une suite de cases à cocher était insupportable. La dernière en date consistait à aller prendre le thé au Burj-al-Arab.

— J'ai fait le Ritz et le Dorchester à Londres, avait-elle énuméré, le Waldorf Astoria à New York, l'Empress sur Vancouver Island. Je ne peux pas passer à côté d'une telle occasion !

De mauvaise grâce, il avait accepté de l'accompagner, renonçant à se reposer entre ses rendez-vous d'affaires. Depuis qu'ils étaient à Dubai, Felicity l'avait traîné à la piste de ski artificielle, au parc sous-marin, au souk de l'Or. Là, elle avait choisi plusieurs bijoux sans même faire mine de les payer elle-même. Bien sûr, il était loin d'être naïf, mais il avait rarement vu une femme aussi ouvertement intéressée par sa fortune.

La seule qualité de Felicity à vrai dire, et elle rachetait beaucoup de ses défauts, était qu'elle se taisait au lit et utilisait ses lèvres à des fins très agréables. Mais même cela ne lui suffisait plus… Dieu merci, son calvaire touchait à sa fin. Dès leur arrivée à Athènes, il la renverrait à Londres. Pas question qu'elle assiste au mariage de son cousin à Santorin. Son père allait sans doute lui en faire le reproche, mais il s'en moquait. Il n'épouserait jamais l'héritière des Fullbright. Plutôt mourir vieux garçon !

À cette pensée, il esquissa un sourire. Fort heureusement, il n'en était pas encore là. Il devait bien y avoir, quelque part dans le monde, une femme faite pour lui. Et par « faite pour lui », il n'entendait pas le genre d'alchimie que l'on ne trouvait que dans les romans de gare. Il s'était déjà brûlé les ailes au feu de la passion et il était hors de question de recommencer. Non, il voulait simplement une fille qu'il supporterait plus de trois jours.

Son père avait au moins raison sur un point… Il était temps pour lui de fonder une famille. Il adorait jouer avec ses neveux et voulait lui aussi des enfants. Restait le délicat problème de trouver leur mère…

Réprimant un soupir, il reporta son attention sur Felicity. Une fois de plus, elle testait sa patience en prenant des centaines de photographies de l'intérieur de l'hôtel, comme si elle était incapable de simplement regarder autour d'elle et d'apprécier ce qu'elle voyait. Encore une de ses habitudes qu'il détestait, ce besoin de mitrailler à tout-va pour se créer des souvenirs. Lui aimait vivre dans l'instant !

Après ce qui lui parut une éternité, ils furent conduits à leur table au SkyView Bar. Mais Felicity refusa de s'asseoir.

— Je n'aime pas cette table, murmura-t-elle furieusement, agrippant Ari par le bras pour le retenir.

— Qu'est-ce qu'elle a ? demanda-t-il d'un ton qu'il savait plus sec que nécessaire.

De la tête, la jeune femme désigna leurs voisins.

— Je ne veux pas être près d'un gamin. Il va probablement faire du bruit et gâcher notre après-midi.

En silence, il observa la famille attablée près d'eux. Un jeune garçon, cinq ou six ans au plus, se tenait debout devant la paroi vitrée. Une femme élégante, au visage qui rappelait Sophia Loren, était assise à côté de lui. Sans doute sa grand-mère. Une femme plus jeune lui tournait le dos, il n'en voyait que les cheveux courts et les épaules graciles.

— Il ne va rien gâcher du tout, répondit-il enfin. Et au cas où tu ne l'aurais pas remarqué, toutes les autres tables sont occupées.

Felicity plissa les lèvres en une moue boudeuse.

— Mais je suis sûre que, si tu l'exiges, on nous trouvera quelque chose.

— Je ne veux pas déloger d'autres clients. Assieds-toi et détends-toi.

La mine frondeuse, Felicity rejeta ses cheveux blonds par-dessus son épaule — signe qu'elle était irritée — avant d'obéir. Aussitôt, un serveur se matérialisa pour leur verser du champagne et leur tendre les menus.

— Pourquoi est-ce que les chaises sur la plage sont toutes alignées, Yiayia ?

La voix du petit garçon résonna, claire et distincte, arrachant une grimace à Felicity. Ari reconnut un accent australien mais s'étonna d'entendre l'enfant employer le mot grec pour « grand-mère ».

— La plage appartient à l'hôtel, Théo. Les chaises sont disposées pour le confort des clients, expliqua la femme la plus âgée avec un fort accent grec.

— Ils ne font pas comme ça à Bondi Beach.

— Non. Bondi Beach est une plage publique, les gens peuvent s'installer où bon leur semble.

Le petit garçon se tourna vers sa grand-mère, sourcils froncés.

— Et ici, on n'a pas le droit, Yiayia ?

C'était un enfant ravissant, au regard vif et aux cheveux châtain clair. Il aurait presque pu se reconnaître en lui au même âge.

— Pas si tu n'es pas client de l'hôtel.

— Alors je préfère Bondi.

Ari ne put réprimer un sourire, mais Felicity se rembrunit.

— Nous allons devoir supporter ce tapage tout l'après-midi ? Je ne sais pas pourquoi les gens amènent leurs enfants dans un endroit pareil. Ils devraient rester chez eux.

— Tu n'aimes pas les enfants ? demanda-t-il d'une voix suave.

— Je les aime quand ils restent à leur place.

— Pour ma part, je ne vois aucune objection à ce qu'une famille passe du temps ensemble, où que ce soit.

Cela eut le mérite de faire taire Felicity.

L'après-midi s'annonçait très longue…

Tina sentit ses cheveux se dresser sur sa nuque en entendant une voix grave derrière elle. Cette voix lui en rappelait une autre, une voix qui l'avait séduite autrefois, une voix qui lui avait laissé croire qu'elle était spéciale.

Pourtant il ne pouvait s'agir d'Ari.

Elle brûlait d'envie de se retourner. Mais à quoi bon laisser un fantôme lui gâcher l'après-midi ? Ari Zavros appartenait au passé. Six ans plus tôt, il lui avait clairement fait comprendre que son départ était définitif, la reléguant au rang « d'agréable souvenir ». Et puis, ce ne pouvait pas être lui. En fait, c'était même statistiquement impossible.

Son imagination lui jouait des tours, voilà tout. Il était ridicule de s'enflammer à cause d'une simple voix. L'homme, de plus, était accompagné. Elle avait entendu sa compagne, une Britannique à l'accent pincé, se plaindre de la présence de Théo.

Mieux valait ne plus penser à eux. Secouant la tête pour chasser les souvenirs qui l'envahissaient, elle reporta son attention sur les délices présentés sur un plateau à étages. Son thé, au nom évocateur de Perles de jasmin, dégageait un fumet délicieux. Quant à la tranche de bœuf Wellington servie avec une purée de betterave qu'elle venait de manger, elle était absolument exquise. Pourquoi laisser les fantômes du passé gâcher ce moment ? Elle étudia avec appétit les divers mets empilés sur le plateau : sandwichs aux œufs et au saumon, petits soufflés aux fruits de mer, choux au poulet sauce moutarde, tomates et bocconcini sur du pain à l'encre de seiche. Il était impossible de goûter à tout.

Comme à l'accoutumée, Théo fondit sur le poulet et sa mère sur le fromage, ce qui lui laissait tout le loisir de se repaître de fruits de mer. Tous trois refusèrent poliment lorsque le serveur leur proposa un second service. Ils savaient que les desserts allaient bientôt arriver… Et quels desserts ! Il y avait du cake, des scones avec ou sans raisins accompagnés d'un assortiment de confitures, de la crème fouettée, une mousse à la fraise et une autre aux fruits de la passion, du fondant au chocolat… Un véritable festin en somme !

Hors de question de laisser le souvenir d'Ari Zavros s'immiscer dans ces moments privilégiés. De toute façon, l'homme derrière elle était désormais silencieux. C'était surtout la femme qui parlait, essentiellement pour comparer le thé avec ceux qu'elle avait dégustés dans d'autres hôtels de luxe.

La voix de sa mère la tira de ses pensées.

— Je suis ravie que nous nous soyons arrêtés à Dubai. L'architecture est incroyable. Tu as vu cet immeuble en forme de vague, là-bas ? Et dire que tout ça s'est produit en l'espace de… quoi, trente ans ?

— À peu près.

— Ça montre ce qu'il est possible de faire de nos jours.

— Quand on a de l'argent, oui ! Mais je suis contente d'être venue, moi aussi. C'est un endroit étonnant.

Avec un sourire, sa mère se pencha vers elle et murmura d'un ton conspirateur :

— Le type assis juste derrière toi est d'une beauté à couper le souffle. Je parie que c'est une vedette de cinéma. Regarde et dis-moi si tu le reconnais.

Aussitôt, Tina sentit un frisson d'alarme la parcourir. Ari Zavros était un homme très séduisant lui aussi… Pourquoi ne pas jeter un œil, après tout ? Cela aurait le mérite de dissiper ses craintes une fois pour toutes.

Lentement, elle tourna la tête et eut soudain l'impression d'être percutée par un train lancé à pleine vitesse. Comment était-ce possible ? Il lui fallut toute sa volonté pour reprendre ses esprits et répondre d'une voix la plus neutre possible :

— Je ne l'ai jamais vu dans un film.

Dieu merci, il semblait qu'elles n'avaient pas attiré l'attention d'Ari…

Ari ! Il était toujours aussi frappant, son beau visage encadré d'une crinière châtain nuancée de mèches dorées. Ses longs cils, ses yeux ambre, son nez aquilin et son profil arrogant… Il était exactement le même homme que dans son souvenir, jusqu'à ces hautes pommettes qui imprimaient à ses traits une noblesse naturelle.

— Ça doit quand même être quelqu'un de connu, observa sa mère.

Tina sentit la panique l'envahir. Il ne fallait surtout pas qu'il les remarque !

— Arrête de le regarder, s'exclama-t-elle.

Mais sa mère haussa les épaules d'un air indifférent.

— Je ne fais que lui rendre la faveur. Il n'arrête pas de nous observer.

Il les observait ? Tina réprima une furieuse envie de prendre ses jambes à cou. Pourquoi Ari s'intéressait-il à eux ? Avait-il entendu leur accent ? Ce dernier lui avait-il rappelé les trois mois qu'il avait passés en Australie ?

Il n'avait pas pu la reconnaître de dos, se rassura-t-elle. Il l'avait connue avec des cheveux longs et bouclés, elle les portait à présent courts. Non, le problème, c'était qu'Ari était arrivé bien après eux. En partant, elle serait obligée de passer devant sa table. Et s'il levait les yeux, s'il croisait son regard, l'espace d'une seconde…

Un espoir fugitif la traversa. Peut-être ne la reconnaîtrait-il pas. Après tout, des années s'étaient écoulées et de nombreuses femmes lui avaient succédé dans les bras d'Ari. Au bout d'un moment, leurs visages devaient finir par s'estomper. Ou du moins, elle ne pouvait que l'espérer. L'inverse étant bien trop pénible à envisager.

Si elle était sûre d'une chose, c'était bien qu'elle ne voulait pas voir Ari Zavros revenir dans sa vie. C'était après mûre réflexion qu'elle avait choisi d'avoir son bébé sans le lui dire. Quelle différence de toute façon, puisqu'il était déjà parti ? Mais elle n'oubliait pas qu'elle avait payé le prix fort pour son silence. Pendant des mois, elle avait résisté à toutes les questions de son père, à son insistance pour savoir qui était le géniteur de son futur petit-fils. Peut-être avait-elle eu tort, mais elle n'avait jamais regretté sa décision.

Non, même lorsque Théo lui avait, il y a peu, demandé pourquoi il n'avait pas de papa comme ses amis, elle n'avait pas éprouvé la moindre culpabilité à lui expliquer que certains enfants avaient seulement une maman, et que c'était très bien ainsi. Et Ari ne pourrait qu'avoir une influence perturbatrice sur leurs vies. Elle avait travaillé assez dur pour élever son fils dans une atmosphère confortable et sereine, elle ne laisserait pas son ancien amant détruire ses efforts.

Comment éviter une confrontation ? Après tout, peut-être ne serait-ce pas si difficile ? Ari n'allait sûrement pas abandonner sa compagne pour se lancer dans une évocation du passé avec l'une de ses ex. De plus, il était toujours possible qu'il ne la reconnaisse pas.

Quoi qu'il en soit, elle devait s'arranger pour que sa mère et Théo partent avant elle. Hors de question de les voir mêlés à ce scénario apocalyptique !

2.

Le reste de l'après-midi sembla s'écouler au ralenti. Tina avait l'impression de vivre un véritable cauchemar. Comment aurait-elle pu se concentrer sur les délices du menu tant son esprit était occupé par la présence d'Ari ? Telle Alice à la fête du Chapelier fou, elle avait l'impression que la Reine de cœur allait surgir pour lui couper le cou.

Heureusement, ni sa mère ni Théo ne semblaient remarquer la tension qui l'habitait. Sa mère venait d'achever une tarte à la figue et un macaron au thé vert, Théo, de son côté, avait fait un sort à un gâteau au chocolat blanc. Sans conviction, elle se força à avaler un caramel mou. Un nouvel assortiment venait d'apparaître : une fraise trempée dans du chocolat et décorée d'une feuille d'or, une tarte au citron meringuée…, plus, toujours plus. Ce repas ne finirait-il donc jamais ? Combien de temps devrait-elle encore faire semblant de se régaler alors que son estomac se révoltait ?

Combien de temps encore à sourire à Théo, à sa mère ? En réalité, elle souriait tant que les muscles de son visage lui faisaient mal. Silencieusement, elle maudit Ari Zavros d'avoir gâché une expérience qui aurait dû être unique. Évidemment, il pouvait gâcher bien davantage et c'était de cela qu'elle devait se souvenir.

Enfin, sa mère suggéra de redescendre et d'explorer le grand hall d'entrée, ce à quoi Théo acquiesça avec enthousiasme.

— Oh oui ! Je veux revoir les poissons, Yiayia ! Et m'asseoir sur le chameau.

Tina laissa échapper un soupir de soulagement. C'était le moment d'agir et elle avait soigneusement planifié ce qu'elle allait dire. La suggestion devait sembler naturelle, raisonnable.

— Je vous retrouve en bas. Je voudrais prendre quelques photos depuis différents points de vue.

— Bien sûr, répondit sa mère. Allez, viens, Théo.

Tina les suivit du regard tandis qu'ils s'éloignaient main dans la main. Mission accomplie, songea-t-elle. À présent, il s'agissait de passer devant Ari sans se faire remarquer et elle serait libre.

Pour faire bonne mesure, elle prit quelques photos de la vue depuis la fenêtre puis, le cœur battant à cent à l'heure, se dirigea vers l'ascenseur, marchant le plus vite possible.

Soudain, elle se figea : Ari Zavros regardait droit vers elle. Elle vit la stupeur se peindre sur ses traits quand il la reconnut et, malgré elle, elle sentit ses jambes faiblir. Incapable du moindre mouvement, elle fixa son ancien amant avec effarement.

— Christina…

Il avait prononcé son nom d'un ton de plaisante surprise. Un large sourire étirait ses lèvres lorsqu'il se leva. Il s'excusa auprès de sa compagne, qui tourna vers Tina un regard bleu glacial. Blonde, la peau laiteuse et les lèvres pulpeuses comme un fruit mûr, la femme était très belle. Était-elle la dernière potiche en date, ou quelque chose de plus sérieux ?

Cela n'avait aucune importance, après tout. L'important, c'était de se tirer de ce mauvais pas au plus vite !

— Tu t'es coupé les cheveux, observa-t-il d'un ton de reproche.

— Je les préfère courts, répliqua-t-elle sèchement.

Dieu merci, elle avait retrouvé l'usage de la parole et sa voix n'avait presque pas tremblé.

— Qu'est-ce que tu fais à Dubai ? interrogea Ari, le regard pétillant de curiosité.

— Je visite. Et toi ?

— Voyage d'affaires.

— Sans oublier le plaisir, ironisa-t-elle avec un coup d'œil vers la blonde. Je ne veux pas te retenir, Ari. De toute façon, après toutes ces années, que pourrions-nous bien nous dire ?

— Je peux te dire que je suis content de te voir, même avec tes cheveux courts, répondit-il avec un sourire dévastateur.

À ces mots, elle sentit son estomac se tordre. De toutes ses forces, elle se rebella contre la faiblesse qui l'envahissait. Comment osait-il flirter avec elle alors qu'il était avec une autre ? Comment osait-il flirter avec elle tout court après l'avoir abandonnée ?

Elle aurait voulu le gifler, effacer d'un revers de la main ce sourire arrogant, ce charme insupportable. Mais sa dignité le lui interdisait ?

— Je ne suis plus celle que tu as connue. À présent, si tu veux bien m'excuser, je dois rejoindre ma mère.

Cette fois, ses jambes lui obéirent. Mais au moment où elle allait dépasser Ari, il la retint par le bras. Involontairement, elle ferma les yeux en sentant son parfum épicé, le même qu'autrefois, s'élever dans l'air.

Les yeux ambre d'Ari fouillèrent les siens, perplexes, comme s'il ne comprenait pas pourquoi elle se montrait si froide.

— C'était ton fils, tout à l'heure ? Tu es mariée ?

Instinctivement, elle serra les poings. Comme elle aurait aimé pouvoir répondre par l'affirmative, lui laisser croire qu'elle l'avait oublié sitôt après son départ !

C'était ce qu'elle aurait dû lui dire, ne serait-ce que pour lui fermer la porte à tout jamais, pour éliminer toute possibilité de reprendre où ils s'étaient arrêtés.

Prétends que tu es mariée ! hurlait sa raison.

Mais une tempête lui déchirait le cœur. Et de ce tumulte d'émotions montait une voix insidieuse, tentatrice.

Dis-lui la vérité. Donne-lui une leçon.

Un instinct rebelle lui fit relever la tête et soutenir le regard d'Ari.

— Oui, c'était Théo. Mon fils. Mais je ne suis pas mariée.

Lorsqu'il fronça les sourcils, comme si l'idée qu'une femme puisse élever un enfant seule lui déplaisait, elle sentit la colère l'envahir. Comment osait-il la juger ? Il méritait une bonne leçon.

— Théo est aussi ton fils, s'entendit-elle répondre.

Aussitôt, le sourire charmeur et assuré d'Ari disparut pour laisser place à une expression abasourdie. Réprimant un sentiment de jouissance presque féroce, elle força ses jambes à avancer et se dirigea vers l'ascenseur. Elle était presque sûre qu'Ari ne la poursuivrait pas. D'abord parce qu'il était en état de choc, ensuite parce qu'il ferait tout pour éviter une confrontation sous les yeux de sa compagne.

Cependant, elle préférait ne pas prendre le risque de s'attarder pour vérifier sa théorie. Dès qu'elle rejoindrait sa mère et son fils, elle prendrait pour prétexte d'avoir trop mangé pour justifier un départ précipité. De toute façon, ce n'était pas loin de la vérité : elle se sentait terriblement nauséeuse.

À l'abri derrière les portes closes de l'ascenseur, elle tenta de reprendre ses esprits. Bien sûr, elle avait eu tort de révéler à Ari que Théo était son fils et elle regrettait déjà son aveu. Mais elle avait été prise de court par son charisme, son charme insidieux. De toute façon, le mal était fait, restait à espérer qu'Ari ne la croirait pas. Sans quoi elle allait payer cher le bref moment de plaisir qu'elle avait éprouvé en lui clouant le bec.

Seigneur, pria-t-elle en son for intérieur, *faites qu'il ne m'ait pas prise au sérieux !*

Ce garçon… Cet enfant… Son fils ?

Ari se secoua de son étourdissement et fixa la femme qui

s'éloignait à grands pas. Christina Savalas avait apparemment décidé de ne pas donner suite à sa fracassante révélation. Elle donnait même l'impression de s'enfuir.

Avait-elle dit la vérité ?

Il fit un rapide calcul mental. Il avait quitté l'Australie six ans plus tôt, l'âge de l'enfant collait donc. Il devait déterminer quand exactement il était né, une information qu'il n'aurait pas de mal à obtenir. Pour l'heure, il savait que le petit garçon s'appelait Théo Savalas. Et qu'il lui ressemblait comme deux gouttes d'eau !

Un frisson lui remonta le long de l'échine. Si Théo était son fils, cela signifiait qu'il avait abandonné une femme enceinte. Mais comment était-ce possible ? Il avait toujours pris ses précautions au lit, précisément pour se prémunir contre ce genre d'aléa. Était-il possible qu'il ait oublié de se protéger, un soir, dans le feu de la passion ?

Car c'était bien de passion dont il s'était agi. Bien que vierge quand il l'avait connue, Christina avait été une amante fougueuse, intarissable. Aujourd'hui encore, il ne pouvait penser à leurs étreintes sans un émoi fort malvenu.

S'il l'avait abandonnée enceinte, cela changeait beaucoup de choses. Cela signifiait qu'il avait ruiné sa vie, sa carrière. Il comprenait mieux pourquoi il avait lu un tel mépris dans son regard.

Une chose était sûre : il ne pouvait balayer sa révélation d'un revers de la main. Il devait se renseigner. Si le garçon était son fils… pourquoi ne lui avait-elle rien dit ? Pourquoi l'élever seule pendant des années et lui assener la vérité seulement maintenant, au détour d'une rencontre due au hasard ?

— Ari…

Il faillit grincer des dents. Bon sang, il détestait la voix geignarde de Felicity.

— Qu'est-ce que tu fais encore debout ? Viens te rasseoir, elle est partie.

Un profond soupir lui échappa, mais il revint à sa table. Il n'avait pas de raison de se montrer grossier.

— Je pensais à l'Australie, où j'ai rencontré Christina, expliqua-t-il en regagnant sa place.

— Qu'est-ce que tu faisais en Australie ?

— J'étudiais leur industrie viticole. Je voulais voir s'il était possible d'améliorer nos propres méthodes de production.

— Et cette Christina ? Elle travaillait dans le vin ? demanda Felicity d'une voix soudain plus sèche.

— Pas vraiment. Elle faisait juste partie d'une campagne publicitaire pour Jacob's Creek.

— Tu veux dire qu'elle est mannequin.

— Elle l'était, à l'époque.

— Et tu t'es amusé avec elle.

La pique lui arracha une grimace mais il répondit d'un ton calme :

— C'est de l'histoire ancienne. J'étais juste surpris de la revoir ici, à Dubai.

— Apparemment, elle a un gamin, maintenant. Fini de s'amuser. Ça ne doit pas être rose tous les jours d'élever un enfant de cet âge.

Sans répondre, il se contenta de hausser les épaules. Il n'avait aucune envie de poursuivre cette conversation.

— Je n'en sais rien. Je ne suis qu'un homme.

— Et un homme très séduisant, répondit Felicity en lui posant la main sur la cuisse. C'est pour ça que je n'aime pas que tu regardes ailleurs…

Agacé, il lui décocha un sourire crispé. Oui, il aimait regarder Christina. Contrairement aux femmes qu'il fréquentait habituellement, sa beauté n'était pas superficielle.

Il devait absolument la retrouver, lui parler. À l'évidence, elle était en vacances, il n'avait qu'à attendre qu'elle rentre en Australie. Entre-temps, il romprait avec Felicity et se rendrait au mariage de son cousin. Après quoi il aurait tout le loisir d'élucider la question qui le torturait.

Théo Savalas était-il son fils ?

Si c'était le cas, il lui faudrait changer son mode de vie afin d'intégrer ce nouveau facteur. Christina et lui trouveraient un arrangement, qu'elle le veuille ou non. Un père avait des droits et il ne reculerait devant rien pour les faire valoir.

Après tout, qu'y avait-il de plus important au monde que la famille ?

3.

Pendant le reste de leur court séjour à Dubai, Tina fut incapable de se départir d'un sentiment d'angoisse permanent. L'idée qu'Ari Zavros se trouvait dans la même ville qu'elle la tourmentait.

Il avait certainement pris ses déclarations comme une plaisanterie. Et puis, une deuxième rencontre était statistiquement improbable. Pourtant, elle poussa un profond soupir de soulagement en embarquant pour Athènes, trois jours plus tard.

À peine avaient-ils posé le pied à Athènes qu'elle fut prise dans un véritable tourbillon. Oncle Dimitri, le frère aîné de son père, vint les accueillir à l'aéroport et les conduisit à son restaurant situé juste sous l'Acropole. Toute la famille s'était réunie pour les accueillir. Née en Australie, c'était la première fois qu'elle rencontrait bon nombre d'entre eux et, malgré leur accueil chaleureux, les embrassades, les tapes dans le dos et les éclats de rire, elle ne put s'empêcher de se sentir en marge. Les vieilles femmes parlaient d'elle à la troisième personne, comme si elle n'était pas là.

— Il va falloir trouver un mari à ta fille, Helen.

— Pourquoi s'est-elle coupé les cheveux ? Les hommes aiment les cheveux longs.

— C'est une bonne mère, ça se voit tout de suite, c'est l'essentiel.

— Et si en plus elle aide au restaurant…

Je dirige le restaurant, fut-elle tentée de répondre. Mais elle se maîtrisa et dirigea son attention vers son oncle Dimitri, étudiant d'un œil professionnel sa façon de travailler. Il ne quittait pas la salle des yeux, ce qui permettait à ses serveurs d'anticiper les besoins des clients. Le restaurant offrait aussi une tranche de pastèque à chacun à la fin du repas, un geste qui ne manquerait pas d'être apprécié par ces longues soirées d'été. Oui, il était évident que les gens repartaient satisfaits, et qu'ils reviendraient très certainement ou recommanderaient l'endroit à leurs amis.

Le cadre était d'ailleurs charmant. La plupart des tables étaient installées sur le trottoir, sous les arbres ou à l'abri de parasols. Des herbes poussaient dans des pots disposés sans ordre apparent, et emplissaient l'air de leur fragrance à la moindre brise. Quant à la la cuisine, elle était simple, à base de produits frais. Tina goûta à tout et apprécia particulièrement un assaisonnement à base d'huile d'olive, de miel et de vinaigre balsamique, une recette qu'elle se promit d'utiliser à son retour.

Bien que concentrée sur ce qui l'entourait, elle regardait sans cesse en direction de la porte. Cassandra avait laissé un message à leur hôtel précisant que son fiancé et elle les rejoindraient directement au restaurant. Depuis que Cass lui avait présenté George à Sydney, six mois plus tôt, elles ne s'étaient pas revues et elle était impatiente de la voir.

— Les voilà ! s'exclama sa mère, les apercevant la première.

Un sourire radieux aux lèvres, Tina se retourna vers la porte d'entrée. Mais elle se pétrifia, horrifiée par le spectacle qui s'offrait à elle.

Sa sœur était bien là, plus resplendissante que jamais. À ses côtés, George Parasso irradiait de fierté. Juste derrière lui, Ari Zavros venait de franchir le seuil du restaurant.

Ari ? Mais comment…

— Tina, fit sa mère en fronçant les sourcils, ce ne serait pas l'homme que nous avons vu…

Un sifflement strident lui vrillait les oreilles et elle

n'entendit pas le reste de la question. Quel destin sadique avait orchestré cette nouvelle rencontre ? Une rencontre d'autant plus embarrassante qu'elle lui avait avoué que Théo était son fils !

Tout le monde s'était levé pour embrasser les nouveaux venus. Ari se présenta comme le cousin de George, et son témoin au mariage. Son témoin ! Et elle qui était témoin de sa sœur… Le cauchemar ne faisait que commencer, un cauchemar dont elle était en grande partie responsable. Si seulement elle avait su tenir sa langue à Dubai, si seulement elle avait pu résister à la tentation de marquer un point facile !

Oui, si seulement… Mais il n'était plus temps de réécrire l'histoire. Et la lueur de défi qui brûlait dans les yeux ambre d'Ari, lorsqu'il se tourna vers elle, ne laissait aucun doute sur ses intentions. Il avait envie d'en découdre.

— Je suppose que c'est ta sœur ? demanda-t-il à Cass.

Cette dernière fit aussitôt les présentations.

— Oui, voici Tina ! Oh ! Tina, je suis ravie de te revoir. George et moi passons la nuit chez Ari. Quand je lui ai dit que tu serais là ce soir, il a insisté pour venir te rencontrer. Comme ça, vous aurez fait connaissance avant le mariage. Vous êtes nos témoins, c'est important.

Ainsi, Ari n'avait rien révélé de leur passé. C'était déjà ça.

Cassandra, pendant ce temps, avait fondu sur Théo. Elle le souleva à bout de bras.

— Et voici mon neveu. Théo sera notre page.

— Ta tante Cassandra m'a dit que c'était ton anniversaire cette semaine, dit Ari en souriant.

— Je vais avoir cinq ans, confirma l'intéressé en montrant cinq doigts.

— C'est mon anniversaire cette semaine aussi. Nous sommes tous les deux Lion.

— Non, je ne suis pas un lion, je suis un garçon.

Tout le monde se mit à rire, puis Cassandra expliqua :

— Nous sommes tous nés sous un signe qui correspond

à la position des étoiles. Toi, tu es né sous le signe du Lion. D'ailleurs, tu as des yeux ambre, comme un lion.

— Lui aussi, répondit Théo en désignant Ari.

Horrifiée, Tina retint son souffle. Pourvu qu'il ne dise rien ! Pas maintenant !

— Enchanté de faire ta connaissance, Théo. Et celle de ta maman.

Le soulagement la submergea. Apparemment, il n'avait pas l'intention de faire valoir ses droits, du moins pas tout de suite.

— Tina, reprit Ari comme elle ne disait rien. C'est le diminutif de Christina ?

— Oui, répondit-elle d'une voix rauque.

Avec un sourire conquérant, il lui tendit la main et elle n'eut d'autre choix que de la prendre. Une décharge électrique lui traversa tout le corps lorsqu'il referma ses longs doigts sur les siens, rappel brûlant de l'alchimie sexuelle qui avait existé entre eux. Mais au lieu de la déstabiliser, cette réaction renforça sa résolution de ne pas se laisser séduire par cet homme. Si elle devait l'affronter pour la garde de Théo, elle ne pouvait se permettre la moindre faiblesse. Il n'était pas question de lui offrir la moindre emprise sur elle.

De nouvelles chaises furent apportées pour permettre à Cassandra de s'asseoir près de sa mère. Ari se retrouva en bout de table, tout près d'elle et Théo. Tendue, Tina plaqua sur ses lèvres un sourire de façade. Elle était coincée avec Ari et mieux valait en prendre son parti. Comment aurait-elle pu protester sans attirer les soupçons ? De plus, elle savait qu'elle était censée faire sa connaissance et, bien que répugnant à mentir sur leurs relations, elle se força à jouer le jeu.

— Quand avez-vous rencontré ma sœur ?

— Nous pourrions nous tutoyer, tu ne crois pas ?

Habile, concéda-t-elle mentalement.

— Je viens de faire sa connaissance, reprit-il. J'avais entendu parler d'elle, bien sûr, mais je ne la connaissais que sous le prénom de Cassandra, puisque c'est celui qu'elle utilise dans son métier. Ce n'est qu'à l'aéroport que j'ai lu son nom sur sa valise…

— Et tu l'as interrogée sur sa famille, répondit-elle à voix basse, sans cesser de sourire.

— Oui. C'était très intéressant.

De nouveau, elle sentit la peur lui étreindre le cœur. Elle inspira profondément pour s'en libérer.

— Tu habites à Athènes ?

— Pas vraiment. Nous y avons juste un appartement que chacun des membres de ma famille utilise à son gré.

— Je vois. Où vis-tu alors ?

Tout ce qu'elle savait d'Ari, c'était qu'il était le rejeton d'une famille grecque qui avait fait fortune dans le négoce de vin. Durant leur idylle, il avait rarement évoqué ses racines.

— Je vis un peu partout dans le monde, mais c'est à Santorin que je me sens chez moi.

— Nous allons à Santorin, s'exclama Théo, le dévisageant avec curiosité.

— Je sais. Peut-être que nous pourrions faire quelque chose de spécial pour ton anniversaire.

— Oh oui ! se réjouit le petit garçon. Quoi ?

— Nous verrons, intervint Tina.

L'idée de passer une minute de plus que nécessaire en compagnie d'Ari l'emplissait d'effroi. Quels étaient ses motifs ? Était-il juste curieux ou essayait-il de s'immiscer dans leurs vies ? Bouleversée, elle posa sur lui un regard noir, presque hostile.

— Tu es marié ? Tu as des enfants ?

— Au grand dam de mon père, non, je suis célibataire.

— Célibataire, vraiment ?

Ari savait sans doute qu'elle faisait allusion à la blonde de Dubai, mais il ne tiqua pas.

— Oh ! je peux t'assurer que je le suis, Christina.

En l'entendant prononcer son prénom complet, un prénom

qu'il avait autrefois employé dans leurs moments de plus profonde intimité, elle ne put réprimer un frisson. Le regard mordoré d'Ari, posé sur elle, ne semblait pas contenir la moindre trace de culpabilité. Peut-être disait-il la vérité, après tout…

— Un autre « agréable souvenir » à ajouter à ta liste ?

Ari fronça les sourcils. S'il se rappelait avoir employé ces termes précis en la quittant, il n'en montra rien.

— Ma dernière relation n'était pas particulièrement agréable, non. En fait, elle m'a ouvert les yeux. Mes priorités ont changé.

Il baissa les yeux sur Théo avant de reprendre d'une voix plus douce :

— Peut-être qu'il est temps pour moi d'avoir des enfants.

À ces mots, elle se sentit blêmir. Elle était prête à tout pour protéger son fils. Et permettre à Ari de revenir dans sa vie était une très, très mauvaise idée.

— Moi, je n'ai pas de papa, déclara Théo. J'avais un grand-père, mais il est tombé malade et il est allé au paradis.

— J'en suis désolé, répondit Ari.

— Être parent, c'est un choix de vie, ajouta Tina en hâte. Ce n'est pas une chose à prendre à la légère.

— Je suis tout à fait d'accord avec toi.

— Je ne crois pas qu'une personne irresponsable et incapable de s'engager sur le long terme devrait avoir des enfants, renchérit-elle.

— Maman, ça veut dire quoi, irresponsable ?

— Ça veut dire quelqu'un qui ne s'occupera pas de toi, qui ne t'aimera pas comme ta maman, tes grands-parents ou tes amis, expliqua gravement Ari. Tu as des amis, Théo ?

— J'en ai plein ! fanfaronna l'intéressé.

— Dans ce cas, tu dois être heureux.

— Très heureux, renchérit Tina, lançant à Ari un regard dans lequel elle espérait qu'il lirait clairement *sans toi.*

— Tu dois être une mère admirable, Christina. J'imagine que ce n'est pas facile d'élever un enfant seule.

— Je n'ai jamais été seule. Mes parents étaient là.

— Ta famille, murmura son compagnon d'un air approbateur. C'est important. Un homme ne devrait jamais tourner le dos à sa famille.

Le défi qu'elle lut dans ses yeux fit abandonner toute prudence à Tina. Elle se pencha vers lui pour chuchoter furieusement :

— C'est toi qui nous as abandonnés !

— Il est difficile d'abandonner un fils dont on ignore l'existence ! répliqua-t-il en se penchant à son tour pour parler sans être entendu de Théo. Nous pouvons régler ça en douceur ou employer la manière forte. Dis-moi ce que tu préfères.

— Régler quoi ?

— Nous battre pour notre enfant ne profitera à personne.

— Je suis d'accord. Ne nous battons pas. Laisse-nous tranquille et vis ta vie.

— Tu me demandes de faire comme si Théo n'existait pas ?

— Pourquoi pas ? Tu as bien fait comme si je n'existais pas.

— Une erreur que je compte bien corriger, crois-moi.

— Trop tard.

— C'est ce que nous verrons.

Cette fois, les hostilités étaient ouvertes. La détermination d'Ari, ses réponses cinglantes à toutes les objections qu'elle soulevait, laissaient présager un combat à mort. Le cœur battant, elle regarda son compagnon sourire à Théo, qui dévorait goulûment une tranche de pastèque.

— C'est bon ?

La bouche pleine, le petit garçon acquiesça. La lueur de fierté qui brillait dans ses yeux quand Ari s'adressait à lui serra le cœur de Tina. Ce charme qu'il déployait, elle ne le connaissait que trop. Elle y avait succombé des années plus tôt et tout ça pour quoi ? Il l'avait abandonnée sans sourciller quand il s'était lassé d'elle. Mais comment l'expliquer à un enfant de cinq ans ?

— Cassandra m'a dit que tu tenais un restaurant à Bondi Beach ? demanda Ari en reportant son attention sur elle.

— Oui. Il appartenait à mon père. Il m'a formée quand sa santé a commencé à décliner.

— Ça doit t'imposer de longues heures de travail. Pas facile d'être une mère active.

Voulait-il sous-entendre qu'elle n'avait pas le temps de s'occuper de son fils ? Furieuse, elle le fusilla du regard.

— Nous habitons un appartement juste au-dessus du restaurant, répondit-elle d'une voix ferme. Dans la journée, Théo est au jardin d'enfants, qu'il adore. Le reste du temps, il est soit avec moi, soit avec ma mère. Et son terrain de jeu, c'est la plage. Au cas où tu ne l'aurais pas remarqué, c'est un enfant très épanoui.

Et il n'a pas besoin que tu fasses irruption dans sa vie.

— Maman et moi, on construit des châteaux de sable, s'exclama le petit garçon.

— Si tu aimes la plage, tu vas aimer les îles grecques.

— On peut aller sur n'importe quelle plage ?

— Bien sûr. Il y en a une juste en bas de chez moi à Santorin. Tu pourras y faire tous les châteaux que tu veux.

— Tu m'aideras ?

— Je ne crois pas qu'Ari aura le temps, intervint Tina. C'est un homme très occupé.

— Mais non, pas du tout. Je serai ravi de faire découvrir à Théo les charmes de mon île pour son anniversaire. Je l'emmènerai sur le téléphérique, faire des randonnées à dos d'âne…

— Un âne ! s'écria Théo avec excitation.

— … une excursion en bateau dans les îlots volcaniques…

— Un bateau !

Les yeux de son fils étaient désormais ronds comme des soucoupes… Tina sentit son cœur se serrer.

— … puis nous construirons des châteaux géants sur la plage.

— On peut, maman ? Dis, on peut ?

— On peut quoi, Théo ? fit sa grand-mère, attirée par la voix aiguë de son petit-fils.

— Faire du bateau et monter sur un âne, Yiayia. Pour mon anniversaire !

— Je viens de lui proposer, expliqua Ari avec un sourire affable. Je voudrais lui offrir un anniversaire dont il se souviendra toute sa vie.

Ainsi, le piège venait de se refermer. Cette fois, impossible d'y échapper ! Elle n'avait plus d'autre choix que de se laisser porter, elle le savait. Si elle protestait, elle devrait fournir des explications et c'était bien la dernière chose qu'elle souhaitait. Elle devait absolument repousser au maximum le moment où la vérité éclaterait au grand jour, ne serait-ce que pour ne pas gâcher le mariage de sa sœur. Cass ne méritait pas cela.

La famille entière était à présent tournée vers eux. Furieuse, elle se força à sourire.

— C'est très gentil, Ari.

— Cassandra m'a dit que vous serez à l'hôtel El Greco. Je vous contacterai.

— Merci.

La conversation reprit autour de la table. Théo assaillit Ari de questions sur Santorin, auxquelles il répondit de bonne grâce. Le regard posé sur son fils, Tina maudit intérieurement son ancien amant. Comment osait-il ? Mais comment oublier que, s'il y avait quelqu'un à blâmer, c'était bien elle ? Que lui avait-il pris de tout révéler à Dubai ? Oui, elle était seule responsable de cette situation de crise. Il ne restait plus désormais qu'à limiter les dégâts.

Un mouvement dans l'assistance la tira de ses pensées. Cassandra et George, fatigués par le voyage, prenaient congé et, à son grand soulagement, elle vit qu'Ari se levait pour partir avec eux. Lorsqu'il lui tendit la main, elle la serra avec son sourire le plus aimable, mais elle se raidit en l'entendant déclarer :

— J'ai hâte de faire découvrir Santorin à Théo. Merci de m'accorder ta confiance.

— Oh ! mais tu as toute ma confiance, répondit-elle de sa voix la plus froide. Je suis sûre que l'on peut compter sur toi.

Puis elle ajouta sans desserrer les dents, de manière à ce qu'il fût le seul à l'entendre :

— Sauf sur le long terme, bien sûr…

— Nous verrons, souffla Ari avec un sourire arrogant.

Les derniers adieux échangés, il disparut enfin. Elle aurait dû se sentir soulagée, mais le regard brillant d'excitation de Théo lui disait que ses ennuis ne faisaient que commencer.

4.

Assis sous une pergola couverte de vigne dominant la mer Egée, Maximus Zavros sirotait son café serré du matin. Il prenait son petit déjeuner au même endroit tous les jours. Le paysage l'apaisait, la vue lui faisait oublier les tourments du quotidien. Aujourd'hui, cependant, le déplaisir que lui causait son fils l'empêchait de se détendre. Il ne se priva pas de le lui faire savoir sitôt qu'Ari émergea sur la terrasse.

— Tu oses te présenter devant moi sans la moindre perspective de mariage ?

Maximus replia son journal, puis l'abattit sèchement sur la table.

— Ton cousin George a deux ans de moins que toi. Il n'est pas aussi séduisant. Il n'est pas aussi riche. Pourtant, lui, il s'est trouvé une femme, et une femme superbe. Quel est ton problème, au juste ?

— Peut-être que j'ai raté le train que je devais prendre, maugréa Ari, tirant une chaise pour s'installer face à son père.

— Qu'est-ce que ça veut dire ?

Ari se servit un verre de jus d'orange avant de répondre. Une longue discussion s'annonçait et il avait déjà la gorge sèche.

— Ça veut dire que j'ai déjà rencontré ma future femme, mais je l'ai laissée partir il y a six ans. À présent, je dois la reconquérir, chose qui s'annonce d'autant plus difficile qu'elle me déteste.

— Elle te déteste ? Pour quelle raison ? Et pourquoi

devrais-tu l'épouser ? Tu veux vraiment te mettre une marâtre sur le dos ? Je pensais que tu avais un peu plus de bon sens.

— Christina était enceinte quand je suis parti. Évidemment, je l'ignorais. Elle a donné naissance à un fils il y a cinq ans. Mon fils.

Son père fronça ses sourcils broussailleux et l'examina pendant une longue minute en silence, ruminant l'information.

— Tu es sûr qu'il est de toi ?

— Évidemment. Non seulement il me ressemble de manière frappante, mais les dates concordent.

— Qui est cette Christina ? Est-il possible qu'elle ait été avec un autre homme en même temps que toi ?

— Non, répondit Ari sans hésiter. Elle était vierge quand nous nous sommes rencontrés en Australie et nous étions très épris. Elle était à l'aube d'une carrière de mannequin prometteuse. J'étais jeune et stupide, je n'avais pas de projet de mariage et je pensais qu'elle non plus.

— Par quel miracle vos chemins se sont-ils croisés de nouveau ? L'Australie, ce n'est pas exactement la porte à côté.

— Christina est la sœur de Cassandra, la future femme de George. Elle sera son témoin et Théo, son fils — notre fils —, leur page.

— Est-ce que la famille est au courant de cette affaire ?

— Absolument pas. Tout le monde pense que nous venons tout juste de faire connaissance.

— Et qu'attend-elle de toi, cette Christina ?

— Rien, justement. Elle ne veut pas de moi dans sa vie ou dans celle de Théo.

— Je vois. Il est donc important de la faire changer d'avis.

Ari laissa échapper un soupir de soulagement. C'était une bonne chose que son père soit arrivé à la même conclusion que lui. Il constituerait un allié de poids dans les jours à venir.

— Je m'y attaque dès demain, confia-t-il. C'est l'anniversaire de Théo, il va avoir cinq ans. J'ai réussi à forcer la main à Christina. Nous allons passer la journée ensemble.

— Comment as-tu fait ?

— Christina ne veut pas révéler la vérité avant le mariage de sa sœur. Elle a peur de gâcher la fête. Disons que je me sers de cette petite faiblesse comme d'un levier.

— Elle pense à sa famille… Ça me plaît. Elle fera une bonne épouse ?

— Au moins, elle aime les enfants, ce qui n'était pas le cas de Felicity Fullbright. Et elle m'attire toujours autant. Le reste ne dépend pas de moi.

— Quand doivent-ils arriver à Santorin ?

— Aujourd'hui même.

— Où sont-ils logés ?

— Au El Greco.

— Je vais appeler le directeur de l'hôtel. Leur séjour sera à mes frais. Fruits frais et fleurs dans les chambres, ainsi qu'une sélection des meilleurs vins de Santorin, avec les compliments de la famille Zavros. Notre fortune a tendance à impressionner les gens et à les mettre dans de bonnes dispositions envers nous.

Ari doutait fort que la générosité intéressée de son père ait la moindre influence sur Christina, mais il garda son opinion pour lui.

— Ça pourrait faire effet sur sa mère, réfléchit-il à voix haute. Elle s'appelle Helen, elle est veuve. Si maman et toi lui accordiez un peu d'attention au mariage, ça ne pourrait que jouer en notre faveur.

— Bien sûr. C'est la moindre des choses.

— La mère de Christina est grecque, son père l'était également. Leurs deux filles sont nées en Australie, mais Helen Savalas est de la vieille école. Je doute qu'un mariage arrangé entre deux familles du pays la choque. Si nous pouvions lui faire comprendre qu'il est dans l'intérêt de Théo et de Christina d'accepter mon aide…

— Compte sur moi. Je m'occupe de gagner la mère à

notre cause, tu te charges de la fille. Il est inadmissible qu'un enfant grandisse sans son père.

Ari acquiesça. C'était le nœud du problème.

Un problème que rien au monde ne l'empêcherait de résoudre, il en faisait le serment.

Pendant les dix heures de la traversée entre Athènes et Santorin, Théo, fasciné par le sillage du navire, resta sur le pont arrière du ferry. Tina passa son temps à le surveiller, laissant son regard errer sur le paysage qui les entourait. Comme les îles qu'ils dépassaient étaient austères ! Quelle différence avec les îles tropicales de l'Australie !

Cependant, quand leur navire entra enfin dans le port de Santorin, elle céda à l'émerveillement. Comment ne pas être impressionnée par le charme minéral de l'ancien volcan, par les falaises abruptes du cratère qui plongeaient dans une mer bleu saphir ? À leur sommet, une ville blanche brillait sous le soleil de l'après-midi.

Elle s'assombrit de nouveau en se rappelant qu'Ari Zavros vivait sur cette île. Comment en apprécier les charmes avec une telle épée de Damoclès au-dessus de la tête ? Surtout, pourquoi Ari ne reconnaissait-il pas qu'il n'avait pas sa place dans la vie de Théo ?

Chassant ses sombres pensées, elle se dirigea vers le chauffeur qui les attendait à l'arrivée du ferry pour les conduire à l'hôtel. Théo passa le trajet le nez collé à la vitre du minibus, à regarder le port qui rétrécissait à une vitesse vertigineuse. La route zigzaguait à même la falaise et la vue était à couper le souffle. L'espace de quelques instants, elle oublia ses préoccupations pour admirer le paysage.

L'hôtel El Greco était situé de l'autre côté de l'île. Nichés sur des terrasses face à la mer, ses bâtiments blancs déployaient leurs arcades autour de terrasses et de piscines privées. Çà et là, des bosquets d'hibiscus et des bougainvillées faisaient des taches de couleur, comme si un peintre avait secoué son pinceau sur ce tableau de rêve.

La réception, spacieuse, baignait dans une fraîcheur bienvenue. Oui, c'était un endroit idyllique. Du moins pour qui n'avait pas eu le malheur de croiser Ari Zavros et de lui donner un enfant…

— Ah, mademoiselle Savalas, s'exclama le réceptionniste sitôt qu'elle tendit son passeport. Excusez-moi, je vais informer le directeur de votre arrivée.

Il disparut par une porte voûtée dont il émergea un court instant plus tard, suivi d'un homme rondouillard et souriant.

— Il y a un problème avec nos réservations ? demanda anxieusement la mère de Tina.

— Pas le moins du monde, madame Savalas, la rassura le nouveau venu. Nous vous avons installé dans nos meilleures chambres. Si vous avez besoin de quoi que ce soit, faites-le nous savoir.

— C'est très aimable.

— Nous avons reçu des instructions de M. Zavros. J'ai cru comprendre que vous étiez là pour le mariage ?

— Eh bien, oui, murmura Helen Savalas en jetant un regard intrigué à Tina. C'est très gentil de la part d'Ari, mais…

— Non, non, c'est Maximus Zavros en personne qui a donné les ordres. La famille passe avant tout ici, et vous ne serez pas facturés pour votre séjour. Considérez-vous comme nos invités. Vous pouvez donc ranger votre carte de crédit.

Helen secoua la tête avec incrédulité.

— Mais nous n'avons même pas rencontré ce Maximus Zavros…

L'objection ne parut pas décontenancer le directeur de l'hôtel.

— Nul doute que vous ferez sa connaissance au mariage.

— Je ne suis pas sûre de pouvoir accepter ce… cet arrangement.

Cette fois, le sourire de leur interlocuteur s'effaça.

— Oh ! mais il le faut ! M. Zavros est un homme très puissant et très respecté. Il serait offensé si vous refusiez son hospitalité. Je serais tenu pour responsable. Je vous en prie, madame Savalas…

L'anxiété visible du directeur eut raison des réticences de Helen Savalas.

— Très bien, très bien… Je suppose que nous pourrons en discuter avec Ari demain.

L'estomac noué, Tina acquiesça. Elle doutait qu'il s'agisse d'une simple démonstration du sens de l'hospitalité de leurs hôtes. « La famille avant tout », avait dit le directeur de l'hôtel. Ce genre de langage ne laissait pas de doute : Ari avait parlé à son père. La générosité de Maximus Zavros, elle en aurait juré, faisait partie d'une stratégie destinée à les impressionner.

— Laissez-moi vous conduire à vos suites. Je tiens à m'assurer personnellement que tout est à votre convenance. Notre bagagiste se chargera de vos valises.

En découvrant les chambres incroyablement luxueuses, ouvrant chacune sur une terrasse privée, les corbeilles de fruits frais, les fleurs et les bouteilles de vin disposées sur plusieurs tables, Tina sentit la colère l'envahir. Comment osait-il les manipuler si ouvertement ? Sa mère et Théo, en revanche, paraissaient impressionnés. Le plan d'Ari et de son père fonctionnait à merveille…

Réprimant son agacement, elle emmena Théo se changer avant de l'accompagner à la piscine de l'hôtel. Assise au bord du petit bassin, les jambes dans l'eau, elle observa son fils s'ébattre dans l'eau avec des cris de joie. Le bonheur de son fils lui arracha un sourire, mais une appréhension croissante l'empêchait de se détendre.

Les Zavros allaient-ils faire valoir leurs droits sur son fils ? Si c'était le cas, que pourrait-elle faire pour s'y opposer ? C'était David contre Goliath. Les hommes tels qu'Ari et son père ne s'embarrassaient pas de scrupules lorsqu'ils désiraient quelque chose. Ils le prenaient. Ils en avaient la possibilité et en profitaient. L'argent permettait de tout acheter, les meilleures chambres du meilleur hôtel de Santorin, ou un enfant…

Malgré elle, elle sentit les larmes lui brûler les yeux. Oui, elle avait peur de l'avenir, de la semaine qui s'annonçait. Passer cinq jours derrière les lignes ennemies, sur le territoire des Zavros, rencontrer toute la famille d'Ari… Aurait-elle la force de surmonter cette épreuve ? Il était évident à présent que même si elle n'avait rien dit, à Dubai, la crise aurait éclaté de toute façon. Théo ressemblait trop à son père pour qu'elle puisse garder longtemps le secret. En réalité, le compte à rebours avait commencé dès l'instant où Cassandra avait rencontré George…

Que faire ? Devait-elle tout avouer à sa mère ?

Les retombées d'une telle confession étaient si nombreuses… Non, mieux valait garder le silence le plus longtemps possible. La journée du lendemain avec Ari lui donnerait peut-être une idée plus claire de ses motivations et des moyens qu'il comptait employer.

Les cinq ans de Théo… Son premier anniversaire avec son père.

Elle savait d'ores et déjà que chaque minute allait être une véritable torture.

5.

Tina était sur le point d'accompagner sa mère et son fils au restaurant lorsque le téléphone sonna dans sa chambre. C'était Ari. D'un geste, elle fit signe à sa mère d'emmener Théo. Après les événements des derniers jours il y avait beaucoup de choses dont elle voulait discuter avec lui. Sitôt sa famille hors de portée d'oreille, elle passa à l'attaque.

— Tu as parlé de Théo à ton père, n'est-ce pas ?

— Bien entendu, reconnut-il sans la moindre hésitation. Il avait le droit de savoir. Un droit que tu m'as refusé pendant cinq ans.

— Tu m'avais clairement fait comprendre que tu en avais fini avec moi.

— Ce n'est pas une excuse. Tu aurais pu me retrouver facilement, par internet par exemple.

— J'imagine ta tête si l'une de tes anciennes maîtresses resurgissait dans ta vie par e-mail interposé ! Et puis, si je t'avais dit que j'étais enceinte, tu m'aurais crue ?

L'hésitation que marqua Ari était révélatrice. Elle lui transperça le cœur, mais la conforta dans le choix qu'elle avait fait des années plus tôt.

— Je pensais avoir pris mes précautions, finit-il par répondre au bout du fil. Quoi qu'il en soit, le résultat est là, et je ne doute pas un seul instant que Théo soit mon fils. À ton tour, crois-moi quand je te dis que j'ai bien l'intention d'assumer mon rôle.

Comme assommée, elle se laissa tomber sur le rebord du

lit. Le conflit semblait inévitable, mais elle devait à tout prix gagner un peu de temps. Au moins jusqu'à après le mariage.

— À Athènes, tu as dit que nous pourrions faire ça en douceur, murmura-t-elle.

— C'est exact. Tu as quelque chose à suggérer ?

— Tu as détruit ma vie une première fois et je suppose que rien ne t'empêchera de le faire de nouveau. Mais je t'en prie… ne gâche pas le mariage de ma sœur. Ce serait égoïste et minable, deux traits caractéristiques de ton comportement, certes, mais… En échange, je ne m'interposerai pas entre Théo et toi. Je vous aiderai à faire connaissance dans les jours qui viennent.

Un long silence accueillit son offre. La mâchoire serrée, elle ajouta :

— Si tu refuses, je me battrai pied à pied, Crois-moi, la détresse d'une mère a beaucoup de poids devant un juge.

— Que t'ai-je fait, exactement, qui t'autorise à me qualifier « d'égoïste et minable » ? finit-il par demander, comme si c'était la seule chose qu'il ait retenue de sa tirade.

— Tu m'as laissée croire à un avenir qui n'existait pas. Si tu t'avisais de faire la même chose à Théo…

— Assez ! J'accepte ton offre. Je te retrouverai à l'hôtel dans une heure et nous passerons la journée ensemble, dans une atmosphère harmonieuse, pour notre fils.

Sans lui laisser l'occasion de répondre, il raccrocha. Lorsqu'elle reposa à son tour le combiné, elle s'aperçut que sa main tremblait. Rien ne viendrait gâcher le mariage de Cass, c'était déjà ça, tenta-t-elle de se rassurer. Quant au reste… La seule chose qu'elle pouvait faire, désormais, c'était d'affronter les problèmes au jour le jour.

Bouillant de colère, Ari arpentait le patio de la maison familiale. Cela faisait presque une heure qu'il avait raccroché mais les accusations de Christina le hantaient encore. Ce n'était pas la première fois qu'une femme le vouait aux gémonies mais jamais aucune ne l'avait affecté à ce point. C'était sans doute à cause de Théo, raisonna-t-il. L'existence de son fils le rendait plus sensible, voilà tout.

Il n'en restait pas moins que l'hostilité de Tina à son égard était injustifiée. Il avait employé les grands moyens pour la séduire, l'avait comblée de cadeaux, lui avait murmuré tous les mots doux que les femmes aimaient à entendre.

Était-ce sa faute si elle était tombée enceinte malgré toutes ses précautions ? Il n'avait jamais eu l'intention de lui faire le moindre mal. D'ailleurs, il aurait assumé ses responsabilités si elle avait daigné lui faire part de la naissance de Théo. Son fils aurait pu grandir dans le luxe, au lieu d'être élevé sur une plage par une mère célibataire.

Si les choses s'étaient passées autrement, c'était la faute de Christina, pas la sienne. Et s'entendre qualifier « d'égoïste » et de « minable » était bien le comble de l'injustice.

Pourtant, il n'arrivait pas à oublier une des phrases qu'elle avait prononcées. « Tu m'as laissée croire à un avenir qui n'existait pas. »

De quel avenir parlait-elle ? Soudain, la réponse lui apparut, lumineuse. Jeune et naïve, Tina avait-elle cru à une histoire durable ? Cela expliquerait qu'elle ait si mal pris leur rupture. Oui, elle avait sans doute été blessée au point de préférer lui cacher sa grossesse plutôt que de le voir revenir dans sa vie.

Et elle avait peur, à présent, qu'il fasse de même à Théo : qu'il lui donne l'impression de l'aimer avant de l'abandonner. Vu sous cet angle, il pouvait presque la comprendre.

Il devait donc changer l'image qu'elle avait de lui. Lui faire comprendre qu'il n'abandonnerait jamais leur enfant. Mais il voulait plus ! Tina devait accepter de devenir sa femme ! Comment la convaincre ? Il était évident que son charme n'y suffirait pas...

Elle lui avait proposé un marché. Pourquoi ne pas faire de même ?

Après tout, il lui suffisait d'offrir des conditions qu'elle ne pouvait pas refuser.

— Il ressemble à un dieu grec, remarqua Helen Savalas en regardant Ari traverser la terrasse en direction de leur table.

Aussitôt, Tina sentit son estomac se contracter. Elle avait pensé la même chose autrefois. Avec ses cheveux dorés par le soleil, sa peau bronzée et ses yeux de feu, Ari semblait tout droit sorti de l'*Odyssée*.

Les années ne l'avaient pas changé. Vêtu d'un pantalon de lin blanc et d'une chemise remontée sur ses bras puissants, il était d'une beauté à couper le souffle. Athlétique, charismatique, il exsudait un charme incroyable. Rien d'étonnant à ce qu'il fasse tourner les têtes de toutes les femmes qu'il croisait…

Mais il n'avait plus ce pouvoir sur elle ! Non, elle savait désormais qu'un cœur de pierre se cachait derrière cette façade. Et elle n'allait certainement pas succomber de nouveau.

— Il nous apporte un cadeau de l'Olympe, ironisa-t-elle en avisant le paquet qu'il tenait sous le bras.

— C'est pour moi ? s'écria Théo avec excitation.

— Bien sûr que c'est pour toi, répondit Ari en souriant. Joyeux anniversaire.

— Je peux l'ouvrir ?

— Remercie d'abord Ari.

— Merci beaucoup.

Avec un pincement au cœur, elle observa son fils déballer avec avidité le paquet qui contenait une gare en Lego.

— Il adore les Lego, remarqua Helen avec un regard approbateur. Excellent choix.

— Je pensais bien que ça lui plairait. Mes neveux en ont plein leur chambre.

— En parlant de famille, reprit Helen, votre père a apparemment insisté pour payer notre séjour mais…

— Ça lui fait plaisir, madame Savalas, coupa Ari d'un ton qui réussissait à être ferme et aimable à la fois. Si le mariage s'était déroulé sur Patmos, la famille de George aurait fait de même. À Santorin, mon père se considère comme votre hôte. À ce sujet, il aimerait tous vous avoir à dîner ce soir. Ça vous permettra de faire connaissance avant le mariage.

— C'est très aimable. Nous acceptons avec plaisir.

Tina fixa Ari avec perplexité. Avait-il menti en promettant de garder le secret ? Le but de ce dîner n'était-il pas de révéler la vérité au moment où elle s'y attendrait le moins ? Elle n'était pas naïve au point de lui faire confiance.

— J'ai expliqué à ma mère que c'était ton anniversaire, Théo, reprit-il au même instant. Elle va préparer un gâteau spécialement pour toi, avec cinq bougies que tu pourras souffler en faisant un vœu. Tu as toute la journée pour réfléchir à ce que tu désires le plus au monde.

Et il avait toute la journée pour séduire Théo, s'immiscer dans son cœur et sa vie… Tina sentit l'inquiétude grandir en elle. Elle était bien placée pour savoir à quel point Ari pouvait être séduisant. Le problème, c'était le long terme, la constance dont il ferait preuve dans son rôle de père.

— Vous nous accompagnez, madame Savalas ? proposa-t-il au même instant. Nous allons visiter Santorin.

— Oh non, non, ce n'est plus de mon âge. J'irai me promener en ville plus tard, je ferai un peu de shopping et je rentrerai. Mieux vaut que je laisse les jeunes avec les jeunes.

Tina se retint de justesse de lever les yeux au ciel. À l'évidence, sa mère se faisait déjà des idées. L'équation « dieu grec » plus « fille célibataire » plus « île au soleil » lui donnait des idées.

Elle réprima un soupir de dépit. Puisqu'elle avait accepté de passer la journée avec Ari, autant faire contre mauvaise fortune bon cœur. Mais s'il la trahissait au dîner, s'il révélait que Théo était son fils, elle le lui ferait payer très cher.

Après être repassés par leur chambre pour déposer les

Lego de Théo et se rafraîchir, ils retrouvèrent Ari devant l'entrée de l'hôtel. De là, ils prirent la direction du village de Fiera, à cinq minutes de marche.

D'un geste, Tina poussa Théo entre Ari et elle. Il était hors de question de risquer d'avoir le moindre contact physique avec son ancien amant. Malgré elle, elle sentit l'émotion l'envahir devant le bonheur de son fils qui gambadait en leur tenant la main, un grand sourire aux lèvres, captivé par tout ce qui l'entourait. Mais elle ne devait pas céder à cette illusion car ce bonheur ne pouvait être que de courte durée. Ari serait incapable de tenir ce rôle de père sur le long terme, elle le savait.

— Tu as parlé de notre marché à tes parents ? demanda-t-elle par-dessus la tête du petit garçon.

— Je leur en parlerai le moment venu.

Un soupir de frustration et d'impuissance lui échappa. Elle n'avait d'autre choix que de le croire. Tiendrait-il sa parole ? Elle l'espérait. Car cette fois, l'enjeu les dépassait. Il en allait de l'avenir de leur fils.

Perdue dans ses pensées, elle laissa son regard errer sur le paysage qui l'entourait. La vue depuis la route qui plongeait vers la ville était merveilleuse. Deux paquebots flottaient au milieu de l'anse délimitée par l'ancien cratère. Leur coque blanche offrait un contraste saisissant avec le bleu des flots.

— On va prendre un de ces bateaux ? demanda Théo avec enthousiasme.

— Non. Ils sont bien trop gros pour s'approcher de la côte. Ils doivent débarquer leurs passagers à l'aide de navires plus petit. Celui que nous allons prendre nous permettra d'aller où nous voudrons. Tu pourras même le conduire si tu veux.

— C'est vrai ? Moi ?

— Oui, toi. Tu pourras t'asseoir sur mes genoux et être le capitaine.

— Tu entends, maman ? Je vais être le capitaine du bateau.

— Ton bateau, Ari ? demanda-t-elle.

Qu'allait-il encore sortir de son chapeau pour impressionner leur fils ?

— Celui de la famille. Il nous attend au port.

Sa richissime famille, bien sûr. Comment pourrait-elle empêcher Théo de se laisser séduire ? Elle-même était tombée dans le piège, et à l'âge adulte ! Un gamin de cinq ans n'avait aucune chance…

Le combat qu'elle menait était perdu d'avance. Même en cet instant, avec le bénéfice de l'expérience, Ari l'attirait toujours. Alors, comment s'étonner qu'après lui aucun homme n'ait plus trouvé grâce à ses yeux ? Il était la séduction incarnée. Lui, en revanche, ne devait pas s'être privé d'enchaîner les conquêtes. Comme la blonde de Dubai, par exemple…

Quelle humiliation ! Dire qu'elle l'avait considéré comme l'homme de sa vie alors qu'elle n'avait été qu'un « charmant épisode » à ses yeux. Même aujourd'hui, il ne s'intéressait à elle qu'à cause de leur enfant.

Ils avaient maintenant rejoint le centre du village et ils s'engagèrent sur une petite route qui menait à une ravissante église blanche perchée au sommet d'une colline. En chemin, une statue d'âne peinte en rose signalait l'emplacement d'un magasin de souvenirs et de cartes postales.

— Je ne suis pas monté sur le chameau, je peux aller sur l'âne ? demanda Théo en la tirant par la manche.

— Tu pourras bientôt monter sur un vrai âne, tu ne crois pas que ce sera mieux ?

— Il ne sera pas rose. Et je voudrais une photo de moi sur celui-là.

— C'est ton anniversaire, intervint Ari en le soulevant dans ses bras pour l'installer. Nous ne pouvons rien te refuser.

Lorsqu'ils se retournèrent tous deux vers elle avec un sourire radieux, elle eut l'impression de recevoir un coup au cœur. Ils se ressemblaient tant… D'une main tremblante, elle leva son appareil pour prendre la photo demandée.

— À moi de vous prendre tous les deux, déclara Ari. Viens te mettre à côté de Théo et passe-moi ton appareil.

— Oh oui, viens, maman !

À contrecœur, elle obéit et se dirigea vers son fils.

— Attention, souriez !

Avec un sourire mécanique, elle fixa l'objectif, pressée d'en finir. Mais sitôt la photo prise, Ari sortit son téléphone portable pour en prendre une deuxième. Un cliché pour ses parents, sans doute. Elle en imaginait déjà la légende : *Voilà votre petit-fils et voilà sa mère.*

— Tu as un très beau sourire, Christina, fit observer son compagnon lorsqu'il les rejoignit.

— Arrête, marmonna-t-elle entre ses dents.

— Arrête quoi ?

Théo, captivé par un panier de peluches devant le magasin, ne leur prêtait pas la moindre attention. Elle en profita pour exprimer les sentiments qu'elle avait passé la matinée à réprimer.

— Je n'ai pas besoin de tes compliments.

— Je ne faisais que constater un fait. Qu'y a-t-il de mal à cela ?

— Il y a que ça me rappelle à quel point je me suis montrée stupide.

— Je suis désolé que tu aies mal interprété mes propos, autrefois. Si je t'ai laissé croire que…

— Mal interprété tes propos ? répéta-t-elle avec un éclat de rire incrédule. Quand tu me disais que j'étais unique, que voulais-tu dire exactement ? Éclaire-moi, si tu veux bien.

— Tu étais unique. Et tu l'es toujours, répondit-il en posant sur elle un regard qui la fit frissonner. Je n'étais simplement pas prêt, à l'époque, pour une relation de longue durée. Mais je le suis aujourd'hui. Je veux t'épouser, Christina.

Interdite, elle le fixa, le cœur prêt à s'arrêter. Que voulait-il dire ? Aucun des scénarios qu'elle avait essayé d'anticiper ne contenait le mot « mariage ».

Puis sa raison se remit en marche. Bien sûr, Ari voulait Théo. Et la meilleure façon d'y accéder, c'était effectivement de l'épouser, elle, Tina. Un tel cynisme lui coupait le souffle, mais elle devait lui reconnaître une certaine logique. Cet homme était un stratège né.

— N'y compte même pas. Je ne t'épouserais pas si tu étais le dernier homme sur Terre.

— Je suis sûr que je peux te faire changer d'avis.

— Comment ça ?

— Réfléchis : je t'offre une vie confortable, sans conflit au sujet de Théo. Nous l'éduquerons ensemble.

— Tu me prends pour une idiote ? Tu crois que je vais gober tes belles promesses ?

— Je suis prêt à te donner des garanties. Nous signerons un contrat de mariage stipulant le versement d'une rente jusqu'à la fin de tes jours. Tu ne manqueras plus jamais de rien. Considère ça comme un dédommagement pour la souffrance que je t'ai infligée.

— Je suis parfaitement capable de subvenir à nos besoins. L'argent n'est pas tout. Et puis je n'ai aucune envie de devenir ta femme. Ce serait donner le bâton pour me faire battre.

— Je me souviens du plaisir que nous éprouvions dans les bras l'un de l'autre. Tu n'as pas envie de recommencer ?

Au souvenir de l'adoration aveugle qu'elle lui avait porté, elle se sentit rougir, honteuse.

— Je ne suis pas naïve, Ari. Ce mariage n'est qu'une pirouette juridique à tes yeux. Il t'offre un accès total à ton fils et c'est tout ce qui t'intéresse. Tu ne pourras jamais être fidèle. Ce n'est pas dans ta nature.

— Détrompe-toi. Si tu acceptes de m'épouser, je te serai fidèle.

— Tu voudrais que j'avale une chose pareille ?

— Ce soir, tu vas rencontrer mes parents. Leur mariage a été arrangé mais ils l'ont fait marcher. Ils sont dévoués l'un à l'autre et je ne vois pas ce qui nous empêche de les imiter. Il suffit d'un peu de bonne volonté, Christina.

— À ceci près que je ne te fais pas confiance. Toute la bonne volonté du monde ne changera rien à ton amour immodéré pour les femmes.

— Dans ce cas, ajoutons une clause au contrat de mariage. Si je te trompais, tu pourrais demander le divorce instantanément, sans aucun préjudice pour toi. Tu obtiendrais la garde exclusive de Théo et bénéficierais d'une compensation financière qui te mettrait à l'abri du besoin jusqu'à la fin de tes jours.

Sous le choc, elle le fixa longuement, complètement prise de court par cette proposition.

— Tu… tu serais prêt à signer un tel document ?

— Oui. C'est le marché que je te propose.

Théo se rapprocha à cet instant d'eux, et Ari lui jeta un dernier coup d'œil brûlant avant de souffler :

— Réfléchis bien.

6.

Ari s'en voulait déjà. Christina l'avait poussé trop loin. Il aurait dû s'en tenir à l'offre financière qu'il avait élaborée, pas lui proposer d'obtenir la garde de leur fils s'il la trompait. Mais il était trop tard pour faire machine arrière.

En affaires, malgré l'excitation de la compétition, il savait toujours s'arrêter lorsque le prix à payer devenait inacceptable. Que lui arrivait-il ? C'était à croire qu'il avait été hypnotisé par Christina, par l'énergie belliqueuse qu'elle dégageait.

Certes, les enjeux étaient importants : il voulait un accès total et inconditionnel à son fils. Rendre visite à Théo à l'autre bout du monde selon un calendrier décidé par un juge, très peu pour lui. Mais il devait bien avouer qu'il y avait autre chose. Oui, il était aussi animé d'un étrange désir de regagner l'estime de Christina.

Le souvenir de leurs nuits endiablées, du bourgeon qu'elle était à l'époque et qui, entre ses mains, s'était ouvert pour se transformer en une fleur magnifique, n'était que trop présent dans sa mémoire. Elle était plus sûre d'elle à présent, plus forte encore. L'idée de la reconquérir était des plus excitantes. Si seulement il pouvait se servir de l'énergie qu'elle irradiait, transformer ce flux négatif en désir…

Oui, il voulait la voir sourire de nouveau, lire la même passion qu'autrefois dans son regard. Mais pour y parvenir, il savait qu'il devait jouer finement. L'échec n'était pas permis, pas après le marché qu'il venait de lui proposer.

Tandis qu'ils montaient vers le sommet de la colline, il observa Christina à la dérobée. Les cheveux courts lui allaient à merveille, soulignant la ligne gracile de son cou et faisant ressortir ses pommettes. Ses lèvres étaient pleines, comme plissées par une moue permanente. Il n'avait jamais oublié ce détail qui, lors de leur première rencontre, l'avait tant séduit.

Elle n'était pas aussi grande que sa sœur, ni aussi mince. Ce n'était plus non plus la jeune fille qu'il avait connue six ans plus tôt. La maternité lui avait légèrement arrondi les hanches et galbé les seins sans pour autant épaissir ses jambes interminables. Quant à son haut en coton jaune citron, faussement décontracté, il provenait à l'évidence d'une marque de luxe, sans doute un cadeau de Cassandra. Un pantalon blanc et des sandales ornées de bijoux fantaisie complétaient sa tenue. Oui, elle ferait décidément une femme parfaite.

Il n'avait plus qu'à la convaincre qu'il était le mari idéal.

Se marier ? Même dans ses hypothèses les plus folles, Tina n'aurait jamais osé croire à une telle proposition de la part d'Ari. Évidemment, son offre n'avait rien de romantique. C'était un calcul destiné à lui assurer un accès inconditionnel à son fils. Mais elle n'aurait jamais imaginé qu'il serait prêt à aller aussi loin.

Comment pourrait-elle croire à sa promesse d'être fidèle ? Cet homme était un fantasme sexuel ambulant. Même en pleine rue, impossible d'ignorer que toutes les femmes qu'ils croisaient lui décochaient des regards appuyés. Lorsqu'elle s'était arrêtée pour acheter une jolie écharpe dans un magasin, la vendeuse n'avait eu d'yeux que pour lui.

Accepter son offre serait suicidaire. Il la ferait souffrir de nouveau, c'était sûr. Mais elle avait tout intérêt à faire semblant de réfléchir à son marché, ne fût-ce que pour gagner du temps et s'assurer qu'il ne gâcherait pas le mariage de Cass.

Une fois la fête terminée, la vérité pourrait alors éclater au grand jour. Puisque Ari semblait vraiment décidé à tenir son rôle de père, elle ne voyait vraiment pas comment l'en empêcher. Mais ce serait à lui de venir en Australie. Théo n'était pas grec, elle ne laisserait pas Ari le déraciner.

Le cri d'émerveillement de Théo la tira de ses pensées. Ils venaient d'atteindre la partie haute de la ville et elle dut s'avouer que la vue était splendide. Un téléphérique descendait au port. On pouvait aussi s'y rendre à dos d'âne par une route en zigzag à flanc de colline. Elle aurait préféré prendre le téléphérique, mais Théo mourait d'envie de monter sur un âne. Mieux valait choisir ses batailles ! Elle laissa donc sans protester Ari choisir trois montures.

Cependant, lorsqu'il voulut l'aider à prendre place, elle refusa ostensiblement sa main. Empoignant la crinière de l'âne, elle se hissa toute seule sur le dos de l'animal. Rien n'aurait pu la convaincre de risquer le moindre contact avec son ancien amant. Il se contenta de lui sourire avant de monter en selle d'un bond souple.

— Je passe devant avec Théo, annonça-t-il. Si tu restes juste derrière lui, je pourrai contrôler vos deux ânes.

— Les contrôler ? Pourquoi ?

— Ils sont nourris à l'arrivée. Certains ont tendance à s'emballer un peu en approchant du port. Rien de bien méchant.

— Formidable…

— Ne t'inquiète pas, je prendrai soin de vous. Je te le promets, Christina.

Évidemment, il ne parlait pas seulement de la randonnée… Haussant les épaules, elle fit mine d'ignorer le sous-entendu.

— Allons-y, alors.

Ils descendirent la colline à une allure placide. En

approchant du port, ils furent dépassés par d'autres touristes quelque peu débordés par l'enthousiasme de leur monture. Les rênes de l'âne de Théo fermement en main, Ari lui adressa un clin d'œil. Les animaux devaient être eux aussi sensibles à son autorité naturelle car ils conservèrent leur pas tranquille jusqu'au moment de fourrer leur nez dans le sac d'avoine qui les attendait au port. L'avantage d'être un mâle alpha, sans doute…

En tout cas, elle n'était pas fâchée de mettre pied à terre. Elle était bien trop tendue pour apprécier la promenade et n'appréciait pas cette sensation d'être à la merci d'Ari. Une sensation qui ne fit que se renforcer lorsqu'elle vit son fils étreindre impulsivement Ari quand celui-ci le prit dans ses bras pour le faire descendre.

— Nous prendrons le téléphérique pour remonter, annonça Ari, conscient de son inconfort.

— Bonne idée, maugréa-t-elle. Où est ton bateau ?

— Celui qui approche en ce moment du quai.

— On dirait que tu as déjà un capitaine.

— Oh ! Jason sera ravi de passer la barre à Théo pendant qu'il préparera le déjeuner. C'est une journée légère pour lui. Quand nous n'utilisons pas le bateau, nous le louons à des groupes qui peuvent aller jusqu'à huit personnes. Aujourd'hui, Jason n'a que nous trois.

Le navire était aussi luxueux qu'elle se l'était imaginé. Un dais rayé bleu et blanc abritait une partie du pont arrière du soleil. Sans un mot, elle s'installa sur une banquette de toile blanche pendant qu'Ari emmenait Théo chercher des rafraîchissements dans la cambuse.

Elle tenta de profiter de ce court instant de solitude pour se détendre. Dîner chez les Zavros allait éprouver ses nerfs mais elle devait admettre qu'elle était curieuse de découvrir la famille d'Ari. Ce serait aussi l'occasion de vérifier que l'endroit était propice à accueillir Théo si, à l'avenir, il devait rendre visite à son père.

La voix de son fils la tira de ses pensées :

— Je n'ai pas droit de boire des sodas. Ce n'est pas bon pour moi. Je peux boire de l'eau, du lait ou du jus de fruits.

À ces mots, elle ne put retenir un sourire.

Bienvenue dans le monde des parents, Ari. Il ne s'agit pas que de jeu et de séduction. Il faut éduquer, façonner, responsabiliser. Seras-tu à la hauteur ou laisseras-tu ce rôle à une gouvernante ?

D'ailleurs, il ne faudrait pas qu'elle oublie de discuter avec lui de cette question avant de signer toute forme d'accord. Il était hors de question que son fils soit élevé par une inconnue !

— D'accord, reprit Ari. Que veux-tu boire, alors ?

— Du jus d'orange, répondit Théo.

— Et pour ta maman ?

— De l'eau. Elle en boit beaucoup.

— Pas de vin ?

— Non. Juste de l'eau ou du thé.

— Bon. Après notre marche, je suppose que de l'eau fraîche s'impose.

Ari reparut quelques instants plus tard avec une carafe de jus d'orange. Théo le suivait, portant avec d'infinies précautions trois verres en plastique emboîtés l'un dans l'autre. Il les sépara avec une concentration comique et les disposa sur la table. Ari y ajouta une sélection de fromages, d'olives et de biscuits apéritifs.

— Et voilà, servez-vous.

— J'adore les olives, s'exclama Théo.

— Ah, un vrai Grec, commenta fièrement Ari.

Elle sentit aussitôt son corps se raidir.

— Théo est australien.

— Mais Yiayia est grecque, maman !

Devant le sourire satisfait que lui adressa Ari, elle préféra ne pas protester. Après tout, autant conserver son énergie pour les batailles qui en valaient la peine. L'avenir lui en réserverait certainement plus d'une…

Pendant le trajet, elle écouta Ari décrire à Théo l'explosion du volcan qui avait formé Santorin. Théo écoutait bouche bée, captivé par le récit du cataclysme. Cet homme était un conteur-né. Son charme était tel qu'il aurait obtenu la même attention béate s'il avait récité l'annuaire, songea-t-elle avec un mélange de colère et d'admiration.

Bientôt, ils arrivèrent à l'île de Palea Kameni, dont les sources chaudes furent aussitôt un nouveau motif d'émerveillement pour Théo, excité à l'idée d'aller se baigner. Avec un soupir, Tina entreprit de se mettre en maillot de bain. Certes, elle aurait préféré ne pas devoir se déshabiller devant Ari, mais la perspective de laisser son fils seul avec lui l'enchantait encore moins.

Sa tension monta d'un cran encore lorsqu'elle le vit se déshabiller, ne gardant qu'un short de bain noir pour le moins moulant. Dieu ! Il était toujours aussi impressionnant. À la vue des muscles qui roulaient sous sa peau, elle sentit une chaleur se répandre au creux de son estomac. Le corps d'Ari tout entier paraissait avoir été ciselé par un sculpteur antique. Elle s'en rappelait chaque centimètre carré pour l'avoir exploré avec l'avidité d'une cartographe découvrant une terre inconnue.

Et dire que ce plaisir était à portée de main ! Elle n'avait qu'à accepter de l'épouser. À ceci près que, jamais plus, elle ne pourrait se donner à lui avec le même abandon qu'autrefois. Non, pas en sachant qu'elle n'était pas la femme de sa vie.

Lorsqu'ils revinrent sur le bateau, elle sentit un soulagement bienvenu la gagner. Il serait plus facile de lutter contre l'afflux de souvenirs une fois rhabillée. Ils jetèrent l'ancre en face du village d'Oia et se régalèrent d'un poisson grillé cuisiné par Jason durant le trajet. Épuisé par les activités de la matinée, Théo posa la tête sur les genoux de Tina dès le déjeuner terminé et ne tarda pas à s'endormir.

— Nous visiterons Oia à son réveil, chuchota Ari, le couvrant d'un regard brillant de fierté.

— Non, rentrons. Nous avons déjà fait tout ce que tu lui as promis. Il a besoin d'un peu de repos, maintenant. Il jouera avec ses Lego en attendant le dîner. Je crois que ça fera déjà beaucoup d'excitation pour une journée.

— Tu as raison. Tu as fait un travail admirable, Christina. Théo est un enfant merveilleux.

À quoi jouait-il ? Pensait-il vraiment qu'elle se laisserait séduire par ses compliments ? Troublée, elle détourna le regard en direction des falaises noires qui se dressaient derrière Ari.

— J'ai essayé de lui inculquer très tôt un sens des valeurs, déclara-t-elle.

Puis, presque sans réfléchir, elle ajouta :

— Je ne voulais pas qu'il devienne comme toi.

Un long silence accueillit sa pique. Inconsciemment, elle se raidit. Était-elle allée trop loin cette fois ? Après quelques instants, Ari finit par demander d'une voix douce :

— À quels défauts en particulier fais-tu allusion ?

— Au fait que tu considères les femmes comme des distractions passagères, que tu les instrumentalises pour satisfaire tes sens. Je veux que Théo réfléchisse à son impact sur la vie des autres. Je veux qu'il ne laisse que de bons souvenirs aux personnes qu'il approche.

De nouveau, le silence retomba. Du coin de l'œil, elle vit Ari se pencher vers elle, les coudes appuyés sur ses cuisses.

— Si tu n'étais pas tombée enceinte, je ne t'aurais pas laissé un bon souvenir ?

— Tu m'as brisé le cœur, Ari. Mes parents m'ont élevée dans l'idée que le sexe était indissociable de l'amour. J'y ai cru jusqu'au moment où tu es parti sans un regard en arrière.

Exprimer ces sentiments trop longtemps refoulés la

soulagea. Auraient-ils le moindre effet sur Ari ? C'était impossible à dire. Peut-être la traiterait-il avec un peu plus de respect, comprendrait-il qu'elle n'était pas qu'un pion qu'il pouvait déplacer à son gré…

Indécis, Ari secoua la tête. Certes, il n'était pas habitué à regretter ses actions ou à se sentir coupable et c'était une sensation qu'il détestait. Mais Christina venait de jeter une lumière crue sur leur passé, le forçant à l'examiner sous un angle neuf.

Il jeta un regard vers la jeune femme. Les yeux dans le vide, elle regardait droit devant elle. Comme absente. Sa main caressait doucement les cheveux de leur fils, seul lien qui les reliait encore l'un à l'autre. À vrai dire, il n'était même pas sûr de pouvoir jouer la carte de l'attirance sexuelle. Bien sûr, il avait senti ses yeux sur lui aux sources chaudes. Il ne doutait pas qu'elle le désirait autant qu'il la désirait. Mais, en l'état actuel des choses, il y avait fort à parier qu'elle ne s'autoriserait jamais à lui céder.

Oui, Théo était la clé, sa seule chance de se racheter.

— Je suis désolé, soupira-t-il. Je ne pensais pas que je t'avais fait souffrir à ce point. Je n'aurais pas dû te séduire. C'est juste que… tu étais irrésistible. Et même si ça ne change rien pour toi, sache que je n'ai jamais, depuis, éprouvé le même plaisir à la compagnie d'une femme.

Comme il prononçait ces mots destinés à l'apaiser, il constata avec stupeur qu'il disait vrai. En réalité, cela faisait des années qu'il avait l'impression de s'ennuyer. Pour être tout à fait honnête, ce n'était qu'en revoyant Christina à Dubai qu'il avait senti l'excitation renaître en lui. Une excitation qui n'était pas uniquement sexuelle, d'ailleurs. Non, c'était plutôt… une soif de vivre.

Avisant le regard dubitatif de la jeune femme, il hocha la tête avec énergie.

— C'est la vérité. Je te le jure.

Elle se tourna franchement vers lui, son beau visage froissé par une moue songeuse.

— Tu n'es jamais revenu, Ari. Tu m'as oubliée. Alors tu me pardonneras si j'ai du mal à te croire.

— Non, je t'ai repoussée pour des raisons qui me semblaient valables à l'époque mais je ne t'ai jamais oubliée. Dès l'instant où je t'ai revue à Dubai, j'ai eu envie de reprendre le fil de notre histoire. Et c'était bien avant que tu ne me parles de Théo.

— Tu étais avec une autre femme.

— J'avais déjà prévu de rompre. Au moins, fais-moi l'honneur de me croire. Je te dis la vérité.

Pour la première fois, il la vit hésiter, comme en proie à un tourment intérieur. Ses longs cils s'abaissèrent sur ses yeux, l'empêchant d'en lire davantage.

— Tes raisons valables pour me quitter, fit-elle d'une voix presque inaudible. C'était quoi ?

— Je pensais que nous avions tous deux des choses à réaliser, nos vies à réussir, et que nous risquions d'être un poids l'un pour l'autre. Je voulais être libre et que tu le sois aussi. Tu venais tout juste de commencer ta carrière de mannequin.

— Mais tu n'es jamais revenu. Tu n'as jamais regretté ta décision.

— Les affaires familiales m'ont complètement accaparé ces six dernières années. Je n'ai pas eu un seul instant pour réfléchir au sens de ma vie. Mais, depuis que je t'ai retrouvée, mes priorités ont complètement changé.

— Accorde-toi un peu de temps, je suis sûr qu'elles changeront de nouveau, ironisa-t-elle d'une voix acerbe.

— Non. Mon offre de mariage tient toujours. Je veux que tu y réfléchisses très sérieusement.

— J'y réfléchirai, c'est tout ce que je peux te dire. Pour l'instant, je suis fatiguée. Peux-tu demander à Jason de nous ramener à Fiera s'il te plaît ? J'aimerais me reposer un peu avant le dîner.

— Comme tu voudras.

Il était clair qu'il ne gagnerait rien à la pousser davantage. Elle ne lui faisait pas encore confiance mais au moins avait-elle accepté de l'écouter, ce qui était un progrès. Ce soir, il aurait l'occasion de lui montrer l'environnement familial dans lequel il avait grandi, et dans lequel il espérait que Théo grandirait à son tour.

7.

Pendant que Théo assemblait sa gare en Lego, Tina se laissa aller à se demander ce qu'aurait été sa vie si elle n'était pas tombée enceinte. De toutes ses forces, elle tenta de se persuader qu'elle se serait remise de sa déception sentimentale rapidement pour consacrer toute son énergie à sa carrière.

Cassandra l'aurait aidée à percer sur la scène internationale. Avec un peu de chance, elle aurait fait partie de l'élite que les photographes s'arrachaient. Son désir de revanche aurait alimenté son ambition. Et elle aurait tout fait pour qu'Ari regrette sa décision.

Lorsque enfin il serait revenu, confessant d'un air penaud qu'il avait fait une erreur en la quittant, elle aurait joué les difficiles. Oh oui ! Elle l'aurait fait courir, attendre, supplier, et ne lui aurait cédé que s'il s'était déclaré éperdument amoureux d'elle. Puis elle aurait exigé une demande en mariage, ni plus, ni moins.

Une demande en mariage… Ne venait-elle précisément d'en recevoir une ? Alors pourquoi n'était-elle pas plus heureuse ? Sans doute parce que les circonstances étaient bien différentes de celles ses rêves. La présence de Théo, pour commencer, changeait totalement l'intrigue de ce petit film qui jouait dans sa tête. En réalité, l'offre d'Ari ne valait rien.

D'un geste décidé, elle ramena autour d'elle les pans de la veste légère qu'elle avait passé. Non, elle n'était plus la gamine naïve, la tête remplie d'étoiles, qu'il avait connue autrefois. Elle ne se laisserait plus séduire par le regard incandescent d'Ari, par les promesses silencieuses qui y brûlaient. Des promesses qui, elle l'avait appris à ses dépens, n'étaient que mensonges. Ari avait peut-être des droits sur Théo mais il n'en avait aucun sur elle !

D'une voix ferme, elle appela Théo. Il était temps de se préparer pour la soirée. Sa mère, bien sûr, portait du noir, un élégant tailleur égayé d'une broche en or. Quant à elle, elle opta pour une robe rouge et blanche qu'elle assortit de sandales et de boucles d'oreilles faites de minuscules coquillages. Puis, elle habilla Théo d'un bermuda bleu et d'un T-shirt rayé sur lequel il insista pour épingler un gros badge rond portant le numéro 5. Le cadeau que lui avait fait Ari durant leur promenade.

À la façon dont le petit garçon se précipita vers Ari quand celui-ci vint les chercher, elle sentit un mélange d'émotion et de désespoir lui serrer le cœur. Aucun doute, sa vie serait irréversiblement bouleversée quand la vérité éclaterait au grand jour. En attendant, elle ne pouvait qu'espérer que les parents d'Ari feraient preuve de discrétion.

À son grand soulagement, Ari fit monter sa mère à l'avant, la laissant prendre place avec Théo à l'arrière. Mais ni les étendues de vignes qui dominaient la mer ni les réponses d'Ari aux nombreuses questions de Théo et sa mère ne parvinrent à la détendre. Elle détestait jusqu'à l'idée de cette soirée où elle et Théo allaient être jugés par les parents d'Ari… Car c'était de cela qu'il s'agissait, non ?

Après un quart d'heure, qui lui sembla durer une éternité, ils arrivèrent enfin à destination. L'allée qui menait à la maison se terminait par une fontaine ornée de quatre sirènes qui fascinèrent aussitôt Théo. La résidence elle-même se composait de trois villas de type méditerranéen reliées par des colonnades et des patios. Elle était toute blanche, à l'instar des autres bâtiments de Santorin.

Ari les conduisit vers le bâtiment central, un peu plus grand que les autres. Rien en ce lieu n'était ostentatoire, bien sûr, mais la qualité des matériaux et l'élégance de l'architecture en disait long sur la fortune de ses propriétaires.

— Nous dînerons sur la terrasse, annonça Ari.

D'un geste, il indiqua une immense terrasse qui surplombait la mer. Au centre, une table était dressée sous une pergola couverte de vigne. Tina sentit son cœur s'emballer en voyant deux personnes se lever pour venir à leur rencontre.

Les parents d'Ari… Le premier regard qu'ils lancèrent vers Théo ne lui échappa pas, mais ils se reprirent très vite et reportèrent leur attention sur sa mère, qu'ils saluèrent chaleureusement, avant de lui serrer la main.

Impossible de s'y tromper, Maximus Zavros évoquait incontestablement Ari en plus âgé. Quant à Sophie, son épouse, c'était une femme très élégante, légèrement gironde, aux yeux vifs et scrutateurs. Consciente d'être elle aussi jaugée, Tina retint un soupir de soulagement lorsque leurs hôtes se penchèrent enfin vers Théo.

— C'est donc toi dont nous fêtons l'anniversaire, dit Sophie en souriant.

— J'ai cinq ans, répondit l'intéressé en désignant son badge.

Puis il se tourna vers le père d'Ari.

— C'est vrai que tu t'appelles Maximus ?

— Oui. Mais si tu préfères, tu peux m'appeler Max.

— Oh non ! J'adore Maximus. Maman m'a amené voir un film sur une fille avec des cheveux très longs… Comment elle s'appelait, maman ?

— Raiponce, souffla Tina, embarrassée par la tournure de la conversation.

— Oui, Raiponce, c'est ça. Et ce que j'ai préféré dans le film, c'est son cheval. Il s'appelle Maximus, comme toi.

— Je suis ravi de porter un nom aussi illustre, déclara leur hôte avec un grand éclat de rire.

— C'est un cheval génial. Il sauve tout le monde à la fin, pas vrai, maman ?

— C'est exact, mon chéri.

— Je ne suis pas un cheval mais je peux t'amener à table sur mon dos, proposa Maximus. Ça t'intéresse ?

En le voyant soulever Théo pour l'installer à califourchon sur son dos, Tina réprima un mouvement de surprise. N'était-ce pas étonnant qu'un homme tel que lui, riche et respecté, se montre aussi à l'aise avec un enfant ? Avec une certaine réticence, elle observa sa mère qui s'était mise à rire avec Sophie Zavros.

— Détends-toi, Christina, lui souffla Ari à l'oreille. Nous voulons juste offrir à Théo un anniversaire mémorable.

— Tu as parlé à tes parents de ton projet de mariage ? demanda-t-elle du même ton.

— Oui. Mais n'y pense pas. Considère cette soirée comme un nouveau départ, avec nos familles, cette fois.

Il y avait une telle conviction dans son regard, une telle certitude, qu'elle ne put s'empêcher d'en être ébranlée. Était-il possible qu'il soit tout à fait honnête ? Elle prit une profonde inspiration, dans l'espoir de se débarrasser de l'angoisse et des préjugés qui lui empoisonnaient le cœur. Il avait raison. La seule chose à faire était de profiter au maximum de cette soirée et de voir comment les choses évolueraient.

Dès qu'ils s'installèrent à table, un serveur apparut comme par enchantement et déposa deux plateaux de hors-d'œuvres devant eux. Tout était tellement différent quand on vivait entouré de luxe…

— Puis-je vous proposer l'un de nos vins ? demanda le maître des lieux en lui adressant un sourire.

— C'est très gentil mais je ne bois pas d'alcool. Je prendrai de l'eau.

— Helen ?

— Oh ! volontiers, Maximus. J'ai déjà goûté à deux des vins qui étaient dans ma chambre. Ils sont délicieux.

— Je suis ravi qu'ils vous aient plu.

Une fois de plus, Tina nota qu'il suffisait d'un geste discret de Maximus Zavros pour que le serveur remplisse tous les verres à l'exception du sien d'un vin blanc aux reflets de miel.

— On m'a dit que tu nageais comme un poisson, remarqua-t-il en se tournant vers son petit-fils.

— Oui, j'adore nager !

— C'est ta maman qui t'a appris ?

Théo lui adressa un regard incertain.

— C'est toi, maman ?

— Non. Je t'amenais à un cours de bébés nageurs quand tu étais tout petit. Tu as toujours été très à l'aise dans l'eau et tu as appris à nager très tôt. C'est important en Australie, ajouta-t-elle à l'intention de leur hôte. Il y a tellement de piscines là-bas… Sans parler du fait que nous vivons près de la plage.

— C'est très prudent de votre part, en effet. Comme ça, je ne m'inquiéterai pas quand il s'amusera près de la piscine, déclara Maximus en désignant le bassin à débordement qui longeait la terrasse.

Aussitôt, Tina se raidit. S'ils déclaraient les hostilités, elle serait prête ! Mais Ari détourna la conversation, ce n'était que la première d'une série d'allusions qui continuèrent toute la soirée… Les Zavros semblaient fermement décidés à jouer leur rôle de grands-parents et ne se privèrent pas de le faire savoir de façon plus ou moins subtile. De plus en plus sur la défensive, elle s'attendait à devoir sortir les griffes d'un moment à l'autre, mais à aucun moment elle ne perçut la moindre condamnation, le moindre reproche. Les parents d'Ari semblaient au contraire mener une offensive de charme.

Après les hors-d'œuvres, ils firent servir du souvlaki, le plat préféré de Théo depuis leur arrivée en Grèce, puis un somptueux gâteau d'anniversaire. Tina regarda avec émotion son fils souffler les cinq bougies d'un seul coup et dévorer sa part avec gourmandise. Il semblait plus heureux qu'elle ne l'avait vu depuis longtemps ! Quant à sa ressemblance avec Ari, elle était vraiment troublante…

Théo se tourna vers Ari.

— J'ai fait un vœu en soufflant les bougies. Tu crois que ça va marcher ?

— Je l'espère, Théo. Sauf que si tu as fait le vœu d'avoir un cheval comme Maximus, j'ai peur que ce soit difficile.

— Non, j'ai fait le vœu d'avoir un papa. C'est possible, ça ?

Instinctivement, Tina serra les poings sous la table, tandis qu'un silence pesant tombait sur les invités.

— Bien sûr que c'est possible, répondit Ari.

Helen se pencha pour attirer Théo sur ses genoux.

— Ton papou te manque, hein ? Mon mari est mort il y a un an, expliqua-t-elle aux Zavros. Il adorait Théo. Nous n'avons pas eu de fils, Théo était un peu l'enfant prodigue.

— Je comprends, murmura Sophie, les yeux rivés sur le garçon.

— Ari a été merveilleux avec lui, renchérit Helen. Je crois que…

— Ari est très doué avec les enfants, coupa leur hôtesse. Ses neveux le vénèrent. Il fera un père formidable.

Si elle s'adressait en apparence à Helen, Tina savait que ces mots lui étaient destinés. Elle ne doutait d'ailleurs pas un instant de leur véracité. Ari serait un père merveilleux. Mais un mari ? C'était une autre histoire.

Perdue dans ses pensées, à peine consciente de la conversation qui continuait, elle sursauta au moment où Maximus se pencha vers elle.

— Dites-moi, Christina, qui s'occupe de votre restaurant en votre absence ?

Désarçonnée par cette question, elle humecta ses lèvres du bout de la langue avant de répondre :

— Le… le chef et le maître d'hôtel.

— Vous leur faites confiance ?

— Oui. Avant sa mort, mon père a donné un pourcentage du restaurant à chacun. Il est dans leur intérêt que tout se passe bien.

— Je vois que votre père était un homme sage.

Tout à coup, elle comprit où Maximus voulait en venir : il espérait lui faire admettre que le restaurant pouvait tourner sans elle.

— La présence d'un gérant est essentielle, reprit-elle en redressant le menton. C'est le rôle que m'a confié mon père.

— Je n'en doute pas. Mais en tant que Grec, et en tant que père, je sais qu'il attendait davantage de vous.

Le regard de Maximus plongea dans le sien, comme pour la défier de le contredire. C'était inutile, elle en aurait été bien incapable. Oui, il avait raison. Son père avait toujours rêvé de la voir mariée et entourée d'enfants.

Elle regrettait de tout son être de n'avoir pu lui donner satisfaction. Mais elle savait aussi que l'amour avait toujours été au centre de la vision de son père. Et Ari ne l'aimait pas.

— J'ai le droit de choisir ce que je fais de ma vie, répondit-elle avec détermination. Mon père respectait cela.

— À ceci près que vous avez un fils, désormais, et que votre enfant doit passer avant tout.

— Papa…, fit Ari d'un ton d'avertissement.

— Elle doit le comprendre, Ari.

— Je comprends, intervint Tina. Croyez-moi quand je vous dis que mon fils est au centre de mes préoccupations.

Baissant la voix pour ne pas être entendue des autres, elle ajouta :

— Et j'espère qu'il est au centre des vôtres. N'oubliez pas que c'est moi sa mère.

Il était hors de question qu'ils se fassent des idées. Personne ne lui enlèverait son fils ! Bien sûr, elle ne comptait pas priver Théo de son père, elle donnerait un droit de visite à Ari, mais elle savait déjà que chaque moment passé loin de Théo la mettrait à la torture. Tout l'argent des Zavros n'y changerait rien. Malgré elle, des larmes lui montèrent aux yeux lorsqu'elle songea aux chamboulements qui s'annonçaient.

— Pardonnez mes manières, grommela Maximus. Vous

êtes une très bonne mère et nous le respecterons toujours. L'enfant vous fait honneur. C'est juste que… je veux le voir autant que possible.

Avant qu'elle n'ait pu répondre, la main d'Ari se posa sur son poing serré, sous la table, et y exerça une pression rassurante.

— Tout va bien, murmura-t-il. Nous sommes tes alliés, pas tes ennemis.

Bouleversée, elle baissa les yeux vers la main large qui couvrait la sienne. Ari avait offert de l'épouser. Comme elle aurait aimé que les choses soient aussi simples !

Avec peine, elle déglutit et déclara sans avoir la force de regarder aucun des deux hommes :

— J'aimerais rentrer maintenant. La journée a été longue.

— Bien sûr. Je suis content que nous l'ayons passée ensemble.

— Oui, renchérit Maximus, c'était une merveilleuse soirée. Merci, Christina.

Redoutant d'être entraînée dans une nouvelle conversation, elle se contenta d'acquiescer d'un signe de tête en jetant un regard à Théo endormi en face d'elle.

Les parents d'Ari les raccompagnèrent jusqu'à leur voiture. Après des embrassades et échanges de politesses, Tina laissa échapper un soupir de soulagement en s'installant à l'arrière de la voiture. Enfin ! Elle avait cru que cette soirée ne finirait jamais ! La voiture démarra et la propriété des Zavros disparut dans la nuit.

Tandis qu'Ari et Helen parlaient à voix basse, Tina serrait son fils endormi contre elle. La perspective d'être séparée de lui l'angoissait au plus haut point. Pourtant, il était de plus en plus évident qu'elle n'avait pas le choix. Se découvrir un père ravirait Théo. Comment aurait-elle pu le priver de ce bonheur ?

Lorsqu'ils arrivèrent au El Greco, Ari insista pour porter son fils jusqu'à sa chambre. De peur d'attiser la curiosité de sa mère, elle le guida, impuissante, à travers les couloirs de l'hôtel. Cependant, elle ne put réprimer un frisson quand, une fois la porte de sa suite ouverte, Ari pénétra sans hésiter à l'intérieur.

— Quel lit ? demanda-t-il en se rendant directement dans la chambre.

En silence, elle le dépassa pour ouvrir les draps de Théo. Ari le coucha avec précaution avant de le couvrir, puis de l'embrasser sur le front. Il regarda ensuite leur fils dormir, juste quelques secondes, avant de se tourner lentement vers elle.

Il était tout près d'elle, bien trop à son goût, et exsudait le même magnétisme sexuel qu'autrefois. Il lui fallut mobiliser toute sa volonté pour résister au réflexe de s'enfuir à toutes jambes. Se retrouver seule dans une chambre avec Ari était chose dangereuse.

— M… Merci, bredouilla-t-elle en désignant la porte. Tu peux nous laisser, maintenant.

Sans un mot, il se dirigea vers la sortie. Mais il s'arrêta à sa hauteur et tendit la main, comme pour lui caresser la joue. Cette fois, elle fit un bond en arrière. Elle se moquait bien de lui montrer qu'elle avait peur, elle voulait juste être seule.

— Va-t'en, Ari. Tu as eu ce que tu voulais.

— Je voulais simplement te remercier, répondit-il, les sourcils froncés.

Bien sûr, que s'était-elle imaginée ? Seul son fils l'intéressait, elle aurait dû le savoir… Dans un dernier effort pour maîtriser les battements de son cœur, elle prit une profonde inspiration. Elle devait se montrer raisonnable.

— Très bien. Mais tu n'as pas besoin de me toucher pour ça.

— Pourquoi, je te dégoûte ?

— Ne me cherche pas, Ari. J'ai tenu ma part du contrat.

Il parut réfléchir, puis acquiesça avec une mauvaise grâce évidente.

— Très bien. Je t'appelle demain matin.

— Non ! Demain, Cassandra nous rejoint. Je passe la journée avec ma famille. Nous nous reverrons au mariage.

L'espace de quelques secondes, elle crut qu'il allait protester. Aussi fut-elle surprise de le voir sourire.

— Parfait. J'attendrai donc le mariage avec impatience. Bonne nuit, Christina.

— Bonne nuit, répondit-elle par réflexe.

En silence, elle le regarda s'éloigner, tiraillée par une multitude de sentiments contraires. Elle le détestait et le désirait à la fois, un cocktail d'émotions particulièrement instable. Il la conduirait à la catastrophe si elle n'y prenait pas garde.

Quand Théo apprendrait qu'Ari était son père, il exigerait sa présence. Il voudrait, comme les autres enfants de son âge, avoir une famille normale.

Mais il manquait un élément essentiel à ce conte de fées : le prince n'aimait pas la princesse…

8.

Debout à côté de George, Ari écoutait la cérémonie d'une oreille distraite. À vrai dire, il était impatient d'en finir et de retrouver Christina.

Du coin de l'œil, il observa à la dérobée la jeune femme, qui se tenait non loin de sa sœur de l'autre côté de l'autel. Dans cette robe de satin rouge sombre, elle était d'une beauté à couper le souffle. Aussitôt, il sentit une bouffée de désir s'emparer de lui, le forçant à détourner le regard.

Comment expliquer la force de ses réactions ? Le monde était rempli de belles femmes, et Dieu savait s'il en avait eu sa part… Mais aucune ne l'affectait comme celle-ci. Oui, il devait la conquérir de nouveau, même s'il aurait été bien en peine de dire pourquoi. Était-ce parce qu'elle était la mère de son enfant ? Ou parce qu'il espérait se faire pardonner, réparer l'erreur qu'il avait commise ?

D'un mouvement de tête, il écarta ses interrogations. Le pourquoi importait peu, après tout. Ce qui importait, c'était de la persuader de devenir sa femme. D'ailleurs, ses parents étaient de fervents partisans de cette idée. Comme à leur habitude, ils ne s'étaient pas privés de le lui faire savoir.

— Elle est merveilleuse, avait dit sa mère. Et je sens que Helen et moi pourrions devenir bonnes amies.

— Elle est belle, intelligente et ne se laisse pas marcher sur les pieds, avait renchéri son père. Cette fille est faite pour toi, Ari. Ne la laisse pas filer. Vous devriez avoir des enfants très intéressants, tous les deux…

Ne pas la laisser filer... C'était plus facile à dire qu'à faire, songea-t-il en sentant la lassitude l'envahir. Christina ne voulait pas le toucher. Et aujourd'hui, elle ne daignait même pas le regarder.

Avait-elle peur de ses propres sentiments, peur de ce qui se passerait si elle lui cédait ? Quoi qu'il en soit, elle devrait bien accepter de le toucher et de le regarder pendant la réception, puisqu'ils étaient censés ouvrir le bal juste après les mariés. Il la ferait valser tout contre lui, sans rien lui cacher de ce qu'il ressentait pour elle. Et elle serait bien forcée de reconnaître que l'alchimie sexuelle, entre eux, était intacte.

Cette fois, elle ne lui échapperait pas !

Tina suivait avec attention les paroles prononcées par le prêtre. Ces paroles, ces mêmes mots exactement, lui seraient adressés si elle décidait d'accepter la proposition d'Ari. Auraient-ils le moindre sens pour lui ou les considérerait-il comme du charabia, un point de passage obligé pour obtenir ce qu'il désirait ?

Après tout, quelle importance cela pouvait-il avoir ? Elle n'avait pas à entretenir ce genre de pensée. C'était sans doute le mariage de Cass qui la troublait et réveillait des sentiments qui devaient rester enfouis. Le plus dur, elle le savait, restait à venir. Une fois que la vérité éclaterait, une fois que la proposition d'Ari serait connue, tout le monde la pousserait à accepter de l'épouser : sa mère, ses oncles, ses tantes…

Seule sa sœur aurait pu prendre sa défense, lui demander ce qu'elle désirait. Hélas, Cass ne serait pas là. George et elle seraient déjà partis en lune de miel. Et puis, comment aurait-elle pu avouer, même à Cass, que ce qu'elle désirait vraiment était inaccessible ? Qu'elle ne pourrait jamais revenir à l'époque bénie où elle avait aimé Ari de tout son cœur et s'était crue aimée en retour ?

Elle reporta son attention sur le déroulement du mariage et son cœur se serra quand elle entendit George promettre amour et fidélité à sa future femme. La fidélité, Ari la lui garantissait contractuellement. L'amour, en revanche…

Des larmes d'émotion lui emplirent yeux.

— Pourquoi les femmes pleurent-elles toujours lors des mariages ? chuchota Ari, la prenant par le bras pour remonter la nef.

Ravalant de justesse ses larmes, elle lui lança un regard noir.

— Parce que le mariage est un acte fondamental, un changement de vie important… J'espère que tout ira bien, que ma sœur sera heureuse.

— Et quelle est ta définition du bonheur, Christina ?

Christina… Est-ce qu'il s'obstinait à l'appeler ainsi pour lui rappeler ce qu'ils avaient vécu ou par simple habitude ? Qu'elle qu'en fût la raison, elle aurait préféré qu'il l'appelle Tina, comme tout le monde. Dans la bouche d'Ari, son prénom complet, lui évoquait la gamine naïve qu'elle avait été.

Une gamine qui n'existait plus aujourd'hui. Elle avait complètement changé ! À ceci près qu'Ari l'attirait toujours… Furieuse contre elle-même, elle se rembrunit. C'était injuste. Pourquoi lui faisait-il cet effet après la souffrance qu'il lui avait infligée ?

— Ma définition du bonheur n'a rien de très original : c'est de continuer à s'aimer en dépit du temps qui passe et des difficultés de la vie.

Puis elle se força à le regarder droit dans les yeux et ajouta :

— C'est le fondement du mariage, et nous n'avons même pas ça, toi et moi…

Au lieu de se démonter, comme elle l'avait espéré, Ari balaya la remarque d'un haussement d'épaules.

— Je ne crois pas que l'amour soit le fondement du mariage.

Bouche bée, elle le dévisagea un instant avant de recouvrer l'usage de la parole.

— Non ?

— Non. L'amour est une folie passagère qui obscurcit le jugement et se consume comme un feu de paille. Moi, je t'offre ma parole. Ça vaut tout l'amour du monde et c'est bien plus fiable.

Comment pouvait-il faire preuve d'un tel cynisme ? C'était révoltant ! Surtout un jour de noces ! Mais il faisait preuve d'une telle conviction qu'elle sentit sa résistance s'étioler. Peut-être avait-il en partie raison après tout… N'empêche, il était hors de question de lui faire le plaisir de le reconnaître.

— Tu sais parler aux femmes, ironisa-t-elle.

— Je me rends compte que c'est un bouleversement majeur, murmura-t-il. Et je te promets de faire tout ce qui est en mon pouvoir pour vous faciliter la transition, à toi et à Théo.

La transition ! Il s'attendait donc à ce qu'elle abandonne son ancienne vie, tout ce qu'elle connaissait, ce pour quoi elle avait travaillé d'arrache-pied. Et tout ça pour un homme qui ne l'aimait pas, et s'en vantait ?

Le photographe qui les attendait à la sortie de l'église leur fit prendre la pose. Elle se força à afficher un sourire factice pendant qu'Ari hissait Théo sur ses épaules. Elle n'était que trop consciente du regard des autres invités qui les regardaient plus au moins discrètement, qui avec curiosité, qui avec bienveillance. Les parents d'Ari n'étaient pas loin, en compagnie de sa mère et d'oncle Dimitri. Aucun doute, si elle refusait la proposition de mariage, tous s'allieraient pour essayer de la faire changer d'avis.

À cette pensée, sa tension devint telle que tous ses muscles lui firent mal. Heureusement, le trajet vers le lieu de la réception lui offrit un court répit. Assis entre Ari et elle, Théo lui permit d'échapper pour quelques instants à la proximité troublante de son ancien amant. En silence, elle les laissa bavarder tout en les observant à la dérobée. Le plaisir qu'ils éprouvaient à être ensemble sautait aux yeux.

Comment expliquerait-elle à son fils qu'il ne pouvait vivre avec son père, un papa qu'il avait si ardemment désiré ?

La voiture s'immobilisa brusquement, la tirant de ses réflexions. Ils étaient arrivés aux chais du domaine Santo, la propriété viticole des Zavros. Elle leva les yeux vers le bâtiment destiné à la réception. Perché au sommet d'une falaise qui tombait droit dans la mer, il semblait tout droit sorti d'un rêve. Les invités affluaient doucement tandis que les mariés se prêtaient de bonne grâce à une nouvelle séance de photos. Une atmosphère festive et bon enfant régnait déjà, sans nul doute alimentée par le champagne offert par une dizaine de serveurs en livrée…

À peine arrivée, elle tenta d'échapper à Ari, mais ce dernier la prit par le bras pour lui présenter toute la famille de George, ravie de rencontrer sa nouvelle belle-sœur.

Il insista ensuite pour la présenter à ses sœurs et à leurs maris, tous plus séduisants les uns que les autres. Leurs enfants, les neveux d'Ari, entraînèrent aussitôt Théo dans leurs jeux. Aux regards spéculatifs posés sur elle, il était évident que tous étaient au courant de sa situation…

Après quelques instants, elle s'éclipsa sous le prétexte d'aller féliciter sa sœur. À son grand dam, Ari lui emboîta le pas. Ne la laisserait-il donc jamais tranquille ?

— Je t'accompagne. George a peut-être besoin de moi.

— Tu leur as tout dit, n'est-ce pas ? s'exclama-t-elle sitôt qu'ils se furent éloignés.

— Pas aux enfants. Je ne veux pas que Théo l'apprenne de leur bouche. Mais personne ne dira rien jusqu'à après le mariage. Je voulais simplement que mes sœurs sachent ce que tu représentais pour moi.

— Je ne représente rien pour toi, répliqua-t-elle avec irritation. Tu as été assez clair sur ce point quand tu m'as abandonnée !

— Tu es ma future femme.

Furieuse, elle se figea.

— Mais pourquoi essaies-tu de me forcer la main ? Nous pouvons trouver une autre forme d'organisation pour Théo. C'est très courant. Tu n'es pas obligé de m'épouser !

— Obligé, certainement pas. J'en ai envie.

— Seulement à cause de Théo !

— Tu te trompes. Tu m'intéresses tout autant.

Incrédule, elle secoua la tête. Il était hors de question de se bercer d'illusions. Elle refusait d'écouter cette petite voix qui lui soufflait d'y croire, que c'était peut-être possible… Son regard se posa sur Cass et George qui discutaient avec un groupe de mannequins, des amies de sa sœur. D'un geste fébrile, elle les désigna.

— Regarde ce que tu pourrais avoir… Je ne joue pas dans leur catégorie ! La moitié de ces filles tueraient père et mère pour être vues à ton bras.

— Je te l'ai dit : ce n'est pas elles que je veux à mon bras, c'est toi.

— Aujourd'hui, peut-être. Mais demain ? Dans dix ans ? Tu as pensé à l'avenir ?

— Je construirai mon avenir avec toi si tu m'en laisses l'occasion.

Elle laissa échapper un soupir désolé. À quoi bon discuter avec un entêté pareil ? Rien ne le ferait changer d'avis.

— Tu ne crois pas que ça vaut le coup d'essayer ? souffla-t-il. Nous nous entendions à merveille quand nous étions ensemble, tu te rappelles ? Veux-tu vraiment être séparée de Théo toutes les fois qu'il viendra me voir, comme tu le suggères ?

Interdite, elle le fixa sans savoir quoi répondre. Elle n'était pas d'assez mauvaise fois pour mentir. Mais elle voyait bien la façon dont les amies de Cass lorgnaient Ari en cet instant. En smoking, il évoquait plus encore le dieu grec auquel sa mère l'avait comparé. Combien de temps résisterait-il à la tentation ? Et qu'adviendrait-il d'elle quand il y céderait finalement, l'abandonnant pour la deuxième fois ?

Cette simple idée lui soulevait l'estomac et elle se força à ne plus y penser. Parler à Cass la distrairait peut-être. D'un pas décidé, elle se joignit au groupe de célébrités, Ari sur ses talons. À peine les présentations faites, l'un des amis de George, un autre photographe, lui tendit sa carte de visite.

— Venez me voir et je vous rendrai aussi célèbre que votre sœur. Sans vouloir t'offenser, Cass, ta sœur a un physique unique. J'aimerais beaucoup le capturer.

Cassandra éclata de rire.

— Je t'avais dit que tu n'étais pas faite pour cette vie casanière.

— Mais je suis ravie d'être casanière, répondit Tina, se sentant virer au rouge sous les regards braqués sur elle. Non merci.

— Gardez la carte, insista le photographe. Vous avez un port de tête parfait et vos cheveux courts le mettent magnifiquement en valeur. J'ai très envie de travailler avec vous.

— Merci, vraiment. Je n'ai nulle part où mettre votre carte, de toute façon.

— Je te la garde, intervint Ari. Tu changeras peut-être d'avis.

Il sourit aux autres invités avant de reprendre :

— Je ne voudrais vexer aucune de ces charmantes demoiselles, mais je suis d'accord : Christina est très spéciale.

S'il avait voulu la faire passer de pivoine à cramoisie, il ne s'y serait pas pris autrement ! Et son malaise s'accentua encore lorsque Cass se pencha vers elle pour lui souffler à l'oreille :

— Maman a raison, je crois que tu lui as tapé dans l'œil. Donne-lui sa chance. Il est très spécial, lui aussi.

Lui donner sa chance ? Même Cass prenait le parti d'Ari ! C'était comme si le monde entier conspirait sa perte…

— J'ai besoin d'un peu d'air frais, annonça-t-elle à voix basse, dans l'espoir de s'éclipser sans attirer l'attention d'Ari.

Malheureusement, il la prit immédiatement par le bras.

— Si vous voulez bien nous excuser, nous allons respirer l'air marin.

Puis il l'entraîna dehors, vers le muret de pierre qui bordait la terrasse. Sachant d'avance que c'était inutile, elle ne prit pas la peine de protester.

— Pourquoi as-tu pris cette carte ? Je n'en voulais pas.

— Parce que c'est ma faute si tu n'as pas eu la carrière de mannequin que tu méritais. Il n'est pas trop tard pour t'y remettre. Tu as gagné en maturité, ta beauté s'est affirmée au lieu de s'estomper. Si tu voulais redevenir mannequin, sache que tu aurais tout mon soutien.

— Je suis une mère, Ari, ça passe avant tout. Et c'est bien ce que tu attends de moi, que je sois la mère de tes enfants ?

— Ce n'est pas incompatible avec une carrière de mannequin. Certaines mêlent très bien les deux.

Il lui caressa gentiment la joue, du bout des doigts, avant d'ajouter :

— J'ai détruit deux de tes rêves. Je peux au moins t'en rendre un. Quant au second, peut-être que si tu me donnes une chance…

Cette fois, c'était trop. Malgré elle, elle sentit sa gorge se serrer, son esprit et ses sens entrer en ébullition. Elle aurait voulu le croire, désespérément. Mais même Ari Zavros ne pouvait réécrire l'histoire.

Et puis, n'avait-elle rien appris de ses erreurs ? Elle lui avait fait confiance autrefois, pour quel résultat ? Elle n'avait aucune raison de recommencer. Six années ne changeaient pas un homme.

Elle fit un pas en arrière pour échapper à la main qui s'attardait sur sa joue et menaçait de lui faire perdre toute contenance.

— J'aimerais boire un verre d'eau, Ari.

Pendant un moment qui lui sembla durer une éternité, il scruta son regard, comme s'il cherchait un signe de reddition, une faille dans sa cuirasse. Sans ciller, elle soutint son regard jusqu'au moment où il acquiesça.

— Je vais t'en chercher un.

Prudemment, elle le laissa s'éloigner avant d'expulser l'air qu'elle retenait. Puis elle se força à respirer profondément dans l'espoir que la brise fraîche et iodée qui montait de la mer la calmerait. En vain…

En dépit de son expérience avec Ari, ou peut-être à cause d'elle, une petite voix de plus en plus insistante résonnait dans sa tête.

Donne-lui sa chance.

Donne-lui sa chance.

Donne-lui sa chance…

9.

La valse nuptiale…

Avec une profonde inspiration, Tina accepta la main tendue d'Ari. Impossible d'y échapper, et puis… il s'était comporté en parfait gentleman toute la soirée. Drôle, prévenant, la liste de ses qualités semblait infinie. Rien d'étonnant à ce qu'elle lui ait succombé aussi facilement autrefois !

Et que dire de la petite voix qui continuait à lui susurrer *Donne-lui une chance…*

Dès qu'il lui saisit la main, une chaleur qu'elle n'avait jamais oubliée se propagea à tout son corps. De toutes ses forces, elle tenta de se concentrer sur Cass et George qui virevoltaient, les yeux dans les yeux, sur l'air de *Moon River*.

Pourtant, elle ne put réprimer un frisson d'excitation à l'idée que ce serait bientôt à leur tour de s'élancer sur la piste de danse. Cela faisait une éternité qu'il ne l'avait pas tenue dans ses bras. Ressentirait-elle la même excitation qu'autrefois ? Lorsqu'il l'entraîna enfin sur la piste, sa respiration s'accéléra encore et elle se raidit en sentant son bras puissant glisser autour de sa taille.

— Détends-toi, Christina. Laisse-toi gagner par la musique. Je sais que tu en es capable.

Bien sûr qu'il savait ! Il savait tout d'elle, tout de la façon dont son corps réagissait à ses sollicitations. Et si elle devait l'épouser, autant savoir dès maintenant si l'alchimie était toujours là…

Les yeux fermés, elle se força à se décontracter. Ses seins

entrèrent en contact avec le torse d'Ari, son ventre avec le sien. Leurs cuisses se touchaient à chaque pas et, après quelques instants, elle constata que leurs cœurs battaient à l'unisson, bien plus vite que la musique.

Oui, elle dansait dans les bras d'un dieu grec qui lui avait offert de n'être qu'à elle. En cet instant, comment ne pas être tentée d'oublier toute prudence et de s'emparer de ce qu'il lui proposait ?

Ari ferma lui aussi les yeux pour s'abandonner au plaisir de danser. Leurs corps s'accordaient comme les pièces d'un puzzle. La courbe des hanches de Christina, la plénitude de ses seins, le parfum de ses cheveux, tout en elle l'enivrait. Plus que jamais, il espérait qu'elle allait lui céder. Elle devait accepter son offre.

La valse prit fin bien trop vite à son goût. On aurait dit qu'elle n'avait duré que quelques secondes. Aussitôt, il sentit Tina reculer. Sans vraiment le repousser, mais juste assez pour rompre le contact de leurs corps. Ses joues avaient pris une teinte rouge et ses yeux étaient baissés, comme si elle redoutait qu'il n'y lise ses émotions. Elle était tout aussi troublée que lui, il en était sûr. Cela suffirait-il à la faire changer d'avis ?

Le disc-jockey invita tout le monde sur la piste pour le morceau suivant, une requête de la mariée. *You Are the Sunshine of My Life*… bien sûr, comment n'y avait-il pas pensé tout de suite ?

— C'était le morceau préféré de ton père, murmura-t-il.

— Oui. Il aurait été très fier de Cass, ce soir.

Tina lui adressa un petit sourire avant d'ajouter :

— Je suis surprise que tu t'en souviennes.

— Je me souviens de beaucoup de choses, Christina. Et plus particulièrement de cette chanson. Toi aussi, tu étais le soleil de ma vie.

À ces mots, le sourire de la jeune femme vira à la grimace.

— Un soleil qui s'est couché il y a longtemps. Je suis sûre que tu en as retrouvé ailleurs…

— Jamais. Ou alors, une pâle imitation.

— Il faut danser, marmonna Tina. Les gens commencent à nous regarder.

Sans se faire prier, il l'attira contre lui, et fut heureux de sentir qu'elle ne résistait pas. C'était un progrès, après tout. Mais ne cesserait-elle donc jamais de faire allusion aux autres femmes qu'il avait connues ? Le passé était le passé, personne ne pouvait le réécrire. Comment pourrait-il la convaincre de regarder vers l'avenir dans ces conditions ?

Penchant la tête vers elle, il lui souffla à l'oreille :

— C'est ce que nous partageons maintenant qui compte, Christina.

La mine sombre, elle ne répondit rien.

Avec un peu de chance, elle songeait au bien-fondé d'une telle affirmation.

Oublier et ne penser qu'au présent… c'était facile à dire pour lui ! Tina aurait bien voulu prétendre qu'elle rencontrait Ari pour la première fois. Elle se serait alors moquée comme d'une guigne de celles qui l'avaient précédée entre ses bras.

Mais comment oublier leur histoire ? Comment oublier à quel point il l'avait fait souffrir ? Il disait vouloir lui rendre ses rêves, ceux-là mêmes qu'il avait détruits. Mais lui faire confiance était incroyablement risqué. S'il la trahissait de nouveau, elle s'en voudrait pour le restant de ses jours. Pouvait-elle prendre le risque de devenir une femme amère, aigrie par la vie ?

D'un autre côté, ne venait-il pas de lui offrir les moyens de le faire payer s'il la trahissait ? Il perdrait Théo, elle obtiendrait sa garde exclusive et définitive. Avec un tel garde-fou, pourquoi ne pas tenter sa chance ?

Les derniers accords du morceau la tirèrent de ses pensées. Du coin de l'œil, elle aperçut Cass se diriger vers leur mère pour l'étreindre. Au souvenir de son père, son cœur se serra. S'il était là aujourd'hui, il l'aurait encouragée à épouser Ari, elle n'en doutait pas une seconde.

Elle reporta son attention sur son compagnon. Ses beaux yeux couleur d'or, riches de silencieuses promesses… Oui, sa décision était prise.

— Sortons. Je voudrais te parler en privé.

Il acquiesça et la prit par le bras pour la conduire à l'extérieur, sur la terrasse où ils avaient discuté avant le dîner.

— Tu veux t'asseoir ? proposa-t-il en désignant une table de bois sous la pergola.

Les jambes tremblantes, elle ne se fit pas prier. Ari vint s'asseoir en face d'elle et écarta les mains d'un air interrogateur.

— De quoi voulais-tu parler ?

Serrant et desserrant convulsivement les poings, elle se sentait incapable de parler. Sa vie s'apprêtait à prendre une tournure très différente et une soudaine angoisse lui paralysait les cordes vocales. En silence, elle fixa Ari une dernière fois, se l'imaginant en papa poule et en mari fidèle. Était-ce possible ?

Ce n'est pas en restant muette que tu le sauras !

— Je… je…

— Oui ?

De nouveau, une vague de panique la tétanisa. *Attends ! Ne t'engage pas tout de suite !* lui criait un reste de prudence. Mais attendre quoi, au juste ? La situation ne changerait pas pour autant. Cet homme était le père de son fils, et elle l'avait aimé autrefois. S'il était sincère, pourquoi ne pas lui donner sa chance ?

— Je suis d'accord pour t'épouser, laissa-t-elle tomber tout de go.

Un sourire fendit aussitôt le visage d'Ari. Ses yeux pétillaient de joie. À moins que ce ne soit une lueur de triomphe…

— C'est merveilleux, Christina ! Tu as fait le bon choix.

Il paraissait si enthousiaste qu'elle sentit ses doutes l'assaillirent de nouveau. Avait-elle cédé trop facilement ? Que cachait cette joie ?

— Donne-moi ta main, demanda-t-il en tendant la sienne par-dessus la table.

Elle secoua la tête.

— Je n'ai pas fini.

Aussitôt, elle le vit froncer les sourcils et se raidir, mais il ne retira pas sa main pour autant.

— Quoi d'autre ? Dis-moi ce que je peux faire pour toi.

— Je veux que tu signes le contrat de mariage que tu m'as promis avant tout chose.

Brusquement, comme s'il venait de recevoir une gifle, il s'adossa de nouveau à sa chaise, le visage fermé. Tina sentit son estomac se nouer. S'il refusait, s'il revenait sur ce point de sa proposition, elle ne l'épouserait pas. Le risque était bien trop grand. Il pourrait l'abandonner de nouveau mais, cette fois, partir avec Théo !

Le cœur battant, elle attendit sa réponse…

Ari disséquait mentalement la requête de Tina. Quelles pouvaient être ses motivations ? Elle ne lui faisait pas confiance, c'était évident. Bien sûr, il comprenait pourquoi. Mais que se passerait-il si elle se jouait de lui, si son but secret était la vengeance ?

Le contrat de mariage donnait tous les droits à Tina s'il la trompait. Or, si elle continuait de lui manifester la même hostilité une fois qu'ils seraient mariés, la question ne serait pas de savoir *s'*il la tromperait mais quand. Il n'était pas fou au point de se condamner tout seul… la meilleure chose à faire était de s'assurer que l'alchimie sexuelle, entre eux, était toujours présente avant de s'engager. Pour le moment, tout ce qu'il voyait, c'était qu'elle ne voulait même pas le toucher. Cela n'augurait pas exactement d'un mariage heureux.

Que cachait ce regard brûlant ? La vengeance d'une femme bafouée ? Ou un désir bien compréhensible de se protéger ?

En tout cas, il risquait gros. Tina devrait lui prouver sa bonne volonté avant qu'il ne se lie à elle à tout jamais.

— Je suis prêt à signer ce contrat, énonça-t-il lentement, si tu acceptes de passer une nuit avec moi.

Elle le fixa, comme abasourdie.

— Pourquoi ? Tu auras toutes les nuits que tu voudras quand nous serons mariés.

— Justement, c'est ce dont j'aimerais m'assurer. Tu pourrais très bien te refuser à moi une fois le contrat signé. Regarde, tu ne veux même pas me donner la main.

Une rougeur subite se propagea sur le cou et les joues de la jeune femme. Cependant, lorsqu'elle releva les yeux vers lui, son regard brillait d'une lueur de défi.

— Tu as raison. C'est peut-être une bonne idée de passer une nuit ensemble avant de nous marier. Si ça se trouve, tu n'es plus aussi doué au lit qu'autrefois.

— Je serai ravi de te prouver le contraire.

— Nous devons quitter Santorin après-demain…

— Ça peut s'arranger.

Aussitôt, elle secoua la tête.

— Non. Nous passerons la nuit ensemble demain soir. Du résultat dépendra la suite des événements.

En d'autres termes, elle prendrait ses jambes à son cou s'il ne la satisfaisait pas sexuellement. Non pas qu'il doute de sa capacité à le faire, si du moins elle l'y autorisait…

— C'est d'accord. Mais notre autre contrat prend fin ce soir, Christina. Dès demain, tu révéleras mon identité à ta mère et à Théo. Quoi que l'avenir nous réserve, ce secret a vécu.

— Je le ferai demain matin, comme promis.

— Insiste bien sur le fait que j'ignorais tout de l'existence de Théo jusqu'à nos retrouvailles à Dubai. Si tu m'avais mis au courant de sa naissance, je serais revenu.

Les lèvres de la jeune femme se plissèrent en un rictus moqueur...

— Ne t'inquiète pas. Puisque j'ai accepté de t'épouser, j'ai tout intérêt à te présenter sous le meilleur jour possible.

— Tu n'auras pas à mentir. C'est la vérité !

— Ma vérité, c'est que tu es parti et que je n'avais aucune envie de te revoir. Mais je n'ai pas l'intention de nous compliquer la tâche en ressassant le passé, rassure-toi. Je ferai toujours passer Théo avant tout le reste.

Il ne pouvait qu'acquiescer... cette femme était extraordinaire. Quelle détermination, quelle énergie lorsqu'elle évoquait leur fils !

— J'aimerais être là lorsque tu diras à Théo que je suis son père, reprit-il d'une voix plus douce. J'ai déjà manqué tellement de moments importants... Sa naissance, ses premiers pas, ses premiers mots, son entrée à l'école... Je n'ai pas pu lui apprendre à nager... Je veux au moins voir son visage quand il apprendra que je suis le papa qu'il désire tant.

Le regard de Tina se voila, comme si elle revivait en pensée les instants qu'il venait d'énumérer. Lorsqu'elle parla, une angoisse inattendue sourdait de sa voix.

— J'espère que tu comptes être un bon père, Ari. Je ne veux pas que tu l'abandonnes quand tu te lasseras de la nouveauté.

L'abandonner ? Bien sûr, c'était ce qu'il lui avait fait subir, du moins c'était ce qu'elle s'imaginait. Quel gâchis ! Il sentit une émotion soudaine lui gonfler le cœur, un désir de la réconforter, de chasser ses craintes à tout jamais. Un instant, il fut tenté de lui promettre qu'il veillerait sur leur fils et sur elle jusqu'à la fin de ses jours. Mais il était évident que de simples mots ne suffiraient pas à la rassurer. Elle se défiait encore bien trop de lui.

— Donne-moi ta main, Christina.

Cette fois, elle obéit, glissant ses doigts fins entre les siens.

— Je te promets que je ferai tout pour gagner l'amour de Théo et pour le conserver. C'est mon fils.

À ces mots, il vit les yeux de la jeune femme s'emplir de larmes. Elle acquiesça en silence, comme incapable de parler. Résistant à l'envie de l'attirer contre lui, il se contenta de lui caresser doucement la paume de la main. La brusquer, c'était risquer de perdre le terrain qu'il avait si laborieusement conquis.

— Si ça te convient, je te retrouverai à l'hôtel demain après-midi. Nous annoncerons la nouvelle à Théo avant notre nuit ensemble.

Elle hocha la tête, puis laissa échapper :

— Je suis désolé de ne pas t'avoir dit que j'étais enceinte. Je n'aurais pas dû…

— Tu avais tes raisons, murmura-t-il. Tout ce qui compte, c'est ce que nous faisons à partir de maintenant.

— Oui, répondit-elle d'une voix rauque. Théo fera la sieste après le déjeuner. Viens vers 16 heures, nous lui dirons tout à son réveil.

— Merci.

— Maintenant que tout est réglé, si nous rejoignions la réception ? Les gens vont se demander ce que nous faisons. C'est un jour important pour Cass, je veux être là.

— Bien sûr.

Ils se levèrent. Il savait qu'il aurait dû la relâcher mais il ne pouvait s'y résoudre. Tout doucement, il attira Tina vers lui. C'était plus fort que lui. Il répugnait à la laisser partir.

Elle ne se débattit pas mais posa sa main libre contre son torse, comme pour ne pas aller trop loin. Lorsqu'elle leva les yeux vers lui, ils brillaient d'un éclair de panique.

Comme il détestait cette peur qui lui rappelait sans cesse qu'il l'avait fait souffrir ! Avec un soupir, il déposa un chaste baiser sur son front.

— Je réparerai mes erreurs, Christina. Je te le jure.

Enfin, il la relâcha et lui adressa un sourire qu'il espérait rassurant, retenant juste sa main quelques secondes de plus que nécessaire.

Ce soir, elle appartenait à Cass et à George.

Demain, elle serait sienne.

10.

Tina attendait le départ du reste de la famille avec impatience. Maintenant qu'elle avait décidé de parler à sa mère, le plus tôt serait le mieux. Mais les derniers invités ne semblaient pas dsécidés à partir. Il fallait dire que tout le monde s'était follement amusé. Les mariés, la cérémonie, la réception, tout était prétexte à de chaleureux éloges. Ce dont elle se serait bien passée en revanche, c'était des remarques malicieuses sur la présence d'Ari à ses côtés.

« Il n'avait d'yeux que pour toi. »

« Il ne t'a pas lâchée d'une semelle de toute la soirée. »

« Quel homme charmant. »

« Et séduisant ! »

Malgré ses tentatives pour détourner les questions en recentrant la conversation sur Cassandra, elle lut la même curiosité dans les yeux de sa mère lorsqu'elles se retrouvèrent enfin seules au bord de la piscine, surveillant d'un œil Théo qui apprenait à plonger. Elle se demandait encore la meilleure façon d'aborder le sujet, lorsque sa mère le fit pour elle.

— Tu comptes voir Ari aujourd'hui ?

— Oui. D'ailleurs, puisque nous parlons de lui, j'ai un aveu à te faire.

Elle prit une profonde inspiration pour calmer ses nerfs, puis se lança.

— Je connaissais Ari Zavros bien avant le mariage de Cass. Je l'ai rencontré il y a six ans, alors qu'il effectuait une tournée des vignobles australiens. Je suis tombée amoureuse de lui.

Aussitôt, elle vit les yeux de sa mère s'agrandir de surprise. Il était évident qu'il ne lui en fallait pas davantage pour comprendre.

— Ari est le père de Théo !

— Oui. Je ne pensais pas le revoir un jour. Ça a été un choc d'apprendre qu'il était le témoin de George. Nous avons décidé d'attendre la fin du mariage pour annoncer la nouvelle à tout le monde.

— Mon Dieu…

L'air soudain angoissé, sa mère se redressa sur son transat pour lui faire face.

— Ces quelques jours ont dû être difficiles pour toi.

À ces mots, Tina sentit les larmes lui monter aux yeux. Elle s'était préparée aux critiques et aux remontrances, pas à une telle empathie.

— Ari ignorait qu'il était le père de Théo, murmura-t-elle. J'ai compris que j'étais enceinte après son départ et je ne voulais pas qu'il se sente obligé de revenir. Maintenant qu'il est au courant, il a bien l'intention de jouer son rôle de père. Il a été très clair sur ce point. Je ne suis pas de taille à lutter. Je n'en ai pas envie, de toute façon. Il a le droit de voir son fils.

Sa mère acquiesça lentement, l'air songeur.

— Et comment comptez-vous vous y prendre, d'un point de vue pratique ?

— Il m'a demandée en mariage.

— Ah.

Il n'y avait presque pas de surprise dans ce simple « ah », comme si rien n'étonnait plus sa mère.

— Sa famille est au courant de tout ça ?

— Oui.

— Hmm, je comprends mieux pourquoi leur accueil était si chaleureux.

— Ils veulent Théo.

— Mais ils se sont aussi montrés très généreux envers toi et moi, ce qui signifie qu'ils sont prêts à t'accueillir dans leur giron. La question, c'est de savoir ce que tu en penses toi.

Tina secoua la tête. À vrai dire, elle se sentait totalement perdue.

— Je ne sais pas. Il m'a abandonnée, il y a six ans. Ça veut dire qu'il ne m'aimait pas.

— Mais toi, tu l'aimais.

— Bien sûr.

— Et maintenant ?

— Je crois que je l'aimerai toujours. Mais c'est Théo qui l'intéresse, pas moi.

— Peut-être as-tu pris une valeur nouvelle à ses yeux maintenant que tu es la mère de son fils. C'est une façon très grecque de voir les choses.

La gorge nouée, Tina se sentit incapable de répondre quoi que ce soit. Après quelques secondes, sa mère soupira.

— Mais ce n'est pas à moi de te dire quoi faire ou ne pas faire, ma chérie. La décision t'appartient.

— Je crois que je vais l'épouser, déclara-t-elle, soulagée de pouvoir l'exprimer à voix haute. Je pense qu'il fera un excellent père. Il m'a demandé de l'attendre pour tout dire à Théo. Après quoi nous passerons quelques heures ensemble, histoire de voir comment les choses se passent. Il veut m'emmener quelque part. Tu pourras t'occuper de Théo, cette nuit ?

Sa mère rosit en comprenant à quoi Tina et Ari occuperaient la nuit en question, mais acquiesça.

— Seigneur, ça fait beaucoup de choses à digérer. J'aimerais que ton père soit encore là…

— Ne t'inquiète pas, tout ira bien.

— Sois prudente, ma chérie. Je ne veux pas te voir souffrir de nouveau.

— Merci. Je suis désolée d'avoir eu à partager ce fardeau avec toi.

— Ce n'est pas un fardeau. Je suis ravie que Théo ait enfin un papa. C'est pour toi que je me fais du souci. J'espère que tout se passera bien entre Ari et toi.

Tina lui répondit d'un sourire vacillant.

Oh ! elle aussi l'espérait. De tout son être.

Ari se sentait épuisé, après la matinée difficile qu'il venait de passer en compagnie de son avocat. Ce dernier s'était montré farouchement opposé à ce qu'il abandonne ses droits sur Théo en cas d'adultère de sa part. Un arrangement financier, selon lui, était acceptable en cas de divorce. Mais il était hors de question de jeter le bébé avec l'eau du bain.

À court de patience, il avait dû taper du poing sur la table.

— Je ne suis pas venu vous demander conseil. Rédigez ce fichu contrat de mariage tel que je vous l'ai dicté.

— Je rédigerai tout ce que vous voulez, avait soupiré l'avocat. Tant que vous ne le signez pas.

Il était vrai que, de tous les contrats qu'il avait signés dans sa vie, il n'avait jamais rien fait d'aussi risqué. L'argent ne l'inquiétait pas, il en avait largement assez. En réalité, c'était Christina qui le préoccupait, son attitude envers lui lorsqu'elle serait devenue sa femme.

En dépit de sa raison, qui lui soufflait la prudence, son cœur lui chantait un tout autre air. Oui, il voulait épouser Christina quelles qu'en fussent les conséquences. Aucune femme ne l'avait jamais touché à ce point.

Il avait été son premier amant et probablement le seul. Et elle lui avait donné un enfant. À cette pensée, il sentit une immense fierté l'envahir. Enfin, Tina se moquait parfaitement de sa fortune. C'était aussi pour ça qu'elle était tellement différente des autres femmes qui avaient traversé sa vie.

Les yeux fermés, il se laissa emporter par ses souvenirs.

Non, aucune ne l'avait bouleversé et stimulé à ce point. Christina était unique, elle ne se satisferait jamais de la personnalité superficielle qu'il arborait habituellement avec les femmes. Et il lui prouverait qu'il était à la hauteur de ses attentes, du défi qu'elle lui lançait. Rien ne l'empêcherait de chasser la peur qu'il lisait dans son regard.

Bien sûr, il n'oubliait pas qu'il faisait avant tout cela pour Théo. Mais, après tout, Théo et sa mère formaient une seule et même entité. Ils étaient sa famille. Comment aurait-il pu les laisser repartir à l'autre bout du monde ? C'était tout simplement inenvisageable.

Sûr de lui maintenant, il s'engouffra dans sa voiture. Oui, la première chose à faire, c'était de les empêcher de quitter Santorin. Même si Christina refusait de l'épouser, ils auraient besoin de temps pour discuter de l'avenir. Si elle acceptait, ils auraient un mariage à organiser, et bien plus encore. Alors pourquoi se sentait-il aussi tendu ?

Théo voulait un papa et serait ravi d'apprendre la nouvelle, il n'avait donc pas à s'inquiéter de la réaction de son fils. Non, c'était ce qui se passerait ensuite avec Christina qui le préoccupait. Car si les choses tournaient mal…

Il s'arracha aussitôt à ses idées noires. L'échec n'était tout simplement pas une option.

Tina, sa mère et Théo étaient assis à une petite table en terrasse du restaurant lorsque Ari apparut. En quelques pas, il dévala l'escalier qui menait à la piscine, la mâchoire crispée, comme animé d'une détermination farouche. Aussitôt, Tina sentit un frisson la parcourir. N'était-elle pas sur le point de commettre une terrible erreur ? De toute façon, il était trop tard pour se poser la question…

— Par ici ! s'exclama-t-elle, élevant la voix pour attirer son attention.

L'expression d'Ari s'illumina quand il les aperçut. Avec

un cri de joie, Théo bondit de sa chaise pour se précipiter vers lui. Ari le souleva et le percha sur ses épaules en riant.

— J'ai fini ma gare en Lego ! Il faut que tu viennes la voir.

— Laisse-moi d'abord dire bonjour à ta grand-mère et à ta mère.

Il s'approcha de la table avec un regard interrogateur. D'un signe de tête, Tina acquiesça. Oui, sa mère était bien au courant. Aussitôt, le sourire d'Ari s'élargit. Pourtant, il semblait tendu. Avait-il pris conscience que se marier était une décision importante ? Avait-il des doutes de dernière minute, des regrets ?

Pourtant, sa voix basse et ferme n'avait rien d'indécis lorsqu'il s'adressa à sa mère.

— Helen, je veux que vous sachiez que je m'occuperai de votre fille bien mieux que je ne l'ai fait par le passé. Faites-moi confiance.

— Tina et Théo me sont très chers, répondit-elle. J'espère qu'il en sera de même pour vous.

Incapable de détacher son regard du visage d'Ari, Tina le vit acquiescer avec gravité avant de se tourner vers elle.

— Théo veut me montrer sa gare en Lego.

— Je vais te conduire à sa chambre. Il a fait un travail formidable, répondit-elle.

Si seulement sa voix pouvait ne pas trembler autant…

— C'était compliqué, n'est-ce pas ? ajouta-t-elle en se tournant vers Théo avec un sourire.

— Très compliqué !

— Je suis sûr que tu t'en es sorti comme un chef, fit Ari.

— Tu nous attends ici, maman ? demanda Tina.

— Bien sûr, allez-y.

Lorsqu'ils franchirent tous ensemble le seuil de la chambre, elle eut l'impression d'avoir la poitrine dans un étau. Dans un instant, il serait trop tard pour reculer…

— C'est moi qui lui dis, murmura Ari de façon à ce qu'elle soit la seule à l'entendre.

D'abord irritée de le voir prendre le contrôle de la situation, elle se fit aussitôt une raison. Après tout, elle pouvait bien lui accorder ce droit après lui en avoir refusé tant d'autres.

D'un geste lent, elle referma la porte et s'assit sur une chaise pendant que, à genoux près de son fils, Ari s'extasiait sur la gare qu'il avait assemblée. Après quelques instants, Ari s'assit au bord du lit de Théo et demanda :

— Est-ce que ta maman te raconte des histoires pour t'endormir ?

— Oui. Elle me montre les mots dans le livre et j'arrive même à en reconnaître certains, maintenant, répondit fièrement le petit garçon.

— Bravo. Si je te raconte une histoire, je me demande si tu arriveras à deviner la fin.

— Oh oui, raconte ! s'exclama Théo, s'asseyant en tailleur face à lui.

Ari se pencha, coude sur les genoux, les yeux dans ceux de son fils.

— Il était une fois un prince qui vivait dans un pays très éloigné. Un jour, il partit pour un long voyage à l'autre bout du monde…

Stupéfaite, Tina fixa Ari. Un conte de fées pour révéler la vérité ? C'était bien la dernière chose qui lui aurait traversé l'esprit ! Pourtant, c'était habile.

— Là, le prince rencontra une merveilleuse princesse, la plus belle femme du monde. Il passait tout son temps avec elle, jusqu'au moment où il lui fallut rentrer dans son royaume pour le gouverner. La princesse fut très triste de le voir partir. Et lorsqu'elle découvrit qu'elle attendait un bébé, elle décida de ne pas envoyer de message au prince. Elle avait peur qu'il ne revienne pas et qu'il l'abandonne de nouveau. Alors elle garda le secret.

— C'était un garçon ou une fille, ce bébé ? voulut savoir Théo.

— Un garçon. Il était adoré de sa famille, ce qui

convainquit la princesse que son fils n'avait pas besoin d'un papa. Ce qu'elle ignorait, c'était que le garçon, lui, voulait très fort un papa.

— Comme moi ! Sauf que c'est seulement quand je suis allé à l'école. C'est parce que tous mes amis avaient des papas, eux.

— C'est tout à fait normal que tu en veuilles un.

— Et le garçon de l'histoire ?

— Ah, laisse-moi continuer. Quelques années après sa naissance, la sœur de la princesse fut demandée en mariage par un homme qui venait du même pays que le prince. La princesse et toute sa famille traversèrent donc les océans pour se rendre dans le pays du prince. Elle ignorait que le marié n'était autre que son cousin. Lorsque le prince vit son fils pour la première fois, il eut un choc, car ils avaient exactement les mêmes yeux.

— Comme toi et moi !

— Oui, exactement comme nous deux. Mais la princesse demanda au prince de garder le secret jusqu'au lendemain du mariage pour ne pas gâcher un jour si important pour sa sœur. Le prince accepta, même s'il brûlait d'envie de tout dire à son fils. Il était très triste d'avoir manqué ses cinq premières années.

— Je peux deviner maintenant ?

— Vas-y.

Théo pencha la tête de côté, visiblement hésitant, avant de demander :

— Tu es mon papa, Ari ?

— Oui, Théo, répondit-il simplement.

Tina retint son souffle. Un immense sourire fendit le visage de son fils, le même apparut en retour sur celui d'Ari. Aucun des deux ne faisait plus attention à elle, désormais. Après tout, c'était leur moment…

— Je suis content que tu sois mon papa, s'exclama Théo en se levant. Après mon anniversaire, j'ai rêvé que tu l'étais.

Ari le prit dans ses bras et le serra contre lui.

— À partir de maintenant, nous passerons tous tes anniversaires ensemble.

— Mais je ne veux pas que maman soit triste à cause de toi.

Bouleversée par la loyauté de son fils, elle sentit ses yeux s'embrumer.

— Je te promets que je vais bien m'occuper de ta maman. D'ailleurs, nous devons discuter, elle et moi. Tu veux bien rester avec ta grand-mère pendant que nous faisons cela ?

— Est-ce que Yiayia sait que tu es mon papa ?

— Oui. Ta maman lui a annoncé ce matin. Tu pourras en parler avec elle. Demain, nous t'emmènerons rendre visite à tes autres grands-parents, que tu as rencontrés à ton anniversaire.

Théo, à cette nouvelle, bondit d'excitation.

— Maximus est mon papou ?

— Oui, et il a très envie de te revoir, tout comme ma mère. Tu vas faire connaissance avec toute ta famille. Les garçons avec lesquels tu as joué au mariage sont tes cousins, par exemple.

— Ils seront là demain ?

— Tu peux y compter.

Ari se leva, prit son fils dans ses bras et enchaîna :

— Allons retrouver ta grand-mère, maintenant. Ta maman et moi avons beaucoup de choses à régler.

Emue, Tina vit Théo tourner vers elle un sourire interrogateur comme s'il quêtait son approbation. Malgré les doutes qui la tenaillaient, elle s'efforça d'afficher un sourire rassurant. C'était un instant fondateur dans la vie de son fils et il n'était pas question de lui communiquer la moindre inquiétude.

Théo semblait ravi de rester avec sa grand-mère, à laquelle il entreprit de raconter que son vœu d'anniversaire venait de se réaliser. Le cœur battant à cent à l'heure, Tina l'embrassa avant de suivre Ari vers le parking.

Que leur réservait l'avenir ? Elle aurait tout donné pour l'entrevoir, ne serait-ce qu'une fraction de seconde. Au lieu de cela, elle avait l'impression de faire un saut dans l'inconnu. Des émotions qui la tourmentaient en cet instant, elle n'aurait su dire laquelle, de la peur ou de l'excitation, l'emportait.

11.

Ari lui prit la main tandis qu'ils traversaient le parking en direction de sa voiture. Ce lien physique électrisa Tina, lui rappelant l'enjeu des heures qui allaient suivre. Pour lui, il s'agissait sans doute d'une nuit de plaisir parmi d'autres, de l'accomplissement d'un acte plaisant mais banal. Un acte purement technique qui ne laissait pas la moindre place aux sentiments.

Pour elle en revanche… Un frisson la parcourut. Pour elle, c'était différent. L'amour avec Ari avait toujours été une fusion transcendantale, un choc de galaxies. Serait-elle capable de manifester le même cynisme que lui, d'apprécier l'aspect purement physique de leur relation ?

Ari avait promis de ne pas la faire souffrir. Et elle avait envie de le croire. En réalité, ce n'était plus de lui qu'elle avait peur, mais des sentiments qu'il risquait d'éveiller en elle. Serait-elle capable de tenir la bride à ses émotions ?

Au chapitre des bonnes surprises de la journée, Ari s'était admirablement tiré de la tâche qui consistait à tout raconter à leur fils.

— J'ai bien aimé ton conte de fées, dit-elle en lui jetant un coup d'œil en biais. C'était une bonne idée.

— À présent, c'est à nous de veiller à ce que l'histoire finisse vraiment comme un conte de fées, répondit-il d'un air malicieux.

— Un conte de fées, c'est rarement réaliste.

— Mais pas impossible, si tu y crois vraiment.

Il lui ouvrit la porte lorsqu'ils atteignirent sa voiture. Bouleversée, elle marqua une pause et le regarda droit dans les yeux.

— Je ne sais pas en quoi tu crois, Ari. C'est ça le problème.

Une brève lueur illumina son regard mordoré. D'une voix suave, il répondit :

— Demain matin, tu le sauras.

— Je l'espère, soupira-t-elle.

Elle prit place, tandis qu'il se glissait au volant et demanda :

— Où m'emmènes-tu ?

— À Oia, un village du nord de Santorin, le meilleur endroit de l'île pour assister au coucher du soleil. J'ai réservé une suite dans un hôtel de charme. Je pensais que ça te ferait plaisir.

— C'est très… romantique.

— Tu me donnes envie d'être romantique, répondit Ari avec une telle sincérité qu'elle sentit son cœur se serrer.

Troublée, elle détourna les yeux et attacha sa ceinture. Comment pouvait-elle se montrer aussi faible ? Une tirade éculée et la voilà qui fondait. Était-ce ainsi qu'elle comptait contrôler ses émotions ? Elle savait pourtant qu'elle devait impérativement faire taire la partie de son cœur qui croyait désespérément aux contes de fées, aux belles promesses d'Ari. Si elle décidait de l'épouser, ce serait parce que sa raison lui dictait ce choix, pas pour ses manières de joli-cœur.

C'est Théo qu'il veut, se répéta-t-elle pour s'endurcir. Elle-même n'était qu'un élément rapporté, une promotion « deux pour le prix d'un ». Impossible de dire combien de temps Ari la trouverait attirante ! Même s'il s'avérait le meilleur des amants ce soir, elle devait à tout prix le faire signer ce contrat de mariage.

Visiblement désireux de détendre l'atmosphère, il commenta différents aspects du paysage ou de l'architecture locale tandis qu'ils remontaient vers le nord de l'île. Elle n'avait pas oublié que lorsqu'ils s'étaient rencontrés, six ans plus tôt, il se montrait très curieux lors de chaque voyage qu'ils effectuaient, la pressant de questions sur son pays.

— Où veux-tu que nous vivions si j'accepte de t'épouser ? demanda-t-elle, profitant d'un blanc dans la conversation.

C'était un sujet dangereux, elle en avait bien conscience, mais elle ne pouvait pas ne pas aborder la question. Ari hésita, lui jeta un regard de côté, puis soupira.

— L'Australie est trop loin de ma famille et de mes intérêts financiers, Christina. Nous pouvons nous établir n'importe où tant que c'est en Europe. Mais Athènes me semble le choix le plus logique. Helen aimerait peut-être y revenir. Elle verrait davantage Cassandra et George. Et nous, bien sûr.

Ainsi, il avait déjà tout décidé. Il semblait se moquer que cela revienne à les déraciner complètement, Théo et elle. Seule sa mère sauterait sur l'occasion, en vérité…

— Nous devons aussi songer à l'éducation de nos enfants, reprit Ari avec un sourire.

« De nos enfants »… C'était tentant. Théo était le centre de sa vie et elle aurait été ravie de pouvoir lui donner un frère, une sœur ou les deux à la fois. Si elle n'épousait pas Ari, il était improbable qu'elle ait d'autres enfants. Un facteur de plus à prendre en considération !

Arrivés à Oia, ils durent abandonner leur voiture à l'entrée du village et emprunter à pied les ruelles étroites qui menaient à l'hôtel. Dès qu'ils furent sortis de la voiture, Ari lui prit de nouveau la main pour remonter à contre-courant le flot des touristes.

De nouveau, elle eut conscience du nombre de femmes qui dévisageaient Ari en le croisant. Cependant, si même les amies de Cass, la veille, n'avaient pas réussi à attirer son attention, elle n'avait pas à s'inquiéter. Dans l'immédiat en tout cas… La question, c'était de savoir combien de temps durerait l'exclusivité dont elle bénéficiait. Un séducteur tel qu'Ari ne resterait pas longtemps en place. Ne le lui avait-il pas déjà prouvé ?

Peut-être la meilleure façon d'affronter l'avenir était-elle de ne pas se préoccuper de la fidélité d'Ari, après tout ? Certes, c'était cynique, mais quel choix avait-elle ? S'il la trompait, elle repartirait avec son fils et plus d'argent qu'elle n'en avait jamais eu. Et puis qui sait ? Sa mère avait peut-être raison en affirmant qu'il apprendrait à l'aimer. À ce stade, il était inutile de se perdre en conjectures.

S'arrachant à ses ruminations, elle reporta son attention sur le paysage alentour. Les maisons d'Oia étaient blotties les unes contre les autres, occupant le moindre centimètre carré de terrain disponible. L'entrée de leur hôtel, encadrée par deux arbres en pot, se trouvait au fond d'une allée minuscule. Le réceptionniste les accueillit avec enthousiasme avant de les conduire à une suite qui occupait le troisième et dernier étage d'un bâtiment perché à flanc de colline face à la mer. La chambre n'était pas grande mais la vue était à couper le souffle.

— Le coucher de soleil est à 20 heures, les informa l'hôtelier avant de s'éclipser.

Ils avaient donc trois heures devant eux… Soudain nerveuse à l'idée de passer du temps avec Ari dans une si petite chambre, elle sortit sur le balcon. À sa droite, une petite porte ouvrait sur un escalier de métal en colimaçon qui descendait le long de la façade, reliant tous les étages à une petite piscine en contrebas. Quelques clients s'y prélassaient, allongés sur des transats. Elle les observa un instant, se demandant ce qui les amenait là.

Une détonation derrière elle la fit sursauter et se retourner. Ari venait d'ouvrir une bouteille de champagne. Quelques secondes plus tard, il émergea sur le balcon avec deux flûtes pleines.

— Je sais que tu ne bois pas d'alcool mais que tu fais

une exception pour le champagne, dit-il en souriant. Et puis ça te détendra.

— Merci. Ça fait six ans que je ne me suis pas retrouvée seule avec un homme. Une coupe de champagne ne pourra pas me faire de mal.

— Je suppose que la présence de Théo ne t'a pas aidée à rencontrer beaucoup de prétendants.

Ce n'est pas Théo. C'est toi ! eut-elle envie de crier. Mais il était certainement préférable de ne pas partager cette information… Hors de question de lui mâcher le travail en lui avouant sa faiblesse !

— Tu n'as pas à redouter de tomber enceinte, reprit son compagnon. J'ai de quoi me protéger.

— Je ne tomberai pas enceinte. Mon cycle vient à peine de commencer.

— Ah ! Encore mieux.

Ari sourit, ses yeux ambre brillant de plaisir.

— Je te promets que nous allons passer un excellent moment ensemble, Christina. Au plaisir de nous redécouvrir.

Sans la quitter des yeux, il fit tinter son verre contre le sien et une vague de chaleur lui sembla se propager dans tout son corps. Dans l'espoir de calmer ses nerfs, elle porta la coupe à ses lèvres et avala une généreuse goulée de champagne. Une tentative bien inutile, car il suffit à Ari de passer un bras autour de la taille, pour ruiner tous ses efforts. Aussitôt, un torrent de souvenirs et de sensations la submergea, emportant le peu de sang-froid qui lui restait.

— Je n'ai pas envie d'attendre ce soir, annonça-t-elle d'un ton décidé. Faisons-le, Ari. Je ne veux pas de dîner aux chandelles, de grandes déclarations romantiques face au coucher de soleil, ou quoi que ce soit qui fasse partie de l'arsenal que tu utilises habituellement avec tes maîtresses. Allons droit au but.

En silence, Ari lui prit son verre des mains et le posa à côté du sien sur la balustrade de pierre. Lorsqu'il l'attira contre lui et, d'un doigt, lui redressa le menton, elle sentit un frisson d'anticipation la parcourir.

— Il y a bien des questions en suspens et, moi non plus, je n'ai pas envie d'attendre.

Avant qu'elle n'ait eu le temps de répondre, la bouche d'Ari fondit sur la sienne avec une telle vigueur qu'elle esquissa un mouvement de recul instinctif. Il avait toujours été très tendre avec elle, jamais brutal. La panique la submergea. Que savait-elle de l'homme qu'il était devenu ?

— Bon sang, grommela-t-il, la respiration lourde. Je vais me contrôler, Christina, je te le promets. Ça ne me ressemble pas.

Sans attendre sa réponse, il revint à la charge. Il déposa un baiser léger sur ses lèvres, puis un autre, et un autre encore. Aussitôt, elle sentit une langue de feu lui traverser le corps, embraser tout son être. Ses muscles crispés se détendirent brusquement. Levant des bras lourds de plaisir, elle les noua derrière la nuque d'Ari et s'ouvrit à un baiser plus profond, passionné.

C'était ainsi qu'elle se le rappelait, l'amant sensuel et attentionné, le guide qui la menait d'une main experte vers des territoires où elle ne s'était jamais aventurée. Les yeux fermés, il était aisé de redevenir la jeune femme vierge qui avait connu le plaisir pour la première fois.

Entre les bras d'Ari, c'était toujours la première fois. Il avait peut-être connu mille femmes, mais il n'y avait rien de routinier dans la façon dont il l'embrassait.

Les mains d'Ari glissèrent sur ses fesses, comme pour la plaquer encore plus contre lui. La violence de son érection la propulsa vers de nouveaux sommets d'ivresse. Il avait vraiment envie d'elle, elle ne pouvait plus en douter. Un tel désir n'était pas feint. Cette escapade n'était donc pas qu'une manœuvre cynique concoctée par l'esprit tordu d'Ari pour récupérer son fils.

Une vague d'excitation la parcourut à cette idée. Leurs

langues se mêlèrent, elle glissa ses doigts dans les cheveux d'Ari, pressant sa bouche contre la sienne comme si sa vie dépendait de ce baiser. Et, d'une certaine façon, c'était le cas.

Il ne l'abandonnerait plus. Elle ne le laisserait pas fairc. Jamais.

Le souffle court, Ari rompit soudain leur baiser.

— Nous ferions bien de rentrer.

Sans effort, il la souleva dans ses bras pour franchir les quelques pas qui les séparaient du lit. Blottie contre son torse puissant, elle sentait son propre cœur battre la chamade sous l'effet d'un mélange de peur et d'excitation. Ils allaient se déshabiller. Elle allait le revoir nu — enfin — mais elle devrait également s'exposer à son regard. Serait-elle à la hauteur des autres femmes qu'il avait connues ? De la blonde de Dubai, par exemple ?

Qu'importe ! Il avait envie d'elle, elle venait d'en avoir la preuve. Et, même si son corps s'était arrondi, il était ridicule de s'inquiéter. Ari la désirait et le regard brûlant qu'il posait sur elle en cet instant suffisait à le prouver. Sans parler de la bosse impressionnante qui gonflait son pantalon de toile…

Il la déposa près du lit et la dévisagea intensément, comme pour lui donner une dernière chance de changer d'avis. Déterminée à ne pas flancher si près du but, elle lui adressa un sourire vacillant.

— Tu es unique, Christina, souffla-t-il. Je n'ai jamais rencontré une femme telle que toi.

Il s'approcha plus encore, et lui déposa un baiser sur le front. Un geste simple, plein de tendresse… malgré elle, elle sentit sa gorge se serrer. Sincères ou non, ces mots la touchaient au plus profond de son être. Elle ferma les yeux et laissa Ari lui embrasser les paupières.

Puis elle sentit qu'il glissait ses pouces sous les bretelles de sa robe d'été pour les faire glisser. Il posa les lèvres sur ses épaules nues avant de la faire pivoter et d'ouvrir la fermeture Éclair dans son dos. Les yeux toujours clos, elle était concentrée sur tous ses autres sens. Comme elle aimait le contact de ses lèvres sur sa peau, de ses doigts sur sa colonne vertébrale ! Une bouffée du parfum d'Ari lui emplit les poumons : c'était le même que celui qu'il portait autrefois. Le plaisir qu'il lui procurait était le même, lui aussi. C'était presque comme si les six dernières années n'avaient jamais existé…

Sa robe tomba enfin à ses pieds. Elle la portait sans soutien-gorge et son seul vêtement était à présent le bas de Bikini vert qu'elle avait enfilé pour la piscine. Les larges mains d'Ari enveloppèrent ses seins et les massèrent doucement, avec une sorte de ferveur déroutante.

— Tu as allaité Théo ? demanda-t-il.

Ainsi, il pensait à son fils… Même en cet instant, il la voyait comme une mère et non comme une femme. Un éclair de douleur la traversa, mais elle se ressaisit aussitôt. Après tout, c'était aussi une façon de se différencier de ses autres maîtresses… Elle était celle qui avait donné naissance à son fils. Aucune autre qu'elle ne pouvait prétendre à ce titre.

— Oui, répondit-elle d'une voix rauque.

— Quel bébé chanceux…

Les lèvres d'Ari se refermèrent sur la pointe de l'un de ses seins, la taquinèrent un instant, puis l'aspirèrent. Aussitôt, un frisson de plaisir se répandit dans tout son corps, tandis qu'un feu liquide lui enflammait le ventre. Une chaleur humide lui inondait l'intérieur des cuisses. Par un réflexe presque animal, elle agrippa les épaules d'Ari, plantant ses doigts dans les muscles qui roulaient sous sa peau.

Lorsqu'il déplaça ses lèvres pour administrer la même délicieuse torture à son autre sein, elle rejeta la tête en arrière avec un soupir. Ses poumons la brûlaient, à croire que l'oxygène se raréfiait dans la pièce. Perdue dans un tourbillon de sensations, elle n'aurait su dire si elle éprouva de la déception ou du soulagement lorsque Ari redressa enfin la tête.

Elle n'eut pas l'occasion de s'interroger longtemps. D'un

geste vif, il la débarrassa de son bas de Bikini. Complètement nue désormais, elle n'avait pourtant plus peur du spectacle qu'elle offrait. Le désir, en elle, avait remplacé doutes et angoisses.

Avec un grondement quasi animal, Ari l'attira contre lui et l'embrassa de nouveau. C'était un baiser sauvage, farouche, mais cette fois elle y répondit avec fougue. Elle brûlait de sentir cet homme en elle, dur et palpitant. Elle n'avait jamais cessé de l'aimer ! Elle en était sûre à présent.

Il la fit basculer sur le lit mais ne la rejoignit pas aussitôt. Déroutée, elle releva la tête et le chercha du regard. Il était en train de se déshabiller à la vitesse de l'éclair. En voyant son sexe émerger, rigide et conquérant, un frémissement s'empara d'elle. Oui, il avait un corps parfait. Sa peau tannée brillait comme du cuivre. Son torse glabre, aux muscles bien dessinés, appelait les caresses. Ses hanches étaient étroites mais ses cuisses puissantes.

Avec une grâce féline, il monta à son tour sur le lit. Au lieu de céder à l'urgence qu'elle ressentait, il s'allongea à ses côtés et la prit dans ses bras. Tout en l'embrassant, il promenait ses mains sur son dos, au creux de ses reins. De là, il descendit le galbe de ses fesses, glissa à l'intérieur de ses cuisses. Avec un gémissement, Tina remonta une jambe contre la sienne, offrant le cœur de son être aux doigts experts d'Ari. Elle les sentit glisser en elle.

Il la caressa d'abord doucement, accentuant peu à peu sa pression, sans cesser de l'embrasser. Ivre de plaisir, elle tremblait à présent comme une feuille. De l'électricité pure paraissait couler dans ses veines. Une boule d'énergie enflait au plus profond de son ventre, accélérait sa respiration et affolait ses neurones.

Les lèvres d'Ari se détachèrent des siennes pour se reporter sur ses seins. Ils étaient lourds, tendus en un muet appel auquel il il répondit avec ardeur. Du bout de la langue, il suivit le tracé de leurs aréoles sombres.

La tête renversée en arrière, elle se concentra sur les sensations que faisait naître en elle la bouche d'Ari qui continuait son enivrant voyage le long de son ventre, tandis que ses doigts se faisaient plus pressants. Il lui embrassa le nombril avant de redresser la tête pour regarder droit dans ses yeux.

— Tu as porté mon fils… J'aurais dû être là, avec toi, pendant l'accouchement. Je serai là pour nos futurs enfants, promit-il d'une voix sourde.

De quoi parlait-il ? Elle n'avait aucune envie de s'étendre sur ce genre de considération ! L'avenir, pour le moment, se résumait à la seconde suivante. Le désir qui la ravageait était tel qu'elle en aurait presque pleuré.

— Assez ! cria-t-elle en lui agrippant les épaules. Prends-moi, maintenant !

À son immense soulagement, Ari ne se fit pas prier. Il prit position entre ses jambes, qu'elle avait instinctivement levées pour les enrouler autour de sa taille. Des convulsions de plaisir la saisissaient déjà et l'orgasme la faucha sitôt qu'il pénétra en elle, l'emplissant d'une présence massive.

Elle s'arc-bouta contre les draps, balayée par des vagues de jouissance qui semblaient destinées à ne jamais s'arrêter. Les mains d'Ari se refermèrent sur sa taille pour la plaquer tout contre son bassin. Le rythme de ses assauts s'accéléra et, contre tout attente, elle sentit une seconde onde d'extase la terrasser au moment même où il explosait au plus profond d'elle-même.

Au loin, elle l'entendit crier son nom et ce simple détail l'emplit de joie. Elle savait qu'elle l'avait touché, qu'ils avaient partagé cette même union sacrée, muette et sublime, qu'autrefois. Cette magie indéfinissable qui lui avait fait penser, alors, qu'Ari était l'homme de sa vie.

Aujourd'hui, elle en était tout aussi convaincue. Haletante, blottie dans les bras d'Ari, elle réalisa qu'elle se sentait bien. En réalité, c'était même la première fois depuis presque une semaine qu'elle se sentait complètement détendue.

Oui, Ari la désirait toujours avec la même force. Se lasserait-il, comme il l'avait déjà fait ? Peu importait à vrai dire. Si c'était le cas, elle repartirait avec son fils. Mais supporterait-elle qu'il lui brise le cœur une seconde fois ?

C'était une question à laquelle elle préférait ne pas songer.

12.

Ari ne pouvait se méprendre sur ce qu'il ressentait : oui, il était heureux. Et c'était inhabituel.

En général, il éprouvait de la satisfaction après l'amour. Il se sentait détendu. Mais heureux ? Jamais. Faire l'amour à Christina produirait-il invariablement le même résultat ou cette exultation était-elle due à d'autres facteurs ? À la frustration, par exemple ?

Comment oublier le mal qu'il avait eu, après l'avoir embrassée, à refréner son impatience ? Certes, cela faisait près d'une semaine qu'il bridait son désir, mais se voir soudain autorisé à lui donner libre court avait bien failli lui faire perdre tous ses moyens. Ses hormones, brutalement libérées, avaient obscurci sa raison. Il avait été à deux doigts de tout gâcher, à vrai dire. C'était d'autant plus étonnant qu'il avait toujours pu compter, dans sa vie privée comme professionnelle, sur un sang-froid à toute épreuve !

Son regard glissa sur les courbes souples de la jeune femme lovée dans ses bras. Seigneur, elle était parfaite. Non, pas parfaite, corrigea-t-il. Il la préférait avec les cheveux longs. Non pas qu'ils lui aillent mieux en réalité, mais parce que le plaisir qu'il avait éprouvé, six ans plus tôt, à y glisser les doigts était toujours présent en lui.

Mais ce détail était sans importance. L'essentiel, c'était qu'il n'y avait plus de barrière entre eux, du moins plus de barrière physique. Psychologiquement, c'était une autre affaire. Cette nuit allait-elle enfin lui permettre de vaincre les dernières réticences de Tina ?

Il savait qu'il lui avait procuré un plaisir intense. Mais cela suffirait-il à la convaincre de l'épouser ? Il aurait sans doute dû lui parler, l'interroger sur son état d'esprit et les conclusions qu'elle tirait de ces instants explosifs. Mais il répugnait à briser le silence. Après tout, ils avaient toute la nuit devant eux. Au moins était-il sûr, à présent, qu'elle ne resterait pas de marbre dans le lit conjugal…

Ils se prélassèrent pendant de longues minutes, leurs corps alanguis caressés par la brise du soir. Puis Tina s'étira et redressa la tête.

— J'ai besoin de me rafraîchir.

Lorsqu'il la relâcha, elle se leva d'un bond et se dirigea vers la salle de bains. Il ne vit pas son visage mais ne put s'empêcher de sourire en étudiant sa silhouette parfaite, la forme en sablier de ses hanches et ses longues jambes.

Oui, il aimait tout chez elle. Personne ne serait surpris par sa décision de l'épouser. Évidemment, il se moquait de ce que les gens pensaient. Mais il savait que la gente féminine pouvait se montrer coupable de jalousie et de mesquinerie, comme Felicity Fullbright le lui avait prouvé à plus d'une reprise.

À présent que leur compatibilité sexuelle était confirmée, il était impatient d'aller de l'avant. Mais son enthousiasme se refroidit lorsque Tina ressortit de la salle de bains vêtue d'un kimono qui la couvrait du cou jusqu'aux chevilles. Au moins, le message était clair : elle n'était pas prête à revenir au lit.

— Il y a un autre kimono derrière la porte, annonça-t-elle. Ce sera plus facile que de se rhabiller pour regarder le coucher du soleil.

Et plus facile pour se déshabiller de nouveau, songea-t-il, faisant mine d'accepter son plan sans protester. Il était évident qu'elle avait pris une douche — sans l'inviter à la rejoindre — et qu'elle mettait un terme provisoire à leur intimité. La question était de savoir pour combien de temps. En tout cas, elle lui offrait un nouveau défi — brûlante au lit, froide en dehors — qui l'intriguait et le stimulait au plus haut point.

Bref, la partie n'était pas encore gagnée !

— Jette un œil au menu posé sur le bureau pendant que je me douche. Nous commanderons directement dans la chambre.

Avec un sourire un peu raide, Tina s'exécuta et se plongea dans l'étude de la carte. Quand il se leva à son tour, elle ne lui adressa pas un regard. Était-elle embarrassée par ce qu'ils venaient de faire ? Par la façon dont elle avait réagi sous ses caresses ?

Tout à ses réflexions, il pénétra sous la douche et poussa un soupir de bien-être en sentant le jet d'eau brûlant sur sa peau. Oui, chacune de ses aventures amoureuses avait commencé par du désir mutuel. Mais la seule que la routine n'avait pas détruite après quelques semaines, c'était sa liaison avec Christina. Pourquoi était-il parti ? Les raisons ne lui paraissaient plus si claires à présent. Il se rappelait confusément qu'il s'était agi d'impératifs professionnels, les siens et ceux de Tina. Il n'avait pas voulu briser sa carrière de mannequin ou négliger ses propres affaires.

Bonne ou mauvaise, cette décision revenait sans cesse sur le tapis. Comment être sûr que l'alchimie sexuelle soit la réponse à tous ses problèmes, le fondement d'un mariage réussi ?

Le désir était une chose, mais comment vivre en couple sans partager le moindre atome crochu avec l'autre ? C'était un épineux problème et il ne disposait que de quelques heures pour le résoudre.

Après avoir ramassé leurs vêtements, Tina reprit le menu et alla s'asseoir à la petite table pour deux qui se trouvait sur le balcon. Trop anxieuse pour avaler quoi que ce soit, elle avait déjeuné légèrement, et elle était affamée. À présent qu'elle se sentait plus détendue, la perspective d'un dîner face au soleil couchant la ravissait.

Elle étudia la carte avec curiosité, songeant que c'était le premier repas qu'elle prenait en tête à tête avec Ari depuis leurs retrouvailles. Elle en profiterait pour l'interroger sur ses habitudes, sur son style de vie, prélude essentiel à toute vie commune. Un mariage n'était pas un simple partenariat sexuel, aussi explosif fût-il. Il était hors de question qu'Ari s'imagine qu'il n'avait pas à lui offrir plus que cela.

Évidemment, sa sensualité exacerbée était un atout, dut-elle admettre quand il émergea à son tour sur le balcon vêtu du second peignoir. Il était si viril, si magnétique, qu'elle sentit une bouffée d'hormones pulser dans ses veines. Décidée à ne rien trahir de son trouble, elle l'accueillit d'un sourire aimable.

— Tu as trouvé ton bonheur ? demanda-t-il en désignant le menu.

— Oui.

Elle improvisa un choix d'entrée, plat et dessert. Son appétit lui valut un sourire approbateur de son compagnon.

— J'ai une faim de loup, moi aussi. Donne-moi le menu, je vais choisir quelque chose et passer commande.

Il désigna l'horizon qui s'embrasait et ajouta :

— C'est magnifique, non ? Je ne m'y habituerai jamais.

Déjà, la mer et le ciel changeaient de couleur. Ari glissa le menu sous son bras, récupéra leurs coupes à moitié vides et rentra dans la chambre pour appeler le service d'étage, tandis qu'elle s'accoudait au balcon pour regarder les vagues aux reflets fauves. Elle devait absolument profiter de ce répit pour discipliner ses sens ! Ari et elle avaient beaucoup à se dire, et elle voulait pouvoir discuter avec lui sans être constamment assaillie de pensées lubriques.

Après quelques minutes, il revint sur le balcon, deux

verres et une bouteille de vin blanc en main. Elle marqua une hésitation, avant de tendre la main vers l'un des verres. Le vin, après tout, faisait partie intégrante de la vie d'Ari et, s'ils devaient partager leur quotidien, autant commencer à s'y intéresser.

Il venait de déboucher la bouteille lorsqu'une voix monta de la piscine en contrebas.

— Ari ! Ari... C'est bien toi ?

Instantanément, Tina sentit tout son corps ce tendre. La femme avait un accent britannique qui n'était pas sans rappeler celui de la compagne d'Ari à Dubai.

Elle le vit baisser les yeux et se raidir. Il répondit d'un simple salut de la main avant de se détourner pour remplir leurs verres. Un muscle jouait nerveusement le long de sa mâchoire, ses lèvres s'étaient plissées en une ligne blanche. Manifestement, il n'appréciait pas cette intrusion.

— C'était qui ? ne put-elle s'empêcher de lui demander.

Les occasions d'affronter l'une ou l'autre de ses maîtresses ne manqueraient certainement pas ! Autant commencer maintenant.

— Stéphanie Gilchrist, répondit Ari avec une grimace.

— Elle ne t'a pas laissé un bon souvenir ?

— Je la connais à peine. Apparemment, elle est ici avec sa dernière conquête, Hans Vogel. C'est un mannequin allemand presque aussi insupportable qu'elle. J'ignorais qu'ils étaient dans cet hôtel.

— Ari ! appela de nouveau Stéphanie, avec plus d'insistance cette fois.

— Bon sang, marmonna-t-il, pivotant pour se pencher par-dessus le balcon. Quoi ?

— Qu'est-ce que tu fais à l'hôtel ? demanda la jeune femme depuis la piscine. Je croyais que tu avais une maison à Santorin. C'est du moins ce que Felicity m'a dit avant que...

— Cet hôtel offre la plus belle vue du coucher de soleil,

coupa-t-il, et je suis venu la partager tranquillement avec quelqu'un. Pourquoi ne faites-vous pas de même, Hans et toi ?

Il lui adressa de nouveau un geste de la main mais Stéphanie avait apparemment décidé de ne pas en rester là.

— Je monte, annonça-t-elle d'un ton belliqueux.

Ari jura à mi-voix. Le front barré par une ride soucieuse, il se tourna vers Tina. Ses yeux semblaient plus animés encore que d'ordinaire.

— Je suis désolé, je ne peux pas l'empêcher de monter. L'escalier de secours est ouvert à tous les clients. En revanche, je te promets de tout faire pour me débarrasser d'elle le plus vite possible.

Affectant le plus parfait détachement, elle haussa les épaules.,

— Je peux me montrer polie avec l'une de tes… connaissances, répliqua-t-elle.

Le regard plongé dans ses yeux mordorés, elle le fixa intensément. Lui avait-il menti quant à leur degré d'intimité ? Non, il semblait sincère, car il se contenta de hausser les épaules d'un air résigné. Il n'y avait pas la moindre trace de culpabilité dans ses yeux.

— Je n'en doute pas. C'est juste que je n'ai pas la moindre envie de lui parler.

— Qui est-elle exactement ?

— Une amie de Felicity Fullbright, expliqua Ari en hâte. Felicity est la jeune femme avec laquelle tu m'as vu à Dubai. Puisque Stéphanie est là, j'ignore si elle sait que nous avons rompu. Quoi qu'elle dise, ne fais pas attention à elle, d'accord ? Ne t'inquiète pas.

Inquiet, lui l'était. C'était évident.

Après tout, c'était l'occasion rêvée de vérifier qu'elle n'était pas sur le point de commettre une erreur fatale en l'épousant ! Cet incident tombait à point nommé.

— Combien de temps a duré ta relation avec Felicity ? demanda-t-elle, presque malgré elle.

— Six semaines. Largement assez pour me rendre compte qu'elle n'était pas faite pour moi.

— Cela ne fait qu'une semaine que nous nous sommes retrouvés. Comment sais-tu que je suis faite pour toi ?

Le claquement de sandales sur les marches de fer approchait. Ari jeta un regard nerveux en direction de l'escalier avant de répondre :

— Parce qu'entre nous c'est complètement différent.

— En quoi ?

Pourquoi s'obstinait-elle à l'interroger ? Elle connaissait déjà la réponse hélas. La différence majeure, c'était Théo, rien de plus ! Ne le lui avait-il pas déjà clairement fait comprendre ? Pourtant, si elle l'épousait, il leur faudrait vivre ensemble à temps plein. Six ans plus tôt, il s'était lassé d'elle après quelques mois à peine. Qu'est-ce qui l'empêcherait de recommencer cette fois ?

L'arrivée de Stéphanie les empêcha de poursuivre leur conversation. Elle était grande, voluptueuse et vêtue d'un Bikini qui ne laissait rien à l'imagination. Ses longs cheveux blonds lui tombaient presque jusqu'au creux des reins.

Ses yeux d'un bleu très clair, presque aigue-marine, prirent aussitôt Tina pour cible.

— Tiens, tiens, une nouvelle potiche. Même pour toi, Ari, c'est un record. J'ai croisé Felicity il y a quelques jours à Heathrow, elle m'a appris que vous veniez tout juste de rompre. Elle n'avait pas l'air de savoir que tu l'avais déjà remplacée.

Stéphanie Gilchrist ne s'embarrassait pas de politesses ou de présentations ! Déroutée par ce feu de barrage, Tina serra les dents et garda le silence. Mieux valait laisser Ari affronter cette harpie.

— Tu te fais des idées, Stéphanie, répondit-il d'un air aimable. Tina et moi nous connaissons depuis de longues années. Nous nous sommes rencontrés en Australie. Tina est également la sœur de Cassandra, qui a épousé mon cousin

George hier. Le mariage nous a permis de nous retrouver. Nous avons compris que nous avions beaucoup de choses en commun. N'est-ce pas, Tina ?

— Absolument, répondit-elle avec un sourire qu'elle espérait convaincant.

Stéphanie l'étudia avec une moue perplexe, un sourcil levé.

— En Australie, hein ? Et je suppose que vous n'êtes pas pressée de rentrer maintenant que vous avez mis le grappin sur Ari.

La vulgarité de la nouvelle venue eut enfin raison du sang-froid de Tina.

— Je n'ai pas pour habitude de « mettre le grappin » sur qui que ce soit. D'ailleurs…

— C'est moi qui lui ai mis le grappin dessus, coupa Ari avec un sourire suave. Elle est irrésistible, je n'ai pas pu m'en empêcher. À présent que tu as appris ce que tu voulais savoir, Stéphanie, pourquoi ne cours-tu pas retrouver Hans ? Je crois que tu commences à énerver une femme qui compte beaucoup pour moi.

— Qui compte pour toi ? ricana l'autre. C'est aussi ce que tu as dit à Felicity, je suppose ?

— Non. Vois-tu, Felicity n'aimait pas les enfants, un défaut rédhibitoire pour moi. C'est la raison de notre séparation.

Stéphanie tressaillit, comme déroutée par la tournure de la conversation, puis reporta son attention vers Tina pour déverser une dernière fois son fiel.

— Eh bien, on dirait que je viens de vous rendre service. Maintenant, vous savez que vous avez intérêt à aimer les enfants si vous ne voulez pas finir au rebut comme les autres.

Puis, ses cheveux blonds fouettant l'air, elle pivota et disparut dans l'escalier. Tina la regarda s'éloigner, vaguement médusée. Était-ce la chance ou la malchance qui l'avait fait apparaître à cet instant précis ? Stéphanie avait eu le mérite de soulever plusieurs points sensibles.

— Tu me connais à peine, Ari. Est-il vraiment raisonnable de nous marier ?

— Je te connais assez pour savoir que oui, je veux t'épouser. Et pas seulement parce que tu m'as donné un fils. Il n'y a rien que je n'aime pas chez toi.

— Je suis touchée par ce merveilleux compliment, railla-t-elle. Mais y a-t-il quelque chose chez moi que tu apprécies de manière plus active ?

Sans la quitter des yeux, il s'assit et poussa vers elle un verre plein.

— Bois ça. Le vin t'aidera à oublier Stéphanie.

Sans le quitter des yeux, elle obéit. Après quelques secondes, l'expression d'Ari s'adoucit.

— J'aime l'amour que tu portes à ta famille. J'aime ta générosité, ton courage, ta persévérance, ton intelligence. J'aime ta combativité. C'est le genre de qualités qui feront de toi l'épouse parfaite.

Malheureusement, il ne parlait pas d'amour. Il se contentait de cocher des cases comme sur un questionnaire. Une agence matrimoniale les aurait sans doute désignés comme un couple idéal, d'autant que l'attirance sexuelle ne manquait pas entre eux. Mais comment oublier que le plus important leur faisait défaut ? Ils n'étaient pas amoureux. Ou plus exactement, l'amour était à sens unique.

Se rappelant la complicité évidente entre Cass et George, elle réprima un soupir. Il était triste de songer qu'Ari et elle ne partageraient jamais cela. Pis encore, elle devait se préparer à une rupture afin de ne pas mourir de chagrin lorsque cela se produirait. Elle n'avait d'autre choix que d'apprendre à vivre sous cette épée de Damoclès.

En attendant, plus elle en savait sur lui, mieux elle serait armée pour leur vie commune…

— Parle-moi de toi, reprit-elle. Tu as évoqué tes intérêts financiers, quels sont-ils exactement ? Je sais que ta famille produit du vin mais je suppose que ce n'est pas tout ?

Ari se détendit, visiblement ravi de ce changement de sujet. Il détailla les divers investissements des Zavros dans l'immobilier en Espagne et à Dubai, dans les parcs d'attraction et dans l'industrie alimentaire. Ils étaient à la tête d'un empire dont elle n'aurait jamais soupçonné l'étendue.

— Et tu diriges tout ça ? demanda-t-elle, déroutée.

Son compagnon secoua aussitôt la tête.

— Non. Mon père est toujours le capitaine du navire. Je le conseille mais les décisions lui appartiennent. Toute la famille travaille plus ou moins pour lui.

La conversation se poursuivit durant le dîner, qui s'avéra délicieux. Face à eux, le coucher de soleil enflammait le ciel et la mer. Fascinée, elle observa le rouge du ciel virer au pourpre, puis au bleu sombre, tableau en perpétuelle évolution qui s'éteignit soudain pour laisser place à un tapis d'étoiles. Oui, l'endroit était incroyablement romantique. Malheureusement, ils n'étaient pas deux amoureux venus s'abîmer dans le spectacle de la nature. Non, ils étaient des associés potentiels unis par un intérêt commun.

Malgré tous ses efforts, elle ne put retenir longtemps la question qui lui brûlait les lèvres.

— As-tu déjà jamais été amoureux, Ari ? Je veux dire, vraiment ?

— Amoureux ? répéta-t-il comme s'il entendait le mot pour la première fois.

— Oui, tu sais, le cœur qui bat, les mains moites, l'impression que tu ne peux pas vivre sans l'autre…

Comme elle l'avait été de lui, en somme !

Il fronça les sourcils et la dévisagea sans répondre avant de détourner le regard vers l'horizon. Apparemment, la question ne lui plaisait guère. Les coins de ses lèvres tombèrent en une grimace et elle comprit sans qu'il eût besoin de parler ce que cela signifiait.

Oui, il avait été amoureux. Mais pas d'elle.

Et il était fort possible que cela se reproduise…

13.

Amoureux…

Le souvenir était encore cuisant. La seule et unique fois où Ari avait perdu la tête à cause d'une femme… Il avait été son jouet, une véritable marionnette entre ses mains. Amoureux fou, oui, quand elle n'avait jamais songé qu'à s'amuser.

Il en voulait à Christina d'avoir posé la question. Pourtant, s'il lui mentait, même par omission, elle le sentirait et lui en tiendrait rigueur. Et puis il n'avait rien à cacher. Il n'était plus l'adolescent naïf de l'époque. Même s'il répugnait à évoquer cet épisode peu glorieux, il devait la vérité à Christina.

Il se tourna vers elle, un goût amer au fond de la gorge.

— Oui, j'ai été passionnément amoureux, avoua-t-il d'une voix lourde de cynisme. J'avais dix-huit ans. Elle était belle, exotique, incroyablement sensuelle. J'étais prêt à tout pour elle.

— Ça a duré combien de temps ?

— Un mois.

Christina leva un sourcil étonné, puis secoua la tête avant de demander :

— Qu'est-ce qui a mis fin à cette relation ?

— J'ai dû affronter la réalité.

— Et la réalité ne t'a pas plu.

— Je n'avais pas compris ce que je représentais à ses yeux. Je savais qu'elle était plus âgée que moi mais ça n'avait pas d'importance. Rien n'avait d'importance si ce n'était d'être avec elle. Mais tout ce qui l'intéressait, c'était de se distraire et de profiter de ma faiblesse.

— Comment l'as-tu compris ?

— Quand elle m'a dit qu'elle allait épouser le milliardaire américain auquel elle était fiancée. Un type plus âgé que moi, bien sûr. « C'était amusant, non ? » Voilà ce qu'elle m'a dit en partant.

Il avait presque craché les mots et s'en voulut de trahir une telle amertume après tant d'années.

— Elle t'a fait souffrir. Je comprends, murmura Christina.

— Je ne suis pas prêt de tomber de nouveau amoureux si c'est ça qui t'inquiète. Je me suis ridiculisé une fois et je n'ai pas l'intention de recommencer.

— Tu penses que ta raison passe avant ton cœur ?

— C'est mon credo depuis cette époque.

Sauf avec Christina et Théo, concéda-t-il en son for intérieur. Avec eux, il avait fait une exception à cette sacro-sainte règle. Même son avocat pensait qu'il avait complètement perdu la tête en leur offrant ce contrat de mariage.

Mais il ne redoutait plus, à présent, de se montrer infidèle. Leur mariage serait un succès, il y veillerait. Ils auraient d'autres enfants. Une famille…

— J'avais dix-huit ans quand je suis tombée amoureuse de toi.

Tina avait parlé d'une voix douce, mais ses mots lui firent l'effet d'un coup de tonnerre. Il se tourna vers elle. Ses yeux étaient mornes, sans expression, et scrutaient son visage comme pour s'assurer qu'il avait saisi le parallèle : ce qu'il lui avait fait subir à l'époque mais surtout l'ombre que l'expérience avait portée sur sa vision de l'amour.

Il avait juré de ne plus jamais tomber amoureux. Christina ressentait-elle la même chose ? Avait-il ruiné leurs progrès en évoquant le passé plutôt que de se concentrer sur l'avenir ?

Une chose était sûre, il devait absolument corriger l'image

qu'elle avait de lui. Il ne supportait pas d'être comparé à la femme qui l'avait humilié.

Avant qu'il puisse trouver les mots pour se défendre, Tina reprit la parole.

— Toi aussi, tu trouvais ça « amusant » à l'époque ?

— Non ! se récria-t-il.

Il se pencha vers elle.

— Il n'y avait personne d'autre dans ma vie ! Je n'étais pas sur le point de me marier, Christina. L'idée de m'amuser avec toi ne m'a jamais traversé l'esprit. Nous étions bien ensemble.

— Pendant un court instant, oui. Quant à cette femme, pourquoi lui en veux-tu ? Elle aussi s'est laissé guider par sa raison plutôt que par son cœur. Comme toi avec moi. Elle t'a quitté parce que tu étais trop jeune... C'est aussi ce que tu m'as dit en partant.

Frustré par son incapacité à s'exprimer, il se leva, prit les mains de Tina et l'attira brusquement contre lui.

— Je te désirais à en perdre la tête, à l'époque. Et j'ai l'impression d'avoir perdu la tête depuis que je t'ai revue. J'ai tellement envie de toi que ça me dévore depuis Dubai. Alors oublie tout le reste, Christina. Oublie tout sauf ça.

Sans songer un instant à ce qu'il faisait, il l'embrassa. C'était une pulsion farouche et totalement irrésistible. Leurs souffles se mêlèrent, un frisson de plaisir presque animal le parcourut quand il sentit la jeune femme fondre entre ses bras.

Elle ne luttait pas. Elle était sienne, corps et âme.

Aussitôt, il sentit son désir s'enflammer. Les courbes de Tina le rendaient fou. Il voulait la posséder. Totalement. Avec un soupir rauque, il la prit dans ses bras et la déposa sur le lit. Tina défaisait déjà, d'une main fébrile, les pans de son kimono. Elle écarta les jambes pour les enrouler autour de sa taille, il sentit les talons de la jeune femme s'enfoncer dans ses fesses.

Avec la même précipitation, il se débarrassa de son peignoir pour libérer son sexe tendu. Lorsqu'il se présenta aux portes de son être, elle était brûlante de désir. Ivre d'excitation, il plongea en elle.

Lorsqu'il la sentit s'ouvrir pour l'accueillir, il dut faire appel à toute sa retenue pour ne pas exploser sur-le-champ comme un adolescent connaissant ses premiers émois.

Il inspira profondément, et parvint de justesse à reprendre le contrôle de lui-même. Puis il tenta d'imposer un rythme plus lent, mais Tina semblait n'en avoir cure. Elle se plaqua contre lui, encore et encore, avec de plus en plus de force.

Le souffle court, il avait la tête qui tournait. Tina lui agrippa la nuque et se cambra contre le lit, la bouche ouverte sur un cri qui ne sortit pas. Il la sentit se contracter, balayée par les premiers spasmes de l'orgasme. Comment aurait-il pu se contenir plus longtemps ? Agrippant ses hanches comme une bouée de sauvetage, il s'enfonça une dernière fois en elle et se perdit en saccades brûlantes.

Lorsqu'il rouvrit les yeux, il se rendit compte qu'il s'était effondré sur elle. Elle le serrait très fort, comme pour le retenir à jamais. Était-il possible qu'elle ressente la même chose que lui ? Il avait besoin de savoir. Besoin de savoir s'il avait réussi à extirper le passé de sa mémoire une bonne fois pour toutes.

Il prit appui sur ses coudes pour se redresser et regarder son visage. Elle avait les yeux fermés, les joues saupoudrées de pourpre. De ses lèvres entrouvertes, gonflées comme un fruit mûr, coulait une respiration saccadée.

— Regarde-moi, ordonna-t-il.

Il observa avec fascination ses longs cils frémir, puis ses yeux s'ouvrir. Ses pupilles étaient dilatées et une farouche satisfaction le submergea. Il était toujours en elle, toujours rigide. Il sut en cet instant qu'elle ne pourrait plus renoncer à ce plaisir après y avoir goûté.

Puis son regard s'éclaircit, parut faire le point sur son visage. Du bout de la langue, elle s'humecta les lèvres. Il dut se retenir d'y mordre comme dans un fruit mûr. Il savait que, s'il l'embrassait, ils referaient aussitôt l'amour. Et bien qu'il en brûlât d'envie, le plus important pour le moment, c'était de parler.

— C'est maintenant, Christina, dit-il avec ferveur. Oublie le passé. Seul compte l'instant présent. Nous sommes bien ensemble. Dis-le.

— Oui, répondit-elle dans un souffle.

Puis un sourire langoureux étira ses lèvres et elle ajouta :

— Je suis très bien.

Avec gravité, il acquiesça.

— Moi aussi. Et ce sentiment durera aussi longtemps que nous le voudrons. Cette relation peut être formidable si nous lui donnons sa chance, tu comprends ?

Du bout des doigts, il écarta les quelques mèches qui lui tombaient sur le front. Les yeux dans les siens, il murmura :

— Nous regardons droit devant, pas en arrière. D'accord ?

Elle le dévisagea longuement sans répondre et il eut l'impression qu'elle essayait de lire au plus profond de son âme. Il l'avait fait souffrir, autrefois, au point de conditionner sa vision des hommes, de l'amour. Et voilà qu'il lui demandait de tout oublier, de redevenir la jeune femme confiance et optimiste qu'il avait connue. Ce ne serait pas chose facile, il s'en rendait bien compte. Il méritait sa défiance.

Mais ce qui s'était passé des années plus tôt, dans un autre pays, n'avait pas la moindre importance. Ils se devaient de penser à leur fils.

— Tu as apporté le contrat de mariage que tu m'as promis, Ari ?

Ce n'était pas la réponse qu'il avait espérée. Ils avaient beau faire l'amour comme des endiablés, ils avaient beau toucher les étoiles dans les bras l'un de l'autre, Christina ne lui faisait toujours pas confiance. C'était humiliant et, étrangement, douloureux.

— Oui, répondit-il un peu plus sèchement que nécessaire. Il est dans mon sac à dos.

— Et… tu l'as signé ?

— Pas encore.

— Tu le signeras demain matin, si tout se passe bien entre nous ?

— Oui, répondit-il sans hésiter.

Il savait au moins une chose : elle n'avait pas feint son plaisir. D'ailleurs, avait-elle jamais feint quoi que ce soit ? Christina Savalas était honnête et franche. Elle redoutait simplement que lui ne le soit pas. Voilà pourquoi elle exigeait une garantie de sa part. Elle ne voulait pas risquer de perdre son fils. Pouvait-il vraiment le lui reprocher ?

Comme si elle avait lu son trouble, la jeune femme leva la main et lui caressa la joue.

— Je suis désolée. J'aimerais me sentir plus en sécurité avec toi. Et ça viendra peut-être. Je te promets de faire de mon mieux pour te rendre heureux. Si j'échoue et si tu trouves quelqu'un qui te convient mieux, je ne t'empêcherai jamais de voir Théo. J'ai juste besoin de me protéger au cas où toi, tu voudrais me le prendre.

— Je ne ferai jamais une chose pareille, protesta Ari. Tu es sa mère, la personne la plus importante pour lui.

Tina soupira, l'air fataliste.

— Il est impossible de dire ce qui se passera si les choses tournent au vinaigre. Même si notre engagement est sincère, ce mariage est un choix purement intellectuel, pas sentimental. Un jour, ton cœur prendra peut-être les commandes de ta raison et te fera faire quelque chose de stupide. Je sais que c'est possible, c'est exactement pour ça que je t'ai caché l'existence de Théo. La raison voulait que je te le dise, mon cœur m'en empêchait.

Il y avait de la tristesse dans ses yeux. C'était la souffrance d'un cœur brisé. Une blessure dont il était responsable, il le savait. Mais il remplacerait cette tristesse par de la joie, celle de fonder une famille, celle de voir leurs enfants grandir, il en faisait la promesse !

— Tout ira bien, murmura-t-il. Signer ce contrat ne me pose aucun problème. Je veux que tu sentes en sécurité avec moi. Et avec le temps, tu en viendras peut-être à me faire confiance. Tu comprendras que tout ce que je désire, c'est ton bonheur. Je sais que j'ai un lourd passif mais je compte bien te faire changer d'avis sur mon compte.

— Je te crois, Ari, répondit la jeune femme avec un sourire inattendu.

Puis elle enroula les doigts derrière sa nuque et ajouta :

— Et si tu commençais maintenant ?

Il se mit à rire et l'embrassa. Ils firent de nouveau l'amour, prenant leur temps cette fois. Christina n'avait pas la moindre inhibition et Ari eut de nouveau l'impression que le monde lui appartenait, que tout était possible.

Il se sentait léger, presque… heureux. Quel drôle de mot ! Jamais il n'aurait pensé qu'un tel adjectif puisse le décrire. Pourtant, il n'en voyait pas d'autre pour expliquer ce qu'il ressentait en cet instant.

Il ne restait plus qu'à convaincre Christina de partager ce bonheur.

Il faudrait davantage qu'une nuit pour cela, il le savait. Mais il était prêt à se montrer patient.

14.

Une fois la décision prise d'épouser Ari, Tina était bien décidée à ne pas perdre de temps à la regretter. Elle se donnerait tout entière à ce nouveau projet, certaine désormais qu'elle n'avait rien à perdre. Ari avait signé le contrat de mariage et le lui avait confié, ce qui signifiait que Théo était en sécurité.

D'ailleurs ses inquiétudes semblaient pour l'instant vaines. Les Zavros étaient manifestement ravis de l'accueillir en leur sein et Théo était surexcité de se découvrir une famille si nombreuse. Tout se mit en place très vite. Quant à sa mère, elle n'avait évidemment pas hésité un instant à déménager à Athènes, Le père d'Ari se chargerait de l'aider à trouver un logement pendant qu'elles réglaient leurs affaires en Australie.

À sa grande surprise, Ari les accompagna à Sydney. Sitôt arrivé, il organisa la vente du restaurant au chef et au maître d'hôtel. Il avait très certainement graissé les rouages en payant de sa poche pour accélérer la vente, mais elle se garda bien d'aborder le sujet. Elle ne voulait pas paraître ingrate. Et puis, quelle importance au fond ? Sa vie était ailleurs, maintenant.

Elle ressentit cependant un pincement au cœur devant le spectacle de leur appartement vide. Il avait été tout entier mis en cartons par des déménageurs et stocké dans un container à destination d'Athènes. Oui, elle devait reconnaître qu'Ari œuvrait d'arrache-pied pour leur assurer la transition la moins stressante possible. Et sa mère ne tarissait pas d'éloges à son égard.

De fait, elle ne pouvait le prendre en défaut. Il était attentionné, devançait ses besoins, exauçait le moindre de ses vœux. Contre toute attente, il acheta même un trois-pièces hors de prix donnant sur Bondi Beach.

— C'est là que Théo a grandi, expliqua-t-il. L'Australie vous manquera peut-être. Grâce à cet appartement, vous pourrez revenir quand vous voudrez.

Son amour pour son fils était si évident… Oui, elle avait eu raison de décider de l'épouser. D'ailleurs, Théo vénérait littéralement son père. Bien sûr, elle s'inquiétait toujours en son for intérieur de sa fidélité à long terme. Mais cette préoccupation se faisait de moins en moins pressante.

Un mois à peine après leur départ, ils étaient de retour à Santorin. Sa mère prit ses quartiers chez les Zavros en attendant l'arrivée de ses meubles. Maximus, fidèle à ses promesses, lui avait déniché un merveilleux appartement à Athènes et Sophie Zavros avait organisé le mariage en leur absence. La cérémonie devait avoir lieu à la fin de la saison touristique.

Même Cass semblait ravie de l'évolution de la situation. Tenue au courant par e-mail, la jeune femme insista pour acheter la robe de mariée et envoya une avalanche de photos de robes fabriquées par les plus grands couturiers jusqu'à ce qu'elle capitule et en choisisse une. George fut élu comme témoin, la même église et le même lieu de réception réservés. C'était apparemment une tradition chez les Zavros et elle ne fit pas d'objection. Comment aurait-elle pu leur refuser ce plaisir alors qu'ils se montraient si gentils ? Pourtant, elle aurait secrètement préféré se marier ailleurs. Ce lieu lui rappelait trop le mariage idéal de Cass, l'amour que George et elle partageaient.

Le jour venu, le soleil brillait dans un ciel sans nuages. C'était à croire qu'Ari était intervenu pour que la météo soit elle aussi parfaite. Lorsqu'elle s'avança vers l'autel, un sentiment étrange l'envahit : elle ressemblait à une mariée, mais elle n'avait pas l'impression d'en être une. Tout s'était passé si vite…

Mais sa voix ne trembla pas lorsque vint le moment de prononcer ses vœux. Les mots résonnèrent dans la nef, clairs et définitifs. Le pope les déclara mari et femme.

La réception qui s'ensuivit lui parut tout aussi irréelle. Des dizaines de visages flous et souriants défilèrent, des compliments lui furent adressés. En bonne mariée, elle sourit jusqu'à en avoir le visage douloureux.

Ari l'emmena à Odessa en voyage de noces. Surnommée la Perle de la mer Noire, c'était une ville magnifique. Pour la première fois depuis qu'elle avait accepté ce mariage de raison, Tina se détendit. Elle n'avait pas de responsabilités — Théo était gardé par ses grands-parents — et rien d'autre à faire que de passer ses journées à flâner. Ari s'occupait du programme de leurs nuits…

Le temps était encore au beau. Ils passaient les matinées à la plage, déjeunaient au restaurant, exploraient les magasins de la ville et découvraient sa culture. Ils allèrent à l'opéra, dont la façade baroque l'émerveilla. Lorsqu'elle fit part de son émerveillement à Ari, il se contenta de lui sourire.

— Il y a tellement de merveilles en ce monde… Attends de voir Versailles, Rome, Londres…

Fidèle à sa promesse, il l'emmena dans tous ses voyages en Europe durant les six premiers mois de leur mariage. Ils visitèrent l'Espagne, l'Italie, l'Angleterre, la France, l'Allemagne. Il s'agissait de voyages d'affaires mais Ari s'accordait systématiquement quelques jours de tourisme. Quand ils devaient assister ensemble à des dîners d'affaires, Ari veillait à ne jamais la laisser seule. Il la couvrait de cadeaux, de vêtements luxueux et de bijoux derrière lesquels elle masquait sa timidité et son manque de confiance lors de ces événements mondains.

Puis elle tomba enceinte. Tous deux accueillirent la nouvelle avec ravissement mais les nausées matinales furent telles, au cours du premier trimestre, qu'elle dut arrêter de voyager. Chaque absence d'Ari l'angoissait et, à son retour, elle guettait avec anxiété le moindre signe indiquant qu'il se lassait d'elle ou la trouvait moins séduisante. Mais il semblait invariablement ravi de la revoir, et le lui prouvait au lit.

Ari lisait livre après livre sur la grossesse, l'art d'être parent, l'éducation d'un enfant. Il caressait son ventre et parlait au bébé avec une voix comique qui les faisait éclater de rire. Il s'extasiait en sentant l'enfant bouger sous ses larges mains. Et quand il la voyait nue, il semblait la trouver plus désirable que jamais.

Pour autant, il n'était pas question de se bercer d'illusion. Elle savait très bien qu'il n'était pas amoureux d'elle. Elle-même s'efforçait de contenir les sentiments qu'elle éprouvait pour lui. Leur mariage reposait sur leurs enfants, il lui fallait s'en contenter. N'était-ce pas déjà davantage que ce que la majorité des gens partageait ?

Elle était enceinte de huit mois quand le destin décida une nouvelle fois d'infléchir le cours de leurs vies. Elle avait passé une journée en ville avec sa mère pour acheter les derniers éléments de décoration de la chambre du bébé : un mobile à suspendre au-dessus du berceau, une boîte à musique et une lampe qui projetait des ronds de couleur sur les murs,

Toutes deux avaient pris rendez-vous chez le coiffeur pour conclure l'après-midi mais Tina se sentait trop lourde et fatiguée pour s'y rendre à pied. Elles hélèrent donc un taxi et embarquèrent.

Comme elles franchissaient une intersection, un camion fou surgit soudain sur leur droite. La dernière chose que vit Tina fut le visage paniqué du chauffeur qui essayait de reprendre le contrôle de son véhicule, klaxonnant à tout-va pour dégager le passage.

Une fraction de seconde avant l'impact, elle pensa *Le bébé !* et eut le réflexe d'enrouler ses bras autour de son ventre.

Puis tout devint noir.

Ari ne s'était jamais senti aussi inutile de sa vie. Il ne pouvait rien faire, absolument rien, pour régler ce problème. Il devait faire confiance aux médecins. C'étaient eux les experts, son seul recours. Quant à lui, il n'avait d'autre choix que d'attendre. Attendre, encore et encore.

Dieu merci, ses parents s'occupaient de Théo. Ils étaient venus de Santorin chercher le petit garçon à l'école et l'avaient ramené avec eux. Théo ignorait tout de l'accident et pensait que ses parents étaient partis en voyage. Il n'avait pas la force de lui parler. Pour lui dire quoi, d'ailleurs ? Non, la vérité, quelle qu'elle soit, lui serait communiquée plus tard.

Il avait aussi refusé que ses sœurs viennent s'occuper de lui. Il ne voulait pas être consolé. Il voulait juste que Christina survive. Comment aurait-il pu vivre sans elle ? Cette simple idée le terrifiait.

Cassandra était venue de Rome pour s'occuper de leur mère mais Helen était hors de danger. Elle avait un traumatisme crânien, quelques bleus, un bras luxé. Dans moins de vingt-quatre heures, elle quitterait l'hôpital. Christina, en revanche…

Clavicule cassée, enfoncement de la cage thoracique, perforation du poumon… Le diagnostic lui avait paru interminable. Heureusement, le cœur du bébé battait toujours quand Christina avait été admise aux urgences et placée en coma artificiel. Dans la pièce attenante, l'enfant, son enfant, était en train d'être mis au monde par césarienne.

Son deuxième enfant… Un frère ou une sœur pour Théo. À cette pensée, sa poitrine se serra encore davantage. Tina et lui avaient attendu sa naissance avec tant d'impatience !

À présent, l'heureux événement était dans les mains des médecins. Et le bébé n'aurait peut-être pas de mère…

Non ! se réprimanda-t-il aussitôt. Il ne devait pas penser à cela. C'était à lui de se montrer optimiste, positif, d'envoyer toute son énergie à Tina. Il ne supporterait pas de la perdre. C'était tout simplement inenvisageable.

L'un des médecins à qui il avait déjà parlé entra dans la salle d'attente, suivi d'une infirmière. Aussitôt, il se redressa, poings serrés comme pour se battre. Mais son seul ennemi était la terreur qui lui tordait le ventre.

— Ah, monsieur Zavros. Je suis heureux de vous annoncer que la césarienne s'est bien passée. Vous êtes le papa d'une petite fille.

La nouvelle effleura la surface de sa conscience sans y pénétrer vraiment. Comme engourdi, il fixa le praticien en silence.

— Votre femme est en salle d'opération. Le bébé a été mis en couveuse et…

— Pourquoi ? le coupa-t-il, soudain inquiet.

— Simple mesure de précaution, monsieur Zavros. Elle est née un mois avant terme, c'est la procédure normale.

— Oui, oui, bien sûr… Et… Christina ? Est-ce qu'elle va s'en sortir ?

— Il est difficile d'être catégorique mais je suis optimiste. S'il n'y a pas de complication…

Le médecin haussa les épaules et ajouta :

— Elle est jeune. C'est un atout. Vous voulez voir votre fille maintenant ?

Sa fille. Leur fille. Il se sentait tout drôle à l'idée de la voir sans Christina. Et pourtant, quelqu'un devait accueillir cette petite vie, lui souhaiter la bienvenue dans le monde.

— Oui, s'il vous plaît, répondit-il d'un ton bourru.

L'infirmière le conduisit jusqu'à la maternité. Sa fille dormait dans une couveuse, si petite qu'il fut de nouveau assailli par un sentiment d'impuissance. Il ne pouvait rien, en cet instant, pour sa femme ou son enfant. Il n'avait d'autre choix que de les abandonner à des mains étrangères.

Un sourire involontaire se forma sur ses lèvres comme il étudiait la tignasse noire du bébé. Elle avait les cheveux de Christina. Ses lèvres étaient parfaitement dessinées, comme celles de sa mère.

— Vous voulez la toucher ?

— Oui.

L'infirmière ouvrit la couveuse. Avec d'infinies précautions, il effleura la main minuscule de sa fille. Il tressaillit lorsqu'elle ouvrit les paupières sur des yeux chocolat et lui agrippa le doigt.

— Je suis ton papa, murmura-t-il.

Le nourrisson poussa un soupir de contentement et referma les yeux.

— Dors. Je veille sur toi…

Mais l'enfant aurait aussi besoin de sa mère. Il lança une prière silencieuse vers les cieux, puis regagna la solitude de la salle d'attente.

15.

Six semaines… Six semaines interminables, les plus longues de la vie d'Ari. Les médecins lui avaient expliqué qu'il était préférable de maintenir Christina dans un coma artificiel pendant sa convalescence. Ils l'avaient aussi prévenu qu'elle serait sans doute confuse lorsqu'elle se réveillerait. Les rêves du coma lui paraîtraient d'abord plus réels que la réalité même. Il devait se préparer à un temps d'adaptation qui pouvait s'avérer difficile.

À vrai dire, il s'en moquait. Rien ne lui faisait peur tant que Christina lui était rendue. Mais il avait beau s'être préparé mentalement, il éprouva un choc la première fois qu'il rentra dans la chambre de sa femme et qu'elle le fixa sans avoir l'air de le reconnaître.

— Tout va bien, murmura-t-il en lui prenant la main. Tu es tirée d'affaire.

Des larmes emplirent aussitôt les yeux de Christina.

— J'ai perdu le bébé.

— Non, répondit-il aussitôt. Nous avons une fille magnifique. Elle est en pleine forme et Théo l'adore. J'ai choisi Maria, ton prénom préféré. Elle te ressemble.

Mais les larmes continuèrent de couler. Il lui parla de l'accident, de la césarienne, de leur fille. Christina le fixait mais il n'était pas sûr qu'elle comprenne ce qu'il lui disait. L'expression de tristesse ne quittait pas son beau visage. Enfin, elle ferma les yeux et se rendormit.

Il emmena Théo et Maria lors de sa visite suivante,

déterminé à rassurer sa femme. De nouveau, elle ouvrit les yeux et murmura :

— J'ai perdu le bébé.

— Non, répéta-t-il. Le bébé va bien. Regarde, elle est là.

Il plaça Maria dans ses bras et entreprit de nouveau de lui expliquer ce qui s'était passé. Théo, surexcité de voir sa mère enfin réveillée, parla ensuite sans discontinuer de sa petite sœur. Christina lui sourit et s'endormit avec le bébé dans les bras.

Mais à chaque visite, le même scénario se reproduisait. Christina était persuadée d'avoir perdu le bébé et ne se rappelait pas avoir vu Ari la veille. Inquiet, il s'en ouvrit aux médecins. Ils lui répondirent doctement que le corps avait besoin d'un certain temps pour éliminer toutes les substances qui l'avaient maintenu dans un coma artificiel. Mais à ce stade, personne ne pouvait se prononcer quant à d'éventuelles séquelles de l'accident.

Il continua donc ses visites quotidiennes, priant pour un miracle.

Deux semaines plus tard, il eut le sentiment d'être exaucé quand Christina ouvrit les yeux et lui sourit aussitôt.

— Ari !

Il sentit son cœur bondit dans sa poitrine, puis retomber comme une pierre quand la jeune femme se rembrunit et murmura :

— Je suis désolée. J'ai perdu le bébé.

— Non !

Encouragé par l'impression qu'elle l'écoutait vraiment, cette fois, il lui expliqua de nouveau la situation. Le regard de Christina s'illumina à mesure qu'il parlait, puis le sourire revint sur son visage.

— Une fille ! s'exclama-t-elle avec émotion. C'est merveilleux.

Une bouffée d'euphorie s'empara d'Ari. Cette fois, il en était sûr : Christina était en pleine possession de ses moyens.

— Elle est très belle. Elle te ressemble.

— Et Théo ? demanda la jeune femme, soudain inquiète. Ça fait combien de temps que je suis ici ?

— Deux mois. Théo va bien. Tu lui manques mais il est très occupé avec sa petite sœur. Je viendrai avec eux la prochaine fois.

— Maria… Mon Dieu, je suis tellement contente de ne pas l'avoir perdue…

— Et moi, je suis content de ne pas t'avoir perdue toi.

— Vraiment ?

Ari soupira. De nouveau, cet air méfiant était apparu dans les yeux de Christina, comme si elle doutait de sa sincérité. Sa garde était de nouveau relevée, elle s'était barricadée en elle-même. Il aurait dû l'ignorer, se réjouir de la voir recouvrer la santé, mais l'impatience qui le rongeait était trop forte. Il ne pouvait pas, il ne devait pas, se taire plus longtemps.

— Tu te rappelles quand je t'ai parlé de cette femme dont j'étais amoureux à dix-huit ans ? demanda-t-il.

— Oui…

— Ce n'était qu'une toquade, je l'ai compris. Je ne la connaissais pas assez pour l'aimer vraiment. Cette année passée auprès de toi m'a appris ce qu'était l'amour.

À ces mots, Christina écarquilla les yeux. Mais elle continua de le dévisager en silence.

— Si tu n'avais pas survécu à cet accident, je ne m'en serais jamais remis. Je t'aime, Christina, c'est aussi simple que cela. Je t'aime et je ne veux pas que tu me quittes.

— Que je te quitte ? répéta-t-elle avec un rire incrédule. C'est moi qui ai toujours peur que tu me quittes.

— Alors rassure-toi. Parce que ça n'arrivera jamais. Je serai toujours là pour toi.

Tina voulait le croire. Elle ne demandait que cela. Mais sortir d'un cauchemar pour tomber en plein rêve éveillé, c'était presque trop. Elle leva la main pour la passer sur son front et se figea.

— Mes cheveux !

— Ils vont repousser. Il a fallu les couper pour l'opération.

Elle étouffa un sanglot. Ari aimait les cheveux longs, c'était pour lui qu'elle les avait laissés repousser après leur mariage. Elle se rappela qu'elle se rendait justement chez le coiffeur au moment de l'accident et…

— Ma mère !

— Elle va bien. Elle n'a été hospitalisée qu'une journée.

— Qui s'occupe des enfants ?

— La nourrice, mes parents, toute la famille. La maison est un vrai hall de gare.

Aussitôt, la peur se dissipa, laissant place à un étrange sentiment de jalousie à l'idée qu'une nourrice s'occupait de sa fille.

— Je veux rentrer, Ari.

— Dès que les médecins le permettront. Dors maintenant. Plus tu te reposeras, plus vite tu sortiras.

Mais Tina ne se reposa pas. Ari à peine parti, une armée de médecins le remplaça pour lui poser des questions, faire des tests, retirer des tubes et des sondes. Ils lui apprirent que son mari avait passé chaque jour de longues heures à son chevet. Dans leur esprit, il ne faisait aucun doute qu'Ari l'aimait.

Elle-même commençait à y croire.

Le lendemain, Théo déboula en courant dans sa chambre.

— Maman ! Je peux te faire un câlin ?

En riant, elle lui fit une place sur son lit puis leva les yeux en voyant Ari entrer avec leur fille dans les bras.

— Et voilà ma petite sœur ! s'exclama Théo avec fierté.

Une bouffée d'amour la submergea quand Ari lui confia leur fille. Elle était tout simplement parfaite, ses yeux vifs et mobiles sous une tignasse de jais.

— Je t'aime, Ari, murmura-t-elle.

— Moi aussi. Je remercie Dieu chaque jour de t'avoir sauvée.

Une nouvelle vie s'annonçait, songea-t-elle avec émotion. Pas seulement pour le bébé dans ses bras mais pour Ari, Théo et elle. Ils formaient à présent une famille, une vraie.

Elle avait enfin exaucé le rêve de son père.

C'était de nouveau l'été à Santorin. Et, de nouveau, leurs familles s'étaient réunies pour assister au baptême de Maria. La même église, le même lieu avaient été choisis pour la réception. Mais cette fois, pour Tina, c'était véritablement une occasion joyeuse, une célébration de la vie et de leur amour.

Le soleil brillait dans un ciel d'un bleu profond. À plusieurs reprises durant les réjouissances, elle croisa le regard de son mari et y lut du désir. De fait, lorsque la nuit tomba et que les enfants furent couchés, il l'entraîna vers leur chambre, impatient de lui faire l'amour.

Mais avant cela, elle tenait à faire une chose.

Elle avait rangé leur contrat de mariage dans un tiroir et l'en sortit sitôt entrée dans la pièce.

— Je veux que tu le déchires, annonça-t-elle, le tendant à Ari.

— Ça ne me dérange pas que tu le gardes. Je tiens à ce que tu te sentes en sécurité.

— Non. Il représente une époque révolue de nos vies. Si tu me demandais en mariage aujourd'hui, je n'exigerais plus ce document. Je te fais confiance. Toi et moi, c'est pour toujours.

Il sourit, visiblement ému, avant de déchirer le contrat.

— Pour toujours, répéta-il avec ferveur. N'en doute jamais.

Retrouvez prochainement, dans votre collection

AZUR

La vengeance d'un Espagnol,
de Pippa Roscoe - N°4631

Emily n'a pas revu Javier Casas depuis qu'elle l'a quitté, six ans plus tôt. C'est donc un choc pour elle d'être appelée au chevet de son époux, blessé au cours d'un accident. Alors que les médecins le disent amnésique et demandent à Emily de prendre soin de lui, elle doute. Ou plutôt, elle *sait* que Javier, fidèle à lui-même, se souvient de tout et ne cherche qu'à la ramener chez lui pour lui rappeler les moments délicieux qu'ils ont partagés avant de se haïr…

Une servante pour épouse,
de Jackie Ashenden - N°4632

Prisonnière depuis l'enfance, Rose mène la vie difficile d'une servante. Jusqu'au jour où elle ose demander de l'aide à Ares Aristiades, qui séjourne dans le manoir de son geôlier. Malgré les balafres qui marquent son visage, l'homme d'affaires grec lui inspire confiance… et désir ! Une alchimie d'autant plus troublante qu'Ares la soumet à un pacte dangereux : il rendra sa liberté à Rose si elle l'épouse et lui donne un héritier…

Le play-boy des sables, de Maya Blake - N°4633

Un cauchemar. Pour Javid al-Jukrat, devenir le souverain de Riyaal est inconcevable. Et pourtant, en tant que prince suppléant, il n'a d'autre choix que d'endosser le rôle que le destin lui impose aujourd'hui. Pire encore, il doit renoncer à sa vie de play-boy notoire pour épouser l'innocente Anaïs, avec laquelle il n'a rien en commun. Du moins le croit-il, car dans la chambre à coucher leur mariage de convenance prend soudain une tournure délicieusement passionnée…

L'inconnu des Bahamas, de Cara Colter - N°4634

Depuis qu'elle a été abandonnée devant l'autel, Marlee déteste les mariages. Et ce n'est pas cette noce organisée à Coconut Bay qui la fera changer d'avis. Quoique… Arrivée sur l'île paradisiaque, elle est vite envoûtée par les plages de sable doré, les fleurs multicolores, les cocotiers à perte de vue… et le regard brûlant de Matteo, un inconnu rencontré sous les étoiles. Alors, Marlee s'autorise une liaison aux Bahamas, une parenthèse à savourer contre toute raison…

Mon irrésistible milliardaire, de Lucy King - N°4635

Nick Morgan, le meilleur ami de mon frère, me déteste depuis toujours. Et pourtant, c'est à lui et à ses talents de financier que j'ai décidé de faire appel, quand j'ai brusquement hérité une fortune colossale. C'est ainsi que je me retrouve sur Suza, son île privée au cœur de l'océan Indien. Mon séjour supposé professionnel prend immédiatement une tournure inattendue. Non seulement une tempête tropicale m'oblige à rester auprès de Nick davantage que je ne l'avais imaginé, mais surtout le désir qui nous rapproche est aussi irrépressible que la haine qui nous oppose…

Le jeu d'une princesse, de Jessica Gilmore - N°4636

Sœur cachée d'une princesse, Clem mène une vie tranquille en Cornouailles. Jusqu'au jour où sa chère Arrosa lui rend visite, afin de lui annoncer le mariage arrangé auquel elle consentira bientôt. Touchée par sa détresse, Clem lui propose d'échanger leurs vies durant l'été. Arrosa se reposera au village, tandis qu'elle prendra sa place au palais. Un jeu de rôle simple et innocent en apparence, du moins Clem le croit-elle. Car elle ne tarde pas à être démasquée par Akil, le sublime vicomte d'Ortiz, le promis de sa sœur…

Nuits volées avec un roi, de Sharon Kendrick - N°4637

Rosie n'est pas de sang royal, elle n'a même pas le sang bleu. Elle n'est ni riche ni célèbre. Et pourtant, elle a grandi en rêvant que Corso, le prince héritier du trône de Monterosso, voie en elle autre chose que la gentille fille d'un domestique. Or voilà que, devenus adultes, tous deux se retrouvent pour une tournée internationale. Entre Londres, Paris et New-York, Rosie succombe à une passion interdite entre les bras de l'homme qu'elle aime, tout en sachant que bientôt il devra choisir parmi l'élite sa reine…

Le fruit du hasard, d'Emmy Grayson - N°4638

SÉRIE : *LES FRÈRES CABRERA* - 2/3

Organisatrice d'événements ultra-efficace, Calandra ne laisse rien au hasard. Jusqu'à sa rencontre avec Alejandro Cabrera, directeur d'une compagnie maritime et grand séducteur. Cet homme insupportable a beau être son exact opposé, il l'attire dangereusement. Au point qu'elle perd la raison entre ses bras, au cours d'une nuit passionnée. Le réveil est brutal pour Calandra, hélas ! Bientôt, en effet, elle se découvre enceinte de son amant…

Les vœux de Nikolaï, de Lucy Monroe - N°4639

SÉRIE : *DÉCRET ROYAL* - 1/3

Lorsqu'elle n'était qu'une adolescente naïve, Lady Nataliya a signé un contrat stipulant qu'elle convolerait un jour avec le prince de Mirrus. Aujourd'hui pressée de se libérer de ce piège matrimonial, elle vend à un journal le récit scandaleux de ses cinquante rendez-vous amoureux ! Sa stratégie fonctionne à merveille : son promis, furieux d'être ridiculisé, rompt leurs vœux. Hélas, le frère de ce dernier – le roi Nikolaï en personne – exige de Nataliya qu'elle respecte l'accord originel en l'épousant à la place !

Tendre scandale, de Dani Collins - N°4640

SÉRIE : *QUATRE MARIAGES ET UN BÉBÉ* - 1/4

C'est une habitude chez Hunter : il s'attend toujours au pire. Pourtant, rien ne l'avait préparé au scandale qui s'abat sur lui le jour même de ses noces. Alors qu'il se trouve au côté de sa future épouse, une riche héritière qui devrait l'aider à établir sa respectabilité, voilà que le mariage est interrompu par une autre femme. La douce Amelia, avec laquelle il a passé une nuit enivrante un an plus tôt, a fait irruption dans l'assistance avec un bébé dans les bras ! Une petite fille qui ressemble étrangement à Hunter...

Un bébé venu de Grèce, de Melanie Milburne - N°4641

Lorsqu'elle se découvre enceinte, Emily est bouleversée. Et dire qu'il lui a suffi d'une seule nuit d'amour pour en arriver là... Hélas, si l'idée d'être mère l'emplit d'émotion, elle sait que la situation est loin d'être idyllique. Car le père de son enfant n'est autre que Loukas Kyprianos, un milliardaire grec qui ne lui a plus donné de nouvelles après leur folle étreinte. Comment réagira cet homme réfractaire à tout engagement, quand elle lui révélera qu'ils sont désormais liés à jamais ?